ANN PEARLMAN

Apfelblüten im August

ANN PEARLMAN

Apfelblüten im August

Roman

Aus dem Amerikanischen
von Christine Strüh

Marion von Schröder

Die amerikanische Originalausgabe erschien 2012
unter dem Titel *A Gift for My Sister* bei Atria Books, New York

Marion von Schröder ist ein Verlag
der Ullstein Buchverlage GmbH

ISBN 978-3-550-71159-2

Gesetzt aus der Galliard bei LVD GmbH, Berlin
Druck und Bindearbeiten: CPI – Claussen & Bosse, Leck
Printed in Germany

Für meine Familie … alle unsere Mahlzeiten sind ein Fest

1

Auf der Schwelle

Sky

Jeder Tag ist ein Balanceakt zwischen Normalität und Tragödie.

Mit diesem Gedanken schrecke ich aus dem Schlaf.

3 Uhr 42, verkünden die grünen Ziffern auf meinem Wecker. Der Rest des Zimmers liegt im Dunkeln, durchdrungen nur von dem grünen Lichtstrahl. Warum wache ich jeden Morgen genau um die gleiche Zeit auf? 3 Uhr 42. Als hätte Mias Tod mir eine innere Weckzeit eingepflanzt.

Troy liegt da, eingekuschelt, mit gefalteten Händen.

Aus Rachels Zimmer kommt kein Laut.

Die Klimaanlage springt an.

Manche Menschen schleichen vorsichtig auf Zehenspitzen an den Abgründen vorbei, die sich zu beiden Seiten unseres Lebensweges auftun, andere hüpfen fröhlich weiter und ignorieren sie. Und ich? Ich dachte, wenn ich immer schön geradeaus gehe, wenn ich mein Ziel fest im Auge behalte und unterwegs erledige, was ansteht, dann bin ich in Sicherheit. Mein Plan war, mir ein gutes Sicherheitsnetz zu weben, um lauerndes Unheil abzuwenden.

Ich hatte immer das Gefühl, dass mein Vater selbst schuld war, dass er gestorben ist. Was sonst soll ein Kind auch denken, wenn die Eltern ihm allmächtig erscheinen?

Wie ein Blitz aus heiterem Himmel hat mich sein Tod getroffen, wie ein sonderbares, tödliches Fingerschnippen. Gerade noch hatte er mich auf der Schaukel angeschubst, mit ausgestreckten Armen, so dass ich über seinem Kopf schwebte, hatte »Flieg, Sky, flieg«, gerufen und mich so hoch emporschweben lassen, dass ich mit den Zehen fast die Wolken berührte. Ich sah die Sonne auf seinen Haaren schimmern, ich sah die roten und gelben Herbstblätter, verschwommen, weil ich so schnell an ihnen vorbeisauste. Oder habe ich diese letzte Erinnerung an meinen damals noch gesunden Vater so gehegt und gepflegt, dass ich die Bäume im Park selbst hinzugedichtet habe, weil ich sie so gut kenne, obwohl in Wirklichkeit nur der Himmel zu sehen war, der Himmel und der Wind auf meiner Haut, der mich streichelte, während ich zu ihm emporflog?

Am nächsten Tag wurde mein Vater ins Krankenhaus gebracht.

Eine Woche später war er tot.

Ich war sieben Jahre alt.

Er war vierunddreißig.

Damals versuchte Mom mir einzureden, dass er immer in meiner Nähe bleiben und mich immer lieben würde. Aber ich sah nur, wie ihre Zunge beim Sprechen ihre Zähne berührte und wie ihre Lippen sich bewegten, und was sie sagte, ergab für mich überhaupt keinen Sinn.

Und so ist es bis heute geblieben.

In meiner Klasse war ich die Einzige, deren Vater gestorben war, und die anderen Kinder ignorierten mich, als wäre der Tod eines Vaters eine ansteckende Krankheit. Bis zum ersten Jahr in der Highschool kannte ich niemanden in meinem Alter, der einen toten Vater hatte. Dann starb der Vater eines Mitschülers an einem Herzinfarkt. Eine Woche lang fehlte der Junge, die anderen flüsterten, und als er zurückkam, lachte er über einen Witz, als wäre nichts geschehen. Ich kannte dieses

Spiel, weil ich es als Siebenjährige auch gespielt hatte. Wenn man so tut, als wäre alles normal, dann ist es vielleicht auch so, wenigstens für ein paar Minuten. Und manchmal, manchmal funktioniert das sogar, was gleichzeitig beängstigend und beglückend sein kann.

Für ein paar Minuten vergisst man, dass man einen toten Vater hat.

3 Uhr 45.

Aber ich schweife ab. Ich weiß wirklich nicht, warum ich jeden Morgen an ihn denken muss. Vermutlich, weil sein Tod eine schreckliche Veränderung war, die mein Leben völlig aus der Bahn geworfen hat. Manche Dinge passieren plötzlich, andere bahnen sich langsam an. Zum Beispiel, wenn man nach langem Kampf an Krebs stirbt. Aber ich konnte mich nicht darauf vorbereiten, ich hatte nicht mal Zeit, Angst zu haben. Es ist einfach passiert.

Peng.

Manchmal überlege ich, wie mein Leben wohl verlaufen wäre, wenn mein Vater nicht gestorben wäre.

Erste Möglichkeit: Tara wäre nicht meine Schwester.

Wahrscheinlich hätte ich eine andere Schwester. Oder einen Bruder.

Tara war ein peinliches Kind, aus dem ein rebellischer Teenager wurde. Sie war mir überhaupt nicht ähnlich. Vermutlich kommt es zum Teil daher, dass wir unterschiedliche Väter haben.

Aber am meisten Gedanken mache ich mir wegen Troy. Ich habe Troy in der achten Klasse kennengelernt, und seither sind wir unzertrennlich. Irgendwo hab ich mal gelesen, dass Mädchen, die ohne Vater aufgewachsen sind, oft frühe und rasch wechselnde sexuelle Beziehungen eingehen, um die Sehnsucht nach einem Mann in ihrem Leben zu stillen. Ich denke, ich habe ziemlich früh Sex gehabt, aber immer nur mit einem einzigen Mann. Mit Troy nämlich. Mein bester Freund, mein Seelenpartner und jetzt endlich auch der Vater meines Babys.

Endlich deshalb, weil Troy und ich nicht nur perfekt zusammenpassen, sondern obendrein auch noch genetisch teilweise übereinstimmen. Deshalb besteht bei jeder Empfängnis die fünfzigprozentige Chance einer tödlichen Erbkrankheit, was bei uns zu drei Fehlgeburten und einer Totgeburt geführt hat. So viele Tode. Ich hätte alles für ein gesundes Baby hergegeben. Bitte, lieber Gott, schenk mir ein gesundes Kind. Bitte. Ich bettelte, ich feilschte, als könnte man mit der Zukunft einen Deal aushandeln. Ich überlegte, was ich der Zukunft versprechen könnte, was ich herzugeben bereit wäre.

Irgendwann wurden meine Gebete erhört. Und ich hatte nichts hergeben müssen. Rachel war einfach da, trotz allem. Rachel mit den grauen Augen meines Vaters, die mir vorkommen, als hätte er ihr einen Teil von sich geschenkt. Wenn ich in ihre Augen schaue, sehe ich ihn. Dann sehe ich, dass er mich liebt und mich beschützt. Genau wie Mom es mir damals versprochen hat. Seine Augen und das Kratzen seiner Bartstoppeln, das sind meine lebhaftesten Erinnerungen an ihn, und manchmal – aber nur manchmal – fühlt Troys Gesicht sich fast genauso an, nur ein wenig weicher.

4 Uhr 15.

Sei dankbar für das, was du hast. Troy dreht sich zu mir um, zieht mich zu sich herüber und kuschelt sich an mich. Vorsichtig wende ich den Kopf und sehe im schwachen Morgenlicht, das durchs Fenster hereindringt, wie seine Augen sich unter den Lidern bewegen. Er träumt. Bald werde ich Rachels Bettchen knarren hören – dann weiß ich, sie zieht sich an den Gitterstäbchen hoch, hält sich fest, fängt an zu hüpfen und ruft, Mommymommymommymommy, Daddydaddydaddydaddy.

Seit Mia tot ist, wache ich morgens früh auf und versuche,

mir einen Reim darauf zu machen. Auf der Uhr leuchtet die grüne Digitalanzeige. Im Haus ist es still, als könnte ich die Antwort auf eine Frage, die ich nie gestellt habe, in Troys und Rachels regelmäßigen Atemzügen finden.

Ich bin okay. Troy ist okay. Rachel ist okay. Ich bin traurig. Weiter nichts. Das Leben ist unfair. Sehr unfair.

Aber das weiß jeder.

Vor allem Juristen. Denn wir versuchen ja, das Leben fair zu machen, genau das ist unsere Mission. Für jeden faire Bedingungen zu schaffen. Missstände zu beheben.

Passiert ist Folgendes: Mia war meine beste Freundin, meine BF. Wir haben uns im Studium kennengelernt, in einer Arbeitsgruppe über Schadensersatzrecht. Sie versuchte schwanger zu werden, nachdem sie eine Totgeburt gehabt hatte. Gemeinsam kämpften wir mit der Rechtsprechung, mit der Fruchtbarkeit und bereiteten uns nebenbei auf den Brustkrebs-Marathon vor. Ich mit Troy und Mia mit ihrem Mann Marc gingen zusammen in den Rocky Mountains campen und versuchten uns in Las Vegas am Glücksspiel. Wir sprachen darüber, zusammen eine Kanzlei aufzumachen. Dann nahm Mia Medikamente, um den Eisprung anzuregen, und bekam davon eine Zyste. Als sie sich die Zyste wegoperieren ließ, reagierte sie allergisch auf das Narkosemittel und fiel ins Koma. Sie war hirntot, und wir sahen zu, wie diverse Geräte ihr Luft in die Lungen pumpten und Flüssigkeit und Nährstoffe in die Adern filtrierten. Nach vier Tagen zog Marc den Stecker aus den Maschinen. Wir hielten uns an den Händen und weinten.

Als die Beatmung stoppte, herrschte plötzlich gespenstische Stille.

Ein träges Echo im Raum. Dann war Mia tot.

Sechsundzwanzig Jahre alt und tot.

Das ist noch schlimmer als vierunddreißig.

Seither wache ich morgens mit einem Ruck auf und versuche daraus schlau zu werden.

4 Uhr 30.

Warum dreht sich mein Leben um Tragödien, wo ich für so viele Dinge dankbar sein kann? Ich habe Rachel. Troy. Einen Job, den ich liebe. Einen Chef, der akzeptiert, dass ich halbtags arbeite, bis Rachel ganztags in die Vorschule kann.

Als ich erfuhr, dass die Resultate von Rachels genetischen Tests in Ordnung waren, habe ich Mia gefragt: »Du bist darüber jetzt hoffentlich nicht so traurig, dass wir keine Freundinnen mehr sein können, oder?«

Wir hatten gerade unseren Fünf-Meilen-Lauf am Strand absolviert, ich war schon ziemlich langsam wegen der Schwangerschaft, wir waren beide außer Atem, und Mia antwortete: »Ich wollte, es wäre mir passiert, aber wenn ich schon nicht schwanger sein kann, dann bin ich froh, dass wenigstens du es bist.« Es war Winter in Kalifornien, es gab nicht so viele Blumen wie sonst, nur ein paar schwächliche Fleißige Lieschen. Wir waren am Strand gelaufen, wo der Wind uns kühlte, und jetzt wanderten wir durch einen Yachthafen, in dem sich der wolkenlose Himmel und ein paar Palmen spiegelten.

»Wir können sie uns teilen. Du kannst jederzeit rüberkommen und dein Babybedürfnis befriedigen.«

»Ich werde dich einholen. In ein paar Monaten wirken die neuen Medikamente, und dann schieben wir beim Joggen beide einen Kinderwagen vor uns her.« Ich dachte: Taras Baby ist sechs Monate älter als Rachel, vielleicht wird Mias Baby sechs Monate jünger als Rachel. Ich mag Symmetrie. Seither sind über zwei Jahre vergangen.

Und alles kam ganz anders.

Vor einer Woche ist Rachel zum ersten Mal in ein Schwimmbecken gehüpft, und ich griff zum Telefon, um Mia anzurufen.

Dann fiel mir wieder ein, dass sie tot ist, und ich ließ den

Arm sinken. Einmal habe ich einer Frau in Nordstrom-Schuhen »Mia!« nachgerufen. Dann wurde ich knallrot und schämte mich.

Ich vermisse sie, ganz egoistisch. Ich vermisse sie, weil sie nicht mehr für mich da ist.

Aber hauptsächlich vermisse ich sie einfach. Es ist, als würde ich an ihrer Stelle ihr Leben vermissen. Wenn ich versuche, das zu erklären, starrt selbst Troy mich verständnislos an. Ich stelle mir vor, dass Mia darüber, dass sie den Rest ihres Lebens nicht mehr leben kann, genauso traurig wäre wie ich jetzt. Aber das weiß sie ja nicht. Sie weiß ja nicht einmal, dass sie gestorben ist. Ich trauere um Mia, als wäre ich Mia, die um ihr eigenes Leben trauert. Kann man es so verstehen? Ich trauere um die Jahre, die sie nicht mehr mit Marc verbringen kann, um die ungeborenen Babys, um die faszinierenden Fälle, die sie niemals mehr vor Gericht vertreten kann, um die tollen Bücher, die sie nie gelesen hat, um das köstliche Essen, das sie nie gekostet hat, um die Orte, die sie nie zu Gesicht bekommen wird, um die Liebe, die ihr entgeht. Um all das trauere ich.

Meine Gedanken wandern umher und kehren immer wieder hierher zurück. Wie unfair es ist.

4 Uhr 45.

Und dann schlafe ich wieder ein.

»Mommymommymommymommy«, ruft Rachel.

6 Uhr 01.

Rachel streckt mir die Arme entgegen, damit ich sie hochnehme, sie hopst in ihrem Bettchen auf und ab und lacht mit weit geöffnetem Mund, als sie mich sieht. Als ich ihren Duft einatme, steigt mir ihre süße Babywärme in die Nase. Ihre seidigen, feinen Haare kitzeln meine Wange.

Ich drücke sie an mich, so fest, als könnte ich eine Extraportion Leben in sie hineindrücken und sie vor allem Unglück bewahren.

»Ich liebe dich, Mommy«, sagt sie. »Granola essen?«

»Klar. Mit Kirschen und Walnüssen.«

»Yippppiiiiiie!«

Ich stelle sie auf ihre Wickelkommode und knöpfe ihren Pyjama zwischen den Beinen auf. »Meinst du, du bist jetzt alt genug für die Große-Mädchen-Hose? Wie Mommy eine anhat? Willst du das mal ausprobieren?«

»Wie Mommy?«

»Ja, genau wie Mommy.« Wir haben uns auf diesen Tag vorbereitet, und Rachel war inzwischen auch schon ein paarmal auf dem Töpfchen.

»Ja.« Sie macht große Augen, und ich hole die Hose aus dem Regalfach, wo sie bereits wartet, ziehe sie Rachel an und hebe sie von der Wickelkommode.

»Okay. Dann zeig mal, wie man sie runterzieht.« Natürlich weiß ich, dass sie es kann, und sie tut es prompt und mühelos.

»Schau, Mommy, kein Problem.«

»Okay. Wenn du aufs Töpfchen musst, sagst du Mommy Bescheid, dann helfe ich dir. Oder du kannst auch ganz alleine gehen.«

»Jetzt essen?«

Wenn sie aufwacht, ist sie immer halb verhungert. Ich nehme ihr Töpfchen mit ins Esszimmer. Rachel hält sich am Geländer fest und steigt, einen Fuß pro Stufe, die Treppe hinab. Dass sie ins Schwimmbecken gesprungen ist, in meine ausgebreiteten Arme, ist eher untypisch für sie, denn normalerweise ist sie ausgesprochen vorsichtig.

»Du bist meine kleine Meerjungfrau«, habe ich lachend gerufen.

Das Granola mache ich selbst, röste Haferflocken mit Leinsamen, Weizenkeimen und Sonnenblumenkernen, beträufle alles mit Honig oder Ahornsirup, streue Zimt darüber und mische etwas Wasser bei. Manchmal gebe ich Mandelextrakt dazu, manchmal Vanille. Dann röste ich die Mischung vierzig

Minuten, wobei ich etwa alle zehn Minuten umrühre. Bevor ich das Granola esse, kommen noch Trockenfrüchte und Nüsse hinein. In Rachels Schüssel gebe ich gehackte Walnüsse und Kirschen und zum Schluss etwas Milch. Auf meine Portion streue ich klein geschnittenen kandierten Ingwer und Mandeln.

Ich höre, dass Troy unter der Dusche ist.

Vorsichtig pickt Rachel Kirschen und Nüsse aus ihrer Schüssel, eine nach der anderen. Sie steckt die einzelnen Bröckchen in den Mund und konzentriert sich ganz auf den Geschmack.

Ich nutze die Gelegenheit und laufe schnell nach oben, um ein paar Minuten mit Troy alleine zu verbringen. Er kommt gerade aus der Dusche, trocknet sich ab und sieht mich überrascht an.

Ich hole noch ein Handtuch vom Regal und tupfe ihm den Rücken ab, die noch klitschnasse Wirbelsäule. Als sein Rücken trocken ist, stelle ich mich auf die Zehenspitzen und küsse seine Schulter. Er dreht sich um und drückt mich an seinen warmen, feuchten Körper. Im beschlagenen Spiegel zeigt sich ein nebliges Bild, wie wir uns aneinanderschmiegen. Ich in blauen Shorts und einem gelben T-Shirt, seine rosa-bräunliche Haut, die gleichen braunen Haare wie Rachel, von der Kondensation verwischte Farbfragmente. Immer wenn ich seinen langen, schlanken Körper betrachte, wird mir warm ums Herz.

Langsam und ernst küsst er mich, genießt meine Zunge und meine Lippen. »Ich komme heute früh nach Hause«, verspricht er.

»Ich bin da«, lache ich.

Dann trete ich einen Schritt zurück, um ihn richtig anzuschauen, sein Gesicht, das mir so lieb und vertraut ist wie mein eigenes, als wäre er mein Spiegel, eine andere Version meiner selbst. Ich küsse seine Nase. An einem Ohr fehlt oben ein Stückchen, das andere ist normal. Als wären beide Ohren aus Puzzleteilen zusammengesetzt, und eines davon fehlt. Bei Rachel ist es genauso. Ich berühre seine Ohren, umrunde beide Ohrmuscheln und schüttle langsam den Kopf, denn auf einmal ist mir bewusst, was für ein Wunder es ist, dass er zu meinem Leben gehört.

»Ach, Liebling«, sagt er und schließt die Augen. »Vielleicht könntest du für heute Abend einen Babysitter besorgen und wir nehmen uns ein Zimmer im Motel. Dann haben wir den ganzen Abend für uns allein.«

»So kurzfristig?«, lache ich.

»Seit Mias Tod warst du immer so traurig und zerstreut.« Sanft schlingt er die Arme um mich.

»Ich kann immer noch nicht richtig schlafen.« In diesem Moment entdecke ich einen geschwollenen roten Pickel auf seiner Schulter. »Hey, der sieht aus, als würde er wehtun«, sage ich und deute mit dem Zeigefinger darauf.

Er dreht den Kopf. »Tut er auch. Ich hab schon Kortisonsalbe draufgeschmiert, aber …« Er schüttelt den Kopf und zuckt die Achseln.

»Könnte ein Furunkel werden. Soll ich ihn aufstechen?«

»Das hab ich schon zweimal versucht. Ich hab das Ding nämlich schon seit zwei Wochen.« Er betrachtet den Pickel im Spiegel.

Ich beuge mich näher zu ihm – der Pickel ist rot und oben blassgelb, umgeben von kleineren Pusteln. Die Haut darunter ist fast lila. »Seit Mias Tod?« Wahrscheinlich habe ich in letzter Zeit auf so etwas einfach nicht geachtet. »Sieht aus wie ein Ausschlag. Juckt es denn?«

Er schüttelt den Kopf. »Ehe ich den Pickel aufgemacht habe, sah er eher aus wie ein Spinnenbiss.«

»Wie wäre es mit antibiotischer Salbe und einem Pflaster?«

»Hab ich auch schon versucht. Und Wasserstoffsuperoxid und Jod und Merchurochrom.«

Ich krame eine Tube mit einem Dreifachantibiotikum heraus

und schraube den Deckel ab. Warum hat er mir nichts davon erzählt? Vermutlich wollte er mich mit so etwas nicht behelligen.

»Ich glaube, das ist keine große Sache. Bloß ein Pickel oder ein Insektenstich.« Wieder zuckt er die Achseln. »Wann kommt eigentlich der Besuch?«

»Nächste Woche. Mom und Allie am Mittwoch.«

»Und wann ist das Konzert?«

»Samstag. Sissy, Aarons Mutter, hat sich für Freitag angesagt. Wann Aaron und Tara und der Rest der Band eintrudeln, weiß ich nicht.«

»Der Rest der Crew. Rap-Bands nennen sich Crew.« Kopfschüttelnd sieht er zu, wie ich das Schutzpapier von seinem Pflaster abziehe. »Wenn man sich die dünne, aufgedrehte Tara als Rap-Star vorstellt …«

»Du denkst immer noch, sie ist ungefähr fünf. Aber du bist ja auch nicht mehr vierzehn. Und sie sind auch keine Stars, das ist bloß ihre erste Amerika-Tour.« Ich lege die Klebeteile auf die Haut und streiche das Pflaster glatt.

Troy zuckt zusammen.

»Jetzt ist der Pickel-Furunkel-Insektenstich wenigstens gut abgedeckt.«

»Larry sagt, sie sind auf dem besten Weg, Stars zu werden.« Larry ist der Entertainment-Anwalt, mit dem Troy und ich Aaron bekanntgemacht haben. »Dass ihre Single auf Platz sieben der Charts steht, macht sie praktisch schon zu Stars. Echt erstaunlich, dass Tara und Aaron das durchgezogen haben. Wer hätte gedacht, dass sie überhaupt zusammenbleiben?«

Die Zärtlichkeit in seiner Stimme und die Begeisterung für den Erfolg meiner kleinen Schwester stören mich. »Sie war mal ganz schön verknallt in dich.«

»Sie hat mir geholfen, dich rumzukriegen.« Er wischt den Nebel vom Spiegel und kämmt sich die Haare.

»Mich rumzukriegen? Sie wollte nicht runter von deinem

Schoß, wenn du da warst. Du warst so ziemlich das Einzige, was sie von ihrer Musikbesessenheit abgelenkt hat.«

Er klopft sich auf den Kopf, um die Haare am Wirbel zur Räson zu bringen. »Nur weil sie alles wollte, was ihre große Schwester hat. Außerdem hatte ich nicht den Mumm, dich zu fragen, ob du auf meinem Schoß sitzen magst. Aber ich hab immer gehofft, dass du es ihr irgendwann nachmachen würdest. Und schließlich hast du es ja auch getan.« Er lacht.

Troy hat vollkommen vergessen, was für ein schwieriger Teenager Tara war. Vielleicht hat er ihr aber auch einfach verziehen. Als er und ich gerade mit dem Jurastudium angefangen hatten, rief uns Mom eines Abends sehr spät an. In Ann Arbor war es drei Uhr morgens. »Ich weiß nicht, wo deine Schwester ist«, sagte sie ohne jede Begrüßung. »Ich bin total außer mir. Ich hab es hundertmal auf ihrem Handy versucht und jedes Mal nur die Voicemail erreicht, ich hab SMS ohne Ende geschrieben, und jetzt stehe ich neben der Haustür am Fenster und starre jedem Auto nach, das vorbeifährt, weil ich hoffe, dass es hält und sie rauskommt.«

»Wahrscheinlich ist sie auf irgendeiner Party und hängt mit ihren Freunden rum.«

»Und betrinkt sich«, vollendete Mom meinen Gedanken. »Das sage ich mir auch dauernd, aber ich muss ständig an all die grässlichen Sachen denken, die passieren könnten: Dass sie weggelaufen ist, dass sie einen Unfall hatte und im Krankenhaus liegt. Oder noch Schlimmeres. Dass sie tot ist. Oder total betrunken bei einer Verbindungsparty. Was, wenn die sie vergewaltigen?«

»Du kennst doch Tara. So ist sie nun mal.« Ich hörte, wie Mom tief einatmete.

»Sie tut, was sie will, ohne sich um sonst jemanden zu kümmern. Genau wie ihr Vater. Als wäre er zurückgekommen, um mich zu quälen.«

Ich wusste nicht, was ich darauf antworten sollte. Aber ein Teil von mir war immer ein bisschen selbstzufrieden, wenn Mom Tara oder ihren Vater kritisierte.

»Sie war noch nie so lange weg, ohne anzurufen, und sei es auch nur mit irgendeiner lahmen Ausrede.«

»Mom, sie feiert bestimmt nur.«

Aber Mom konnte nicht aufhören. »Ich sag ihr immer: ›Ruf mich an und sag mir, wo du bist, dass es dir gutgeht. Du hast doch ein Handy.‹ Aber nicht mal den Gefallen tut sie mir.«

Und dann kam Tara durch die Tür. »Mom, warum bist du denn noch auf?«, hörte ich sie fragen.

»Wo zum Teufel warst du?«

»Bei Freunden!«

»Ich hab mir Sorgen gemacht«, sagte Mom mit Grabesstimme, damit Tara auch bestimmt kapierte, wie schlimm es war.

»Bei mir ist alles paletti.« Ich konnte Taras Achselzucken vor mir sehen.

»Warum hast du nicht angerufen?«

»Ich hab kein Guthaben mehr auf meiner Karte, Mom. Warum hast du dich nicht um die Rechnung gekümmert?«

Taras Stimme klang forsch und klar, nicht laut oder wütend, es war ihr einfach nur egal, wie Mom sich fühlte. Genau das war der Punkt. Ihre Gleichgültigkeit.

»Ich bin müde, ich glaube, ich gehe ins Bett.« Taras Stimme wurde leiser, als sie sich von Mom entfernte.

»Tja, sie ist wieder zu Hause«, sagte Mom zu mir.

»Ich hab's gehört.«

»Ich ruf dich morgen an.«

»Sie ist doch bloß ein Teenager«, sagte Troy in dieser Nacht, ans Kopfbrett gelehnt, vor sich den Lehrplan. »Sie arbeitet hart an ihrer Musik. Eine Streberin mit einem Hang zur Wildheit. Sie berappelt sich schon, du wirst sehen.«

Mit siebzehn war Tara schwanger. Außerdem waren da noch die Gefängnisstrafe, die ihr Freund wegen Drogendealens absitzen musste, ihre verrückten Träume vom Rap-Star-Ruhm und ihre Weigerung zu heiraten. Jetzt, viereinhalb Jahre später, gehören Aaron, Levy und Sissy zur Familie. Mom und Sissy sind gute Freundinnen geworden. Und dank der Ironie des Schicksals ist meine eigenwillige Schwester auf dem besten Weg, berühmt zu werden.

»Vielleicht reizt die Naht an deinem T-Shirt den Pickel. Das Pflaster müsste helfen.«

»Hey, willst du mit mir Doktorspiele machen?«, witzelt Troy, dessen Wirbel sich jetzt endlich brav hingelegt hat.

»Mommmmyyyyy«, schreit Rachel. »Alles aufgegessen!«

»Heute Abend.« Ich zwinkere ihm zu und laufe dann schnell die Treppe hinunter. In der Küche finde ich Rachels Schüssel umgekippt auf dem Tablett, die Milch tropft auf den Boden.

»Hilfst du mir bitte, das aufzuwischen?« Ich hebe Rachel aus dem Hochstuhl und gebe ihr ein Küchentuch. Sie drückt Milch und Granolakrümel auf den Fußboden und versucht in der Sauerei zu malen. Schnell putze ich alles weg und gebe ihr das Reinigungsspray, mit dem sie fröhlich herumspritzt. Für sie ist alles ein Spaß.

Kurz darauf erscheint Troy. »Es gibt noch Granola«, unterbreite ich ihm ein freundliches Angebot.

»Keine Zeit.« Er gießt Kaffee und Milch in einen Thermosbecher und streicht Erdnussbutter und Gelee auf eine Scheibe Brot. »Ich muss mich in den Verkehr stürzen«, sagt er, schaut auf die Uhr, packt seinen Laptop und küsst Rachel und mich. An der Tür dreht er sich noch einmal um und sagt: »Heute Abend.« Und an Rachel gewandt, setzt er hinzu: »Bis bald, meine beiden Hübschen.«

Dann fällt die Tür hinter ihm ins Schloss.

Die Sonne scheint durchs Fenster, fällt auf Rachels Haare und verwandelt sie in funkelndes Gold.

Ich hebe sie hoch und schwinge sie herum. »Der Fußboden ist sauber, der Tag ist wunderschön und wie für uns gemacht.«

Die Tage sind nicht so schwer zu überstehen, nur die Nächte und frühen Morgenstunden sind schwierig. Vielleicht habe ich ja auch die Kurve gekriegt. Vielleicht habe ich etwas begriffen, obwohl ich nicht genau weiß, was das sein könnte. Die Antworten, die ich jeden Morgen um 3 Uhr 42 suche, flackern in meinem Kopf, als würde ich sie wissen, aber ich erkenne sie nicht.

»Hey, möchtest du aufs Töpfchen?« Ich trage Rachel zu ihrem Töpfchen und sehe zu, wie sie die Hose herunterzieht und Platz nimmt.

Dann gebe ich ihr ein Buch und drehe den Wasserhahn auf. Ich weiß eigentlich nicht, warum, aber das hat Mom auch immer gemacht, und es hat mir irgendwie geholfen.

Und schon reißt Rachel die Augen weit auf. »Ich hab's gemacht! Ich hab Pipi ins Töpfchen gemacht!«

Sie lacht, und ihre kleinen weißen Zähnchen leuchten wie Perlen.

Dann steht sie auf und deutet stolz auf ihr Werk, während die Hose über ihre Knöchel rutscht. »Ich hab's gemacht.«

»Tatsächlich«, staune ich und will das Töpfchen zur Toilette tragen, um es auszuleeren.

»Wirfst du es weg? Wirfst du mein Pipi einfach weg?« Rachel macht große Augen und reißt vor Empörung den Mund auf. Wie kann ich ihre große Errungenschaft wegwerfen, über die wir uns doch noch vor einem Augenblick so gefreut haben?

»Du hast recht – wir heben es auf und zeigen es Daddy. Später kannst du es dann in der Toilette ausschütten. Wie wäre das?«

Sofort ist ihr Lächeln wieder da.

Später am Nachmittag, bevor Troy nach Hause kommt, bevor wir Gelegenheit haben, zu Abend zu essen und bei einem Glas Wein über unseren Tag zu plaudern oder auf dem Balkon zu sitzen und den Wellen zuzuschauen, die ans Ufer schlagen, bevor wir den Flirt fortführen können, den wir heute Morgen begonnen haben, klingelt das Telefon. Es ist Stuart, mein Mentor und einer der Partner in meiner Kanzlei.

»Hey, ich hab noch mal die Rechtslage für den Hanson-Fall geprüft und einige Urteile gefunden, die unsere Argumentation untermauern«, überfalle ich ihn, ehe er auch nur Hallo sagen kann.

»Sky.« Schon in diesem einen Wort höre ich den Unterton unerfreulicher Nachrichten. Meine Gedanken rotieren. Was kann es sein? Werden wir wegen Amtsmissbrauch verklagt? Bei einem der Fälle, die ich bearbeitet habe? Ist noch ein Kollege gestorben?

»Sky, ich habe, äh, ich habe schlechte Neuigkeiten.«

»Was?« Das Telefon ans Ohr gepresst, fange ich an, auf und ab zu wandern. Im Fernsehen läuft die Sesamstraße, Rachel sitzt auf dem Fußboden und belehrt eine Reihe Stofftiere.

»Wie Sie ja wissen, mussten wir unsere verrechenbaren Stunden kürzen, und ich fürchte, wir konnten Sie nur deshalb Teilzeit arbeiten lassen, weil wir nicht so viel zu tun hatten, aber, na ja, jetzt haben wir nicht einmal mehr das. Deshalb müssen wir Sie leider gehen lassen.« Er hält inne.

Ich weiß, dass sie – die Partner – diese Stunden auf ihre eigene Kappe nehmen, obwohl mein Honorar geringer ist als ihres.

»Ich versichere Ihnen …«

Ich hasse seine Förmlichkeit, ich finde es egoistisch von ihm, diese Distanz zwischen uns zu schaffen, nur damit es für ihn leichter ist, mich zu feuern.

»Sobald die Lage sich ändert, nehmen wir selbstverständlich

Kontakt mit Ihnen auf, und wenn Sie dann noch verfügbar sind, können Sie Ihre Stelle umgehend wiederhaben. Natürlich kann ich Ihnen auch gern helfen, bei einer anderen Firma unterzukommen, obwohl es mir eigentlich nicht gefällt, wenn Sie zur Konkurrenz gehen.« Er ringt sich ein Kichern ab. »Wir werden Sie vermissen.« Dann wird seine Stimme wieder etwas herzlicher, und er fügt hinzu: »Ich werde Sie vermissen.«

Seine Worte hallen in meinem Kopf wider, sobald ich sie höre, spiele ich sie mir in Gedanken noch einmal vor. *Wir müssen Sie gehen lassen. Ich versichere Ihnen. Bei einer anderen Firma unterkommen.* Ich versuche die Worte einzuordnen. »Ich habe die Arbeit sehr gern gemacht. Und ich habe sehr gern mit Ihnen gearbeitet.« Das hätte ich nicht sagen sollen.

Er seufzt. »Das ist schwer für mich. Für uns alle.«

Eine Minute herrscht Schweigen in der Telefonleitung, und ich wäge meine Möglichkeiten ab. Vielleicht könnte ich selbst eine Kanzlei aufmachen. Wenn Mia noch da wäre, würde ich das sofort versuchen. Vielleicht könnten Troy und ich uns zusammentun. Aber wir brauchen ein regelmäßiges Einkommen und die mit seinem Job verbundenen Sozialleistungen.

»Was glauben Sie, wann Sie Ihren Schreibtisch räumen könnten? Wir würden auch gerne alle mit Ihnen essen gehen.«

Ich weiß nicht, ob ich das nett fände oder es nur Salz auf meine Wunden streuen würde. »Ich weiß nicht. Ich rufe Sie zurück.« Vielleicht hole ich meine Sachen heute Abend, wenn alle schlafen. Ich weiß, dass sie die Passwörter in meinem Computer schon geändert und dafür gesorgt haben, dass ich nicht mehr an die Klientenliste rankomme.

Wenn ich Stuart nicht vertrauen kann, wem dann?

»Hmm. Sagen Sie Bescheid. Und ich helfe Ihnen, wo ich nur kann, Sky. Wir haben Ihre Arbeit sehr geschätzt.«

Aber anscheinend nicht genug, um mich zu behalten. Selbst wenn man gute Arbeit macht, auch wenn man am Wochenende und abends schuftet, um Termine einzuhalten, ist man trotzdem ersetzbar. Da helfen auch die hervorragenden Beurteilungen nicht, die Stuart mir immer – obendrein noch mit der höchsten möglichen Gehaltsaufbesserung verbunden – für meine Arbeit gegeben hat. Vermutlich war ich letzten Endes einfach nicht so wichtig.

Was nun? Noch etwas in meinem Leben ist einfach so zu Ende gegangen, aus heiterem Himmel.

Ich wandele einen Abgrund entlang, der jeden Tag mit einer Tragödie droht.

1

Auf der Schwelle

Tara

Ich beobachte Aaron am Herd. Er trägt kein Hemd, und seine Brustmuskeln und der Waschbrettbauch treten in der Bewegung deutlich hervor, während er sich dreht und wendet, nach dem Estragon und dem Knoblauchpulver greift, die Gewürze über die Eier streut und dann den Pfannenwender in die Hand nimmt. Er hebt die Eier an und kippt die Pfanne, so dass der noch flüssige Teil runterfließt. Ganz behutsam ist diese Bewegung, und sie erinnert mich daran, wie er den Rand an meinem BH und meinem Slip küsst. Er wird nie übergriffig, er respektiert mein Schamgefühl.

Obwohl ich mich bei ihm überhaupt nie schäme. Er kann mit mir machen, was er will. Ich gehöre ihm. Jedes Gramm, jeder Hautfetzen, jeder Atemzug. Sogar meine Musik habe ich ihm geschenkt. Aber das macht mir Angst, und dann verstecke ich mich vor ihm und manchmal sogar vor mir selbst.

Ich wollte, das alles wäre einfach für mich, einfach und unkompliziert. Ich wollte, ich könnte mich ihm mit absolutem Vertrauen und totaler Sicherheit hingeben und mich von der Liebe einhüllen lassen, die er mir entgegenbringt. Aber wenn ich spüre, wie sich meine Liebe zu ihm aufbauscht, dann kriege ich unweigerlich Angst. Woher soll ich wissen, dass er mir treu bleibt, wenn die Versuchung zuschlägt?

Gerade hat Aaron den gleichen Gesichtsausdruck, wie wenn

er einen Songtext schreibt. Er rappt unter dem Namen Special Intent. Wenn er Special Intent ist, wenn er schreibt, rappt, auf der Bühne steht, dann ist er ganz konzentriert, nein, dann ist er Konzentration pur. Als würde außer diesem Wort, dieser Zeile, diesem Moment nichts auf der Welt existieren.

Wie er da steht und einfach nur er selbst ist – das raubt mir den Atem. Und es ist ihm nicht mal bewusst, dass ich hier bin. Wie kann ich ihm vertrauen, wenn wir doch beide getrennt in unserer eigenen Haut stecken und keine Ahnung haben, was im Kopf des anderen vor sich geht? Was, wenn ich mich ihm ganz und gar hingebe und er mich verlässt? Ich muss einen Teil von mir vor ihm verstecken. Nur so fühle ich mich sicher. Er will mich, weil er mich nicht hundertprozentig haben kann. Ich lasse ihn immer ein bisschen im Ungewissen über mich, damit ich nicht verletzt werde. Ich brauche einen emotionalen Sicherheitsabstand, und das weiß er auch.

Levy sitzt auf meiner Hüfte, schmiegt sich an meine Schulter, warm und nah. Dann streckt er den Arm aus. »Daaaaddddy.«

Aaron legt den Pfannenwender weg, schließt uns in die Arme und küsst uns beide auf die Stirn. »Das Frühstück ist gleich fertig«, sagt er, nimmt mir Levy ab und setzt ihn in seinen Hochstuhl. »Bitte sehr, kleiner Mann«, sagt er und macht sich dann daran, Parmesan auf das Omelett zu streuen, während ich Orangensaft in Levys Nuckelbecher fülle.

Ah, diese wohlige Häuslichkeit. Solche Momente sind wie der Raum zwischen zwei Noten, wenn der eine Ton noch in der Luft schwebt, bevor der nächste Klang sich entwickelt. Und Aaron weiß nicht, was in meinem Kopf vorgeht.

Und dann lacht Levy über die komischen Grimassen seines Vaters, ein Lachen wie das Plätschern eines Bachs.

»Wir müssen heute fertig packen«, sagt Aaron und setzt sich. »Möglichst bald. Um fünf ist Probe. Und dann schnappen wir uns die Instrumente und sind wieder mal unterwegs.«

»Ich weiß nicht, ob du mich daran erinnerst oder eher dich selbst«, sage ich.

Er lacht.

»Kann mein Laster auch mit?«, fragt Levy.

»Na klar«, antwortet Aaron. »Aber wirklich nur einer.«

»Wir packen deine Spielsachen ein, Bücher, deine Schmusedecke … keine Sorge.«

»Hiawatha.« Levy setzt den Becher ab und zitiert: »*An den Ufern Gitche Gumees, an dem blanken Groß-See-Wasser.* Das brauch ich unbedingt.«

»Wir sollten ihn auf die Bühne stellen, und wir machen einen auf Begleitband«, witzelt Aaron.

Das ganze letzte Jahr hab ich ihm jeden Abend Longfellows Epos vorgelesen. Jetzt rezitieren wir es gemeinsam und schauen uns dabei die Bilder an. »Sissy kommt so um vier, um Levy abzuholen«, sage ich. Sissy ist die beste Schwiegermutter der Welt. Weil sie nicht nur meine Schwiegermutter ist. Sondern auch meine Freundin.

»Hat sie für das Konzert in L. A. schon gebucht?«

»Jep. Alle werden da sein.« Es ist das erste Mal, dass meine Familie bei einem Auftritt von uns dabei ist. »Sky, Troy und Rachel, meine Mom und Sissy. Ach ja, Mom bringt auch ihre Freundin Allie mit.«

Aaron verzieht das Gesicht.

»Ja, Allie besucht eine Freundin, und dann gehen sie zusammen in ein Spa oder so. Ich bin froh, dass wir vor Vegas noch ein paar Tage in L. A. haben.« Ich habe die Daten und die Route unserer Tour genau im Kopf. Zwei Monate nach L. A. sind wir wieder daheim, rechtzeitig zu Moms Cookie-Party, zu Weihnachten und Levys dritten Geburtstag. Er ist am ersten Feiertag geboren, ein Geschenk für die Welt. Aber jedes Baby ist ja ein Geschenk.

Ich schaue mich um in dem Apartment, in dem wir inzwischen seit dreieinhalb Jahren wohnen. Die Indianerdecke über dem Sofa, die Seidenblumen, die Mom mir nach meinem ersten Auftritt mit sechs Jahren geschenkt hat, der Kristall im Fenster, den ich bei den Wehen als Fokus benutzt habe. Seit Levys Geburt hatten wir immer so viel zu tun, dass ich nicht zum Umräumen gekommen bin.

»Können wir zum Grand Canyon fahren? Da wollte ich schon immer mal hin, und das ist doch ganz in der Nähe von Vegas.«

»Die Jungs wollen da auch hin. Unser Traum wird wahr, Babe«, sagt Aaron. »Wir stehen auf der Schwelle.« Er stellt Levys Plastikteller aufs Tablett und teilt das Omelett auf.

»Du und Levy, ihr seid mein Traum, der in Erfüllung gegangen ist.« Sobald die Worte aus meinem Mund sind, möchte ich sie am liebsten wieder zurückholen.

Aaron lacht die Bassversion von Levys Plätscherbach. »Und du bist mein Engel. Ohne dich bedeutet mir das alles nichts. Wir sind ein Team. Ein Team auf der Schwelle zu einem Traum.«

Wir haben nicht oft schnulzige Gespräche, aber wenn wir uns trennen, sagen wir statt Auf Wiedersehen immer *Ich liebe dich.* Wahrscheinlich sind wir nicht die Einzigen, die das tun, aber für uns ist es immer eine Erinnerung an unsere besondere Verbindung.

»Meinst du, die Tour wird uns verändern?« Eigentlich kenne ich seine Antwort, aber ich muss sie von ihm hören.

»Ich möchte nicht, dass wir uns ändern. Aber stell dir vor, wir müssen uns keine Geldsorgen mehr machen. Wenn wir zurück sind, können wir ein Haus kaufen. Und wir haben mehr Zeit.«

»Vermutlich machen wir uns dann andere Geldsorgen.« Ich nehme meine Gabel und fange an zu essen. Ein Haus zu kaufen kommt mir wie eine riesige Verpflichtung vor.

»Wir haben mehr Spaß.« Er krönt sein Omelett mit ein paar Spritzern scharfe Sauce.

»Wir können anderen Menschen helfen.«

»Scheiße, das machen wir doch schon. Wir unterstützen die ganze Crew. Meine Freunde. Im Moment sind es natürlich hauptsächlich Spesen und Versprechungen.« Auch er spießt ein Stückchen Omelett auf die Gabel. »Davor waren wir in dieser gemütlichen Phase von Kampf und Hoffnung, wo man sich dauernd fragt, was wohl passieren wird. Weißt du noch, wie wir Texte und Musik geschrieben haben ohne jede Erwartung, nur für das Gefühl, das wir dabei hatten?« Er steckt den Bissen in den Mund. »Jetzt werden wir mit Gewissheit statt mit Hoffnung kreativ sein, weil unsere harte Arbeit sich auszahlt.« Er nickt. »Babe, es ist so weit. Wir sollten uns darüber verdammt freuen.«

Manchmal spricht er genau das aus, was ich denke, ehe ich überhaupt weiß, dass ich es denke. Ich habe über unser Glück gestaunt, als unsere Demo-CD plötzlich Aufmerksamkeit auf sich gezogen hat und *Prohibitions of Prison* es auf Platz sieben der Rap-Charts geschafft hat, und dann war auf einmal diese Tour gebucht. Zuerst war ich total begeistert, aber dann war da plötzlich die Frage: Warum habe ich, warum haben wir so viel Glück? Es gibt andere, die genauso talentiert sind und vielleicht genauso hart arbeiten. Warum haben ausgerechnet wir plötzlich Erfolg?

Schicksal?

Karma?

Zufall?

Aarons Handy klingelt. »Hey, Red, bist du schon da?«

Levy haut sein Omelett mit der Gabel in kleine Stückchen, die er dann mit den Fingern aufklaubt.

»Benutz die Gabel zum Essen, Levy. Nicht die Finger.«

Levy sieht mich mit zusammengekniffenen Augen an. Ich

wische seine Hände ab, dann nimmt er die Gabel. Er hasst es, die Hände oder den Mund abgewischt zu kriegen.

»Ist die Crew da?«

»Du machst das gut mit der Gabel«, versuche ich Levy zu ermutigen.

»Gib mir ungefähr dreißig«, sagt Aaron ins Telefon.

Und so beginnt unser Tag.

Unser letzter Tag vor dem Wirbelsturm. Aber vielleicht stecken wir ja auch schon mittendrin. Vielleicht stecke ich mittendrin, seit dem Tag, als ich Aaron kennengelernt habe.

Das war vor fünfeinhalb Jahren, und es kommt mir vor wie eine Ewigkeit. Und gleichzeitig, als wäre es gestern gewesen. Obwohl ich dagegen angekämpft habe, fühle ich, dass unsere Leben schon vor unserer Geburt miteinander verbunden waren.

Ich war fünfzehn, als ich Aaron begegnet bin, und er war siebzehn. Er hat gesungen. Na ja, eigentlich nicht richtig gesungen, er hat eher seltsame Geräusche von sich gegeben, begleitet vom pappig-feuchten Flutschen seiner Farbrolle, mit der er die Wand angestrichen hat. Der nasse Kuss der weißen Farbe, das leise Sauggeräusch an der glatten Wand. Als man mich in den Raum führte, sang er Scat.

»Du machst das Holz und die Ränder«, erklärte mir der Typ von *Habitat for Humanity.* »Oh, das ist übrigens Aaron. Aaron, das ist Tara.«

Aaron nickte mir zu.

»Hey«, sagte ich. Das war alles.

Man gab mir einen Eimer weiße Farbe, einen Pinsel und eine kleine Schaumgummirolle. Aaron hörte auf zu singen, und wir arbeiteten schweigend. Er an der Wand, ich am Fensterrahmen. Ich hörte nichts außer der klebrigen Farbe, dem Surren seiner Rolle, dem Schmatzen des Pinsels, dem Rascheln unserer Klamotten auf der Haut. Das Haus war leer, und jedes Geräusch unserer Arbeit klang maßlos übertrieben.

Stundenlang schienen wir so vor uns hin zu werkeln, jeder in seiner Ecke, jeder mit seiner eigenen Beschäftigung. Ich wollte etwas sagen, aber Smalltalk liegt mir nicht besonders.

Also fing ich an, eine Melodie zu summen, er stimmte mit seinen lauteren, tieferen Bassgeräuschen ein, und so machten wir zusammen ziemlich seltsame Musik. Was viel leichter ist als Reden.

Dann wurden wir albern, und ich fing an zu texten.

Er steuerte das Geräusch seines Farbrollers bei. Dupwa, dupwa. Die Melodie floss dahin, genau wie die Worte, die mir in den Sinn kamen, während mein Pinsel die Farbe auf dem Fensterrahmen verteilte. Dann hörte Aaron mit der Percussion auf und ging zum Freestyling über.

Schließlich legte er die Farbrolle weg, drehte sich zu mir um und fragte: »Wer bist du?«

Achselzuckend antwortete ich: »Tara.«

Seine Augen waren so tiefschwarz, dass ihr Blick wie ein Querschläger zwischen Himmel und Hölle wirkte, und nagelten mich an die Wand, die ich anstreichen sollte.

Und dann fingen wir an zu reden. Er der schwarze Typ aus Detroit, der bei einem Arbeitsprogramm des Jugendgefängnisses mitmachte, und ich das weiße Strebermädchen aus gutbürgerlichem Haus. Aber das spielte überhaupt keine Rolle, von Anfang an nicht.

Glück. Seht ihr, was für ein Glück ich habe?

Manchmal kommt es mir allerdings auch vor, als hätte ich dazu auch noch alles Pech der Welt.

Für mich ist vieles unwichtig, was für andere sehr wichtig ist. Klamotten zum Beispiel sind mir ziemlich egal. Und beliebt zu sein. Oder haufenweise Geld zu haben. Ich finde es nicht mal sonderlich wichtig, wichtig zu sein. Oder dazuzugehören. In meiner Familie sind alle geschieden, meine Schwester ist bloß meine Halbschwester, und mir kamen andere Familien immer intakt und perfekt vor. Von der dritten Klasse an wusste ich, dass es keine Möglichkeit gab, mich anzupassen. Sky, meine viel zu angepasste Schwester, hat immer versucht, dazuzugehören, und irgendwie hat sie es auch geschafft. Aber ich war schon immer sonderbar und verrückt, und die ganzen blöden Regeln haben mich nur genervt. Ich habe über Töne und Musik nachgedacht. Ich war immer in meinem eigenen Kopf und hab meine eigenen Gedanken gedacht.

An diesem Tag hätte ich um ein Haar gar nicht bei *Habitat for Humanity* gearbeitet, weil ich viel lieber im Bett geblieben wäre und unter meiner warmen Decke davon geträumt hätte, wie ich genau den richtigen schwarzen Nagellack finde, der perfekt zu meinen neuerdings schwarz gefärbten Haaren passt. Aber dann dachte ich plötzlich, Scheiße, ich bin spät dran. Und sauste zum Bus.

Warum auch nicht.

Einfach so. Als wäre mitten im Winter plötzlich ein warmer Tag, so habe ich Aaron kennengelernt, vollkommen unerwartet.

»Du willst also eine Gothic-Tussi sein?«, fragte er.

»Die Haare hab ich mir erst letzte Woche so gemacht«, antwortete ich achselzuckend. »Nennt sich Black Pearl. Ich glaube, ich will auch noch ein paar Ohrringe mehr und ein Nasenpiercing. Was meinst du?«

Er legte den Kopf schräg. »Wenn du magst. Aber du bist auch schön ohne das ganze Zeug. Wahrscheinlich wärst du sogar mit deiner normalen Haarfarbe schön. Wie war die denn?«

»Rot.«

»Du hast rote Haare weggefärbt?«, fragte er stirnrunzelnd. »Rote Haare sind heiß.«

Vielleicht hatte ich die Nase voll davon, heiß zu sein. Ich erzählte ihm nicht, warum ich mir die Haare gefärbt hatte, jedenfalls damals noch nicht. Erst lange danach, als ich wieder meine Naturfarbe hatte.

Hier ist der Grund: Mein Dad und meine Mom haben sich scheiden lassen, weil er ständig Affären hatte. Er hat sie betrogen und gedemütigt.

Meine erste Erinnerung ist, wie Mom ihn anschrie, bis sie heiser wurde, weil er mit einer anderen Frau zusammen gewesen war. Eine Tür knallte zu. Sie weinte. Ich war allein in meinem Bettchen, umklammerte das Gitter und heulte, aber keiner kam. Als ich größer war, dachte ich immer, es läge irgendwie an Mom, dass er ihr nicht treu sein konnte. Vielleicht war sie nicht hübsch genug. Oder nicht gut genug im Bett. Oder nicht nett genug. Bei meinen nächsten Erinnerungen ist mein Dad schon weg, und als ich elf oder zwölf war, zog er mit einer anderen Frau zusammen, mit Joanne. Joanne war blond und blauäugig, dünn, immer geschminkt und wie aus dem Ei gepellt. Sie bemühte sich sehr um mich, kaufte mir Geschenke, nahm mich mit zu Konzerten und ging mit mir einkaufen. Ich mochte sie, und manchmal fühlte sie sich tatsächlich an wie Familie.

Dann ging ich eines Tages die Main Street hinunter, um mir ein paar von den winzigen Plastikschlangen zu kaufen, die ich auf meine Jeansjacke nähen wollte, als ich meinen Vater entdeckte. Hand in Hand mit einer Frau, die lange schwarze Haare hatte, fast bis zur Taille. Wunderschöne Haare, wie man sie bei vielen Asiatinnen sieht. Lang, glatt, schwer, die Essenz von Haaren. Haare, die immer gut aussehen, egal ob man sie zusammenbindet oder frei im Wind wehen lässt. Schwarz wie die Nacht und wie die Tasten auf einem Keyboard.

Unsere Blicke trafen sich, aber mein Vater nahm mich nicht wahr, sondern sah durch mich durch, als wäre ich gar nicht da.

Er ließ die Hand der Frau mit den schönen schwarzen Haaren nicht los.

Er blieb nicht stehen, um mich mit ihr bekanntzumachen.

Er lächelte mir nicht zu.

Er sagte nicht Hallo.

Er sah mich.

Aber er ignorierte mich.

Als würde ich nicht existieren.

Für eine Sekunde gefror das Lächeln auf meinem Gesicht, als sie an mir vorbeigingen.

Dann ging ich über die Straße und kaufte mir schwarze Haarfarbe.

Männer wollen etwas anderes.

Und dann tat ich das Schlimmste, was ich je getan habe. Ich habe es noch nie jemandem erzählt, und ich bin auch nicht erwischt worden, obwohl ich glaube, dass ich eigentlich erwischt werden wollte. Manchmal weiß ich nicht, was ich tun werde, bis ich es wirklich tue. Aber diesmal wusste ich es genau. Ein paar Jahre bevor ich Dad mit der anderen Frau erwischte, zeigte er mir einen Kontoauszug über zehntausend Dollar, mit unseren beiden Namen. »Das ist für dein College-Studium«, sagte er.

Am Montag nach der Begegnung mit der Schwarzhaarigen ging ich mit klopfendem Herzen, aber wild entschlossen zur Bank. Ich hatte meinen Schülerausweis dabei und ging zu einer Kassiererin mit langen roten Glitzernägeln und Wimpern, die von den vielen Schichten Mascara so steif nach oben standen, dass ich mich unwillkürlich fragte, wie sich Blinzeln für sie anfühlte. Keine Ahnung, wie ich das geschafft habe, aber ich verwandelte meine Nervosität erfolgreich in ein ziemlich freundliches Verhalten.

»Ich möchte Geld von meinem Konto abheben.«

»Dann musst du diesen Vordruck hier ausfüllen, Schätzchen«, sagte die Frau.

»Aber ich weiß die Kontonummer nicht genau. Hier ist mein Ausweis.« Damit überreichte ich ihr meinen Schülerausweis mit meinem Bild und meiner Unterschrift. »Das Konto läuft auf mich und meinen Vater.« Dann sagte ich ihr Dads Namen und seine Adresse.

Sie betrachtete mich stirnrunzelnd.

Wieder begann mein Herz heftig zu pochen, Schweißperlen rollten mir über den Rücken. »Ich soll vierhundert Dollar für ihn abheben, weil ich nächste Woche Geburtstag habe und wir einen Einkaufsbummel machen. Heute.«

»Hmm, da hätte er lieber mit dir vorbeikommen sollen.«

Ich runzelte die Stirn. »Das hab ich ihm auch gesagt«, entgegnete ich und verdrehte die Augen. »Aber er meinte, er hat zu viel zu tun, und nächste Woche ist er auf Geschäftsreise, und heute ist der einzige Tag.« Meine Geschichte machte mich selbst so traurig, dass die Gefühle von all den Gelegenheiten, bei denen mein Vater mich enttäuscht hatte, mir Tränen in die Augen trieben. Ich war das kleine Mädchen, das nie ein Geschenk von seinem Vater bekam. Kein einziges Mal. Wenn ich etwas geschenkt bekam, dann hatte Joanne es ausgesucht. Oder er gab mir Geld. »Kauf dir was Schönes.« Aber meistens vergaß er es einfach.

Die Mundwinkel der Frau rutschten ebenfalls nach unten.

Zögernd nahm sie meinen Ausweis, sah ihn an, sah mich an, sah zu meinem Namen auf dem Computerbildschirm. Dann füllte sie die Kontonummer auf dem Vordruck aus, reichte ihn mir durchs Fenster und sagte: »Unterschreib das hier. Und füll deinen Namen und deine Adresse aus.«

Schließlich steckte sie den Vordruck in eine Maschine und fragte: »Wie möchtest du das Geld?«

Ich wusste nicht, was sie meinte.

»Zwanziger, Fünfziger?«

»Fünfziger.«

Rasch holte sie ein paar Scheine aus ihrer Schublade, zählte sie ab und schob sie mir zu. Ich faltete sie zusammen und steckte sie in die Tasche meiner Jeans. »Danke«, rief ich noch, als ich die Bank verließ.

Und ich wusste genau, wo ich hinwollte.

Nämlich zum Klaviergeschäft. Zum Glück war noch da, was ich suchte, und im Schaufenster war sogar ein rotes Schild, auf dem stand: »Räumungsverkauf«. Seit ich vor ein paar Monaten hier gewesen war und Noten gekauft hatte, träumte ich davon. Ein paarmal war ich am Fenster vorbeigegangen, um mich zu vergewissern, dass es nicht verkauft worden war – das Keyboard. Im Sonderangebot. Gebraucht, aber in gutem Zustand. Es hatte alles: 61 große Tasten, die sich anfühlten wie aus Elfenbein. 128 Stimmen. Man stelle sich das vor. Über 180 Rhythmusstile. Speicher für fünf Songs, mit 16 Tracks für jeden. Ich konnte mein eigenes Orchester sein. Meine eigene Rockband. Ich konnte jeden Sound, den ich jemals gehört hatte oder mir vorstellte, mixen und remixen. Und das Keyboard war im Angebot für 350 Dollar.

Der Mann erkannte mich sofort. »Du kommst also doch wieder, ja? Kauf es lieber schnell, es hat nämlich noch jemand Interesse daran gezeigt. Womöglich nimmt er es heute noch mit.«

Zwar war ich nur ein Teenager, aber ich wusste, wann ich verschaukelt wurde. Trotzdem zog ich meine Fünfziger aus der Tasche, zählte sieben davon ab und gab sie dem Mann.

»Willst du auch einen Ständer dafür? Der kostet noch mal hundert.«

»Vielleicht später.«

Als er das Keyboard in die Schachtel packte, legte er noch das Heftchen mit der Gebrauchsanweisung obendrauf.

Im Bus nach Hause stellte ich die Schachtel auf den Platz neben mir, als würde da noch ein Mensch sitzen, und ließ schützend meine Hand darauf ruhen.

Mein Dad verlor nie ein Sterbenswörtchen darüber. Wahrscheinlich hat er gar nichts davon gemerkt.

Mom war nicht da, als ich heimkam. Ich packte meinen neuen Besitz aus und begann sofort zu spielen. Das Keyboard hatte sogar einen Anschluss für Kopfhörer, so dass Mom mich nicht üben hörte. Jetzt hatte ich endlich herausgefunden, wie man ein Teenager war. Wenn ich meine Musik spielte, konnte ich alles ausblenden, was um mich herum vorging. Das Keyboard mit dem Klang der Welt unter meinen Fingerspitzen und den Kopfhörern, mit denen ich nichts anderes mitkriegte als das, was ich spielte. Meine perfekte Flucht.

Als Mom das Keyboard in meinem Zimmer stehen sah, runzelte sie die Stirn und fragte: »Wo hast du das her?«

»Dad hat es mir zum Geburtstag geschenkt.«

»Wann denn? Dein Geburtstag ist ein halbes Jahr her.«

»Letzten Monat«, erwiderte ich achselzuckend und wandte mich ab. »Du kennst doch Dad. Er ist immer zu spät dran. Oder vergisst meinen Geburtstag ganz. Es war im Sonderangebot.« Ich wusste, dass sie ihn nie danach fragen würde. Sie erträgt es nicht, mit ihm zu reden. Und dann fragte ich sie, ob ich ihr meinen neuesten Song vorspielen soll, und sie hörte eine Weile zu, doch ich merkte an ihren Augen, dass sie an ganz andere Dinge dachte.

»Klingt toll, Kleines.«

Das mechanische Lob, das Eltern ihren Kindern machen, wenn sie eigentlich nicht bei der Sache sind.

Schließlich stand Mom auf und verließ mein Zimmer, um all die Sachen zu erledigen, die sie erledigen musste.

An diesem ersten Tag sagte ich Aaron nichts davon. Ungefähr einen Monat vor Levys Geburt färbte ich mir die Haare in meinem Naturton, und dann erzählte ich ihm die ganze Geschichte. Die Untreue meines Vaters ließ mir immer noch keine Ruhe. Später hab ich angefangen, mir Strähnen in Platin und Knallrot machen zu lassen, das sieht auf der Bühne besser aus. Und darauf kommt es jetzt an.

Das ist also die Geschichte, wie ich Special Intent kennenlernte: Er hat die Wand mit einer Farbrolle angestrichen, und ich hatte einen Mini-Pinsel für die Ränder. So kam es, dass ich nach Detroit zog, wo alles um uns herum zusammenzufallen drohte, und mit meinem Keyboard, meinem Freund, seinen Leuten und unserem braunhäutigen, ringellockigen, großäugigen, langwimprigen Baby herumhing. So kam es auch, dass wir jetzt auf der Schwelle stehen.

Man weiß nie, was als Nächstes Wunderbares passiert, selbst wenn gerade alles ganz mies läuft.

Und ausgerechnet als mir das durch den Kopf geht und unser wunderschöner Levy mit der Gabel einen Rhythmus trommelt, sagt Aaron zu mir: »Babe, man kann nie wissen, was für eine großartige Sache schon auf uns wartet.« Und beweist, dass unsere Gedanken trotz meines Misstrauens aufeinander abgestimmt sind.

2

Ein anderer Mann

Sky

An diesem Abend schlafen Troy und ich nicht miteinander. Als er von der Arbeit nach Hause kommt, hat er Schüttelfrost. »Ich glaube, ich habe mir eine Grippe eingefangen«, erklärt er, während er sich die Treppe hinaufschleppt, um sich im Bett zu verkriechen.

»Daddy, guck mal, was ich gemacht habe.« Rachel zerrt ihn die Stufen wieder herunter und zeigt auf ihr Töpfchen. »Guck mal. Guck!« Sie nimmt den Deckel ab.

Im Töpfchen befindet sich inzwischen noch mehr Pipi und auch ein bisschen Kaka. »Hey, da bin ich aber sehr stolz auf dich.« Er beugt sich zu ihr, will sie hochheben und herumwirbeln, aber er schafft nur eine halbe Drehung, dann setzt er sie hastig wieder ab. Als er die Hand ausstreckt, um sich an der Wand abzustützen, merke ich, wie krank er wirklich ist.

»Sie hat das den ganzen Tag aufgehoben, um es dir zu zeigen«, erkläre ich und wende mich dann Rachel zu. »Komm, wir bringen es ins Klo und sagen Tschüss.« Ich gehe mit dem Töpfchen voraus, und Rachel folgt mir.

»Freust du dich, Daddy?«

Troy geht in die Hocke, damit er mit ihr auf einer Höhe ist, und streicht ihr übers Haar. »Ich bin stolz auf dich, Rachel, sehr, sehr stolz.« Dann blickt er zu mir hoch. »Genau wie Mommy. Ziele setzen und keine Zeit verschwenden.«

Rachel grinst, beugt sich zu ihm und legt die Arme um seinen Hals. Als sie seine Schulter berührt, zuckt er zusammen, versucht dann aber, sich zu entspannen, und lässt sich von ihr umarmen.

Ich gebe Rachel das Töpfchen und sehe zu, wie sie es mit Troys Hilfe in die Toilette leert. Dann drückt sie auf die Spülung und winkt, während der Wasserstrudel ihren Schatz davonträgt.

Als sie Troy danach küssen will, weicht er zurück. »Ich fühle mich nicht so gut und möchte dich nicht anstecken, Süße.« Rachel rennt durchs Wohnzimmer, öffnet die Glastür zum Balkon, geht hinaus und drückt die Lippen auf die Scheibe, so dass ihr Mund aussieht wie eine breitgequetschte rosa Blume. So bleibt sie, während Troy sich bückt und seine Lippen von der anderen Seite aufs Glas drückt. Ein paar Sekunden verharren sie so, dann spitzt Rachel zum Abschluss die Lippen, und Troy steht auf.

»Ich hab dich geküsst, Daddy, ich hab dich geküsst«, jauchzt sie.

Als Troy sein Hemd auszieht, sehe ich den roten, geschwollenen Bereich, der sich vom Pflaster aus über seine ganze Schulter auszubreiten droht. Der Ausschlag zieht sich einen Arm hinunter und den Rücken bis zum Kreuz. Als ich das Pflaster abziehe, sehe ich, dass der Pickel Eiter und dickflüssiges Blut absondert, die Haut in der Umgebung ist heiß, und Troy zuckt zusammen, wenn man sie berührt.

»Tut das weh?«

»Nein, aber deine Hand fühlt sich an wie Eis.«

»Die Notaufnahme ist noch offen. Lass uns hinfahren. Sofort.«

Ich packe für Rachel ein Erdnussbuttersandwich, ein paar Malbücher, ihre Schmusedecke und Maddie, das Häschen, dessen Fell zum größten Teil weggeliebt ist, zusammen.

»Maddie braucht ihren Rucksack, Mommy.« Rachel müht sich ab, den Riemen des Minirucksacks über den Arm des Stofftiers zu ziehen. Ich stecke noch eine Saftpackung und ein paar Äpfel ein, greife mir ein Buch, und los geht's.

Ich erzähle Troy nicht, dass ich meinen Job verloren habe.

Ich spreche auch nicht über meine Angst.

Stattdessen versuche ich mir gut zuzureden. Bestimmt bekommt er Antibiotika, und dann geht es ihm im Nu wieder besser. Schließlich ist er jung und gesund.

Am Empfang stellt man ihm ein paar Fragen und notiert unsere Versicherungsnummer. Unser Hausarzt gehört zum gleichen System wie die Klinik, demzufolge hat man hier Zugang zu allen unseren Daten. Die Schwester, eine Frau mit einem traurigen Mund, notiert Troys Symptome.

»Er hat Fieber und auf der Schulter eine wunde Stelle, die entzündet zu sein scheint«, erkläre ich und lege die Hand auf Troys Wange.

»Daddy ist krank«, verkündet Rachel und nickt bekräftigend.

Die Schwester deutet zum Wartezimmer. »Wir rufen Sie gleich auf.« Der Raum ist mehr als halb voll. Zwei andere Familien sitzen an den Tischen. Wir steigen über die Beine eines jungen Mannes, der seine Jacke wie eine Decke über sich gelegt hat und fest schläft, und setzen uns auf die Stühle neben ihm. Rachel holt ein Malbuch heraus und beginnt zu malen.

Das Warten beginnt. Ich überlege, ob ich Troy jetzt sagen soll, dass ich meinen Job verloren habe. Er lehnt sich auf seinem Stuhl zurück und schlingt die Arme um sich. »Mir ist so kalt«, klagt er. Ich frage am Empfang, ob man ihm eine Decke geben kann, aber die Schwester sagt: »Er kommt sofort dran.« Ich werfe einen Blick auf die Familien im Wartezimmer und komme zu dem Schluss, dass Troy anscheinend vorgezogen wird. Das macht meine Angst noch größer.

»Devon«, ruft die Schwester.

Der junge Mann schlüpft in seine Jacke und zuckelt weg. Dass er so allein ist, macht mich traurig. Aber vielleicht will er es so. Vielleicht hat er irgendeine Geschlechtskrankheit. Instinktiv rutsche ich ein Stück von seinem Platz weg.

Rachel malt ein Schaukelpferd an. Sie schafft es noch nicht, innerhalb der Linie zu bleiben, und schrubbt mit dem roten Buntstift über das Papier, als käme es vor allem darauf an, dass die Sache Farbe bekommt.

»Pipi, Mommy«, sagt sie.

Ich nehme sie an der Hand, und wir suchen zusammen die Toilette. »Toll, dass du es mir gesagt hast.« Ich habe vergessen, sie daran zu erinnern. Jetzt schaut sie sich im Erwachsenenklo um und sieht mich mit gerunzelter Stirn an. Ihr Mund ist eine schmale gerade Linie.

»Ich heb dich hoch, okay?«

Mit den Händen unter ihren Achseln halte ich sie fest, bis sie fertig ist.

»Ich hab's getan. Ich hab Pipi in das Töpfchen für große Mädchen gemacht.«

»Du bist toll«, lobe ich sie.

Dann wasche ich uns beiden die Hände, wobei ich extra viel Seife nehme, um die Krankenhauskeime loszuwerden.

Als wir in den Wartebereich zurückkommen, ist Troy nicht mehr da. Die traurige Schwester führt uns in seine Kabine, wo ein Pfleger gerade seinen Blutdruck misst. Kurz darauf piept das Thermometer in Troys Mund. Man hat ihn mit einer Thermodecke zugedeckt. Die Schwester nimmt das Thermometer und liest es ab.

»39,9.« Der Pfleger schreibt den Wert auf und sagt: »Ihr Blutdruck ist auch ziemlich niedrig. Der Arzt kommt sofort.«

»Ich hab in das große Töpfchen Pipi gemacht, Daddy«, berichtet Rachel. »In so eins, wo du und Mommy auch drauf geht.«

»Ich bin stolz auf dich, Süße«, sagt Troy und ringt sich ein Lächeln ab.

»Daddy ist krank«, stellt Rachel noch einmal fest, denn sie lässt sich von seiner gespielten Begeisterung nicht täuschen.

»Ja. Aber ich bin trotzdem stolz auf dich, und wenn ich nicht krank wäre, würde ich vor Freude auf und ab hopsen«, erklärt er ihr.

Als sie versucht, auf seine Krankenhausliege zu klettern – sie benutzt die Querstreben als Leiter –, sagt er schnell: »Nein, Süße. Ich möchte wirklich nicht, dass du das kriegst, was ich habe.«

In diesem Augenblick kommt eine Frau mit roten Locken herein, die ihr weit über die Schultern fallen. »Hallo, ich bin Doktor Shapiro. Dann erzählen Sie mir doch bitte mal was über diese wunde Stelle.«

Troy berichtet, während die Ärztin ihn mit behandschuhten Fingern untersucht. »Wir müssen eine Biopsie machen, um das Gewebe zu testen.«

»Glauben Sie, es ist ein Spinnenbiss? So sah das Ding für meine Augen nämlich anfangs aus.«

Dr. Shapiro klappt auf dem schmalen Bord an der Wand einen Laptop auf. »Könnte sein.« Dann studiert sie Troys Akte. »Wie ich sehe, hatten Sie im September eine Nebenhöhlenentzündung.«

Troys Sommerschnupfen hat im Juni angefangen, und im August war seine Nase immer noch verstopft.

»Ja, Dr. Grey hat mir ein Antibiotikum gegeben, Cephalosporn, glaube ich.« Troy versucht sich aufzusetzen und in dem kleinen Raum mehr Autorität und erwachsene Präsenz auszustrahlen. »So hieß das Zeug doch, oder?«, fragt er mich.

»Ja, hier steht es«, sagt Dr. Shapiro und tippt auf den Bildschirm.

Sie ist schätzungsweise in unserem Alter, ihre Nägel sind

poliert und klar lackiert, kleine Goldkreolen schmücken ihre Ohren. Sie steht auf, um sich Troys Schulter noch einmal anzusehen. Die Schwellung hat noch zugenommen, seit wir von zu Hause aufgebrochen sind. Die Haut ist dunkelrot, ein dickflüssiges Blut-Eiter-Gemisch quillt aus der wunden Stelle und rinnt in Troys lockigen Brusthaare. Das Gesicht der Ärztin bleibt glatt und faltenlos, als sie fragt: »Können Sie den Arm heben?« Ihr ist weder Sorge noch Ekel anzumerken.

Troy hebt den Arm, aber nur bis auf Brusthöhe.

»Nun, wir brauchen zuallererst die Biopsie und ein bisschen Blut, um zu sehen, was für eine Infektion Sie da haben. Inzwischen geben wir Ihnen eine Infusion mit Vancomycin, einem Antibiotikum.« Dann wendet sie sich an mich. »Haben Sie beide offene Wunden oder ähnliche Pickel wie Ihr Mann?«

»Ich glaube nicht.« Wenn ich das nächste Mal dusche, werde ich mich trotzdem gründlich untersuchen. »Und bei Rachel habe ich auch nichts bemerkt.«

»Hier hab ich ein Aua«, mischt Rachel sich ein, hält sich an der Kante der Liege fest und hebt das Knie hoch. Die Ärztin betrachtet eingehend die dünne weiße Narbe eines vor langer Zeit verheilten Kratzers.

»Das hat bestimmt wehgetan.«

Rachel nickt, und bei der Erinnerung werden ihre Augen tränennass.

Die Ärztin geht an ein Schränkchen, holt ein Chirurgie-Kit heraus, verlässt kurz den Raum und kommt mit einer Spritze zurück. »Das wird den Schmerz eine Weile betäuben«, sagt sie zu Troy.

Kurz darauf erscheint der Pfleger mit einem Infusionsständer und fragt: »Welche Seite wollen Sie, rechts oder links?« Dabei schwenkt er den Infusionsschlauch vor und zurück.

»Links, denke ich.« Troy legt sich zurück auf das flache Kissen, und da seine Brust entblößt ist, sehe ich, dass das orangerote Blut-Eiter-Rinnsal sich seiner Brustwarze nähert. Seine Stimme ist schwach, und die hellgrüne Decke, die seinen Unterleib und seine Beine bedeckt, lässt ihn kleiner wirken. Beinahe, als wollte er in die Matratze versinken.

Ich habe Troy kennengelernt, als wir beide fünfzehn waren. In diesem Sommer waren wir beste Freunde. Er verbrachte viel Zeit bei mir zu Hause, als wären wir Bruder und Schwester, nur dass Tara sich auf seinem Schoß fläzte und Mom nie an ihm herummeckerte. Eines Tages begegneten wir uns im Schwimmbad. Das konnte man von uns aus leicht zu Fuß erreichen, und meine Freundinnen und ich gingen gerne hin, um mit den Jungs zu flirten und uns zu überlegen, in wen man diese Woche verliebt war. An diesem Tag war ich mit Marissa und Jennifer unterwegs, und während wir uns gegenseitig mit Babyöl einrieben, sahen wir uns die Jungs an, die schon auf der Highschool waren, mit der wir erst im Herbst beginnen würden. Jungs, die sich schon rasierten. Jungs mit Stiernacken und breiten Schultern und knackigem Hintern. Jungs mit großtuerischem Gang und dennoch einer gewissen Verletzlichkeit, die verhinderte, dass wir Angst vor ihnen hatten. Oder uns vielleicht ein bisschen einschüchterte. Aber nicht bei Troy. Troy schüchterte mich nicht ein. Marissa, Jennifer und ich lagen auf unseren handtuchbedeckten Liegen, Kopfhörer in den Ohren, und taten so, als hätten wir es nur auf eine goldene Sonnenbräune und ein bisschen Zeitschriftenlektüre abgesehen.

Ich hörte Jennifer sagen: »Wow, der ist aber heiß. Bist du sicher, dass er bloß mit dir befreundet sein will?« Dazu stupste sie mich mit dem Ellbogen in den Arm. Ich öffnete die Augen und setzte mich auf.

Sie meinte Troy.

Ich hatte ihn noch nie ohne Hemd gesehen.

Er kam mit zwei Freunden ins Schwimmbad und wandte mir

den Rücken zu, während die drei sich nach drei freien Liegen umschauten. Da sie keine nebeneinander fanden, warfen sie ihre Handtücher auf einen leeren Tisch und schlenderten erst mal zu den Sprungbrettern.

Ich stützte mich auf die Ellbogen.

Die Sonne glitzerte auf dem Wasser wie auf Diamanten.

Troy kletterte die Leiter zum Sprungturm hinauf, ging zum Rand des Bretts und wandte dem Becken den Rücken zu. Die Arme eng an den Seiten, stand er aufrecht dort oben und testete mit behutsamen Bewegungen die Elastizität des Bretts.

Wir drei Mädchen ließen ihn nicht aus den Augen, auf unsere Ellbogen gestützt, die Bäuche glitschig vom Öl, Fuß- und Fingernägel poliert und perlmuttpink lackiert. Ich hielt die Luft an.

Troy hob die Arme auf Schulterhöhe.

(Den Arm, den er jetzt kaum nach oben bewegen kann. Den Arm, über den der Eiter rinnt.)

Ich sah, wie seine Brust sich dehnte, als er einatmete, dann beugte er mit einer mühelosen Bewegung die Knie und stieß sich ab, wölbte den Rücken und flog durch die Luft.

Atemlose Stille trat ein, denn alle hörten auf zu schwatzen, hielten zwischen zwei Bissen Hotdog inne und senkten ihre Zeitungen. Alles erstarrte.

Sanft und lautlos durchstießen seine Fingerspitzen die Wasseroberfläche, wie ein Pfeil, Arme und Beine eng zusammen, der Rücken durchgebogen, folgte der Rest des Körpers. Unter Wasser machte er einen Purzelbaum, streckte sich, und schwamm zum Beckenrand. Dort legte er die Hände auf die Kante, hievte sich hoch, schwang mit derselben Bewegung die Beine zwischen den Armen durch und stand auf. Wassertropfen rollten langsam über seinen Körper und hinunter auf den Beton.

Noch immer hatte er uns nicht entdeckt.

»Ich wusste gar nicht, dass er ein Springer ist.« Marissa entfernte ihr Haargummi, kämmte sich mit den Fingern und plusterte die Haare um ihr Gesicht wieder auf.

»Ja, er hofft, dass er es nächstes Jahr ins Uni-Team schafft.« Aber ich hatte auch nicht gewusst, dass er so präzise, so elegant springen konnte, dass er eine solche Körperkontrolle hatte. Warum hatte ich das nicht gesehen? Warum hatte er mir fast nichts davon erzählt? Vielleicht hatte ich einfach nicht zugehört.

Er bemerkte mich immer noch nicht. Sein Freund, der als Nächster sprang, legte eine Bauchlandung hin. »Autsch! Das hat schon beim Hören wehgetan!«, rief Jenny und rieb sich den Bauch.

Damals war Troy nur ein paar Zentimeter größer als ich, und sein Körper schien nur eine leicht abgewandelte Version meines eigenen zu sein. Er war ein Kumpel ohne die Rivalität und Zickigkeit eines Mädchens.

»Bist du sicher, dass er nur mit dir befreundet sein will?«, fragte mich jetzt auch Marissa, während sie glitzernden Lipgloss auftrug.

Ich zuckte die Achseln, machte mich auf den Weg zur Treppe, und jetzt entdeckte Troy mich endlich.

Er grinste, und ich lachte.

Er begrüßte mich, kam aber nicht zu uns rüber, sondern ging zurück zum Sprungbrett, kletterte die Leiter hinauf, und diesmal machte er einen Hechtsprung, bei dem er die Wasseroberfläche wieder so elegant durchschnitt, dass sie sich kaum kräuselte.

»Jetzt gibt er bloß noch an«, stellte Jennifer fest, legte sich zurück auf ihr Handtuch, schlug ihr Buch auf und las weiter.

Aber ich stellte die Lehne meiner Liege aufrecht, damit ich ihn beobachten konnte, ohne übereifrig zu wirken.

Schließlich war ich einfach mit ihm befreundet. Wie mit einem Bruder, wie gesagt. Eines Abends war er sogar auf unserer Couch eingeschlafen. Mom hatte eine Verabredung, und als sie heimkam, fand sie Troy und Tara auf dem Sofa und mich auf dem Sessel, alle im Tiefschlaf, während im Fernsehen der Schluss von *Arachnophobia* lief.

Ich hatte keinen festen Freund, aber Troy war für mich durchaus ein möglicher Kandidat. Wenn ich ihn auf die besonders hübschen Mädchen in meiner Klasse aufmerksam machte, sagte er nie etwas dazu, sondern zuckte bloß mit den Schultern.

Dezent beobachtete ich, wie er einen Salto schlug und sich dann streckte, so dass er mit den Fingern zuerst ins Wasser kam, noch einen Schwalbensprung, und dann ein ganz verrücktes Manöver, bei dem er sich in der Luft drehte und mit den Füßen zuerst ins Wasser glitt. Den letzten Sprung übte er dreimal. Jedes Mal schwamm er unter Wasser zum Rand und sprang mit einem Satz über den Beckenrand.

Ich beobachtete ihn hinter meiner Sonnenbrille.

Ich beobachtete ihn hinter meiner Zeitschrift.

Er glitt aus dem Wasser, als gäbe es keinen Übergang, als wären Wasser und Luft das gleiche Element.

Und dann endlich kam er doch zu mir herüber. »Wie findest du meine Fortschritte beim Salto rückwärts?«, fragte er.

»Nennt man das so? Du siehst toll aus. Ich wusste gar nicht, dass du so gut bist«, antwortete ich mit einem Lächeln.

»Ich hab daran gearbeitet.« Er streckte die Hand aus und versuchte mich hochzuziehen.

»Was denn? Ich lese«, protestierte ich.

»Komm schon. Willst du es nicht auch mal probieren?«

Also, Höhen mag ich überhaupt nicht. Ich kann Bahnen schwimmen, aber ich erinnere mich noch allzu gut an den Bauchklatscher, den ich mit zehn hingelegt habe, und wie der gebrannt hat.

Aber er zerrte mich aufs Einmeterbrett und brachte mich in

Stellung. Ich stand ihm gegenüber am Rand des Bretts, seine Arme lagen auf meinen Schultern. »Schau mir in die Augen. Du wirst durch die Luft fliegen. Drück das Kinn nach unten, und deine Fingerspitzen werden die Wasseroberfläche mühelos durchschneiden.«

Ich sah die Sommersprossen auf seiner Nase und den Wirbel auf seinem Oberkopf. Aber so ernst hatte ich ihn noch nie erlebt.

Seine Handflächen waren warm auf meinen Schultern.

Ich fuhr mit der Zunge über meine trockenen Lippen.

Dann schaute ich hinunter. Auf seiner Brust wuchs ein spärlicher, aber deutlicher Flaum. Braune, rotbraune Haare. Sie sahen weich aus.

Er ist ein Mann, dachte ich zum ersten Mal.

Der Gedanke war mir seltsam peinlich.

»Jetzt dreh dich um. Und bieg deinen Körper wie zu einem C.«

Ich stand mit dem Gesicht zum Becken am Rand des Brettes, er dicht hinter mir, seine warmen Hände auf meinen Schultern. Ich hatte die Arme über den Kopf gestreckt. »Beug dich vor, die Arme zuerst. Bleib in der Biegung, wie ein C.«

Ich befolgte seine Anweisungen.

»Gut. Super, Sky. Der Sprung wird großartig, du wirst sehen. Jetzt beug dich einfach immer weiter vor, leg den Daumen in die andere Handfläche.«

Ich tat es, beugte mich vor und sah mir auf die Knie.

»Jetzt sind deine zwei Hände wie eine. Gut. Halt die Beine geschlossen.«

Ich spürte, wie ich kippte.

Und stürzte ins Leere. Ehe mir bewusst wurde, wie dicht ich am Wasser war, trafen meine Fingerspitzen auf das kühle Nass, dann meine Arme, mein Kopf, meine Beine. Ich dachte sogar daran, die Beine geschlossen zu halten.

Troy strahlte, als wäre ich ein Kind, das gerade den ersten

Schritt gemacht hatte. Mit genau dem gleichen Lächeln belohnt er heutzutage Rachel, zehn Jahre später.

»Wow. Das war toll. Du solltest mit mir ins Team gehen!«

Ich verdrehte die Augen.

Er schleifte seinen Liegestuhl neben meinen, und wieder bemerkte ich die Haare auf seiner Brust.

»Ich glaube, Marissa ist in dich verknallt«, flüsterte ich ihm zu, als Marissa an der Imbissbude anstand.

»Willst du es noch mal versuchen?« Er hatte mich nicht gehört.

»Sie findet dich toll.«

»Komm, ich möchte dir beibringen, wie man das Brett zum Schwingen bringt, dann kannst du höhere Sprünge machen.«

»Hättest du gern eine feste Freundin?« Ich ließ nicht locker.

»Willst du mit mir ein paar Bahnen schwimmen?«

»Nein, ich will den Artikel über Britney fertiglesen.«

Er stand auf und ging zum Becken. Die Muskeln in seinem Hintern spannten und entspannten sich beim Gehen, deutlich sichtbar in der blauen Badehose. Es waren elastische Springer-Badehosen, man sah die Wölbung beider Pobacken. Wie peinlich.

Jetzt, da die Decke seine Beine und Hüften bedeckt und seine Brust nackt ist, fallen mir die Haare auf seiner Brust und seinen Armen wieder auf.

In seinem Handgelenk steckt eine IV-Nadel.

Manchmal macht er Witze über die kahle Stelle oben auf seinem Kopf, die sich ausbreitet und das Problem mit seinem Wirbel bald aus der Welt geschafft haben wird.

»Männer mit Körperbehaarung haben eine höhere Wahrscheinlichkeit, kahl zu werden«, meinte er einmal.

»Ach wirklich?« Wir standen im Bad und teilten uns den Spiegel. Er gab Gel auf die wenigen Strähnen, die von dem Wirbel noch übrig sind, während ich mir die Beine eincremte.

»Jep. Hab ich mal irgendwo gelesen.«

»Es stört mich nicht, wenn du kahl wirst.« Ich mag es, wie sich seine Haare unter meinen Handflächen und meinen Fingerspitzen anfühlen, aber es macht mir nichts, wenn er kahl ist. Ganz glatt fühlt sein Kopf sich bestimmt auch gut an.

Aber es macht mir etwas aus, und zwar sehr viel, wenn ich sehe, wie Eiter aus seiner Schulter läuft und seine Brusthaare verklebt.

Als könnte sie meine Gedanken lesen, streicht Dr. Shapiro mit einem Tupfer durch den Eiter, steckt ihn dann in ein Röhrchen und wischt den Rest mit alkoholgetränkter Gaze ab.

»Wir machen eine Biopsie und ein schnelles Blutbild. Inzwischen schauen wir mal, ob die Infusion Ihr Fieber senkt und die Schwellung zurückgehen lässt.«

Als sie geht, lässt sie den Vorhang ein Stück offen, und ich ziehe ihn hinter ihr zu.

Troy schließt die Augen und schüttelt den Kopf. »Was für ein verschwendeter Abend. Ich wollte an dem Prozess nächste Woche arbeiten und einfach ein bisschen Zeit mit dir und Rachel verbringen.«

»Jetzt verbringst du auch Zeit mit uns.«

»Ich bin hier, Daddy«, bestätigt Rachel, die sich auf den Stuhl vor dem Arztschreibtisch gesetzt hat, ein Kleenex aus der Schachtel holt und so tut, als würde sie sich die Nase putzen. Dann holt sie sich einen Latexhandschuh und versucht ihn sich über die Hand zu ziehen, aber dieses Vorhaben erweist sich als zu kompliziert und verwirrend. Ich rolle den Handschuh auf und helfe ihr. Gespenstisch hängt das Plastik von ihren Fingern. Sie wedelt damit herum. »Schau mal, Daddy, ich hab ganz lange Fingernägel.«

Dass er keinen witzigen Kommentar dazu abgibt, zeigt mir wieder, wie krank er ist.

»Wir könnten so viel anderes tun. Selbst wenn wir nur Reste

essen und uns Wiederholungen im Fernsehen anschauen«, sagt er und sieht Rachel und mich an.

Ich drücke seine Hand.

»Warum geht ihr nicht lieber nach Hause? Ich bin womöglich noch stundenlang hier. Und ich kann dann ja ein Taxi nehmen.«

»Möchtest du, dass wir gehen?«

»Ihr müsst doch nicht wer weiß wie lange in der Notaufnahme rumhängen.«

»Ich möchte bei dir sein.«

»Wie willst du morgen arbeiten, wenn du die halbe Nacht hier rumsitzt?«

Ach richtig. Morgen ist Dienstag. Dienstags geht Rachel um acht zur Tagesbetreuung, und um halb neun fange ich an zu arbeiten.

»Mach dir deswegen keine Sorgen.« Mehr sage ich nicht. »Konzentrier dich darauf, wieder gesund zu werden.« In einer Woche, in ein paar Tagen wird das hier vorbei sein. Zehn Tage Antibiotika, dann wird unser Leben weitergehen, als hätte es diesen Abend nie gegeben.

Nur dass ich keinen Job mehr habe und dass Mia tot ist, denke ich unwillkürlich.

Troy schließt die Augen. Sein Atem geht flach. Vielleicht ist er eingeschlafen. Rachels Gespensterfinger malen einen Schneemann violett an, irgendwo hört man einen Mann stöhnen, mein Herz beginnt zu pochen und dröhnt im Hals und in den Ohren.

Eine Stunde später kommt der Pfleger zurück, misst Troys Temperatur und seinen Blutdruck. Anscheinend hat Troy tatsächlich ein bisschen geschlafen, aber jetzt klagt er sofort wieder, dass ihm kalt ist.

»Ich bringe Ihnen gleich noch eine Decke«, sagt der Pfleger, während er die Werte auf seiner Karte notiert.

»Wie geht es ihm?«

»Die Temperatur ist ein bisschen höher.«

»Höher als vor ein paar Stunden?«

»Höher als beim letzten Mal.« Damit dreht der Pfleger sich um, verlässt das Kabuff und kommt ein paar Minuten später mit einer weiteren Decke zurück. »Das müsste Sie wärmen.« Er starrt an die Decke, während er die Decke auffaltet und über Troy breitet.

»Aah, das ist gut«, seufzt Troy.

Ich berühre die Decke. Sie ist warm.

Wir warten weiter. Allmählich wird Rachel nörgelig, also setze ich sie mir auf den Schoß und lese ihr aus dem Buch vor, das wir mitgebracht haben. Rachel rutscht unruhig herum, für den Moment von ihrer Müdigkeit abgelenkt. Ich beschließe, ihr die Schlaflieder vorzusingen, die Mom mir früher vorgesungen hat, *Summertime* und *All through the Night.*

Endlich kuschelt sie sich an mich und steckt den Daumen in den Mund.

»Das ist schön, Liebling«, sagt Troy. Genau genommen singe ich genauso für ihn wie für Rachel. Aber meine Stimme ist heiser, und ich treffe die Töne kaum. Taras musikalisches Talent kommt von ihrem Vater, nicht von unserer Mutter.

Behutsam setze ich Rachel auf den Stuhl und mache es mir auf der Krankenhausliege neben Troy gemütlich.

»Und wenn ich ansteckend bin?«

»Dann hab ich mich sowieso längst angesteckt.« Ich lege meinen Kopf an seine Schulter, an die ohne Eiter, lasse die Hand unter die Decke gleiten und fühle seine von der Decke gewärmte Haut und die weichen lockigen Haare auf der Brust.

»Ich liebe dich.«

Er drückt mich mit dem guten Arm. An dem die Infusion hängt. »Immer und ewig«, antwortet er.

Als die Ärztin hereinkommt, springe ich hastig auf, als hätte ich etwas Verbotenes getan.

Zuerst misst Dr. Shapiro noch einmal Troys Temperatur, während sie ihn fragt, wie er sich fühlt, dann den Blutdruck. Sie schaut auf das Thermometer. »Nun, das Fieber steigt trotz des Vancomycin, und wir haben die vorläufigen Laborergebnisse. Es sieht danach aus, als hätten Sie eine Staphylokokken-Infektion.«

»Von einem Spinnenbiss?«

»Ich weiß nicht, woher. Sieht nach einem MRSA aus, einem multiresistenten Keim, und das bedeutet, dass Sie ihn von irgendwoher haben können. Vierzehn Prozent der Menschen tragen die Bakterien für community-associated MRSA, wie man es im Fachjargon nennt.« Sie wickelt den Schlauch der Blutdruckmanschette wieder auf und hängt das Gerät an seinen Ständer. »Also auch Menschen, die nicht in einem Krankenhaus oder Pflegeheim sind.«

»Er war auch gar nicht im Krankenhaus. Oh, aber wir haben eine Freundin im Krankenhaus besucht. Das heißt, ich hab sie besucht.« Kann es sein, dass ich diese Infektion aus Mias Krankenzimmer nach Hause gebracht habe? Von einer Klinke im Bad? Einem Griff am Wasserspender? Von einer Berührung eines infizierten Labormantels? Hat Troy seine Krankheit mir zu verdanken?

»Es könnte auch aus einem Fitnessstudio kommen … trainieren Sie? Oder machen Sie irgendeinen Mannschaftssport?«

»Basketball. Aber nicht in einem Studio.«

»Den Erreger findet man an vielen Stellen.« Sie stemmt die Hand in die Hüfte. »Ich habe gesehen, dass Sie wegen der Nebenhöhlenentzündung Antibiotika genommen haben. Es scheint eine Verbindung zwischen diesem Antibiotikum und der Entstehung einer solchen Infektion zu geben. Das Mittel senkt die Immunität gegen den speziellen Erreger.« Sie spricht langsam, mit tiefer Stimme, und sieht abwechselnd Troy und mich an, immer nur einen. Dann schaut sie kurz zu Rachel hinüber, die zu einem Ball zusammengerollt auf dem Sessel liegt, einen Daumen im Mund, die andere, immer noch in dem Latexhandschuh steckende Hand unter dem Kinn. »Es ist wahrscheinlich das Beste, wenn Sie hierbleiben und wir Ihnen weiterhin intravenös Antibiotika und Flüssigkeit zuführen und die Infektion beobachten. Sobald wir dann auch die vollständigen Laborergebnisse haben, bemühen wir uns, eine Medikation für diesen speziellen Erreger maßzuschneidern.«

»Können wir es auch kriegen? Besteht die Möglichkeit, dass ich es bei meinen Krankenhausbesuchen eingeschleppt und ihn damit angesteckt habe?«

»Um das herauszufinden, müssten wir Sie eingehender untersuchen. Momentan sollten Sie aber lieber Ihre Tochter nach Hause bringen. Sie sollten beide duschen und sich dabei gründlich waschen. Schauen Sie genau nach, ob Sie offene Wunden haben, ganz gleich wie klein. Falls ja, säubern Sie sie, geben Sie antibiotische Salbe darauf und decken Sie sie ab. Ich bin froh, dass Ihre Tochter wenigstens *einen* Handschuh anhat«, fügt sie lachend hinzu.

Ich möchte Troy nicht alleine lassen. Aber ich möchte uns in Sicherheit bringen.

»Morgen sollten Sie die Kleine auf jeden Fall zu Hause lassen.«

Als wir gehen, sieht Troy Rachel an, als zerreiße es ihm das Herz. Ich werfe ihm einen Kuss zu.

»Bye-bye, Daddy«, sagt Rachel. Dann küsst sie ihre Finger, streckt den Arm aus, so weit sie kann, und wirft ihm einen Kuss zu.

Auch Troy küsst seine Handfläche und bläst den Kuss in ihre Richtung.

Zu Hause dusche ich Rachel und mich ausführlich und untersuche unsere Haut aus nächster Nähe. Keine Kratzer. Keine Pickel. Keine Mückenstiche. Nur ein paar Sommersprossen.

Dann packe ich Rachel in ihr Bettchen und gehe an den Computer. Das Antibiotikum, das Troy gegen die Nebenhöhlenentzündung genommen hat, kann den Erreger gegen andere Antibiotika resistent machen. Dadurch wird die Infektion heftiger und kann den ganzen Körper befallen, Knochen, Gelenke, Herz und Lunge. Er könnte an bakterieller Endokarditis oder Lungenentzündung sterben. Er könnte eine Blutvergiftung bekommen. Im Jahr sterben 19 000 Amerikaner daran, mehr als an AIDS.

Aber er ist jung. Und gesund. Sein Immunsystem wird den Keim besiegen.

Es ist 2 Uhr 30 morgens. Erst halb zwölf Eastern Time. Ich rufe Mom an, aber niemand antwortet. Wahrscheinlich ist sie bei Jim. Ich hinterlasse eine Nachricht und versuche es auf ihrem Handy, aber das geht sofort auf Voicemail.

»Ruf mich an, sobald du die Nachricht kriegst. Ganz egal wie spät es ist.« Dann füge ich hinzu: »Mit mir ist alles okay, aber Troy liegt im Krankenhaus.«

Als ich im Bett liege, rast die Angst durch meinen Körper, der Herzschlag dröhnt in meinem Hals und meinen Ohren. Ich kann nicht schlafen. Vielleicht kann ihn ja meine Angst retten.

2

Ein anderer Mann

Tara

Wir sind im Bus, und ich finde es toll, mit der Crew im Bus zu sein. Es ist so cool – es gibt Betten, die man aus den Seitenwänden herausklappt, und einen Tisch, an dem man Karten spielen, am Computer arbeiten oder üben kann. Aaron, Levy und ich haben einen Bereich für uns, den anderen teilen sich Red Dog, Smoke und T-Bone. Unser jetziger Bus ist wesentlich schöner als der, mit dem wir damals nach Atlanta und New York gefahren sind. Ich habe schon ausgepackt und angefangen, es uns in unserem Heim gemütlich zu machen. Für Levys Spielsachen, seine Bücher und seine Planiermaschine gibt es ein schmales Regal, ich hänge den Kristall ins Fenster, und wenn die Sonne ihn richtig trifft, schimmern überall kleine Regenbogen. Für das Keyboard und die Laptops gibt es eine Steckdose gleich beim Tisch, und wir haben eine Mikrowelle und einen Kühlschrank. Genau wie in einem Wohnmobil. Ich hatte mal eine Freundin, die in einem gewohnt hat, ich fand diese perfekte Miniatur-Behaglichkeit toll. Alles, was man brauchte, war da, nur eben kleiner. Und dann noch dieses Gefühl der Flexibilität – wenn man Lust hatte, konnte man sein kleines Haus einfach spontan überallhin mitnehmen.

Außerdem ist es immer eine gute Übung, nicht so viel Kram zu haben.

Wir brauchen eigentlich nicht mal Kostüme, meine bunten Strähnen reichen als Verkleidung. Wir dürfen, ja, wir sollen sogar aussehen wie normale Leute. Nicht wie Schauspieler, die dauernd perfekt und schön sein müssen.

Aber sexy ist gut. Sexy ist sogar sehr gut. Und ich habe einen Bodysuit in schwarz und einen in Fuchsia, der zu den Strähnen passt, mit Pailletten, die im Scheinwerferlicht funkeln. Die Jungs tragen Straßenklamotten.

Morgens, als alle wach sind, machen wir halt bei McDonald's. Ich hole für jeden ein McMuffin Sausage mit Ei, Rösti, dazu Kaffee für Aaron und mich und Milch für Levy. Auf fast alles quetschen wir Ketchup. Levy tunkt ein Stück Rösti hinein und leckt das Zeug ab. Ich nehme noch ein bisschen scharfe Sauce dazu.

Wir trinken Orangensaft aus unserem Kühlschrank, und ich setze Kaffee auf.

Ein paar von den Chocolate Chip Cookies, die ich in Detroit gebacken habe, sind auch noch da. Keine Ahnung, wie die es geschafft haben, die Konzerte in Chicago und Minneapolis zu überstehen.

»Sind die inzwischen nicht total vertrocknet, die Kekse?«

»Tunk sie doch in Milch«, schlägt Smoke vor. Also, Smokes Haut ist dunkel, fast schwarz, aber verblüffenderweise hat er blaue Augen. Augen wie schwarzblaue Tinte, das ist mir sofort aufgefallen, als wir uns zum ersten Mal begegnet sind. »Ich hab im Leben noch nie einen Typen mit deiner Hautfarbe gesehen, der blaue Augen hat«, habe ich gesagt. Wir saßen alle zusammen und probten *Prohibitions of Prison.*

Daraufhin sahen ihn auch Aaron und Red genauer an. »Hey, woher hast du die denn?«

»Trägst du Kontaktlinsen?«

Aber Smoke schüttelte nur den Kopf und antwortete: »Bin damit geboren.«

»Ich hab immer gedacht, du hättest Augen wie ich«, meinte Red. »Wie ein Schwarzer eben. Dabei kenne ich dich schon mein ganzes Leben.«

Smoke ist ein großer Kerl, XL, und er bewegt sich langsam, als wäre ihm das Gewicht, das er mit sich rumträgt, zu schwer und er müsste sich jeden Schritt genau überlegen.

Er gehört zu den Menschen, die nicht viel reden, aber wenn er etwas sagt, dann hören ihm alle zu.

Wann immer er trommelt, ist Schluss mit langsam und desinteressiert. Jetzt spielt er auf einer Handtrommel, einer Djembe, und seine Finger bewegen sich so schnell, dass sie einem vor den Augen verschwimmen. Bei seinem Solo sind seine Hände gleichzeitig auf der großen Trommel und dem Schlagbass, so schnell, dass man das Abfedern gar nicht mitkriegt. Bei einem langsamen Rhythmus hat man das Gefühl, die ganze Welt hängt im Intervall zwischen den Schlägen, und seine Trommel bringt mein Herz zum Klingen. Smoke war mit Red und Aaron auf der Schule, und sie sind alle um die Ecke voneinander aufgewachsen.

T-Bone ist das neueste Mitglied der Crew. Porenlose Haut und glänzende Augen. Groß. Mit einem Rand um die Lippen wie eine Benin-Bronze. Die Frauen sind verrückt nach ihm. Außerdem hat er eine tolle Singstimme und beherrscht den langsamen Gospelstil. Aaron hat ihn in Sissys Kirche, dem Shrine of the Black Madonna, kennengelernt, da haben sie im Knabenchor gesungen. Eigentlich war T-Bone bei einer anderen Crew, aber dann hat er es mit uns probiert und ist geblieben.

Red Dog ist Aarons Halbbruder von einer anderen Mutter. Damit meine ich, sie sind zusammen aufgewachsen und kennen einander in- und auswendig. Hundert Prozent Loyalität, hundert Prozent Liebe. Wenn man was mit Aaron zu tun haben möchte, kriegt man Red im Doppelpack dazu. Und umgekehrt musste er natürlich auch mich in der Mixtur akzeptieren. Was nicht leicht war. Ein weißes Mädchen in einer Rap-Crew, das ist mehr als bizarr. Brisant könnte man fast sagen. Sie müssen mit mir zurechtkommen. Mit mir zurechtkommen, genau wie ich mit den ganzen Tussen zurechtkommen muss, die auf die Jungs in der Crew scharf sind. »Für die seid ihr doch bloß Kerben im Bettpfosten«, erkläre ich ihnen. Als würde sie das kümmern.

»Und wenn schon«, lacht Red.

»Oder du bist ein potenzieller Alimente-Zahler für ein Baby, so eine Art Goldesel.« Aaron wirft mir einen Blick zu, damit ich aufhöre, mich so mamahaft aufzuführen. Später sagt er: »Das sind erwachsene Männer. Wenn unser Ding hier funktionieren soll, kannst du ihnen nicht sagen, was sie zu tun haben.«

Ich weiß, dass er recht hat, aber vermutlich habe ich doch einen winzigen Teil in mir, der Sky ähnelt. Ich denke nämlich auch an mögliche Konsequenzen, ich male mir Katastrophenszenarien aus, nur ignoriere ich sie meistens, weil es mir wichtiger ist, das zu tun, was ich tun will. Und wahrscheinlich denken das die Männer aus der Crew auch.

Also, gelegentlich kommandiert Aaron gern ein bisschen rum. Er mag Kontrolle. Manchmal ist er mein Boss, mein Beschützer. Als das mit der Crew angefangen hat zum Beispiel, da hat Special Intent zu den anderen gesagt: »Tara gehört zu uns. Sie ist die Musik. Und mein Engel. Ohne sie läuft hier gar nichts, sie ist der Schlüssel. Wenn ihr was zu meckern habt, dann sagt es entweder jetzt oder verpisst euch.«

Sie sahen erst ihn, dann mich an. Aaron ist der Einzige, der auf die Idee kommen würde, mich als Engel zu bezeichnen.

»Key – Schlüssel. Das ist ein guter Name für sie«, sagte Smoke schließlich. Und seither heiße ich Key. Oder L'il Key.

»Sie weiß, was abgeht. Sie kommt damit zurecht«, sagte Aaron. Das bedeutete, dass ich das mit den Weibern und dem

Hasch locker sehen würde. Keiner aus der Crew nimmt harte Drogen. Jedenfalls nicht, soweit ich weiß. Kein Kokain, kein Heroin, kein X, kein Chrystal. Sie rauchen ein bisschen Gras, aber nicht in Levys Beisein. Das war von Anfang an klar.

Und dann sagte Special: »Noch was. Wir nehmen niemand mit auf die Tour. Nur wir sind dabei, so machen das die Profis. Außerdem, wenn wir mit unserem Geld Motelzimmer für andere Leute bezahlen, dann ist das weder für uns noch für sie das Richtige.«

Manchmal hat Special einen bestimmten Ausdruck in den Augen und einen bestimmten Zug um den Mund, und dann weiß ich sofort, dass ich keine Chance habe, ihn umzustimmen. Zum Beispiel, als er mir gesagt hat, ich soll mich aus den Angelegenheiten der Crew raushalten. Zum Beispiel, als ich ihn – wir waren gerade erst zusammengezogen – gefragt habe: »Wo gehst du hin? Wann bist du zurück?«

Da trat er einen Schritt zurück und antwortete mit leicht zusammengekniffenen Augen und betont ruhiger Stimme: »Ich bin grade aus dem Gefängnis raus, und ich hab nicht vor, mich wieder einsperren zu lassen, auch wenn's diesmal ohne Gitter ist. Ich bin zurück, wenn ich zurück bin. Wenn du mich brauchst, ruf an.« Dann schlüpfte er in seine Schuhe.

Das war eine kalte Dusche, aber ich pflanzte mich breitbeinig vor ihm auf, reckte das Kinn und nahm all meinen Mut zusammen. »Mann, ich will dich nicht kontrollieren. Mach dich locker. Aber ich hab auch Pläne.«

Sofort wurden seine Augen sanfter.

Ich grinste und sagte so frech, wie ich konnte: »Und da hätte ich dich irgendwie ganz gern dabei.«

Jetzt fing er an zu lachen. »Du hast meine Nummer, T.«

Aber ich hab ihn nie wieder gefragt, wo er hingeht.

»Du weißt doch, dass ich nichts tun würde, was unserer Beziehung schadet, oder?« Vermutlich war das seine Art zu versprechen, dass er mir treu sein würde. Vermutlich hatte er gemerkt, dass ich auf Distanz gegangen war.

Wir waren in unserer Wohnung, Levy schlief in seinem Bettchen, und wir sahen beide zu, wie seine Finger leise zuckten und sich seine Augen im Traum unter den Lidern bewegten. Ehrfürchtig betrachteten wir unser Produkt – wir hatten einen neuen Menschen geschaffen. Mir kommt das immer noch vor wie ein Wunder, selbst wenn Levy gerade weint oder brüllt.

Irgendwie hab ich mich wohl ins Auge des Sturms meiner eigenen schlimmsten Befürchtungen manövriert, als ich mich mit einem gutaussehenden Rap-Star eingelassen habe, für den zahllose Mädchen die Beine breitmachen würden. Deshalb schütze ich mich. Na ja, ehrlich gesagt würde ich mich immer schützen. Das ist das Einzige, was ich von meinem Dad gelernt habe.

Deshalb sage ich zu Aaron: »Ich bin die Tochter meines Vaters – ich könnte den Spieß gegebenenfalls auch umdrehen. Aber dazu hab ich keine Lust. Ich würde einfach gehen.« Und das stimmt. Ich bin jederzeit bereit abzuhauen.

Als wir in Atlanta waren, hat er mir einen Heiratsantrag gemacht, direkt nach dem Konzert, während unsere Zuhörer noch stampften und brüllten und er erfüllt war von ihrer Begeisterung und seinem eigenen Erfolg. »Heirate mich«, sagte er, und es klang wie ein Befehl.

Mir war klar, dass wir uns nachher wieder durch die Meute der Frauen würden drängeln müssen, die sich mit allen Mitteln an Special festklammerten, ihm die Hand in Hosentasche oder Hosenbund steckten, nur um irgendwie mit zu unserem Bus zu kommen. »Ja«, antwortete ich. »Aber erst, wenn die Tour vorbei ist.« Ich wollte ihn auf die Probe stellen. Und mich selbst auch.

»Gute Idee. Dann heiraten wir in unserem neuen Haus.«

Aber in unserem Bus sind wir eine Familie, die zusammen durch Amerika fährt.

Ich trinke meinen Kaffee aus und betrachte durchs Fenster die Ebene, durch die wir gerade fahren, so platt, dass sich Erde und Himmel nicht unterscheiden, außer durch ihre Farben.

Smoke spielt mit Levy und versucht ihm das Zeichnen beizubringen.

Aaron hat sich Papier geholt und schreibt. Ich weiß, dass er dann nichts hört außer den Worten in seinem Kopf. Neue Ideen umrahmt er mit Rechtecken, es sieht aus wie eine Ansicht der Erde aus großer Höhe. Ich lese seine Worte auf dem Kopf.

Keine Ahnung, aber irgendwie ist es fesselnd, ihm beim diesem kreativen Prozess zuzuschauen. Ich habe keinen Zugang zu seinen Gedanken, obwohl ich mir nichts sehnlicher wünsche. Wenn ich beobachte, wie die Gedanken langsam aus seinen Fingerspitzen tropfen, kommt es mir vor, als würde ich durch ein kleines Fenster in seine Seele blicken. Aber ich wüsste so gern, was er denkt, denn dann wüsste ich auch, ob ich wirklich in Sicherheit bin.

Gelegentlich sehne ich mich nach der klassischen Musik, die ich so viele Jahre gespielt habe. Heute ist so ein Tag. Die Landschaft von Iowa sieht aus, als wäre Gott bei der Schöpfung noch nicht dazu gekommen, die Welt ein bisschen auszuschmücken. Also stehe ich auf, hole mein Keyboard und schließe es an.

Für Aarons Text fühlt sich Faurés *Requiem* absolut perfekt an. Die Töne, die ich mit meinem Keyboard erzeuge, bringen den Bus zum Pulsieren, und ich summe die verschiedenen Stimmen, die Begleitmelodie.

Und dann fügt Special noch die letzten Zeilen hinzu.

In diesem Spiel
Wo der Tod meinen Namen wissen will

Als hätte der alte Fauré ihn inspiriert. Er liest seinen Song noch mal durch und sagt: »Hey. Probieren wir's. Mal sehen, wie ihr's findest.« Smoke, Red und T-Bone scharen sich um uns, Smoke mit Levy unter dem Arm.

Ich höre auf zu spielen und höre zu.

»Nein, mach weiter. Ganz gleich, was das ist.«

»Das *Requiem* von Fauré. Handelt von Jesus' Kreuzigung und Auferstehung.«

»Perfekt«, sagt Special. »Super.«

Und er fängt an mit der Hookline, ich füge die Musik ein und summe leise die Melodiestimme. Special rappt den Refrain, und gemeinsam enden wir auf der letzten Zeile, mit dem Tod, der den Namen wissen will, und ich mache das A-a-amen, als wäre es das Ende der Welt oder ein Neuanfang. Wer weiß denn schon, was passiert.

Und die Crew – alle schauen sich stumm an und schütteln den Kopf. »Das ist cool. Fast ein bisschen zu cool, Mann«, meint T-Bone.

»Ziemlich anders als das, was man sonst so Rap nennt«, sagt Red.

»Wir müssen ja auch nicht in die Schubladen von anderen Leuten passen. Wir machen unsere eigenen«, sagt Aaron.

»Na klar, mit einer Baby-Mama und ihrem Baby im Schlepptau.« Als T-Bone erfahren hat, dass Levy und ich mit auf Tour gehen, wollte er seine Baby-Mamas auch mitbringen (er hat zwei).

»Jep«, hat Aaron damals geantwortet, »wenn sie Musik oder sonst was Wichtiges machen. Wenn sie besser Keyboard spielen als Tara zum Beispiel. Oder so gut rappen wie einer von uns.« Da war T-Bone still, aber ich weiß, dass es ihn immer noch ein bisschen ärgert.

Mit seiner langsamen, trägen Stimme meint Smoke: »Kulturen zu mischen hat einen umwerfenden Effekt.«

Special sieht mich an und lächelt. »Wir werden einfach immer besser.«

»Dann geben wir mal noch ein bisschen Afrika dazu.« So nennt Smoke seine Djembe: Afrika. Und wir legen noch einmal los.

So arbeiten wir uns durch die Ebene, durch das, was vom Kornfeld übrig ist. Unter einem blassblauen, fast weißen, aber wolkenlosen Himmel, dem die grüne Ebene begegnet wie dem Meer … und wir sind allein auf der Straße, ich und meine Crew, meine Familie, während wir an diesem Song über Detroit arbeiten.

Und dann, mitten in der Zeile über die unbebauten Grundstücke, klingelt mein Handy.

»Mom?« Ich gehe nach vorn, damit ich die Crew nicht störe.

»Tara, wo bist du?« Wenn sie einen Satz so mit meinem Vornamen beginnt, klingeln bei mir die Alarmglocken. Ihre Stimme klingt zittrig, aber gleichzeitig hektisch.

»In Iowa, glaube ich. Auf dem Weg nach Denver.«

»Alles gut bei euch?« Das ist keine Frage, sondern eher eine Aufforderung, sie zu beruhigen.

»Ja. Warum? Was ist los?«

Schweigen. Sind wir unterbrochen worden? »Mom?«

»Tara, ich muss dir etwas sagen.«

Ich weiß, sie meint: etwas Schlimmes, und ich suche mir einen Platz ein paar Reihen hinter Thumble, unserem Fahrer.

»Okay, ich bin ganz Ohr.«

»Es ist Troy. Er ist im Krankenhaus.«

»Was ist denn passiert?« Mein erster Gedanke ist, dass er einen Autounfall hatte.

»Er hat irgendeine Infektion.«

»Was?«

»Eine von denen, die gegen Antibiotika resistent sind. Ein

fleischfressendes Bakterium. Sieht aus, als wäre es in seiner Lunge und im Blutkreislauf.«

Ich dachte immer, so was gibt es in Wirklichkeit gar nicht, das hat sich nur jemand für einen Science-Fiction-Film ausgedacht, oder um den Leuten Angst einzujagen, damit sie sich voneinander fernhalten. »Was ist mit Sky und Rachel? Sind sie gesund?«

»Ja. Aber Troy kämpft um sein Leben.«

»Und Sky …« Sie hat so viel durchgemacht. »Das ist nicht fair.«

Mom atmet hörbar, und ich merke auch, dass sie nicht auf und ab wandert.

Als ich Troy zum ersten Mal begegnet bin, war ich gerade mal fünf, und in meinen Augen hatte Sky alles, was man sich nur wünschen konnte. Sie war Moms Liebling. Troy himmelte sie an. Sie hatte gute Noten, glatte, blonde Haare und bekam in der Sonne wunderschön goldbraune Haut. Ihre sensationellen grauen Augen zogen alle Blicke auf sich. Bis heute. In der Zeit, als sie Troy kennenlernte, probierte sie gerade alle möglichen Lidschatten aus, und jede Farbe – grün, braun oder mauve – brachte einen anderen Farbton zum Leuchten.

Meine Augen sind einfach nur braun, haselnussbraun.

Und Sky hatte auch noch zwei total coole Freundinnen, Marissa und Jennifer. Marissa hatte braune Ringellocken und war Cheerleaderin, Jennifer war der weibliche Tennisstar der Highschool. Die drei hingen ständig zusammen, waren also nie einsam, und sie machten alles, was ich nicht durfte: Sie schminkten sich, rasierten sich die Beine, verabredeten sich mit Jungs, gingen allein in die Stadt oder zum Tanzen. Ich drückte mich immer vor Skys Schlafzimmer herum und lauschte, wenn sie da waren, aber eines Tages erwischte sie mich und beschwerte sich bei Mom. Danach trafen sie sich eine Weile fast ausschließlich bei Marissa.

Nachdem sie mich beim Lauschen ertappt hatte, hörte ich,

wie Sky zu Mom sagte, dass sie mich hasst. Mom antwortete ihr, das wäre ganz normal für Schwestern, Geschwisterrivalität und all so was. Aber ich war ziemlich irritiert. Ich probierte aus, *Ich hasse dich* zu ihr zu sagen, aber das klang lahm, weil mir die nötige Überzeugung fehlte. Ich wollte so sein wie sie, ich wollte auch so ein müheloses, makelloses Leben.

Inzwischen stimmt das vermutlich nicht mehr. Schon seit den Fehlgeburten. Aber seit klar ist, dass der genetische Fluch an Rachel vorübergegangen ist, läuft alles wieder in gewohnten Bahnen, reibungslos und vorhersehbar, wie es anscheinend Skys Spezialität ist. Das heißt, so war es bis zu Mias Tod.

Ich höre, wie Mom nervös mit der Zunge klickt.

»Kann ich mit ihm sprechen?«

»Wann kommt ihr denn nach L. A.?«

»In drei Tagen. Wir brauchen einen Tag bis Denver, nonstop, dann das Konzert, dann einen Tag bis L. A.«

»Ich fliege morgen zu Sky, um ihr mit Rachel zu helfen.«

Ich stehe auf, suche meinen Rucksack und fische einen Stift heraus. »Gibst du mir seine Nummer?«

Sie diktiert, ich schreibe.

»Mom, er ist jung und fit. Er wird wieder gesund.«

»Bitte erzähl mir nicht dieses Zeug von wegen jung und fit.« Ich weiß, dass Mom an Skys Vater denkt, der mit fünfunddreißig an Bauchspeicheldrüsenkrebs gestorben ist.

»Das kann nicht sein. Es kann einfach nicht sein. Skys Vater ist gestorben, als er noch keine vierzig war, das kann jetzt nicht auch noch ihrem Mann passieren. Nein, das verstößt gegen alle Regeln der Wahrscheinlichkeit.«

Ich breche in Tränen aus.

Mom sagt nichts.

»Troy ist wie ein Bruder für mich.«

»Deshalb wollte ich ja auch, dass du Bescheid weißt. Und dir sagen, dass ich heute nach Los Angeles fliege.«

Dann kommt sie wahrscheinlich nicht zu meinem Konzert. »Vielleicht geht es ihm bis Freitag schon besser.«

»Ich möchte dein Konzert auf keinen Fall verpassen. Aber wir müssen einfach abwarten ...«

Troy ist wichtiger. Das weiß ich. Aber Sky hat immer den Vorrang. Meine Schwangerschaft mit Levy wurde von ihren Fehlgeburten überschattet. Es geht immer um sie. Alle mögen sie, weil sie so verdammt toll ist, und im Kontrast zu mir, die ich immer sonderbar und rebellisch war, erntet sie nur noch mehr Sympathie. Mom würde jetzt darauf hinweisen, dass ich mich selbst isoliert habe. Aber das kam auch daher, dass ich mich immer ausgestoßen gefühlt habe.

Ich will nicht jammern, denn ich bin glücklich damit, wie die Dinge sich entwickelt haben. Die ganzen traurigen, einsamen Zeiten haben mich stark gemacht, haben mir die Kraft gegeben, das zu tun, was ich jetzt tue. Aber manchmal wünsche ich mir einfach, ich wäre für Mom genauso wichtig. Ich hab mir vorgestellt, dass bei diesem Konzert, für diesen einen Abend, meine ganze Familie meinetwegen da ist. Aber es kommt immer irgendwas dazwischen.

Kurz überlege ich, ob ich von Denver gleich nach L. A. fliegen soll, aber ich kann die Crew nicht im Stich lassen oder das Konzert schwänzen. Schließlich habe ich vertragliche Verpflichtungen. »Ich gehe sofort zu ihm, wenn wir in L. A. ankommen.« Ich weiß, dass ich mich damit aus Moms Sicht über die Familie stelle, denn sie versteht einfach nicht, was Aaron und ich machen.

»Wir sind für die Crew verantwortlich, wir können das Konzert nicht canceln. Die anderen können nicht ohne uns auftreten, und wir sind vertraglich verpflichtet«, versuche ich zu erklären.

»Hmm. Na ja, ich muss packen. Ich ruf dich an, sobald ich da bin.«

»Vielleicht können wir ja irgendwie helfen.«

Sie schweigt.

»Ich liebe dich.« Aber sie hat schon aufgelegt. Oder die Verbindung ist abgebrochen. Ich weiß es nicht.

Noch eine ganze Weile bleibe ich im vorderen Teil des Busses. Die Gang werkelt immer noch am Übergang zwischen der Hookline und der Strophe. Sie lachen, und ich fühle ihre Begeisterung und Freude.

Gleich nachdem ich Mom damals von meiner Schwangerschaft erzählt hatte, bin ich ausgezogen. Ich hab ihr Gesicht gesehen, diesen besorgten Was-soll-ich-denn-jetzt-machen-Ausdruck, diesen Blick, der mein Glück zu ersticken drohte. Ich wusste, was sie dachte, mir war klar, dass sie meine Beziehung zu einem schwarzen Ex-Sträfling für verrückt und selbstzerstörerisch hielt. Als ich ihr gesagt habe, dass ich schwanger bin, meinte sie, unser Traum wäre »pubertärer Schwachsinn«. Wörtlich. Als Aaron mir dann anbot, ich könnte sein Auto benutzen, um die zwei Wochen vor der Abschlussprüfung zur Schule und zurück zu fahren, packte ich mein Keyboard und ein paar Klamotten zusammen, und weg war ich.

Aaron fand eine kleine Zweizimmerwohnung für uns, in der gleichen Straße wie Sissy, seine Mom. Da wohnen wir immer noch. Als ich meine Mom angerufen habe, um es ihr zu sagen, führten wir folgendes Gespräch.

»Wo bist du?« Offensichtlich wunderte sie sich, dass ich anrief.

»Dein Wunsch ist in Erfüllung gegangen. Ich bin nach Detroit gezogen.«

»Das hab ich mir wirklich nicht gewünscht.« Ihr Ton klang gezwungen.

»Ich meine nur, dass du dir jetzt meinetwegen keine Sorgen mehr zu machen brauchst.«

»Was redest du denn da? Natürlich werde ich mir weiter Sorgen um dich machen.«

Ich malte mir die Liste aus, die sie in Gedanken zusammenstellte. Eine Liste meiner Fehler: Noch nicht mit der Schule fertig. Schwanger. Schwarzer Freund. Zwar sehr gute Noten in Musik, Englisch und Kunst, aber in Mathe und Bio nur ausreichend. Inkonsequent. Versager. Also, Mom ist nicht rassistisch, aber sie hätte sich ein behütetes Mittelschichtsleben für mich gewünscht, und die Tatsache, dass Aaron schwarz ist und aus dem Ghetto kommt, machte die Erfüllung solcher Zukunftshoffnungen äußerst unwahrscheinlich – vor allem, da Aaron auch noch im Gefängnis gewesen war und Hip-Hop-Star werden wollte. Man kann sich unsere Diskussionen wahrscheinlich vorstellen. Ungefähr so:

»Willst du nicht aufs College?«

»Nein. Ich will Musik machen.«

»Du kannst doch Musik studieren. Du brauchst nur aufs College zu gehen.«

»Ich lerne lieber in der Praxis.«

»Aber von anderen kann man viel leichter lernen. Warum musst du denn unbedingt immer den schwierigsten Weg gehen?«

Es war Anfang Juni, ich stand an einem Münztelefon. »Ich hab lange gewartet, bevor ich dir das mit dem Baby gesagt habe. Ich freue mich wahnsinnig, dass Aaron und ich zusammen mit unseren ganzen Songs auch noch dieses neue Leben erschaffen haben.«

»Aber siehst du denn nicht, wie gefährlich das ist, für dich und das Baby?«, fragte sie als Antwort. »Du verschließt deine Augen davor, dass das, was du tust, auch andere Menschen betrifft.«

Ich wusste, dass sie auf und ab ging. Genau wie Sky rennt sie beim Telefonieren hin und her, und ich sah sie vor mir, wie sie durch ihr Wohnzimmer wanderte, die weißen Haare mit einer Spange zusammengehalten, in den Ohren die üblichen Diamantstecker.

»Hier geht es nicht um dich. Ich mache nicht deinetwegen Musik. Ich hab mich nicht deinetwegen in Aaron verliebt. Ich hab mich nicht deinetwegen für dieses Baby entschieden.«

»Nein. Du möchtest tun, was du willst, egal um welchen Preis. Dann sag mir doch mal, was ich falsch gemacht habe«, erwiderte sie.

Ich wickelte mir die Telefonschnur um den Finger. »Vielleicht dass du eine Tochter in die Welt gesetzt hast, die Musik mehr liebt als sich selbst, mehr als dich, mehr als alles andere?« Ich schlang das Kabel um mein Handgelenk. »Vielleicht dass du meinen Vater geheiratet hast?«

Sie schwieg.

»Vielleicht bin ich genauso egoistisch wie er. Vielleicht möchte ich diesen ganzen konventionellen Quatsch einfach nicht mitmachen. Vielleicht möchte ich einfach ich sein.« Ich ließ das Kabel los und schlug auf eine Stechmücke, die sich auf meinem Bein niedergelassen hatte, wobei ich das Blut über meine Wade verteilte. »Diese Moskitos bringen mich um.«

»Wo bist du denn?«

»Ich rufe von einem Münztelefon an, weil ich nicht wollte, dass du dir Sorgen machst, und weil mein Handy-Akku leer ist.« Man hätte doch meinen müssen, sie würde kapieren, wie viel Liebe und Rücksicht das bedeutete!

Tatsächlich veränderte sich ihre Stimme und verlor ihre Stacheln. »Na ja, vermutlich hab ich dann alles falsch gemacht bei dir?«

»Es liegt nicht an dir. Es liegt an mir. Ich bin ganz anders als du und Sky.«

Mom hielt die Luft an und rang nach den richtigen Worten. »Ich fand dich immer toll. So viel Talent. So klug. Ein bisschen frühreif vielleicht. Aber ich hatte immer das Gefühl, du willst nichts mit mir zu tun haben und um keinen Preis so werden wie ich.«

Wenn wir miteinander redeten, hielt ich mich immer an oberflächliche Themen, und ich ging Mom zusätzlich aus dem Weg, indem ich alle möglichen dringenden Dinge vorschützte: Ich musste Klavier üben, ich musste zur Schule, ich musste mich mit Aaron oder sonstigen Freunden treffen. Was in meinem Leben wirklich vor sich ging, davon bekam sie nicht viel mit. »Was für ein Unsinn. Aber egal, Mom.« Eigentlich wollte ich auflegen. Ich hörte den Verkehr an mir vorbeirauschen wie Wellen am Strand. Ein wenig sanfter fügte ich hinzu: »Nein. Vielleicht hast du recht. Genauso könnte es gewesen sein.« Ich war wütend auf sie, weil sie meinen Vater nicht halten konnte. Wütend auf meinen Vater, weil er sich nicht um mich kümmerte. Weil ich keine intakte, normale Familie haben konnte, schmiss ich einfach alles hin. Und beschloss, dass wenigstens ich für mich da sein wollte. Allein. Nur für mich. »Aber ich konnte nicht sein wie du, ohne mich selbst zu verlieren.«

»Jetzt haben wir zum ersten Mal seit Jahren ein sinnvolles Gespräch.« Nach einer kurzen Pause fügte sie hinzu: »Seit du dir die Haare schwarz gefärbt hast.«

»Siehst du jetzt, dass alles besser wird? Ich ziehe aus, und schon unterhalten wir uns wieder anständig. Hier stehe ich mitten auf der Straße, werde bei lebendigem Leib von den Moskitos gefressen und rede mit dir. Das hat doch was zu bedeuten, oder, Mom?«

»Dass es dir wichtig ist.«

»Scheiße, ja.«

»Ihr werdet euer Leben zu leben anfangen, du und Aaron. Du wirst sehen, ob euer Traum Wahrheit wird.«

Sie versuchte, mir etwas zu geben, aber sie kapierte es trotzdem nicht. Ob wir jemals groß rauskamen, war nicht der Punkt.

Wichtig war nur, dass ich etwas Eigenes machte, dass ich kreativ sein konnte. »Ich muss auflegen. Die Moskitos bringen mich um.«

»Ich liebe dich. Komm und hol deine restlichen Sachen, ich würde dir gern ein paar Möbel schenken, damit ihr es euch in eurer Wohnung richtig gemütlich machen könnt.«

»Ich liebe dich auch, Mom.«

Als ich sie das nächste Mal wiedersah, schien sie sich mehr auf das Baby zu freuen und fragte mich, ob wir noch etwas für das Kleine brauchten. Sie gab mir die Seidenblumen, ein paar Quilts von meiner Großmutter und ein Geschirrset samt Besteck, das sie für uns gekauft hatte. Als wollte sie ihr Vertrauen in mich unter Beweis stellen, sagte sie: »Weißt du, du wirst immer mein Baby bleiben«, und drückte mich fest an sich. Ich schlang die Arme um sie und genoss die Zärtlichkeit, die ich mir immer gewünscht hatte.

Vielleicht war in ihren Augen das Schlimmste passiert. Das, wovor sich alle Mütter fürchten: eine schwangere Teenager-Tochter in einer riskanten, scheinbar unvernünftigen Beziehung. Und nun zeigte sich, dass das Schlimmste gar nicht so schlimm war.

Ich höre die Crew am Text arbeiten. Manchmal hab ich das unheimliche Gefühl, dass ich die Zukunft vorhersehen kann. Nein, nicht richtig – aber die Songs, die wir schreiben, werden sehr oft wahr. Es passiert einfach. Und manchmal sehen Aaron und ich uns dann mitten bei einem Auftritt an und merken, dass unsere Worte Wahrheit geworden sind … und die Musik, meine Musik, treibt Specials Worte voran. Genau wie heute.

Wir sind ein Paar. Und ein paar Sekunden lang fühle ich mich sicher und geborgen. Nicht mehr allein.

Zufällige universelle Verbindungen. Faszinierend.

3

Wo war ich, bevor ich auf die Welt gekommen bin?

Sky

Troy versucht zu lächeln, als er mich sieht, und hebt mühsam die Hand. Heute kommt er mir noch ein Stück kleiner vor, als würde er bald ganz im Bett versinken. Behutsam küsse ich ihn auf die Stirn.

»Rachel?«

»Mom ist bei ihr. Und morgen kommt Allie.«

»Gut«, flüstert er. Als er zu erkennen gibt, dass er trinken möchte, biege ich den Strohhalm in seinem Wasserglas um, damit es leichter geht. Aber schon nach ein paar Schlucken lässt er sich erschöpft aufs Kissen zurücksinken. Auf dem Tablett des Krankenbettes steht unberührt das Frühstück, die Plastikdeckel noch über den Tellern, das Besteck ordentlich in die Serviette gewickelt.

»Du musst was essen. Soll ich dich füttern?« Vorsichtig schiebe ich das Tablett ein Stück weiter nach oben und schaue unter die Deckel. Rührei, Toast, Saft und ein Becher mit Obst.

Troy spießt mit der Gabel ein bisschen Rührei auf, hält einen Moment inne und führt den Bissen dann zittrig zum Mund. Ich schüttle die Kissen in seinem Rücken auf. »Na, ist es so besser?«

Troy nickt und fährt fort, langsam kleine Gabelladungen vom Teller in den Mund zu befördern. Nach ein paar weiteren Bissen jedoch sagt er: »Genug.« Inzwischen hat sich der Ausschlag über seinen ganzen Körper ausgebreitet, sein Arm und seine Hand sind dunkellila.

»Ich liebe dich«, sage ich.

»Ich weiß. Und du weißt hoffentlich auch, dass ich dich liebe, ja?« Zwischen den beiden Sätzen holt er keuchend Luft.

»Klar doch.« Wir reden langsam und schauen uns dabei tief in die Augen – so, als wäre es etwas ganz Neues. Dabei haben wir es uns schon tausendmal gesagt, nur dass wir diesmal *»Ich weiß«* hinzufügen. Als wollten wir dafür sorgen, dass wir es niemals vergessen.

Ich versuche, meine Stimme beiläufig klingen zu lassen, als wäre alles genauso normal wie bei den anderen tausend Malen, wenn wir *»Ich liebe dich«* gesagt haben. Selbst damals schon, als wir nur Freunde waren. Jedes Mal wenn wir uns getrennt haben. Jeden Abend vor dem Einschlafen.

»Sky. Hör zu. Du bist diejenige, die immer auf alles vorbereitet sein will.« Er signalisiert mir, dass er den Orangensaft möchte, und ich gebe ihm das Glas. Aber als er daran nippt, verzieht er das Gesicht. »Finanziell gesehen müsstet ihr gut versorgt sein, du und Rachel, vor allem mit deinem Job und deinen Fähigkeiten.«

»Schschsch.« Ich ziehe meinen Stuhl näher zum Bett.

»Und was eure Versicherungen angeht, ist auch alles geregelt. Sollte der schlimmste Fall eintreten, möchte ich, dass du weitermachst und irgendwann einen anderen liebst.«

»Troy, wir werden nebeneinander im Schaukelstuhl auf einer Veranda sitzen und Rachels Kinder beobachten. Du wirst wieder gesund. Die Antibiotika werden anschlagen, du kommst wieder zu Kräften.« Ich will nicht, dass er über mögliche Horrorszenarien redet. Ich will, dass er nicht einmal daran denkt.

Aber er legt mir die Finger unters Kinn und hebt meinen Kopf, so dass unsere Blicke sich begegnen. »Entspann dich«, sagt er. »Bleib offen.«

Bittere Tränen rinnen mir übers Gesicht.

Er schließt die Augen und benetzt die Lippen mit der Zunge. Ich lege die Hand auf seine heiße Stirn und zupfe die Decke zurecht. Er sieht völlig erschöpft aus.

Doch dann öffnet er plötzlich die Augen und fragt: »Wann kommt Tara?«

»Morgen, glaube ich. Das Konzert ist übermorgen.«

Sofort spielt ein Lächeln um seine Lippen.

Er scheint zu schlafen. Ich picke in seinem Obstbecher. Bis Mom kam, habe ich mich mit Müsliriegeln über Wasser gehalten. Eigentlich sieht es nicht danach aus, als würde das Spezial-Antibiotikum etwas bewirken.

Wenigstens ist mit Rachel alles in Ordnung. Sie hat keine Infektionen.

Ich sehe zu, wie Troy einatmet, und warte, dass er wieder ausatmet.

In den langen Schlafperioden wirkt er beinahe ohnmächtig. Wie damals, als Rachel noch ein Baby war, kontrolliere ich jetzt bei ihm, ob er noch atmet.

Und dann ist er plötzlich wach, als hätte er nie geschlafen.

Ich sitze da und beobachte ihn.

Manchmal krieche ich neben ihn unter die Decke und schlafe auch ein bisschen.

Sonst kann ich kaum schlafen. Unser leeres Bett macht mir Angst. Nicht einmal das Meeresrauschen beruhigt mich. Der Versuch, auf seiner Seite des Bettes zu schlafen, hat nicht funktioniert, also habe ich mich wieder in meine Hälfte zurückgezogen und ein paar Kissen dorthin gelegt, wo Troy eigentlich sein sollte. Wenn ich erschöpft genug bin, kann ich so ein paar Stunden schlafen. Kurz hatte ich die Idee, Rachel zu mir zu holen, aber ich wollte sie nicht stören. Seit Mom da ist, schläft sie auf Troys Seite, aber ich bin so unruhig, dass ich sie dauernd wecke. Schließlich bin ich auf die Couch umgezogen.

Nachdem Rachel gestern Abend im Bett war, haben Mom und ich noch eine Weile am Tisch gesessen und Wein getrunken. In den Verpackungen waren noch die Überreste eines Take-outs. Ich konnte nicht viel essen, Moms Augen waren blass, Mascara und Lippenstift so gut wie verschwunden. Sie schüttelte den Kopf und begann eine Geschichte zu erzählen. »Als du klein warst, vielleicht ein paar Jahre älter als Rachel jetzt – Dad war noch am Leben –, haben wir mal alle zusammen Frühstück gemacht.

Du hast Kräuter ins Rührei gerührt. In der Nacht davor hatte es geregnet, und die Vögel sind wie verrückt in einer Schale mit Wasser herumgehüpft. Plötzlich hast du aufgehört zu rühren und mich gefragt, wo du warst, als ich klein war. Ich hab dir geantwortet, bei meinen Eltern, bei Grandma und Grandpa. Darauf meintest du: ›Ich kann mich nicht daran erinnern. Hab ich dich da gekannt?‹

Ich hab den Kopf geschüttelt. ›Nein, du kennst mich nur jetzt, als deine Mom.‹ Dann hab ich weiter Brot geschnitten und gedacht, ich hätte deine Frage ausreichend beantwortet. Aber meine Antwort hat dich traurig gemacht. Du hast die Mundwinkel nach unten gezogen, dein kleines Kinn hat angefangen zu zittern. ›Das ist unfair. Total unfair. Du hast mich schon gekannt, als ich klein war. Sogar schon als Baby‹, hast du erklärt.

Ich habe dir geantwortet: ›Ich musste ja erst mal eine große erwachsene Frau werden, bevor ich dich zur Welt bringen konnte. Du hast mich als kleines Mädchen nicht gekannt, weil du da noch nicht auf der Welt warst.‹

Das hat dich mächtig aufgeregt. ›Nicht auf der Welt? Aber wo war ich denn dann?‹

Da hab ich mein Messer weggelegt und das Brot in den

Tischbackofen geschoben. ›Das war, bevor du geboren bist. Bevor du angefangen hast zu existieren.‹ So behutsam ich konnte, hab ich es dir erklärt, aber trotzdem liefen dir die Tränen über die Wangen, so groß wie Regentropfen.« Mom schloss einen Moment die Augen und fügte dann hinzu: »Als du klein warst, hast du riesige Tränen geweint. So groß wie der Fingernagel an meinem kleinen Finger.«

Erstaunlich, wie viel meine Mom noch aus dieser Zeit weiß. Zumindest von dem, was vor Dads Tod passiert ist. Fast als hätte sich jeder Moment in ihr Gedächtnis eingebrannt.

»Ich hab dir gesagt, dass du bestimmt darauf gewartet hast, auf die Welt zu kommen. ›Stell dir vor, schon als ich ein kleines Mädchen war, hatte ich einen winzigen Teil von dir in mir‹, hab ich dir als Trost gesagt.« Mom zuckte die Achseln.

»Dann hast du gefragt: ›Ich war also immer bei dir? In dir drin?‹

›Ja. Jedenfalls der Anfang von dir. Und als du fertig warst, hat mein Körper dich raus in die Welt geschoben. Erinnerst du dich an die Bilder von deiner Geburt?‹« Mom schaute auf die Wand hinter mir, als würde sich die Szene dort abspielen.

Mit einem leisen Kichern fuhr sie fort: »Du hast gelächelt und gesagt: ›Oh, danke, Mommy. Danke für meinen Körper.‹

Aber dann kam dir ein ganz neuer Gedanke. ›Du hast mich rausgeschoben? Aus deinem Körper? Warum denn?‹« Für meinen Part sprach Mom mit Kleinmädchenstimme – meiner Stimme von vor langer Zeit. ›Jetzt kann ich nie wieder ein kleines Baby werden. Ich kann nie wieder in dir drin sein‹, hast du gesagt.

›Wenn man geboren ist, kann man nur größer und erwachsen und dann alt werden und schließlich sterben‹, hab ich dir erklärt. ›Du selbst wirst kein Baby mehr, aber wenn du erwachsen bist, dann kann in dir wieder ein kleines Baby heranwachsen, und du kannst es rausschieben und eine Mommy werden.‹

›Kommst du dann und schaust dir mein Baby an?‹

›Na klar. Ich möchte dein Baby unbedingt sehen. Am liebsten gleich wenn es geboren ist.‹

Damit warst du schließlich zufrieden.«

Mom schwieg, und ich fragte mich, warum sie mir diese Geschichte ausgerechnet jetzt erzählt hatte. Manchmal erzählt sie etwas, weil sie eine schöne Erinnerung mit jemandem teilen möchte, manchmal enthalten ihre Geschichten eine Botschaft oder eine Warnung. Aber warum hatte sie mir diese Anekdote nicht nach Rachels Geburt erzählt? Unvermittelt fügte sie hinzu: »Du wolltest immer, dass alles fair und gerecht zugeht.« Wieder zuckte sie die Achseln und trank einen Schluck Wein.

Vielleicht wollte sie mich daran erinnern, dass man sich, wenn man geboren ist, immer auf dem Weg zum Sterben befindet. Dass wir nicht alle die gleiche Zeitspanne zugeteilt bekommen, ist doch die ultimative, unausweichliche Ungerechtigkeit.

Troy wacht auf und fragt noch einmal: »Wann kommt Tara?«

»Morgen, glaube ich.« Warum fragt er denn schon wieder nach ihr? »Warum?«

»Ich möchte sie sehen. Ich hab mit ihr gesprochen. Ich glaube, gestern Abend.«

Schweigend liege ich neben ihm.

»Sie ist wie meine kleine Schwester.«

»Nein. Sie war in dich verliebt.« Ich lache. »Bevor ich mich in dich verliebt habe.«

»Sie war einsam und hat sich immer mehr in ihre Musik zurückgezogen«, sagt er.

»Ich sehe das andersherum. Ihre Musik war ihr wichtiger als alle Menschen in ihrem Leben.«

»Man kann sie nicht von ihrer Musik trennen.«

»Wie bei dir mit dem Kunstspringen?«

»Nein. Ich bin gern gesprungen. Aber ich *musste* nicht springen. Außerdem hatte ich dich. Das Leben, das wir gemeinsam geplant haben.«

»Aber Tara hat Aaron.«

»Nicht wirklich. Das lässt sie nicht zu.« Und dann schläft er wieder ein.

Ich auch. Endlich schlafe ich. Und dann fahre ich hoch, weil ich denke, es ist etwas passiert. Ich lege die Hand auf Troys Brust. Sein Atem geht flach. Aber er atmet.

Am Nachmittag richte ich das Kopfteil des Krankenbetts auf, fahre den Laptop hoch, den ich mitgebracht habe, und rufe Mom an.

»Wie geht es ihm?«, fragt sie.

Ich antworte nicht.

»Oh. Nicht besser.« Ihre Stimme klingt resigniert.

»Ich dachte, vielleicht kann er per Computer mit Rachel sprechen.«

»Okay, ich mache gleich alles bereit.« Ein paar Minuten später ist sie am Computer, Rachel auf dem Schoß. »Hi Mommy.«

»Daddy ist hier. Er möchte mit dir reden.«

Ich stelle den Laptop auf Troys Betttablett und rutschte zu ihm hinüber. »Kannst du uns sehen?«

»Hi Daddy.« Rachels Lächeln verblasst, und sie runzelt die Stirn. »Du bist noch im Krankenhaus.« Ihre Mundwinkel gehen nach unten. Ihr Gesichtsausdruck scheint mir die Essenz ihres Gefühls auszudrücken. Vielleicht, weil sie ein Kind ist und weil Kinder eben so sind. Aber ihr kummervolles Gesicht könnte jeden zum Weinen bringen.

»Ja.«

Rachels Blick überfliegt das Krankenzimmer und konzentriert sich schließlich auf den Infusionsschlauch an Troys Hand. »Daddddyyyyy.« Das Wort verhallt, verliert sich in der Ferne und der Verzweiflung.

Mom flüstert ihr etwas ins Ohr.

»Fühlst du dich besser, Daddy? Wann kommst du wieder nach Hause?«

»Das weiß ich nicht, Süße. Wie geht es mit dem Töpfchen?«

»Ich mache immer Pipi rein. Jetzt bin ich ein großes Mädchen.«

»Gut! Du weißt, dass ich dich liebe, nicht wahr?«

Rachel nickt.

»Ich werde dich immer lieben.«

»Kommst du bald nach Hause?«

»Sag es. Sag mir, dass Daddy immer auf dich aufpassen wird.«

»Du wirst immer auf mich aufpassen.« Über Moms Gesicht strömen Tränen. Aber Rachel ist ganz auf uns konzentriert, ihre Eltern auf dem Computermonitor.

»Mommy?«

»Ich bin hier«, melde ich mich sofort.

»Wann kommt Daddy wieder nach Hause?«

»Ich weiß es nicht, Süße. So bald wie möglich.« Ich bemühe mich um ein ruhiges Gesicht.

»Aber ich bin bei dir«, sagt Troy. »Ich bin immer bei dir. Ich bin in dir drin.« Troy deutet auf seinen Kopf und sein Herz. »Und da werde ich immer sein und dich lieben.« Seine Stimme ist ganz weich.

»Okay, Daddy.« Wieder ein Lächeln, das gleich verschwindet.

Troy dreht den Kopf, damit sie seine Tränen nicht sieht. Dann sagt er: »Jetzt muss Daddy sich wieder ausruhen.« Er sieht ihr fest ins Gesicht. »Ich liebe dich, Rachel.«

Sie streckt die Hand zum Monitor aus und berührt seine Wange. Ganz zart. Wir sehen ihre Handfläche, die kleinen Falten, wir sehen das Streicheln. »Ich hab es gespürt«, sagt er. »Ich habe deine Hand an meiner Wange gespürt.«

Dann küsst er seine Hand und drückt sie flach auf den Bildschirm.

»Hast du meinen Kuss bekommen?«

Sie nickt mit ernstem Gesicht.

»Leb wohl, Schätzchen.«

Ihre Fingerspitzen verharren auf seinem Bild.

Troy schließt die Augen und wendet das Gesicht ab. Tränen quellen unter seinen Augenlidern hervor.

Ich setze mich vor den Bildschirm. »Ich komme bald nach Hause, Schätzchen. Hast du Spaß mit Grandma?«

Sie nickt. »Wir gehen zum Spielplatz am Strand.« Aber dann wird sie wieder traurig und sagt: »Ich vermisse Daddy.« Die kindliche Entdeckerfreude weicht wachsender Angst.

»Er wünscht sich mehr als alles, mit uns zu Hause zu sein. Das ist sein allergrößter Wunsch – dass wir alle zusammen sind, alle zu Hause. Und zum Konzert von Tante Tara gehen.«

Rachel lächelt. »Und Levy sehen!«

»Ja, in ein paar Tagen siehst du Levy.«

Die Infektion breitet sich in Troys anderem Lungenflügel aus. Ein Arm ist geschwollen, die Haut rissig. Die Ärztin erwägt, ihn an ein Beatmungsgerät anzuschließen. Er weigert sich, er möchte mit Rachel und mir sprechen können. Und mit seinen Eltern, wenn sie eintreffen.

»Wann kommen sie?«, fragt er.

»Sie sind unterwegs. Du hast mit ihnen gesprochen, richtig?«

»Ja, gestern.«

»Möchtest du sie anrufen?« Ich greife nach dem Telefon.

»Nein, nicht jetzt.«

»Versuch es doch mit der Beatmung«, bettle ich. »Nur bis das Medikament wirkt. Gib ihm die Chance.«

»Nein. Ich kriege schon Sauerstoff in die Nase.« Seine

Worte klingen dünn. »Die Ärztin glaubt nicht, dass es etwas bringt.«

»Wir müssen weiterkämpfen.«

»Das tue ich. Schon die ganze Zeit.« Dann schläft er wieder ein.

Als ich an diesem Abend nach Hause komme, sehe ich Rachels Kuss auf der Terrassentür, die verschmierten Lippen, den Abdruck ihrer Finger. Auf der anderen Seite Troys Mund, als wollten seine Lippen die Welt küssen.

Aber ich bin sogar zum Weinen zu müde. Keine Tränen mehr. Auch zum Reden bin ich zu erschöpft. Auf meiner Seite des Bettes schlafe ich ein, die Decke über dem Kopf.

3

Wo war ich, bevor ich auf die Welt gekommen bin?

Tara

Sobald ich in L. A. bin, gehe ich ins Krankenhaus zu Troy. Es ist spät in der Nacht, aber ich marschiere einfach in sein Zimmer, ganz leise, weil er schläft und ich ihn nicht stören will. Ich setze mich auf den Sessel neben seinem Bett und lausche den Maschinen. Die Monitore surren, die Infusion tropft in seinen Arm ... plop, plop, plop ... und begleitet so seinen Atem mit ihrem eigenen Rhythmus ... Es ist, als würde ich bei jedem Einatmen mit in seine Lungen reisen.

Er sieht schrecklich aus. Troy war nie besonders hübsch, aber für mich war er trotzdem der süßeste Junge der Welt. Sky und Mom hatten so ein enges Verhältnis zueinander, dass sie quasi die gleichen Gedanken dachten und die gleiche Welt sahen. Vielleicht weil sie so viel durchgemacht haben, als Skys Dad gestorben ist, und weil ihr Leben bis dahin so perfekt war. Sieben Jahre Glückseligkeit. Man stelle sich vor. Sieben Jahre einfach ein glückliches Kind sein, völlig ohne Probleme. Eine Mom und einen Dad zu haben, die sich tatsächlich mögen. Manchmal haben sie mir Geschichten davon erzählt, wie sie zusammen Campen waren und bei den Ice Capades. Das muss man sich mal vorstellen.

Nicht dass ich mich bemitleiden will. Schon komisch, dass sich aus schlechten Dingen manchmal etwas so Gutes entwickelt. Dass ich mich ausgeschlossen und allein gefühlt habe, war einer der Gründe, warum ich so viel Klavier gespielt habe. Ich konnte mich selbst begleiten und brauchte die beiden nicht, weder Sky noch Mom. Und auch sonst keine Freunde.

Aber für Troy war ich einfach ein ganz normales Mädchen. Nicht die Tara, deren Dad ihrer Mom mit seinen Affären das Herz gebrochen und Skys Leben zerstört hatte. Einfach ein Teenager.

Und Troy hat mich beachtet. Er hat mir gern beim Üben zugehört und versucht, mir ein bisschen Kunstspringen beizubringen. Er war eine willkommene Entlastung in unserer Familie.

Als Mann wurde er deutlich attraktiver, groß, mit einem unbefangenen Lächeln und einer lockeren, entspannten Art. Aber vielleicht trifft ja auch immer noch das zu, was ich vorhin gesagt habe. Ich liebe ihn so sehr, dass er für mich einfach schön ist.

Das macht es besonders schwer, ihn so zu sehen, mit eingefallenen Wangen und einer seltsamen Gesichtsfarbe, irgendwo zwischen grau und blau. Wenn er atmet, klingt es ein bisschen nach Darth Vader.

Ich wische mir eine Träne weg. Sitze einfach bei ihm und atme mit ihm. Aber er atmet zu schnell, ich komme nicht hinterher.

Dann zuckt er plötzlich und ist wach.

»Wie lange bist du schon da?« Er leckt sich über die Unterlippe und zieht dann den Mund auf eine Art zusammen, die ich so gut von ihm kenne und die mich willkommen heißt, selbst in diesem jämmerlichen Krankenhauszimmer.

»Ich weiß nicht. Eine Weile. Ich wollte dich nicht stören. Ich glaube, ich hab auch eine Weile geschlafen.«

»Wie ist die Tour?«

Also erzähle ich ihm von der Tour. Von Chicago und Denver und davon, wie cool es im Bus ist. Wie viel wir arbeiten, dass wir nebenbei auch neue Songs komponieren, dass Levy Spaß hat und wie schön es ist, dass er bei uns sein kann. »Morgen ist das Konzert in L. A. – na ja, genau genommen wahrscheinlich heute.«

»Schneidet jemand das Konzert mit, damit ich es mir ansehen kann, wenn es mir bessergeht?«

»Es macht eigentlich immer jemand Videoaufnahmen.«

»Ich möchte es nämlich nicht verpassen.«

»Ich wünschte so sehr, du könntest dabei sein. Ihr alle zusammen.« Ein bitterer Gedanke, dass eigentlich meine ganze Familie – Mom, Sissy, Allie, Sky, Rachel und Troy – kommen wollte und es jetzt aller Wahrscheinlichkeit nach nicht klappen wird.

Er wendet mir das Gesicht zu, und ich sehe, wie riesig seine Augen sind. »Wie ist das eigentlich, Tara? Erzähl doch mal. Wie ist es, auf der Bühne zu stehen?« Genau das mag ich so an Troy. Wenn er etwas über dein Leben wissen möchte, fragt er einfach. Statt seine Neugier zu vertuschen oder einfach irgendwas zu vermuten.

»Wenn du rausgehst auf die Bühne und die Scheinwerfer sind so hell, dass man die Leute schreien hört, sie aber nicht wirklich sieht, nur als Schatten, dann ist da dieses Gefühl.« Mir fällt es schwer, die richtigen Worte zu finden. »Ich weiß nicht, ob es einen Ausdruck dafür gibt – es ist Aufregung, positiv und negativ – Lampenfieber, Angst und gleichzeitig dieses wundervolle Prickeln. Die Leute sind meinetwegen da, unseretwegen, sie wollen Special und mich und die Crew sehen. Ich fühl mich so richtig geil. Als wär ich was ganz Besonderes. Obwohl ich die ganze Zeit weiß, das bin bloß ich, ich mache mein Ding. Nichts von den Fantasien ist real. Ich bin nur Tara. Aber sobald ich den ersten Ton spiele, sind wir L'il Key und Special und die Crew, und wir sind in unserer eigenen Dimension und tun das, was wir am besten können. Jedes Mal ein bisschen anders. Jedes Mal hören wir was Neues in der Musik. Bringen etwas Neues zum Vorschein. Das kommt auch vom Publikum, die Leute holen immer unterschiedliche Dinge aus uns heraus.«

Troy antwortet nicht, ich höre ihn nur atmen, und einen Moment denke ich, dass er vielleicht wieder eingeschlafen ist.

»Verstehe«, sagt er dann plötzlich. »Es ist das gleiche Gefühl wie vor einem schwierigen Sprung, nur kommt bei dir noch die Aufregung durch das Publikum dazu. Schließlich springt man ja normalerweise nicht in einer großen Sporthalle.«

»Nein. Außer bei den Olympischen Spielen vielleicht. Aber das Publikum macht es einem irgendwie leichter, weil sie das zu hören und zu sehen kriegen, wofür sie gekommen sind. Sie projizieren ihre Wünsche und Bedürfnisse auf dich. Sie wollen die Party, und deshalb helfen sie auch dabei, dass sie in Gang kommt.«

Ein paar Sekunden herrscht wieder Schweigen, nur die Maschinen stampfen und keuchen. »Ich würde dir gern die gleiche Frage stellen. Wie ist es, hier zu sein? Wie ist es, wegen dieser seltsamen Bakterien so krank zu werden?«

»Hmmm. Du bist die Einzige, die mich danach gefragt hat.« Er hört einen Moment auf zu atmen. »Ich hab eine Scheißangst. Panik. Aber verrate das bitte keinem.«

»Ich hab auch Angst, Troy.«

»Nichts hilft, und alles wird immer schwieriger.« Er ringt nach Atem. »Jeder Atemzug ist harte Arbeit. Scheiße. Wenn ich mich umdrehen will, muss ich darüber nachdenken und mich erinnern, wie das geht. Und ich bin nie ganz sicher, was ich träume und was real ist. Du bist doch real, oder nicht?«

Ich strecke die Hand aus und berühre seinen Arm. Er ist kühl und trocken. »Spürst du das? Ich bin wirklich da.«

»Ist es nicht mitten in der Nacht? Wie bist du überhaupt reingekommen?«

»Ich bin einfach in dein Zimmer gegangen. Schlechte Security, wie's aussieht.« Ich zucke die Achseln. Ich weiß nicht, was ich ihm sagen soll, auf diese Situation bin ich nicht vorbereitet. Nicht einmal darauf, dass er so krank ist, und schon gar nicht, dass er mir von seiner Angst erzählt.

»Du wirkst gar nicht, als hättest du Angst. Du bist wie immer, nur ein bisschen schwach.«

»Ich habe nicht genug Energie für meine Panik. Und ich bemühe mich auch, gute Gedanken zu denken, positive Gedanken, wie man das tun soll. Aber die trostlosen gehen davon nicht weg. Also liege ich hier und mache mir Sorgen um Sky und Rachel und habe das Gefühl, sie im Stich zu lassen, weil ich krank bin. Und was ist, wenn ich sterbe und nicht da bin, um Rachel beim Großwerden zu helfen? Ich weiß, dass Sky noch nicht mal den Tod ihres Vaters verkraftet hat, nicht wirklich. Und die toten Babys. Mias Tod.« Nach so vielen Worten ist er erschöpft und schließt die Augen.

Ich bleibe sitzen. Vielleicht sollte ich ihm einfach zuhören.

»Kümmerst du dich um Sky?«

Die Frage überrascht mich. »Ich werde es versuchen. Aber sie wird es nicht wollen. Und sie hat Mom.«

Langsam bewegt er sich. Ich kann sehen, wie anstrengend das für ihn ist.

»Aber ich werde es versuchen.«

»Lass nicht zu, dass sie vor Trauer aus unserer Liebe ein Denkmal macht. Hilf ihr, unserer Liebe ein Denkmal zu setzen, indem sie einen anderen liebt.«

»Dich kann niemand ersetzen.« Aus der Infusion fällt der nächste Tropfen. »Ich liebe dich, Troy.«

Er nickt. »Du bist meine kleine Schwester. Wie geht es Sky, was glaubst du?«

»Ich hab noch nicht mit ihr geredet. Sie ist ja immer hier im Krankenhaus. Mom kümmert sich gern um Rachel, aber ich dachte, ich passe die nächsten Tage auf sie auf, zusammen mit Levy, damit Mom Zeit für Sky und für dich hat.«

»Du bist sehr großherzig.«

Das sagt er, als bezieht es sich nicht nur auf meine Bereitschaft, die Kinder zu übernehmen, sondern auch auf andere Dinge. Auf eine grundsätzliche Einstellung, nach der ich lebe. Großherzig im Sinn von nicht nachtragend.

»Ich möchte helfen, so gut ich kann. Sky ist meine Schwester, Rachel meine Nichte. Ich liebe sie. Das macht es leicht.«

»Na klar«, sagt er.

»Sky würde für mich das Gleiche tun.«

Er sagt nichts. Als wir jünger waren, hat Sky sich bei ihm über mich beklagt. Aber ich weiß, dass sie mich nur deshalb so kratzbürstig behandelt, weil sie auf die Art ihre wahren Gefühle vermeiden will. Das weiß ich seit einem bestimmten Ereignis vor ziemlich langer Zeit. Noch bevor Troy auf der Bildfläche erschien.

Damals war ich sechs Jahre alt, und Dad tauchte wieder einmal nicht auf, um mich zu unserem gemeinsamen Wochenende abzuholen. Ich schaute lange aus dem Wohnzimmerfenster, dann setzte ich mich auf die Verandatreppe, dann ging ich vor dem Haus auf und ab. Kein Dad in Sicht. Mom war bei irgendeiner Verabredung, und Sky sollte auf mich aufpassen, bis Dad kam, dann wollte sie zum Übernachten zu ihrer Freundin Marissa. Ich wartete und wartete, aber kein Dad erschien. Es muss wohl Spätfrühling oder Frühsommer gewesen sein, denn der Abend war mild, und als es dunkel wurde, kamen Glühwürmchen heraus. Ich habe überlegt, ob ich mir ein Glas holen und ein paar von ihnen fangen sollte, um nicht nur dumm auf der Treppe herumzusitzen, auf die Straße zu starren und bei jedem Motorengeräusch zusammenzuzucken.

Zum Abendessen machte Sky Frühstück für uns ... Müsli wahrscheinlich oder Rührei ... dann sah sie fern und telefonierte mit Marissa.

Ich ging wieder nach draußen. Inzwischen schliefen sogar

schon die Glühwürmchen. Vielleicht hatte Dad einen Unfall gehabt. Ich rannte zu Sky. »Vielleicht ist ihm was passiert! Vielleicht ist er im Krankenhaus!« Auf einmal fühlten sich meine Erklärungen an, als wären sie die schreckliche Wirklichkeit. »Was ist, wenn Daddy stirbt?«

Aber Sky schnaubte nur verächtlich, beendete ihr Gespräch mit Marissa und wählte Dads Nummer. Keine Antwort. »Er ist wahrscheinlich mit einer Frau unterwegs.«

»Ich hab Angst«, sagte ich. Ich überlegte, ob ich bei meinem Klavier Zuflucht suchen sollte, aber da zog Sky mich an sich und wiegte mich, wie Mom es immer machte. Ich staunte, und obwohl meine große Schwester knochig war und ich mich schlecht an sie anschmiegen konnte, fühlte sich ihre Umarmung so wunderbar an, dass ich die spitzen Knochen und scharfen Ellbogen einfach ignorierte.

»Ich weiß. Komm, wir gehen spazieren«, sagte sie.

»Echt?« Ein Spaziergang im Dunkeln. »Was, wenn Dad doch noch kommt?«

Sie ging vor mir auf die Knie. »Er kommt nicht. Kapier das endlich. Er macht etwas anderes, was er wichtiger findet.« Sie tippte mit dem Finger gegen meine Schläfe, als wollte sie mir Gedanken ins Hirn drücken, und ihre Pupillen waren groß, von der grauen Iris umgeben wie von einem Heiligenschein. »Wir gehen zum Magic Mountain.«

»Wow. Okay.« So kannte ich meine Schwester gar nicht. »Meinst du, das ist okay?« In Wirklichkeit fragte ich, ob sie jetzt die ganze Zeit so nett bleiben würde.

»Ja, ich bin dein Babysitter, ich kann bestimmen. Hast du etwa Angst vor der Dunkelheit?«, neckte sie mich.

Ein bisschen Angst hatte ich schon, aber das hätte ich nie zugegeben.

Über uns wölbten sich dicht belaubte Bäume, die kühle Luft roch nach Frühlingsblumen. Wir wanderten mitten in der Nacht draußen herum, niemand wusste, wo wir waren, und ich hatte eine dicke Gänsehaut auf den Armen.

Im Park angekommen stiegen wir auf den Magic Mountain. Heute weiß ich, dass der Hügel keineswegs ein Zauberberg ist, sondern schlicht aufgeschütteter Schutt, der den Kindern im Winter zum Schlittenfahren dient, aber damals erschien er mir riesig, vor allem, als wir hoch über dem Park auf seinem Gipfel standen. Im Schein der fernen Straßenlaternen erstreckten sich die Schatten der Rutsche und der Klettergerüste weit über die Wiese unter mir hinweg.

Doch Sky war vollkommen entspannt.

»Es ist dir egal, oder nicht?«, fragte ich.

»Hä?«

»Es ist dir egal, ob Dad im Krankenhaus ist oder sogar tot. Du hasst ihn.«

»Nein, ich hasse ihn nicht. Er hat einfach nichts mit mir zu tun. Er ist ja nicht mein Dad, sondern deiner. Er hat Mom geheiratet, ihr das Leben vermasselt und euch beide verlassen.«

Das war die Wahrheit, ich wusste es damals und weiß es heute. Schade, dass mein Leben nicht mit mehr Spaß, Liebe und Ruhe begonnen hat. Mit all den guten Sachen. Bei Levy versuche ich es anders zu machen.

Sky legte sich auf den Boden und sagte: »Schau dir mal die Sterne an.«

Da kein Mond schien, war der Sternenhimmel so üppig und so hell, wie es über einer Großstadt eben möglich ist. Ich kuschelte mich dicht an meine Schwester. »Du hast so ein Glück«, sagte ich. »Du bist hübsch und hast coole Freundinnen und darfst zu Partys und überhaupt alles tun, was du willst. Sogar bei Freundinnen übernachten. Ich darf gar nichts. Alle kommandieren mich nur rum. Ich hasse hasse hasse es, die Jüngste zu sein.«

»Wenn du so alt bist wie ich, darfst du das alles auch.«

»Ich wollte, Mom würde noch ein Baby kriegen. Dann wäre ich die große Schwester.«

Wir starrten hinauf zu den Sternen. In der Ferne bellte ein Hund.

»Soll ich dir ein Geheimnis verraten? Ein ganz großes Geheimnis, das ich noch nie jemandem erzählt habe?«

»Ein Geheimnis?«

»Du verrätst es doch keinem, ja?« Sie flüsterte im Dunklen, und die Worte wurden immer leiser, je wichtiger sie waren.

»Versprochen.«

»Ich wünschte, mein Dad wäre noch am Leben, selbst wenn er so unzuverlässig wäre wie deiner. Selbst wenn er untreu wäre und sich die ganze Zeit mit Mom streiten würde. Ich finde, du bist die, die Glück hat.«

Unwillkürlich hielt ich die Luft an. Und dachte über ihr Geständnis nach.

»Sag Mom bloß nichts davon.«

Ich schüttelte den Kopf. »Niemals, ich schwör's.« So lagen wir auf dem Hügel und sahen hinauf zu den Sternen, die glitzerten wie Pailletten. Die harten Rillen, die vom Schlittenfahren zurückgeblieben waren, drückten sich in unseren Rücken.

»Ich liebe dich, Sky.«

»Wahrscheinlich wirst du die Jüngste bleiben, und ich kriege meinen Dad niemals zurück. Ende, aus. Das ist so unfair.«

»Ja.«

»Total unfair«, wiederholte sie.

»Wollen wir die ganze Nacht hier bleiben und warten, bis die Sonne aufgeht?«, fragte ich.

Sky überlegte. Ein Nachtspaziergang war unglaublich spannend, und jetzt, wo ich hier war, wollte ich es bis zum Letzten auskosten. Wenn ich in Skys Alter gewesen wäre, hätte ich keine Sekunde gezögert, aber sie meinte schließlich: »Mom kommt bestimmt bald nach Hause. Sie würde sich Sorgen machen.«

Plötzlich senkte sich der große Himmel auf mich herab, und mir wurde eng ums Herz. Ich konnte mir nicht vorstellen, dass mein Dad sich Sorgen um mich machte. Aber Sky wusste, dass ihr Dad sie liebte. Ich hätte gern mit ihr getauscht.

Aber dann erschien plötzlich dieses Licht, ein gelb-orangerotes Feuer in der Dunkelheit. »Schau«, sagte ich. »Was ist das? Wo kommt das her?«

»Keine Ahnung«, antwortete Sky. »Muss wohl irgendeine Reflexion sein.«

»Es ist auf deinen Haaren«, rief ich. »Deine Haare brennen!«

Lachend schlug Sky sich auf den Kopf. Dann deutete sie auf mich. »Auf deiner Nase ist ein Lichtstreifen. Guck mal, deine eine Hälfte ist orange. Wie Kriegsbemalung an Halloween. Schade, dass du nicht siehst, wie hübsch du ausschaust.«

»Du auch.«

Wir ließen unsere Hände durch die Lichtflecken tanzen und sahen zu, wie sie aufflammten, wie die Farben sich änderten und über unsere Finger flackerten.

»Ich mag dein orangenes Auge und deine orangene Backe.«

»Siehst du«, rief ich. »Wünsche werden nämlich doch wahr. Jetzt haben wir unseren Sonnenaufgang mitten in der Nacht. Vielleicht nennt man den Berg deshalb Magic Mountain, weil er wirklich ein Zauberberg ist.«

Wie Sky so dasaß, die Arme um die Knie geschlungen, sah sie genau aus wie Mom, nur ein bisschen kleiner.

Ich berührte ihre hell erleuchteten Haare, und meine Hand glühte.

»Wir sind orange Schwestern!«, rief ich lachend.

»Die Orangen-Schwestern«, sagten wir wie aus einem Mund und klatschten uns ab.

Als wir heimkamen, war Mom noch nicht da, und Dad hatte weder angerufen, noch war er gekommen, um mich zu holen. Genau genommen vergaß er mich den ganzen Rest des Jahres. Vielleicht auch noch das Jahr danach.

Aber ich habe Skys Geheimnis nie jemandem verraten.

Jetzt sehe ich Troy an, der wieder eingeschlafen zu sein scheint oder sich vielleicht ausruht, ehe er den nächsten Satz hervorhustet. Mir ist klar, wie schlimm es für Sky wäre, wenn er sterben würde. Das weiß ich besser als sonst jemand. Es ist ja, als läge ein Fluch auf ihrem Leben, und ihre Kindheitstragödie würde sich wiederholen. Letzten Monat ist ihre Freundin Mia gestorben. Ein Alptraum, der immer wiederkehrt – und es gibt kein Erwachen. Nur eine endlose Reihe von Verlusten.

»Troy«, sage ich, »wegen Sky brauchst du dir keine Sorgen zu machen. Ich kümmere mich um sie, und die Crew wird mich dabei unterstützen. Wenn sie sich für irgendwas wirklich einsetzen, dann für die Familie. Familie ist alles. Wir werden Sky und Rachel einfach in die Crew aufnehmen und ihnen helfen, das zu überstehen.« Abgesehen von T-Bone trifft das auf alle zu. Aber T-Bone interessiert sich ausschließlich für T-Bone. Und für die Frauen, die sich ihm an den Hals werfen. »Außerdem hat sie Mom und ihre Freunde. Eine riesige Großfamilie.«

»Genau das wollte ich hören«, sagt er, und erst jetzt weiß ich, dass er wach ist und mich gehört hat.

»Aber du musst kämpfen, dich auf deine Stärke besinnen. Sie visualisieren.« Ich bin zu jung für so was. Normalerweise denke ich, dass ich mit allem umgehen kann, aber für das hier bin ich einfach zu jung. »Ich liebe dich so. Ohne dich wäre ich in meiner Familie rettungslos untergegangen.« Jetzt laufen mir Tränen übers Gesicht, aber ich möchte nicht, dass Troy mich weinen sieht. Obwohl – warum eigentlich nicht? Er muss wissen, dass er geliebt wird. »Du weißt, wie wichtig du für uns alle bist, ja?«

»Hey, denk mal dran, wie wichtig ich für mich selbst bin.« Seine Stimme erstirbt, als würde er wieder einschlafen. Aber dann regt er sich wieder und sagt: »Ich würde mich selbst auch sehr vermissen.«

Ich verbringe den Tag mit Rachel und Levy, während die Crew für das Konzert aufbaut. Sky und Troy haben in Venice eine Wohnung gemietet, direkt am Strand, von ihrem Fenster aus kann man das Meer sehen. Die Wohnung erstreckt sich über den ersten und zweiten Stock. Ich gehe mit den Kindern an den Strand, wir laufen durch den Sand und spüren das Wasser an unseren Füßen. Für Rachel ist das alles selbstverständlich, sozusagen ihr Vorgarten, aber Levy sieht das Meer zum ersten Mal. Ich zeige ihm, dass das Wasser salzig ist, und sage, dass das Meer bis nach China reicht – so groß ist es. Als wir am Wasser entlangschlendern, bemerkt Levy plötzlich meine Fußspuren im nassen Sand. »Schau mal«, ruft er, »du machst Abdrücke!«

»Jep, du auch«, antworte ich und deute auf seine kleinen Spuren. Runde Zehen hat er, wie Aaron.

»Wie geht das denn?«

»Beim Gehen drückst du den Sand runter«, erkläre ich ihm.

Er presst einen Fuß in den Sand und hebt ihn dann behutsam wieder an. Rachel macht es ihm nach. Im Weitergehen schaut er sich um und betrachtet das Muster, das unsere Schritte hinterlassen haben, Beweise dafür, dass wir über den Strand marschiert sind. Dann bleibt er plötzlich stehen. »Schau mal, was in meinem Fuß ist, Mom.« Im Ballen seines Abdrucks steckt ein Stein im Sand. Er bückt sich, hebt ihn auf und gibt ihn mir.

»Oh, er sieht aus wie ein Herz und ist auch noch dunkelrot.«

Er lächelt mich an, und ich will ihm den Stein zurückgeben.

»Nein, der ist für dich, Mommy. Mein Fuß hat ihn für dich gefunden.«

Als wir zurückgehen, hat die Flut unsere Spuren weggewaschen. »Wo sind sie denn jetzt?«, fragt Levy.

»Da«, antwortet Rachel und zeigt aufs Meer hinaus.

»Eine Welle hat den Sand wieder neu gemacht«, füge ich hinzu.

Erst verzieht Levy den Mund, aber dann lächelt er. »Jetzt lauf ich im Wasser«, verkündet er und lacht.

Ständig hinterlassen wir neue Fußspuren. Mir geht nicht aus dem Kopf, was Troy zuletzt gesagt hat. Ich stelle mir vor, wie er lacht. Ich stelle mir vor, wie er sich aufsetzt und sein Frühstück isst. Sky habe ich immer noch nicht gesehen, aber Mom habe ich kurz umarmt. Sie meinte, dass sie versuchen will, zum Konzert zu kommen, wenn es Troy ein bisschen bessergeht. Sonst möchte sie lieber bei Sky bleiben.

»Das verstehe ich.«

Natürlich verstehe ich es. Diesmal würde ich genau das Gleiche tun. Troys Krankheit und Sky zu unterstützen ist viel wichtiger als das wichtigste Konzert, auch wenn es der Höhepunkt all der Stunden und Jahre ist, die ich Unterricht genommen und geübt habe. Der Lohn für Specials und meine Arbeit. Aber es wird andere Konzerte geben, vielleicht sogar noch größere. Andererseits – wer weiß? Vielleicht werde ich morgen von einem Bus überfahren, und dann hat Mom mich nie bei einem Konzert gesehen. Und Troy wird gesund werden.

Wir gehen die Uferpromenade entlang, die auf der einen Seite von Palmen und auf der anderen von Läden mit Strandsachen, T-Shirts, medizinischem Marihuana und Tattoos gesäumt ist. Ein Mann mit einem grünen Hut trägt ein Schild, auf dem steht: *»Bester Pichler der Welt – Lieder und Witze«.* Kurz darauf begegnen wir einem anderen, der ein Stück Pappe hochhält. *»Tritt in den Hintern: 1 Dollar. Nehme gern auch EssenGrasBier«* ist mit Edding darauf gemalt. Wir gehen in ein Restaurant mit einer roten Markise. Es heißt Small World

Books and Sidewalk Café. Die Kids tunken Maischips in milde Salsa und hinterlassen Kleckse auf dem Tisch. Einmal springt Rachel auf, weil neben uns ein Baby seinen Schnuller fallen lässt. Beinahe feierlich und so, dass sie den Sauger nicht berührt, gibt sie ihn dem Kleinen zurück.

»Du bist so ein liebes Mädchen«, sage ich zu ihr, als sie wieder auf ihren Stuhl klettert.

»Dang sön«, sagt sie.

»Danke schön, hat sie gesagt«, übersetzt Levy.

Anfangs habe ich kein Wort von Rachel verstanden, und Levy musste ständig für mich übersetzen. Inzwischen habe ich ihre Aussprache begriffen, aber Levy macht es immer noch Spaß, mir zu helfen. Rachel sieht mich an und beißt in ihren Hamburger. Sie ist sehr feinfühlig und behutsam, ganz anders als Levy, der eher nach dem Motto handelt: »Das ist die Welt, her damit!«

Vor dem Restaurant singt ein weißer Typ mit schwarzem T-Shirt und Panamahut Billy-Joel-Songs zu seiner eigenen leichthändigen Keyboard-Begleitung und entlockt den Texten eine erstaunliche Traurigkeit. Mit seiner Stimme zieht er trotz Wind und Wellenrauschen viel Aufmerksamkeit auf sich – ein attraktiver Mann, um die vierzig, den man eher als Alleinunterhalter in einer schicken Pianobar oder einem gehobenen Restaurant erwarten würde. Als er seinen Hut herumgehen lässt, gebe ich ihm fünf Dollar, und er nickt uns zu.

Nach ihm nimmt eine Frau mit grauem Pferdeschwanz an einem klapprigen Klavier Platz, krempelt die Ärmel ihres violetten Schlabbershirts hoch und beginnt, ein Stück von Chopin zu spielen, makellos, das gleiche, das ich bei meinem letzten Klavierkonzert fürs Highschool-Orchester zum Besten gegeben habe. Hin und wieder neigt sie den Kopf, als lauschte sie ihren eigenen Tönen. Ihr Gesicht ist faltig, mit einer markanten Nase. Gespannt warte ich, wie sie die Stelle meistert, mit der ich lange zu kämpfen hatte. Aber ihre Finger gleiten auch hier mühelos über die Tasten.

Ich beobachte sie und fröstle plötzlich.

Aus dem Nichts ist ein Wind aufgekommen. Die Palmwedel rasseln wie Klapperschlangen.

Auf dem Rückweg zu Skys Wohnung kaufe ich orangefarbenen Lidschatten und schminke mir damit vor dem Konzert die eine Gesichtshälfte.

»Warum denn ausgerechnet orange?«, fragt Special.

»Das ist für Troy. Für Troy und Sky.«

»Ich hab den ganzen Tag an ihn gedacht.« Er sieht mich stirnrunzelnd an.

»Sky und ich sind die Orangen-Schwestern. Ich erzähl dir die Geschichte später.«

Als ich ihm einen Blick zuwerfe, sagt er noch: »Dieses Konzert. Ich meine, wir sind aus Detroit, und hier ist L. A. Keine Ahnung, wie das wird.«

Ich schlüpfe in das schwarze, paillettenbesetzte Tank Top mit den Spaghettiträgern. Dazu Jeans. Und silberne Stilettos. »Ich glaube, der neue Song schlägt die Brücke«, erwidere ich, während ich mir eine Haarsträhne über ein Auge ziehe.

»Wow, du siehst heiß aus.« Special nickt mir zu, mit unverkennbar sexuellem Interesse.

Ich sehe nach den Kindern. Beide schlafen friedlich auf der Couch in der Garderobe. Levy hat den Arm über Rachel gelegt, als wollte er sie beschützen.

Ehe wir anfangen, linse ich durch den Vorhang. Das Licht ist noch an, und ich sehe fünf leere Plätze in der ersten Reihe. Fünf Plätze für Mom, Sky, Troy, Allie und Sissy. Keiner von ihnen ist gekommen.

Na schön. Ich hab es nicht anders erwartet, ich weiß ja, dass Mom heute Abend bei Sky und Troy sein muss. Das ist im

Moment das Wichtigste. *Bloß nicht runterziehen lassen,* sage ich mir. *Das ist deine größte Show, also mach was draus. Hier geht es um dich und Special und um dein Leben. Du hast deine Musik.* Ich straffe die Schultern. *Ich muss tun, was ich tun muss.*

Und dann entdecke ich Allie. Sie ist eine von Moms Freundinnen, die, zu der ich den engsten Kontakt habe und die mich und Aaron von Anfang an unterstützt hat. Sie hat die Haare aufgeplustert, trägt Jeans mit Strasssteinchen auf den Gesäßtaschen und eins von ihren verrückten Batiktops. Offensichtlich möchte sie hip aussehen, nur machen ihre Schuhe leider die ganze Coolness zunichte. Aber sie schreitet den Gang hinunter, als täte sie das jeden Tag, dicht gefolgt von drei Kids in den typischen ausgebeulten Jeans, mit weißem T-Shirt und Baseballkappe, die neben ihr Platz nehmen. Anscheinend hat sie die restlichen Tickets einfach an ein paar Fans in der Warteschlange verteilt. Sehr gut.

»Allie ist hier«, berichte ich Special.

»Allein?«

»Sieht aus, als hätte sie ein paar Freunde gefunden.« Ich zeige sie ihm, samt ihren drei jugendlichen Bekannten.

»Die haben ja echt Glück.«

Natürlich ist Allie nicht Mom, aber zumindest das Nächstbeste. »Ich freue mich sehr, dass sie da ist.«

»Das hast du auch verdient«, sagt Aaron, »und noch mehr. Noch viel mehr.« Dann legt er mir die Hände auf die Schultern und dreht mich zu sich um. »Babe, du musst den ganzen Mist jetzt wegschieben. Für den Rest des Abends gibt es nur uns und unsere Musik. Uns …« – wiederholt er – »… und unsere Musik. Und deine Liebe zu denen da draußen«, fügt er mit einem Nicken in Richtung Saal hinzu. Wir müssen unser Publikum lieben, damit es uns auch liebt, sagt er immer.

Wie aufs Stichwort taucht in diesem Moment Sissy auf und setzt sich auf Allies andere Seite. Sie kommt direkt vom Flughafen, und ich beobachte, wie die beiden sich begrüßen. Woher kennen sie sich eigentlich? Vermutlich von der Christmas Cookie Party, der Plätzchentauschaktion, die Mom jedes Jahr veranstaltet, seit ich auf der Welt bin. Direkt vor Levys Geburt hat Mom Sissy zum ersten Mal eingeladen.

Als ich Sissy das erste Mal begegnet bin, war es mitten in der Nacht. Ich war mit Aaron in Detroit, wir hatten tagsüber an unseren Texten gearbeitet und waren dann nach St. Andrews gefahren, um ein bisschen Freestyling zu machen. Es war ein perfekter Frühlingstag und ein wunderschöner Abend – bis wir zu Aarons Auto zurückkamen. Ein Reifen war platt, Aaron hatte keinen Ersatzreifen, und es war spät, sehr spät. Achselzuckend meinte Aaron: »Sieht aus, als müsstest du mit mir nach Hause kommen.«

Zu Hause war bei seiner Mom. »Warum mieten wir uns nicht irgendwo ein Hotelzimmer?«

»Hast du Geld übrig? Mom wohnt grade mal eine Meile von hier.«

Ich senkte den Blick.

»Was, hast du Angst, meine Mom kennenzulernen? Ihr zwei werdet euch garantiert mögen.«

Aber ich hatte noch nie die Mutter eines Freunds kennengelernt. Außer die von Troy, und der zählte nicht. Natürlich hatte ich vor Aaron auch nie einen richtigen Freund gehabt. So gingen wir durch die stille Nacht. Es war kurz vor Ostern, und vor einem Haus stand ein mit bunten Plastikeiern geschmückter Baum.

Schließlich kamen wir zu einem roten Backsteinhaus, Veranda, graue Zierleisten. Aaron klingelte. »Wir sollten ihr Bescheid sagen, dass du hier bist.«

Als Sissy öffnete, war sie noch dabei, ihren türkisfarbenen Bademantel zuzubinden, und sie hatte Lockenwickler auf dem Kopf. Die Schaumgummiart.

Da stand ich nun. Ein weißes Mädchen mit schwarzen Haaren und einer Menge Silberringe – einen in der Nase, einen in der Augenbraue, mehrere in beiden Ohren.

»Mom, das ist Tara. Eine kleine Überraschung.«

»Na, dann komm mal rein, Überraschung«, lächelte Sissy und trat zur Seite, damit wir ins Haus konnten.

»Ich hab ’nen Platten und fahre schon auf dem Ersatzreifen. Deshalb konnte ich Tara nicht heimfahren.«

»Sie kann in Shanas Zimmer schlafen. Morgen früh kümmern wir uns um das Auto.« Dann wandte sie sich an mich. »Weiß deine Mom, wo du bist?«

Ich schüttelte den Kopf.

»Ich möchte nicht, dass sie sich zu Tode sorgt. Sag ihr Bescheid. Besser, du weckst sie auf.«

Die Geschichte mit dem Platten wird sie mir niemals abnehmen, dachte ich.

»Ich rede mit ihr, wenn du möchtest.« Anscheinend konnte Sissy Gedanken lesen.

Und sie zuckte auch nicht mit der Wimper, weil ein weißes Goth-Mädchen mitten in der Nacht vor ihrer Tür stand, sondern brachte mich im Zimmer ihrer Tochter unter, das jetzt als Gästezimmer diente. Gestickte Vergissmeinnicht und Gänseblümchen schmückten die Kissenränder. Auf dem Fußende des Bettes lag eine Häkeldecke aus riesigen Veilchen. Der Frisiertisch war vollgestellt mit Parfümfläschchen, ein paar mit Ballon-Zerstäuber. Ich konnte der Versuchung nicht widerstehen, auf einen kleinen orangefarbenen Ballon zu drücken und den Duft einzuatmen.

Aarons Zimmer lag am anderen Ende der Wohnung. Sissy schlief im Zimmer zwischen uns.

Sie führte mich einfach ins Haus und gab mir das Gefühl, willkommen zu sein. Sie nahm das Leben, wie es kam, und akzeptierte es mit Anmut.

Am nächsten Morgen setzte sie uns Müsli vor, nahm uns zu

Discount Tires mit, setzte uns bei Aarons Wagen ab und fuhr weiter zur Arbeit. Als der Reifen gewechselt war, brachte Aaron mich nach Hause.

Ich habe großes Vertrauen zu Sissys Liebe und unserer Freundschaft.

Jetzt hat sie es sich neben Allie bequem gemacht, und die beiden Frauen plaudern angeregt.

Wie üblich senkt sich Stille herab, als der DJ auf die Bühne tritt und die Musik einsetzt. Die Spots leuchten auf, die Lichter im Saal erlöschen langsam. Sobald ich die Vibrationen unter den Fußsohlen spüre, überläuft mich das Prickeln von Angst und Vorfreude, es krabbelt die Rückseite meiner Beine hinauf, über meine Wirbelsäule und meine Arme hinunter. Ich bewege die Finger.

»Ich liebe dich, Babe«, sagt Aaron und wendet sich dann an die Crew. »Legen wir los, holen wir uns was von dieser Liebe. Auf geht's.«

Wir marschieren auf die Bühne, und das Publikum brüllt. Um es gleich in Fahrt zu bringen, beginnen wir mit *Prohibitions of Prison.* Dann wird Special ernst. Bringt die Crew zum Schweigen und greift sich das Mikro. »Ein paar von meiner Familie sind heute Abend im Krankenhaus in L. A. Deshalb möchte ich einen Moment an Troy denken.« Er neigt den Kopf und fügt hinzu: »Und auch an alle die, denen es nicht so gut geht wie uns.« Zu meinem großen Erstaunen wird es ganz still im Saal, fast so, als wären wir in der Kirche, nicht auf einem Konzert. Das Publikum ist aufgemacht wie immer und etwa zu gleichen Teilen schwarz und weiß. Das sind unsere Leute. Normalerweise schreien sie nach uns, stoßen mit den Fäusten nach unseren Rhythmen in die Luft und singen die Texte mit. Ihre Aufregung ist wie ein Aufputschmittel für mich.

Aber die Stille, die Tatsache, dass Aaron Troy erwähnt hat,

trifft mich völlig unvorbereitet, und meine Hochstimmung verwandelt sich schlagartig in Trauer. Ich kneife die Augen zusammen.

»Das ist sein Lieblingssong.« Special dreht sich wieder zur Crew um und sagt: »*Believe in me.*« Glaub an mich. Dann nickt er mir zu, und ich beginne mit der sanften Musik. Als er an die Stelle kommt, an der es heißt: *Ich werde dich lieben, über den Schmerz hinaus, durch den Schmerz hindurch,* da denke ich an Sky und wie viel Mut es sie kosten muss, jemanden an sich heranzulassen. Ich denke daran, wie schwer es für mich ist, Aaron an mich heranzulassen, und wir sind noch nie auf die Probe gestellt worden.

Aber dann konzentriere ich mich wieder auf unsere Musik, auf diesen von Liebe erfüllten Text, der aus der Zeit stammt, als ich mit Levy schwanger war. Nun bin ich nur noch die Keyboardspielerin, beobachte Special und seine Signale, behalte Red im Auge, weil er manchmal alleine abhebt und ich ihm folgen muss. T-Bone vollführt seine üblichen erotischen Zuckungen. Jetzt ist das Publikum ein großer schwarzer Schatten, der zu unseren Beats auf und ab springt. Specials schweißüberströmte Haut sieht aus wie geschmolzene Bronze, er tanzt beim Singen, er kann nicht still stehen. Ich auch nicht, aber ich bin an mein Keyboard gefesselt.

Als wir mit dem neuen Song, *Recession,* anfangen, darf ich Fauré spielen, und ich beginne ganz am Anfang, mit dem langen Ton, der so perfekt ist wie eine Zugpfeife, und ich überziehe den Saal damit, dunkel und hohl und einsam, denn ich brauche diese Musik, ich brauche sie und ihren reinigenden Effekt so sehr. T-Bones sensationelle Stimme trägt den Ton mit mir. Special beginnt mit der Hookline, und bei der Zeile *Wie kann ich anders werden, in diesem Spiel, wo der Tod meinen Namen wissen will,* stampft und schreit das Publikum. Er sagt die Worte nie als Frage, sondern als Feststellung.

Mitten im Geschrei tritt er zu mir und flüstert: »Ich hab etwas für heute Abend geschrieben, während du mit den Kindern unterwegs warst, und wir haben dran gearbeitet. Spiel du bloß den Schuss ein oder das Reifenquietschen, wo es richtig klingt.«

»Aaron, ich …«

»Du kannst das, Babe. Fühl mich einfach.«

Special nimmt das Mikrofon und beginnt:

Ich hab läuten hören
Wer in Kalifornien auftritt
Der geht durch ein Minenfeld

Ich lasse die gesampelten Schüsse knallen. Draußen, jenseits der grellen Scheinwerfer, spüre ich das Publikum, wachsam, erwartungsvoll. Hat dieser Mann wirklich vor, auf ihrer Bühne, hier im *House of Blues*, Geschichten von Detroit zu erzählen?

Und dann rappt er die Strophe:

Wenn die Welt das Ghetto ist
Gehörn wir alle zur gleichen Gang.
Einer wie der andere.

Er spricht von Einigkeit, davon, wie man die unsichtbaren Mauern niederreißt, die die Menschen voneinander trennen. Wer weiß, wie das Publikum das aufnehmen wird? Doch dann braust der Beifall aus dem großen Vakuum auf.

Wenn das dein Leben ist
Dann akzeptierst du das.
Weil es hart ist, superhart, wenn du jung bist und schwarz.

Eine Salve von Schüssen.

Das geht ab in der City von Boss Angeles
Ein Gefühl wie zu Hause, denn
Detroit schreit genauso zum Himmel.

Jetzt hat er, haben wir das Publikum komplett auf unserer Seite. Mit Detroit und allem. Mit der weißen Li'l Key und dem Bruder im Krankenhaus, der eine Decke furchterregender Trauer über alles breitet. Ich ende auf Faurés erstem Ton und lasse ihn uns alle übertönen, bis kurz bevor er erstirbt.

Und dann ein letzter einzelner Schuss.

Fertig.

Stille. Ich halte die Luft an. Und dann beginnt das Publikum wie wild zu klatschen und zu jubeln.

Perfekt.

Special zwinkert mir zu. Er hält das Mikro in die Höhe und streckt es dann dem Publikum entgegen, damit sie sich selbst hören können.

»Spürt eure Power. Spürt EURE Power«, ruft er, nickt, und dann zielt die ganze Crew mit dem Mikro in die Menschenmenge, ein brausender Sturm aus Beifall, Stampfen, Rufen und Brüllen.

Das Wort *Power* steigert sich zu einer Flutwelle, und ich kann mich nicht zurückhalten, ich muss das sampeln. Und dann spiele ich es ab, so laut das Soundsystem es zulässt.

Die Menge und die Lautsprecher pulsieren: *Hört unsere Power. Hört sie.*

Wow.

Heilige Scheiße!!!!

Es ist unser bestes Konzert. Ich bin schweißnass von der ganzen Aufregung, von der Traurigkeit, dem Hochgefühl, dem Stolz, der mich durchströmt. Und einen Augenblick bin ich eins mit Aaron und unserem Publikum. Ich fühle die Liebe, die Liebe im Einzelnen genauso wie die universelle Liebe. Ich bin mehr als nur meine Musik.

Aber dann wird mir bewusst, dass es Zeit ist, und ich drehe die Lautstärke runter, bis nur noch ein Flüstern bleibt. Das schließlich ganz verstummt. Wir verlassen die Bühne. Das Publikum brüllt noch immer und verlangt nach mehr.

»Das können wir nicht toppen«, sagt Aaron hinter der Bühne. »Lassen wir sie schmoren.«

Wir sind fertig.

Nach und nach gibt die Menge auf, wendet der Bühne den Rücken zu und verlässt zögernd den Saal.

Ich bin wieder allein. So nah Aaron und ich uns auf der Bühne sind und so kraftvoll ein Konzert wie dieses ist – sobald es zu Ende ist, überkommt mich wieder das Gefühl, das ich schon als Kind hatte.

4

Unberechenbar

Tara

Als Aaron mich nach dem Konzert umarmt, zittern wir beide vor Stolz und Freude. Die Sicherheitsleute versuchen, den Strom von Backstage-Besuchern auf eine von uns zusammengestellte Liste zu beschränken, aber die Leute drängen sich gnadenlos durch und scharen sich in Massen um die Crew. Normalerweise achtet niemand auf mich, weil es größtenteils Mädels sind, ganz wild darauf, einen der Künstler ab- und ins Bett zu schleppen. Meistens lassen die Security-Leute die hübschen durch, weil sie hoffen, vielleicht auch eine abzukriegen. Gelegentlich kommt einer von der Presse, und manchmal hat auch der es auf Action abgesehen. Unser Produzent schwingt große Reden, während ein Typ mit Baseballkappe sich Notizen macht.

Sissy nimmt uns einen nach dem anderen in den Arm. »Ich freu mich so«, sagt sie zu Aaron. »Mein Sohn, du hast die Leute echt vom Hocker gehauen. Einfach spitze.« Auch ihre Augen funkeln vor Stolz, sie drückt mich fest an sich und hebt mich in ihrer Begeisterung fast von den Füßen. »Tara, du warst großartig. Was für eine Stimme! Ich wusste ja gar nicht, dass aus deinem zierlichen Persönchen eine Stimme rauskommen kann wie die von Aretha.«

»Aber bloß ein, zwei Töne lang.« Ich halte Sissy fest und vermisse plötzlich meine Mom. »Ich bin so froh, dass du gekommen bist.«

»Deine Mom wäre da, wenn sie könnte.« Sie drückt mich noch mal, stellvertretend für meine Mom sozusagen, und fügt hinzu: »Sie hast du auch stolz gemacht.«

Dann ist Allie mit dem Umarmen an der Reihe. »Es war so aufregend, dich zu sehen. Du bist unglaublich talentiert, Tara. Und ein Charisma habt ihr beiden, du und Aaron – einfach umwerfend.« Sie macht eine ausladende Handbewegung. »Genau genommen ihr alle. Ich kenne dich von klein auf, und wenn ich dich jetzt sehe …« Ihre Stimme erstirbt.

Noch nie hatten wir nach einem Konzert unsere Familie backstage, und zum ersten Mal treffen meine beiden separaten Ichs aufeinander. Das fühlt sich befremdlich an, beinahe peinlich. Das eine ist sexy, flirtet gern und produziert sich vor dem Publikum, und einen größeren Widerspruch könnte es zu meinem Familien-Ich kaum geben. Die Tochter, das von Allie erwähnte kleine Mädchen mit den knubbeligen Knien, das auf dem Klavier rumgeklimpert und vor dem ersten Vorspielen fast gekotzt hat. Oder auch die junge Mutter, über deren chaotische Haushaltsführung Sissy ständig die Augen verdreht. Dazu noch all die anderen Versionen von mir. Aber vielleicht ist das bei erwachsenen Menschen immer so, wir sind doch alle ziemlich komplizierte Wesen, die mehr oder weniger geschickt mit ihren verschiedenen Facetten jonglieren und mal den einen, mal den anderen Aspekt in den Vordergrund rücken.

»Deine Mom wäre so gern hier gewesen. Sie wollte unbedingt kommen, Tara.« Allie hat die Hände auf meine Schultern gelegt und sieht mir in die Augen, als wollte sie mich dazu bringen, Moms Liebe zu fühlen und auch, wie stolz sie auf mich ist. »Aber sie konnte Troy und Sky nicht alleine lassen. Das ging einfach nicht heute Abend.« Sie schüttelt auf eine Art den Kopf, dass ich mir die Frage nach Troy verkneife. Ich möchte nicht, dass mein Hochgefühl so schnell verschwindet, aber ich habe den Gedanken noch nicht fertig gedacht, da ist es auch schon passiert. »Wie geht es ihm?«

Allie presst die Lippen zusammen, und ihr Gesicht wird traurig. »Nicht so gut. Sonst wäre deine Mom ja gekommen.«

»Wo sind eigentlich deine Freunde geblieben?«

Allie runzelt die Stirn. »Oh, du meinst die Typen, denen ich die Tickets geschenkt habe? Die hatten noch irgendwas anderes vor. Aber sie fanden das Konzert super.« Dann fügt sie noch hinzu, als hätte sie es fast vergessen: »Troys Eltern sind jetzt auch im Krankenhaus.«

»Ich kenne seine Eltern kaum. Sie sind nach Florida gezogen, direkt nachdem Troy mit der Highschool fertig war.«

Inzwischen sind Levy und Rachel aufgewacht und rennen in den Seitenkulissen herum. Ich fange Levy ein und schwinge ihn im Kreis, dann mache ich das Gleiche mit Rachel. »Huiiiii«, singe ich dazu, und sie kichert laut. Zu dritt stehen wir an der Seite, während die Crew, Allie und Sissy zu einem mit Essen und Getränken beladenen Tisch gehen. Als Levy mitkriegt, was sie vorhaben, rennt er hinter ihnen her, Rachel windet sich eilig aus meinen Armen und läuft ihm nach.

Dann sehe ich King dort stehen, eine Phalanx von Kerlen hinter sich, die uns vor dem Rest der Leute abschirmen. Als er sieht, dass ich alleine bin, kommt er auf mich zu, lautlos, geschmeidig. Genau genommen geht er nicht, er gleitet. Ich bin ihm noch nie persönlich begegnet und sehe ihn zum ersten Mal aus der Nähe. Seine glatte Haut sieht aus wie braunes Porzellan, seine schwarzen Augen glänzen. Seit Jahrzehnten lebt er in Reichtum und Geborgenheit, abgesichert durch seine Popularität und sein Geld. Jahrzehnte, in denen man ihn angehimmelt, ihm jeden Wunsch und jede Laune von den Augen abgelesen hat, damit er sich ausschließlich auf seine Texte und seine Musik konzentrieren und noch mehr Geld für seine Leute machen konnte.

Ohne mich auch nur eine Sekunde aus den Augen zu lassen, schwebt er auf mich zu. »Li'l Key, du hast echt was drauf«, begrüßt er mich. Er ist größer, als ich dachte. Für einen Mann über vierzig ist er gut in Form.

Jahrelang habe ich seine Musik gehört, aber in der Realität hat seine Stimme ein Vibrato und eine Tiefe, die das beste Equipment nicht einfangen kann. Eine Stimme von der Art, wie ich sie auf meinem Keyboard zu erzeugen versuche.

»Waren Sie, äh, warst du beim Konzert?«

»Ja, war ich.« Er neigt den Kopf in meine Richtung. »Und mir hat gefallen, was du machst, du hast Talent, 'ne Menge Kreativität. Ich mag es, wie du verschiedene Welten umspannst.« Er lächelt, und mir wird ganz warm.

Ob mir diese Stimme jemals selbstverständlich werden würde? Oder würde ich immer erst auf ihren Klang hören, bevor ich auf die Worte achte, die sie sagt? Jetzt allerdings strenge ich mich an, mich auf die Worte und ihre Bedeutung zu konzentrieren. »Danke. Das ist eben, was ich tue. Wer ich bin.«

Er taxiert mich träge von oben bis unten und wieder zurück, und ich nehme mich zusammen, um unter seinem Blick nicht zu zappeln. »Hübsch bis du, Kleine – sexy. Ganz eigener Stil.« Er nickt.

»Danke.« Vermutlich sollte man sich doch bedanken, wenn jemand einem jemand sagt, dass man sexy ist. Jedenfalls wenn das Kompliment von King kommt.

»Ich mag das Orange.« Er trägt einen mattgrauen Seidenanzug. Wenn er den Arm bewegt, sehe ich rubinrote Manschettenknöpfe blitzen.

»Das ist neu heute Abend.« Ich weiß, ich klinge wie ein Idiot, wie ein blöder Fan, ich muss mich zusammenreißen.

»Hoffentlich war das nicht das einzig Neue. Was ihr heute gemacht habt, meine ich.« Er leckt sich über die Lippen. »Du könntest mal drüber nachdenken, es mit mir zu machen.«

Das sagt er so, dass ich nicht weiß, ob er mit mir schlafen oder mit mir singen will.

Unwillkürlich weiche ich zurück.

Aber er greift ungerührt in die Tasche, zieht eine Karte heraus und schnippt mit dem Fingernagel dagegen. »Denk doch mal drüber nach, ob du Lust hast, ein paar Tracks mit mir einzuspielen.«

Ich recke das Kinn. Zum Zeichen meines Selbstbewusstseins.

»Ich bin ein loyaler Mensch. Wir könnten sehen, wie wir zusammenpassen. Jedenfalls könnte ich eine talentierte Keyboarderin mit Stimme und Energie ganz gut brauchen.«

In diesem Moment durchbricht Levy die Reihe von Kings Anzugtypen und kommt zu mir gerannt.

Ich nehme ihn auf den Arm. »Daddy sucht dich. ›Wo is Mama?‹, fragt er dauernd.«

»Oh, du bist Specials Baby-Mama.« Als würde das meine Musik irgendwie in ein anderes Licht rücken.

»Er ist mein Baby-Daddy.« Der Ärger gibt mir meinen Mumm zurück.

King lacht. »Gut gekontert, das gefällt mir.« Er zieht eine Augenbraue hoch – wirklich nur die eine – und mustert mich. »Du glaubst, du bist wichtig?« Das sagt er sehr leise, irgendwie verführerisch, so dass seine Worte und sein Ton sich widersprechen.

Ich höre, was er sagt. Ich bin es gewohnt, auf mich aufzupassen. »Hey, es läuft super bei uns, unser Stern geht gerade auf. Und bei dir? Wenn ich das richtig verstehe, bist du vor allem egoistisch.« Er hat mein Misstrauen angefacht.

»Nein, ich sage dir, du solltest an dich selbst denken, für dich sorgen. Ich könnte dich ins Scheinwerferlicht rücken. Du könntest mir ein bisschen intellektuelle Schärfe und Crossover liefern.« Er nickt dabei und fügt hinzu: »Li'l Key. Die Unberechenbare.«

Ich weiß nicht, was passieren würde, wenn Aaron sich verändert oder wenn sich unsere Ziele und Träume nicht mehr vereinbaren lassen. Momentan ist er unser Anführer, und alles wird immer besser. Vielleicht lasse ich es zu, dass unsere Bedürfnisse zusammenpassen, und unterdrücke dabei meine eigene Stimme.

»Du entscheidest, ob du eine Weile was mit uns machen willst. Dann sehen wir weiter, was dabei rauskommt.«

Ziemlich abrupt dreht er sich um, schlendert zu Aaron und sagt etwas, das ich nicht hören kann. Die Typen versperren mir die Sicht. King schüttelt Larry die Hand – unserem Anwalt, mit dem Troy uns in Kontakt gebracht hat. Ich überlege, ob Larry womöglich auch Kings Anwalt ist.

Aber dann kommt King noch einmal auf mich zu, hebt mein Kinn mit dem Zeigefinger an und studiert mein Gesicht. »Jep. Superheiß und Vollblutmusikerin. Und unberechenbar. Das ist was für mich, das werde ich als Nächstes ausprobieren.«

»Was ist mit Special und der Crew?« Vielleicht könnte ich ein paar Sachen mit King aufnehmen oder ein paar Konzerte mit ihm machen und Special und die Crew mitnehmen.

»Ich hab schon eine Crew. Ich brauche eine Keyboarderin mit einer Stimme.«

Ich weiß nicht, ob er mich anbaggert oder mich tatsächlich unter seine Fittiche nehmen will. Seine Stimme ist noch lange keine Selbstverständlichkeit für mich.

Er schwebt davon und verlässt den Saal. Sogar sein Gang ist sexy. Er braucht keine Tür aufzumachen, er muss nicht überlegen, wo er als Nächstes hingeht … er peilt die Richtung an, und seine Jungs machen den Weg frei. Aber an der Tür dreht er sich noch mal zu mir um und schnippt mit den Fingern wie gegen einen imaginären Hut. Dreht sich um und tänzelt aus der Tür. Abgesehen davon, dass ich mich von seinem Angebot geehrt fühle und mich über seine Anerkennung als Künstlerin freue, weiß ich echt nicht, was ich von ihm halten soll. Aber – na und?

»Was wollte der denn?«, fragt Aaron.

Ich zucke die Achseln. »Was hat er zu dir gesagt?« Ich stecke Kings Karte in meine Gesäßtasche.

»Dass wir ein super Konzert gegeben haben. Und du ein Diamant im Rohzustand bist. Dass er dich mir wegnehmen wird.«

Ich lache.

»Dass ich anscheinend nicht weiß, was ich an dir habe.« Aaron kneift die Augen zusammen. »Aber ich weiß es, Baby. Er hat Angst vor uns, er fürchtet die Konkurrenz. Versucht uns zu schwächen, indem er uns auseinanderbringt, verstehst du?«

Wieder zucke ich die Achseln. Ich weiß nicht, ob Aaron Kings Strategie wirklich durchschaut oder ob er nur versucht, seinen Spielchen möglichst rasch einen Riegel vorzuschieben. Vielleicht möchte er die Sache so hindrehen, dass es aussieht, als ginge es nicht um mich, sondern um ihn, um Aaron. »Ich war nicht sicher, ob er mit mir schlafen oder Musik machen wollte.«

»Beides. Er will beides. Nur allzu verständlich.« Er sagt das, als wäre er mein Freund, nicht mein Lover.

Der Mann mit der Baseballkappe ist von der L.A. Times und möchte Special interviewen. Während sie sich unterhalten, hole ich mir was von dem Grillhähnchen und den Babykarotten. Seit dem Lunch mit den Kindern im Small World Café habe ich nichts mehr gegessen.

T-Bone hält sich ein bisschen abseits. Den Daumen in den Hosenbund gehakt, an einen Pfosten gelehnt, einen hübschen Cocktail in der Hand, so beobachtet er, was abgeht. Drei Frauen stehen um ihn herum, eine davon mit weiß gefärbten Haaren und falschen Titten und Jeans, die so tief sitzen, dass man freie Aussicht auf ihren Bauchnabelring hat. Eine andere fährt mit der Fingerspitze über den Rand von T-Bones Ohr. Die dritte starrt mich mit ihren grünen Kontaktlinsen und falschen Wimpern an, als würde es ihre Einfühlsamkeit beweisen, wenn sie das anglotzt, was T-Bone sieht. Er schaut mich an, während er überlegt, was er jetzt tun will. Er ist eindeutig der Hübscheste der Gruppe, und zum ersten Mal frage ich mich, ob er womöglich bisexuell ist. Er ist so makellos schön. Vielleicht würde er mich aber auch umbringen, wenn er wüsste, dass ich so was denke.

Allie unterhält sich mit Smoke. Der Mann von der L. A. Times kommt rüber zu mir und fragt mich nach meiner Ausbildung. Wie sich herausstellt, kennt er sich mit klassischer Musik aus und hat die Passagen aus dem Requiem erkannt. Ich erzähle ihm das, was ich allen erzähle: Ich bin in Ann Arbor aufgewachsen, Mittelschichtskind, und mein Dad hatte genug Geld, um mir den Musikunterricht zu bezahlen. Ich hatte Glück. Allerdings waren die Musikstunden das Einzige, was mein Dad mir je gegeben hat. Den Musikunterricht und seine Gene.

Ich bin mir nicht mal sicher, ob mein Vater weiß, was ich jetzt mache. Levy hat er nur ein einziges Mal gesehen. Aber den Musikunterricht weiß ich zu schätzen.

Inzwischen hat die Menschenmenge gekriegt, was sie wollte. Vielleicht merken die Leute auch, dass mehr nicht zu holen ist. T-Bone verschwindet mit den drei Mädels, und auch Red Dog geht mit ein paar Frauen weg. Smoke ist verheiratet und hat eine kleine Tochter, er macht nicht rum. Jedenfalls soweit ich weiß. Vermutlich wird in mir immer ein Rest Misstrauen bleiben, dass jeder Mann so ist wie mein Vater. Jetzt sind nur noch Sissy, Allie, Aaron, die Kids und ich da. Die Kids ziehen an den Vorhangseilen. Dann essen sie die Überbleibsel vom Hähnchen und ein paar Schokoriegel. Nach diesem Zucker- und Koffeinkonsum sind sie bestimmt die ganze Nacht wach.

Ich hole tief Luft und frage noch einmal nach Troy.

Allie schaut zu Sissy und schüttelt den Kopf.

»Es ist halb eins«, sagt Sissy.

»Ich denke, sie sind noch auf, ruf doch einfach an«, entgegnet Allie.

Ein ruhiges Eckchen zu finden ist nicht schwer. Ich gehe einfach in die Garderobe, hebe Rachels Stoffhasen Maddie auf, nehme ihn auf den Schoß und wähle Moms Nummer.

Sie geht sofort dran, als hätte sie schon auf meinen Anruf gewartet.

»Wie geht's Troy?«

»Wie war das Konzert? Ich wäre so gern dabei gewesen.« Ihre Stimme klingt leise und weich.

»Gut. Toll. Das beste Konzert, das wir bisher gegeben haben. Aber was ist mit Troy?«

Ich höre, wie sie tief Luft holt. »Er ist von uns gegangen, Tara. Vor zwei Stunden«, haucht sie.

Als wir den Song über Detroit gesungen haben?

»Sky und ich sind noch bei ihm. Und seine Eltern sind auch hier.«

»Konnten sie noch mit ihm sprechen?«

»Kurz nach ihrer Ankunft ist er ins Koma gefallen. Als hätte er nur noch auf sie gewartet.«

»Ich sollte zu euch kommen.«

»Nein. Kümmere du dich um Rachel, und wir bleiben hier, bis sie ihn zur Einäscherung bringen.«

Mein erster Gedanke ist, dass Rachel sich von ihrem Vater verabschieden muss. Andererseits wäre das womöglich traumatisch für sie. Ich habe das Gefühl, in so einer Situation sollten wir alle zusammen sein. Aber ich stehe immer abseits, immer ein bisschen außen vor. Mir fällt King ein, der gesagt hat, ich soll auch an mich denken, für mich sorgen. Wie mache ich das?

Und dann fällt mir plötzlich die grauhaarige Frau ein, die auf der Straße Chopin gespielt hat.

»Kann ich mit Sky reden?«

»Ich geb sie dir.«

»Hi.«

Sky antwortet nicht.

»Ich war gestern Nacht bei Troy. Hat er es dir erzählt?«

Schweigen.

»Es tut mir so leid. So furchtbar leid. Ich liebe ihn.« Die Tränen sind wie ein Kloß in meinem Hals. »Ich werde ihn immer vermissen. Kann ich irgendetwas für dich tun?«

Wieder bekomme ich keine Antwort.

»Ich liebe dich, Sky. Meine Gedanken sind bei dir. Bei euch allen. Gibt es irgendwas, was ich tun kann?«

Dann sagt Moms Stimme. »Sie kann nicht sprechen.«

Ich halte Maddie fest. Der Stoffhase hat ganz seidige Ohren. Ich weiß nicht, was ich tun soll. Wahrscheinlich nichts. Mich um Rachel kümmern. Morgen fahren wir nach Las Vegas.

»Sollen wir Rachel mit nach Vegas nehmen?«

»Nein. Komm doch einfach zur Wohnung, bevor ihr aufbrecht.«

»Okay, dann sehen wir uns morgen früh.«

Maddie hält sich mit den Pfoten eine Karotte an den Mund, als wollte sie davon abbeißen. Sie hat dunkle, glänzende Knopfaugen, die ihr einen weisen Ausdruck verleihen. Ich drücke das Häschen fest an mich und weine.

»Ich werde mich selbst vermissen«, hat Troy gesagt. *Ich werde mich selbst vermissen.*

Ich werde ihn vermissen, aber ein Teil von mir ist mit ihm verloren gegangen, ein für alle Mal. Auch ich vermisse mich selbst.

Am nächsten Morgen prangt auf der Kulturseite der Zeitung die Schlagzeile »Detroit erobert L.A.«. In der Besprechung steht was von einer Wende im Hip Hop, sie bescheinigt uns tiefgründige Texte und eine Geschlossenheit, die neu ist in dieser Branche. Wir werden als eine Crew beschrieben, die eng zusammenarbeitet, einen frischen Sound und ein frisches Bewusstsein in die Szene bringt. Die alte Wunden heilt und den Motown-Sound wieder zum Leben erweckt. In Bezug auf mich werden meine Prägnanz und meine Energie hervorgehoben, dazu meine tonreichen Hooks und eine gewisse Unberechenbarkeit, beides untrügliche Kennzeichen meiner Kreativität. Ich halte mich selbst nicht für unberechenbar, aber das ist schon das zweite Mal innerhalb von vierundzwanzig Stunden, dass mir jemand dieses Attribut zuschreibt. Na gut, ich weiß oft nicht, was ich tun werde, bevor ich es tue, das habe ich ja bereits erwähnt. Während ich die Kritik lese, denke ich: Aaron und ich brauchen King bestimmt nicht. Brauche ich ihn?

Mit dem Tourbus fahren wir zu Sky. Die Crew wartet, während Aaron, Levy, Rachel und ich reingehen. Mom hat dunkle Ringe um die Augen, ihre Lider sind geschwollen. Als sie uns sieht, legt sie den Finger an die Lippen und flüstert: »Psst, Sky ist gerade eingeschlafen.«

Mom ist sehr bleich.

Aber Rachel ist so aufgeregt, dass Moms Warnung nicht wirkt. »Mommy! Daddy!«, ruft sie und rennt ins Haus.

Garantiert wird Sky von ihrem Rufen aufwachen.

Mom und ich sehen uns an, dann schaut sie weg, setzt sich an den Esstisch, stützt den Kopf in die Hände und wickelt eine Haarsträhne um den Finger, eine nervöse Geste, die ich seit meiner Kindheit kenne.

»Hat Sky irgendwelche Pläne gemacht?« Ich möchte meine Schwester sehen. Mit ihr weinen.

»In drei Tagen gibt es einen Gedenkgottesdienst.«

»Bleibst du bei ihr? Nimmt sie ein paar Wochen frei?«

»Sky hat ihre Stelle verloren.«

»Das wusste ich nicht.«

»Es kam auch ganz unvermittelt. Am gleichen Tag, an dem sie Troy ins Krankenhaus gebracht hat.«

Mom sitzt da, ich stehe da und möchte helfen, kann es aber nicht.

»Wir haben keine Pläne. Aber ich muss nächste Woche in Chicago auf einer Konferenz sprechen.« Mom bildet Versicherungsvertreter in Verkauf und Marketing aus.

Rachel kommt aus dem Wohnzimmer gerannt und ruft: »Daddy, Daddy!«

Levy zupft an Aarons Hand. »Hier ist Daddy.«

Rachel wirft Aaron einen kurzen Blick zu und läuft wieder nach oben.

»Jemand muss es ihr erklären«, sage ich.

»Das ist Skys Sache«, antwortet Mom.

Ich werde mich selbst vermissen, hat Troy gesagt. Der Satz geht mit nicht aus dem Kopf.

Vielleicht ist es falsch, was ich jetzt mache. Mom sitzt da und zwirbelt ihre Haare, Levy hält Aarons Hand, Sky ist in ihrem Zimmer, schläft oder versteckt sich. Jedenfalls ist sie nicht erreichbar für Rachel, die durchs Haus rennt und Troy sucht. Trotz des Chaos von letzter Woche ist die Wohnung picobello. Braune und auberginefarbene Kissen aufgeplustert auf dem Sofa. Die DVDs im TV-Schrank makellos gestapelt. Nichts steht auf der Küchentheke, Geschirr, Gläser, Haushaltsgeräte, alles weggeräumt. Äußerliche Struktur sorgt für Ruhe und Ordnung. Draußen erstreckt sich das Meer um die ganze Welt. Als Rachel das nächste Mal an mir vorbeiläuft, greife ich nach ihrer Hand. Rachel ist nicht meine Tochter, ich bin nicht diejenige, die für sie sorgt, aber ich ertrage ihre verzweifelte Suche nicht mehr. Also nehme ich sie bei der Hand und knie mich vor sie, damit wir auf gleicher Augenhöhe sind.

»Ist Daddy noch im Krankenhaus?«, fragt sie mich prompt.

»Ich muss dir etwas sehr Trauriges sagen, Rachel«, antworte ich.

Sie schaut mich mit den unheimlich grauen Augen an, die sie von Sky geerbt hat.

Ich frage mich, ob sie es vielleicht schon weiß. Manchmal wollen wir Dinge nicht wissen, obwohl wir sie wissen. Ich nehme Rachels Hände in meine. Dann ziehe ich sie zu mir, damit sie meine Nähe spürt. »Daddy ist nicht mehr da«, sage ich leise in ihr Ohr. »Dein Daddy hat dich sehr lieb, mehr als irgendetwas auf der Welt, und er wäre am allerliebsten bei dir geblieben, aber es ging nicht, und jetzt ist er nicht mehr da. Deshalb sind Mommy und Grandma so traurig. Deshalb sind wir alle so traurig. Wir vermissen ihn.« Ich fange an zu weinen.

»Kommt Daddy vielleicht morgen zurück?« Sie nickt, als wollte sie mich mit dieser Möglichkeit beruhigen.

»Nein, Rachel, er kann nicht mehr zurückkommen.«

»Nie mehr?«

»Nie mehr.«

Da fängt Rachel an zu heulen. Ich drücke sie an mich. Mom steht auf und schlingt ebenfalls die Arme um sie, Levy kommt herüber, dann Aaron, und so knien alle um Rachel herum und halten sie fest, während sie schreit und weint.

Bestimmt hört Sky ihre Tochter schreien. So dick sind keine Wände.

4

Unberechenbar

Sky

Ich erinnere mich an nichts. Nicht richtig jedenfalls. Ich weiß nur noch, dass Troys Abgang so glatt und geschmeidig war wie seine Sprünge ins Wasser: in Position begeben, ein fast unmerkliches Federn, dann der Absprung und ein Eintauchen fast ohne Spritzer. Nur ein letzter Atemzug. Troy ist zur anderen Seite gewechselt, als wäre er einfach untergegangen. Ganz sacht, ohne Aufhebens zu machen, hat er diese Welt verlassen.

Kaum ein Kräuseln an der Oberfläche. Kaum ein Ton. Trotzdem ist der Sprung endgültig und nicht umkehrbar.

Die Ärztin hat mich gefragt, ob ich eine Autopsie machen lassen will. Weil ihnen das vielleicht hilft zu verstehen, wie der Keim sich in ihm festsetzen und ausbreiten konnte. Sie meinte, das ist eine Chance von eins zu einer Million, total ungewöhnlich – bei einem so jungen und anscheinend gesunden Mann.

Aber ich habe abgelehnt, weil er genug durchgemacht hat, und dabei seine kalte Hand festgehalten.

Bis Mom mich irgendwann hochzog und sagte, dass wir nach Hause müssen. Dass ich schlafen muss. Dass sie Troy wegbringen müssen.

Also habe ich es getan. Ich habe getan, was man mir sagt.

Ich hatte jede Menge zu tun und zu organisieren. Was ich nicht geschafft habe, hat Mom übernommen. Mias Mann, Marc, hat uns viel geholfen, denn ihr Tod war für ihn noch so frisch, daher wusste er, was zu tun ist. Er hat die Entscheidungen getroffen, hat einen Ort für die Gedenkfeier gefunden, einen Nachruf geschrieben, er hat telefoniert und Mails verschickt – Troys Freunde, sein Basketballteam, die Kanzlei, unsere Schulfreunde. All so was. Er wusste Bescheid. Er hat mich nur angesehen und den Kopf geschüttelt. Ich erinnere mich nicht, dass er ein einziges Wort gesagt hat. Mom hat versucht, mich zu unterstützen, bei mir zu sein. Nur sie kann nachvollziehen, wo ich bin, wo ich war. Sie hat mit mir zusammen Dads Tod erlebt, und jetzt das. Im Kopf mache ich eine Liste: Der Tod meines Vaters. Drei Fehlgeburten. Eine Totgeburt. Mias Tod. Die Kündigung. Troys Tod. Kurz überlege ich, ob ich die Katastrophen in mein Smartphone eingeben soll. Vielleicht gehen sie mir dann nicht mehr ständig im Kopf herum. Als ich auf den Knopf drücke, blickt mir meine alte Einkaufsliste entgegen: Spülmittel, Eier, Kaffee, Weichspüler, Olivenöl, Kirschen, Mandeln. Nichts davon habe ich gekauft.

Der Tod meines Vaters. Drei Fehlgeburten. Eine Totgeburt. Mias Tod. Troys Tod.

Werde ich bestraft?

Was habe ich nur falsch gemacht?

Ich sitze an meinem Fenster und bemerke eine kleine Beule am Rahmen, kleine Falten im längst getrockneten Anstrich. Darunter die Holzmaserung.

Ich studiere die beiden unterschiedlichen Muster, die Holzmaserung, die mal lebendig war, und die erstarrten Farbfalten. Unwillkürlich muss ich an die Kräuselwellen im Wasser denken, die Troy beim Springen gemacht hat, und daran, wie still die Luft nach seinem letzten Atemzug war. Ich beneide den sichtbaren Beweis von Bewegung in der Farbe, in der Maserung. Ich starre auf das gestrichene Holz und denke über die Verbindung nach. Stundenlang verliere ich mich in meinen Gedanken.

Eine Sirene heult auf, ein Notarztwagen. Das Geräusch kommt näher. Aber er ist doch schon tot, wir brauchen keinen Notarztwagen. Für einen Moment schlägt mein Herz schneller, weil ich denke, vielleicht will man jetzt mich abholen.

Ich rolle mich auf meinem Bett zusammen.

Rachel kommt, um mit mir zu kuscheln. Sie stupst mich an, will eine Reaktion von mir. Sie schaut mir ins Gesicht, das spüre ich, doch ich öffne meine Augen nicht. Meine Finger streicheln über ihre Wange. Aber ich ertrage es nicht, sie anzusehen. Ihren Atem auf meinem Gesicht zu spüren ist schwer genug.

In der Ferne höre ich Heulen, aber das hat nichts mit mir zu tun. Dann wird es wieder still. Und dann wieder Rachel neben mir, auf Troys Seite des Betts, wie sie versucht, mich zu umarmen. Ihr kleiner Arm liegt auf mir. Ich rieche ihren süßen Duft. Babyöl. Und Schokolade.

Und dann überreicht man mir eines Tages einen Behälter und sagt mir, sehr sanft, sehr vorsichtig: »Hier ist sie. Seine Asche.« Ich öffne den Deckel und sehe ein klumpiges graues Pulver in einer Plastiktüte. Weich wie Federn. Das soll Troy gewesen sein?

Aber ich stelle den Behälter nicht ab, ich halte ihn fest.

Alle sind da. All diese Leute. Allie. Und Sissy. Und Tara, die mich umarmt und weint und etwas davon erzählt, dass sie Troy versprochen hat, sich um mich zu kümmern. Aaron und seine Freunde. Ein großer, sehr schwarzer Mann mit blauen Augen.

Auch er umarmt mich, riecht frisch und sagt: »Ich hab das auch durchgemacht. Ich verstehe dich.« Dann sieht er mich mit seinen tintenblauen Augen an. Es ist beinahe, als würde ich in diesen Augen den Himmel sehen, den Himmel und Troy. Ich schaue sie an, wie ich auch den Farbklecks studiert habe, in der Hoffnung, etwas zu entdecken.

Der Tisch ist beladen mit Essen, das die Leute mitgebracht haben. Erdbeeren, Melonen, Kirschen, Trauben. Die Farben kommen mir viel zu grell vor. Wie kann ein Mensch so etwas essen? Teller mit Plastikkäse und Crackern. Lasagne. Nudelsalat. Kartoffelsalat. Grüner Salat. Tomaten, Mozzarella und Basilikum. Alles fettig, ölglänzend, schleimig.

Ekelhaft.

Ich lächle, aber es fühlt sich an, als würde ich die Zähne fletschen.

Ich möchte niemandem die Hand geben.

Aaron tritt auf mich zu. »Troy und ich waren mal bei einem Spiel der Pistons im Palace, und weil der Verkehr umgeleitet wurde, wollten wir eine Abkürzung durch eine kleine Gasse nehmen. Da haben wir gesehen, wie ein Mann eine Frau zusammengeschlagen hat, sie lag auf dem Boden, und er hat auf sie eingetreten.

Troy ist sofort aus dem Auto gesprungen, wir haben den Kerl gemeinsam verjagt und die Frau ins Krankenhaus gebracht.« Aaron steht vor mir, ich sitze auf einem Stuhl, auf dem Regal steht Troys Asche, und während Aaron erzählt, starre ich die Urne an.

»Troy hat gehandelt, auch in Situationen, in denen die meisten anderen Menschen lieber abgehauen wären.« Aaron nickt bekräftigend. »Er hat mich immer wieder daran erinnert, dass Menschen gut und selbstlos sein können.«

Ich frage mich, warum Troy mir diese Geschichte nie erzählt hat. Vielleicht weil irgendetwas anderes los war. Vielleicht habe ich damals gerade eine Fehlgeburt gehabt.

Stuart, mein ehemaliger Chef, sagt mir, wie leid es ihm tut. Wie schrecklich leid. Er sagt das, als wäre Troys Tod seine Schuld, und das verwirrt mich. »Er ist nicht deshalb gestorben, weil Sie mich gefeuert haben«, sage ich. »Da bin ich mir ganz sicher.« Daraufhin verschwindet Stuart.

Troys Kollegen beteuern mir, wie sehr er mich geliebt hat. Was für ein toller Anwalt er war und was für ein netter Kollege. Ich höre das alles.

Troys Eltern stehen mit hängenden Schultern herum. Sie haben ihr einziges Kind verloren.

Ich möchte niemanden umarmen.

Womöglich wird jemand davon krank. Womöglich übertrage ich einen grässlichen fleischfressenden Keim.

Die meisten gehen ziemlich schnell wieder.

Manche erzählen mir die albernsten Dinge: *Mit der Zeit wird es leichter. In ein paar Jahren ist mein Leben wieder ganz normal. Das Universum hat mir Troys Tod als Lernerfahrung geschickt, dadurch werde ich stärker. Gott wollte Troy mehr als ich. Gott schickt den Menschen nichts, was sie nicht überleben können.*

Ein paar sagen einfach nur, dass es ihnen leidtut. Das ist am besten. Aber es spielt auch keine große Rolle. Sissy meint, dass ich sehr stark bin. Und dass es mir irgendwann wieder bessergehen wird. Am liebsten möchte ich sie fragen, wann dieses Irgendwann sein wird.

Konfuse Anordnungen mit aussortierten Salatblättern und chaotisch arrangiertem, grell orangerotem Käse sind überall auf dem Tisch verstreut. Nackte, pieksige Traubenstiele liegen herum.

Tara kümmert sich um Rachel und Levy, sucht für sie eine Kindersendung im Fernsehen. Mom und Allie rutschen unbehaglich auf ihren Stühlen herum. »Du weißt, dass ich weg muss, ja? In drei Tagen muss ich nach Chicago fliegen«, sagt Mom.

Ich habe das Gefühl, dass ich nicke.

»Ich mache mir Sorgen um dich. Ich möchte nicht weg von dir. Ich hab Rosie angerufen.«

Rosie ist eine Freundin von Mom. Sie leitet die Anwaltskanzlei ihres Mannes und ist seine Assistentin.

»Sie ist schwanger und schafft die Arbeit in der Kanzlei nicht mehr. Du könntest dir den Job mit ihr teilen.« Mom schaut mir in die Augen, um zu sehen, ob das Angebot zu mir durchgedrungen ist. »Da könntest du arbeiten, bis du die Zulassung für Michigan hast.«

Ich nicke. Sie spricht das Thema an, weil sie mich nicht mit dem ganzen Chaos und mit Rachel alleine lassen will. »Du meinst, ich soll wieder nach Hause ziehen und mit Rosie arbeiten?«

»Das wäre jedenfalls eine Möglichkeit«, antwortet Allie.

Mom schaut Allie an. »Hier hast du außer Marc keine Freunde, weil ihr ja erst vor ein paar Monaten hergezogen seid. Kein soziales Netzwerk. Aber zu Hause hast du uns. Und Marissa und Jennifer. Deine alten Freundinnen.«

Das ist nicht Troys und mein Leben. Das habe ich nicht mehr. Ich habe mein Leben nicht mehr. Wir sind aus San Diego hierhergezogen, um näher bei unseren Jobs und bei Mia zu sein.

»Das ist zu kompliziert«, sage ich. »Ich weiß es nicht. Ich weiß nicht, was das Beste wäre.« Mir ist klar, dass ich unzusammenhängendes Zeug rede, aber ich kriege es nicht besser hin. Genauso wenig kann ich den Sinn in dem entdecken, was die anderen mir sagen. Oder in dem grässlichen Essen.

»Wir können für dich packen. Zum Glück habt ihr die Wohnung ja nur gemietet, du kannst einfach kündigen.«

»Wir können dich und deine Möbel mitnehmen«, sagt Tara. »Natürlich nur, wenn du das willst …«

Ich kann Taras sorgenvolles Gesicht nicht ertragen. Das und ihre geschwollenen Lider und ständig nassen Augen.

»Ich helfe auch. Ich kann bleiben und dich unterstützen«, sagt Allie.

»Allie kann mit dir in deinem Auto fahren«, sagt Mom.

»Smoke fährt den Umzugswagen mit deinen Möbeln, Klamotten, Spielsachen und so weiter. Dann hast du alles beieinander.« Tara kauert sich vor mir hin, schaut mich an und wartet auf eine Antwort.

»Und dann kannst du alles in meinem Keller unterstellen, bis du selbst eine Wohnung hast«, ergänzt Allie.

»Wir fahren ziemlich genau die gleiche Strecke auf dem Rest unserer Tour«, sagt Aaron.

»Du kannst mit Rachel bei mir wohnen«, sagt Mom. »Dann bist du nicht allein.«

Aber ich weiß, dass das eine Lüge ist. Ich bin allein.

»Wenigstens, bis du eine Wohnung gefunden hast.«

Das macht keinen Unterschied. Ich weiß nicht, ob ich das im Kopf oder laut sage.

»Wir können Rachel und dich nicht hier allein lassen«, sagt Mom.

Was immer ihr für das Beste haltet.

»Dann seid ihr bei Menschen, die euch lieben. Und du hättest sogar einen Job, wenn du das möchtest«, sagt Allie.

Ich sehe sie lächeln, ich sehe ihre hoffnungsvollen Augen. Ich sehe ihre weißen Zähne.

Wie ist das alles so geworden?

Wie bin ich so geworden?

Ich halte die graue Urne auf den Knien und ziehe sie näher an meine Brust.

Was habe ich falsch gemacht?

5

Der Metallmann

Tara

Nach Troys Tod ist alles in der Schwebe. Niemand weiß, was er oder sie tun soll. Sky sitzt einfach nur da, rührt sich nicht und schweigt. Wir machen ihr Vorschläge, aber sie schaut uns an, als würden wir dummes Zeug reden.

Auch um Rachel kümmert sie sich kaum, sondern sieht sie nur traurig an. Sissy, Mom, Aaron und ich versuchen die Lücke zu füllen. Aber nur Levy scheint wirklich helfen zu können, denn wenn Rachel mit ihm spielt, vergisst sie alles andere und lacht.

Sky starrt aus dem Fenster, auf das Muster im Teppich, auf Troys Asche.

»Wir müssen weiter mit der Tour. Morgen ist das Konzert in Vegas, und danach sind wir zwei Tage unterwegs.« Ich sage das mit der Stimme, die Aaron hat, wenn er den Boss spielt und die Crew organisiert. »Wenn du umziehen willst, musst du in drei Tagen so weit sein.«

Mom wirft mir einen Blick zu.

»Was denn? Es geht nicht anders. Die Leute verlassen sich auf mich«, sage ich und erwidere ihren Blick.

»Was möchtest du?«, wendet Mom sich an Sky. »Lieber hierbleiben oder nach Hause kommen?« Inzwischen macht keiner mehr Andeutungen und Vorschläge.

»Was ihr für das Beste haltet.« Sky starrt auf die Urne in ihrem Schoß.

»Na gut, dann bereiten wir deinen Umzug vor, zurück nach Ann Arbor. Nach Hause.«

Und als hätte jemand einen Schalter betätigt, setzen wir uns alle in Bewegung. Während ich beim Packen helfe, denke ich an King und an die Chance, die er mir angeboten hat. In den Pausen, wenn ich mir gerade mal keine Sorgen um meine Schwester mache, denke ich an mich selbst.

Die Wahrheit ist, dass ich keine Jungfrau mehr war, als ich Aaron an diesem Tag bei *Habitat for Humanity* begegnet bin. Natürlich wusste er das. Nachdem wir uns ein bisschen kennengelernt hatten, habe ich es ihm geschrieben. Damals saß er noch im Knast. Er hatte sogar schon mit ein paar Mädchen Sex gehabt, aber ich hab damals gehofft, dass es zu Ende war, ein für alle Mal. Ich habe gehofft, nach Levys Geburt würde ich mich sicher fühlen. Keine Ahnung, warum eigentlich. Meine Mutter war nach meiner Geburt doch auch nicht in Sicherheit. Inzwischen weiß ich, dass nichts jemals endgültig aus und vorbei ist. Die Vergangenheit ist immer auch die Gegenwart. Die Vergangenheit ist die Zukunft. Passiert ist Folgendes:

Ich war in Blue Lake, einem Musik- und Kunst-Camp. Meine Lehrerin meinte, ich sollte mich bewerben, also habe ich eine CD eingeschickt, erhielt prompt ein Stipendium und kam gleich in den Fortgeschrittenenkurs. Als ich es meinem Vater erzählte, meinte er: »Dann hat sich der Unterricht, den ich dir spendiert habe, ja doch ausgezahlt.« Trotzdem ist er zu keinem einzigen Auftritt von mir gekommen.

Ich war begeistert, mit Leuten zusammen zu sein, die so waren wie ich.

Aber sie waren nicht wie ich. Sie waren da, weil sie in ein Camp wollten. Oder weil ihre Eltern sie unter Druck setzten, damit sie in eine musikalisch anspruchsvolle Band oder ein gutes Orchester aufgenommen wurden und später in ein Spitzen-

College konnten. Oder weil die Eltern sie eine Weile loswerden wollten, um nach New York, Toronto oder Paris zu reisen. Die Mädchen waren allesamt perfekt manikürt und pedikürt und hatten lange glänzende Haare. Sie ähnelten eher Sky als mir. Also konzentrierte ich mich auf die Kurse und aufs Schwimmen im See.

Dann lernte ich Horus kennen. Allein sein Name machte ihn schon zum Außenseiter. Er trug mit Farbe bekleckste Klamotten und eine Omabrille. Und hatte einen Lockenkopf, der aussah wie ein chaotischer Heiligenschein. Er studierte literarisches Schreiben und Malerei, und wir besuchten zusammen einen Kompositionskurs, in dem er immer am Rand saß, isoliert vom Rest der Teilnehmer. Zusammen schlenderten wir in die Cafeteria, um uns zum Lunch ein Sandwich mit Fleischwurst oder Erdnussbutter und Limettengelee zu holen. Er aß mit gesenktem Kopf, ich machte Muster aus grünen Klecksen. Eines Abends landeten wir nebeneinander am Ufer des Sees. Wie sich herausstellte, hatte auch er ein Stipendium und kam aus Ypsilanti. Er malte farbenfrohe Menschen ohne Körper. Auf einem seiner Bilder waren ein super-realistisch gezeichneter Arm und ein Baum zu sehen.

»Doof hier, findest du nicht?«, fragte er mich.

Wir saßen am Fuß einer kleinen Anhöhe am See. Die anderen gingen zurück zur Cafeteria. Er malte Wolken, in die sich kleine Häuser kuschelten.

»Ich fühle mich verdammt seltsam«, sagte ich zu den Wolken, die er malte. »Zwischen den anderen Mädchen, meine ich. Na ja, die haben es leicht, ein paar Prinzessinnen, die Musik machen.« Ich zog mir die Kapuze meines Sweatshirts über den Kopf.

»Ich achte nie auf so was. Außerdem spielt es doch keine Rolle. Ich bin hier, um zu lernen, und wir kriegen die gleichen Vorteile. Vielleicht ist die Zeit hier für uns wertvoller.« Er legte den Kopf schief, ein Lächeln in den Mundwinkeln, als wüsste er etwas über mich, was ich nicht wusste.

Lange starrte er mich an. Ich leckte mir die Unterlippe. »Was denn?«

»Du könntest ziemlich süß sein, wenn du nicht so spießig wärst. Chaotisch würde dir viel besser stehen.« Er zog das Gummi aus meinem Pferdeschwanz, wuschelte meine Haare, bis sie in alle Richtungen abstanden, und zog das Hemd aus meiner Hose. »Schon besser.«

»Du findest mich zu angepasst, was?«

»Jetzt nicht mehr.« Als er mich schubste, gab mein Arm unter mir nach, und ich landete im sandigen Gras. Er beugte sich über mich und küsste mich kurz und abrupt, ehe ich mich entscheiden konnte, ob ich ihn wegstoßen sollte. Ich lag da, und seine dunklen Augen funkelten mich durch seine Brille an. Und dann schloss ich die Augen und drückte die Handflächen in den Sand.

Einen Moment spürte ich ihn zögern, er war unsicher, was er jetzt tun sollte, aber ich hatte nicht vor, ihn aufzuhalten. Schließlich beugte er sich wieder über mich und legte den Mund auf meinen. Zögernd. Meine Lippen öffneten sich, und ich schmeckte die Textur seiner Zunge. Er schloss mich in die Arme, drückte mich an sich, um meinen Körper durch unsere Shirts zu spüren, und mein Herz schlug schneller.

Im nächsten Moment ertönte die Klingel. Wir sprangen auf und gingen zum Fahnenmast. Alle standen im Kreis und sangen *Day is done. Gone the Sun*, während die Fahne herabgelassen wurde.

Die melancholischen Töne hingen über dem Gras, und er drückte meine Hand. Sie war schweißnass.

»Hey, treffen wir uns nachher? Mitternacht. Drüben bei den Booten.«

»Obwohl ich so spießig bin?«, lachte ich.

Es gab keinen Mond und auch keine Straßenlaternen, die Sterne wurden von Wolken verdeckt. Mit angehaltenem Atem schlich ich mich aus meiner Hütte, wobei ich sorgfältig darauf achtete, nicht auf die knarrende Diele zu treten, und schloss langsam die Fliegengittertür, damit sie nicht zuknallte. Sobald ich draußen und auf dem Weg war, sah ich das offene Feld. Leer bis auf die Bäume und den Fahnenmast. Auch der See war eine leere Fläche, die Boote dunkle, bucklige Silhouetten auf dem Wasser. Horus war nicht da. Ich stand neben einem Kanu, lauschte den Wellen, die ans Ufer schwappten, und fühlte mich dumm und im Stich gelassen.

Dann war er plötzlich hinter mir und schlang die Arme um mich. »Du riechst wie Babypuder«, sagte er.

»Gefällt dir das nicht?«

»Erinnert mich an meine Geschwister.«

Ich drehte mich um und suchte in der Dunkelheit seine Augen.

Vor ein paar Stunden noch waren wir ungezwungen und entspannt gewesen. Jetzt standen wir beide unter Zugzwang und wussten nicht recht, was wir tun sollten. Die Situation war so sonderbar künstlich. Mich wegzuschleichen war kein Problem gewesen, aber was nun? Mir reichte es eigentlich, einfach mit ihm zusammen zu sein. Aber dann packte er meine Hand.

»Du bist so zart, so klein.« Er schloss die Finger um mein Handgelenk.

Ich hasse es, dass ich so klein bin, denn wenn man klein ist, wird man leicht übersehen und nicht ernst genommen.

Er küsste mich, und ich schmiegte mich an ihn. Um an seine Lippen zu kommen, musste ich mich auf die Zehenspitzen stellen. Aber jetzt, da ich ihm auf diese Weise mein Verlangen zeigte, war ich plötzlich auch mit meiner Verletzlichkeit konfrontiert, mit meiner Angst, abgewiesen zu werden, und mir wurde klar, welches Risiko ich einging.

Er zog mich an sich, seine Hände glitten über meinen Rücken, mein Gesicht, ohne dass unsere Lippen sich trennten. Als er meine Brüste berührte, staunte ich, was für ein Prickeln seine Finger dort auslösten. Inzwischen sind mir all diese Reaktionen vertraut, aber damals war es, als würde ich mich selbst erforschen. Ich hielt Horus nicht auf, denn vielleicht war ich ihm ja deswegen begegnet, vielleicht war das der Grund, warum ich auf Zehenspitzen in der Dunkelheit stand. Langsam wanderten seine Hände unter meinen BH, meine Nippel waren hart, mein Atem ging keuchend.

Ich wünschte mir, er würde mich in den Arm nehmen und mich trösten, aber ich konnte den Schmerz, der nach Trost verlangte, nicht beim Namen nennen. Noch nie hatte ich so etwas gespürt.

»Horus?«, flüsterte ich.

»Was?«

»O Gott. Nichts.« Ich drückte mich noch enger an ihn und glitt an seinem Körper nach unten, um wieder festen Boden unter den Füßen zu bekommen.

»Du fühlst dich so gut an«, flüsterte ich. »Und riechst unglaublich gut.« Auf einmal wurde ich unsicher – womöglich würde es die Stimmung verderben, wenn ich redete.

»Du bist sehr süß«, sagte er, als wäre ich ein Kind, während er genau wusste, was zu tun war. Als er mich versehentlich mit meinem BH-Verschluss kratzte, hakte ich ihn schnell auf. Zum Glück waren meine Shorts elastisch, und er schob sie auf meine Knöchel hinunter, so dass ich kurz gefesselt war und die Hose abschütteln musste. Er zog sein T-Shirt nicht aus.

Es tat weh, aber nicht schlimm. Ich konnte die Beine nicht weit genug spreizen. Aber ich sagte mir, dass es grundsätzlich mit einem Wildfremden sicher leichter war. Nicht so beängstigend. Nur – warum bewegte er sich denn so schnell? Im Nu war es vorbei. War das alles gewesen?

Danach lag er auf mir und wollte sich nicht rühren. Perfekt. Sein wild pochendes Herz fühlte sich an, als würde es zu mir gehören, als hätten wir nur noch eines.

Jetzt hatten wir es also getan. Vermutlich war es in erster Linie darum gegangen. Meine Mutter sagte immer, dass man sich dem anderen näher fühlte, wenn man Sex mit ihm gehabt hatte. Das stimmte irgendwie, aber es war die Art von Nähe, wenn man mit jemandem etwas Verbotenes getan hatte.

Als Horus den dunklen Blutfleck entdeckte, fragte er: »War es dein erstes Mal?«

»Konntest du das spüren?« Ich schluckte und hielt die Luft an. »Ich meine, ich hab schon rumgemacht, aber das jetzt noch nie.«

»Jetzt vertrau ich dir«, meinte er, hielt dann aber nachdenklich inne. »Wolltest du es hinter dich bringen?«

»Ja, irgendwie schon. War es bei dir nicht das erste Mal?«

»Nein. Aber es ist immer neu. Anders«, antwortete er.

War er jetzt mein Freund? »Alles klar?«

»Alles klar.«

»Du legst dich nicht gern fest, was?«

»Ich dachte, das hab ich längst.«

Da kapierte ich endlich. »Nächste Woche wird bestimmt gut«, sagte ich.

Er lachte, als hätte er irgendetwas erreicht, aber ich war nicht ganz sicher, was. Ich dachte nur, o mein Gott, jetzt bin ich endlich im gleichen Club wie alle meine Freundinnen und keine blöde Jungfrau mehr.

Das nächste Mal ließ er sich wesentlich mehr Zeit. Meine Bewegungen waren fast so energisch wie seine, und als er mich danach im Arm hielt, wurde mir etwas klar. Allerdings gelang es mir nicht, es in Worte zu fassen – das gelingt mir bis heute nicht. Irgendwie ging es mir um das, was uns antreibt, ich meine, nicht nur uns, sondern auch die Erde, die am Himmel kreist. Um die Macht der Sexualität und die Verletzlichkeit der Liebe. Die Welt lag mir zu Füßen und gleichzeitig das Risiko einer Tragödie.

»Ich beschaff mir ein paar Gummis. Auf so was war ich nicht vorbereitet.«

Wir sind in Sicherheit, ich bekomme bald meine Periode, dachte ich. Wir sind die nächste Woche zusammen, dachte ich. Und wer weiß, wie es danach weitergeht – Ypsilanti ist ja nicht so weit weg.

Er lachte und küsste mich aufs Kinn. Und dann auf die Augen.

Beim Frühstück am nächsten Morgen saß Horus neben einem der anderen, perfekten Mädchen. Er beugte sich zu ihr, sagte etwas, und sie lachte. Ob er mich wirklich nicht bemerkte oder gezielt nicht zur Kenntnis nahm, weiß ich nicht.

An diesem Nachmittag sah ich ihn in seinen farbverspritzten Jeans in Richtung Büro schlendern, mit gesenktem Kopf und offensichtlich tief in Gedanken. Das Bild mit den Wolken hatte er unter den Arm geklemmt. In der anderen Hand trug er eine Reisetasche.

Kurz überlegte ich, ob ich rufen oder ihm wenigstens Hallo sagen sollte, aber schließlich sah ich ihm nur nach, bis er verschwunden war.

Abends erfuhr ich dann, dass er nach Hause gefahren war, und fragte mich, ob man ihn wohl rausgeschmissen hatte, aber ich fragte nicht nach, sondern konzentrierte mich auf meinen Hamburger. Später hörte ich dann, dass es in seiner Familie einen Unfall gegeben hatte und er deshalb wegmusste.

Er hatte mir nicht mal seinen Nachnamen gesagt. Und ich ihm auch nicht meinen.

In der nächsten Woche bekam ich meine Periode. Also war so weit alles in Ordnung. Aber jetzt wusste ich, dass die Sache mit den Männern riskant war. Horus war weiter nichts als ein süßer Typ, der Sex mit mir gehabt hatte und am nächsten Morgen mit einem anderen Mädchen zusammen war. Genau wie mein Vater. Und dann war er einfach weg. Wie Skys Vater. Ich konzentrierte mich auf meine Musik und bekam zur Belohnung beim Abschlusskonzert den Soloauftritt am Klavier.

Und nun wusste ich aus eigener Erfahrung, dass ich für Männer attraktiver war, wenn ich mich zurückhielt. Also lernte ich, rasch zu handeln und mich aus dem Staub zu machen, ehe es brenzlig wurde.

Das war der Sommer, bevor ich Aaron kennenlernte. Und als ich Aaron begegnet bin, war er im Jugendgefängnis. Er schrieb mir Gedichte und erzählte mir in Briefen, dass er mit mir in den Zoo gehen, im Park herumwandern und auf dem Fluss Kanu fahren, dass er mich küssen und ausziehen wollte. Lauter solche Sachen. Aber er war an einem Ort, wo er mich nicht betrügen konnte. Es war eine Erleichterung, keinen Sex zu haben, sich weder mit der eigenen Verletzlichkeit noch mit der Möglichkeit zu konfrontieren, es könnte wirklich Liebe sein. »Du bist für mich die leichtere Alternative«, erklärte ich ihm einmal in der Anfangsphase unserer Beziehung.

Natürlich wunderte er sich. Wie konnte eine weiße Mittelschichtstussi aus Ann Arbor der Meinung sein, dass ein schwarzer Typ, der im Gefängnis saß, für sie die leichtere Alternative war?

»Na ja, ich muss mir keine Sorgen machen, dass du mich betrügst. Und ich muss mich auch nicht ständig fragen, ob es mit uns wirklich funktioniert. Das finde ich wesentlich einfacher – und auch ein bisschen feige von mir«, schrieb ich ihm in einem Brief.

»Aber ich bin auch in einen Bereich geraten, in dem ich mich nicht auskenne, und das verunsichert mich. Ich hätte nie gedacht, dass mir so was passiert. Dass ich mich mit jemandem aus einer ganz anderen Welt so verbunden fühle, als wären wir irgendwo, irgendwann mal eine Seele gewesen. Ich fühle mich offen, ungeschützt. Bei anderen Leuten geht mir das nicht so, nur mit dir. Deshalb kannst du mir sehr wehtun. Genau genommen könntest du mich zerstören.«

Ich hatte keine Ahnung, wie das alles weitergehen sollte, und antwortete: »Erwarte nicht von mir, dass ich die ganze Zeit zu Hause herumsitze und Keyboard spiele. Ich will auch mit meinen Freunden rumhängen.«

»Na klar. Ich tu ja auch, was ich muss. Aber ich möchte nicht irgendwann mitkriegen, dass du mit einem anderen Mann zusammen bist.«

Das muss ich im Gedächtnis behalten. Anfangs war er für mich eine sichere Bank. Aber ich nicht für ihn. Und es ging nie um Sex. Nicht wirklich. Niemals. Sex hat uns einfach nur noch näher zusammengebracht. Und mit ihm war es, als würden sich unsere Körper schon immer kennen und kämen endlich nach Hause.

Als ich Aaron gesagt habe, dass ich schwanger war, hat er mich gebeten, ihn zu heiraten. Ich war siebzehn und noch in der Highschool.

»Ich möchte das, was zwischen uns läuft, nicht mit irgendwelchen Erwartungen verderben«, sagte ich.

»Möchtest du meine Baby-Mama sein, oder möchtest du meine Frau sein?«

»Ich möchte meine eigene Baby-Mama sein.« Ich wollte mich nicht von jemandem abhängig machen. Ich wollte mir auch nicht einbilden, dass unsere Beziehung ewig halten würde.

Daran denke ich, während ich für meine Schwester Klamotten einpacke, daran denke ich, als ich mit Levy, der auf dem Rücksitz fest schläft, im Auto sitze und nach Vegas fahre. Ich muss im Gedächtnis behalten, wer Aaron ist, was er mir wirklich bedeutet, denn bei unserem Auftritt in Vegas stehen sechs Dutzend orange Rosen in meiner Garderobe. Mit lauter unterschiedlichen Karten: Wünsch dir ein super Konzert. Denk an dich. Meine Unberechenbare. Ich bin bereit, und du? Freu mich auf deine Musik. Du hast's drauf. Was kommt als Nächstes? Auf keiner der Karten hat King unterschrieben. Er weiß, dass ich weiß, von wem sie kommen.

Als Aaron die Blumen sieht, kneift er argwöhnisch die Augen zusammen. »Was hast du ihm gesagt?«

»Das weißt du doch, oder? Ich hab's dir doch erzählt.«

Levy kommt angerannt und schlingt seine Arme um meine Beine. »Mommy, Mommy.« Ich hebe ihn hoch, drücke ihn an mich und atme seinen Geruch ein. »Schmetterling!«, ruft er und kitzelt mich mit seinen langen Wimpern an der Wange. Ich wickle mir seine weichen Locken um den Finger.

Aaron schüttelt den Kopf. »Was geht da ab?«, fragt er, macht eine ausladende Geste über meine blumengeschmückte Garderobe, deutet dann auf mich, auf Levy und schließlich auf sich selbst. »Willst du das alles aufs Spiel setzen?«

»Ich hab nichts getan.« Mit Levy auf der Hüfte stehe ich da, die Finger in seinen Haaren. Breitbeinig, fest verankert halte ich Aarons durchdringendem Blick stand. »Sei nicht paranoid.«

In dem ganzen Trubel nach dem Konzert redet Aaron in der Ecke mit einer von den Frauen, die sich an ihn ranschmeißen wollen, steht ganz dicht neben ihr, und sie steckt die Hand in seine Hosentasche. Jep. Ich seh es genau. Mein Hals pocht vor Wut. Mit dem Rücken zu mir beugt er sich zu ihr.

Und dann erscheint King. Kommt einfach wieder rein mit seiner Anzugarmee.

King hat den Hip Hop revolutioniert, sich den Gangsta Rap zu eigen gemacht und die Welle in den Crossover erwischt, er macht, was er will, er hat seine eigene Plattenfirma, in der er neue Talente fördert. Außerdem hat er auch noch eine eigene

Kleidermarke kreiert. *King Kloz*. Voluminöse Männersachen und hautenge, hauchdünne Fähnchen für Frauen.

Er fragt, ob ich die Blumen bekommen habe und was mir durch den Kopf geht.

Es ist so viel los, dass ich es überhaupt nicht sortiert kriege. Manchmal könnte ich weglaufen ... Troys Tod, Skys Traurigkeit, die Hetze nach jedem Konzert, damit ich möglichst schnell wieder in Venice Beach sein kann, um Sky beim Packen zu helfen, während sie dasitzt, Troys Asche auf dem Schoß, und in die Gegend starrt. Und jetzt auch noch dieses Tauziehen zwischen Aaron und mir.

Ehe ich das erste Mal zum Helfen bei Sky war, hat er mich fest in den Arm genommen. Wir waren im Bus, und er hat den Stift, den er gerade zum Textschreiben benutzt hat, einfach auf den Tisch fallen lassen und sich total gefreut, mich zu sehen. »Hey, Babe, läuft alles nach Plan?«

»Ich weiß nicht, wie Sky sich entscheiden wird«, antwortete ich dicht an seinem Hals.

»Ich hab nicht sie gemeint, sondern uns. Das hier. Unsere Crew. Unsere Familie. Uns eben.«

»Es läuft besser, als ich dachte.« Ich schmiegte mich an ihn. »Das ist die Wahrheit. Aber es ist ein Vorgeschmack darauf, wie toll es sein könnte, wenn wir unser Potenzial ausschöpfen.«

»Wir schaffen das«, versprach er.

Einen Moment war ich ganz still.

»Und ich gehe bestimmt nicht weg, Babe«, sagte er. »Solange du mich nicht wegstößt.«

Wie ist er nur so wundervoll geworden, so erwachsen? Oder ist das alles nur ein Spiel?

Jetzt, wo King vor mir steht und diese Frau sich an meinen Mann ranschmeißt, denke ich darüber nach, wie ich mich aus dem ganzen Schlamassel rausziehen und mich einfach darauf konzentrieren könnte, ein Star zu werden.

In diesem Augenblick deutet die Tussi auf King, Aaron dreht sich um, und unsere Blicke begegnen sich. Er sieht nicht viel von mir, weil Kings breiter Rücken mich verdeckt. Aber als ich ihm in die Augen schaue, erkenne ich darin eine große Traurigkeit. Er hat mir einmal gesagt, dass ich sein Engel bin. Ein Wunder. Dass ich ihm geholfen habe, an seine eigenen Träume, an die Kraft unseres Teams zu glauben.

Ich schaue King an und sage: »Hör mal, Mann. Mein Schwager ist gerade gestorben. Ich bin ... na ja ... ich bin ziemlich durcheinander.« Schnell werfe ich wieder einen Blick zu Aaron, und er wendet sich wieder der Tussi zu, so dass ich nur seinen Rücken sehe. Aber ich weiß, dass er ihr so nahe ist, dass er sie riechen und ihre Wärme fühlen kann.

Troys Tod hat mich aufgewühlt. Selbst wenn mit Aaron alles gut ist, ist meine Angst, verlassen zu werden und wieder allein zu sein, noch heftiger geworden. Ich spüre meine eigene Verletzlichkeit stärker und auch die Bedeutung, die ich für Levy habe. Kings Aufmerksamkeit deutet für mich einen Weg an, wie ich mich von einem Teil meiner Ängste lösen und absolute Freiheit haben könnte. Womöglich hat er recht. Vielleicht muss ich mich bereit machen, für mich und Levy zu sorgen.

King legt den Kopf schräg und zuckt die Schultern unter seinem mattschwarzen Jersey-Jackett mit Stehkragen, natürlich aus seiner eigenen Kollektion. »Du bist jung, praktisch erst in den Startlöchern. Möchtest du denn nicht rausfinden, wie weit du es bringen kannst? Oder möchtest du ewig nur ein Teil von einer Crew sein?« Er wartet, dass ich etwas sage, aber ich schweige. »Du könntest ein Megastar werden wie Beyonce, du könntest Madonnas Power und ihren Status erreichen. Du könntest die Welt sehen, Orte, von denen du bisher nicht mal geträumt hast. Dafür brauchst du nicht weiter als ein bisschen Führung, damit du dich entsprechend entwickeln kannst. Ich sehe so was.« Er deutet auf sein Auge. »Und du brauchst es.« Er deutet auf mich.

»Was krieg ich denn dafür?«

»Deinen Anteil. Ich bin Geschäftsmann.« Er hebt die Augenbrauen. »Und du kriegst 'ne Menge Spaß.« Er zieht das Wort Spaß so in die Länge, dass ich mir alles darunter vorstellen kann.

Ich möchte keine Türen zuschlagen. Also erwidere ich seinen Blick und antworte ihm so intim, wie es mir backstage und unter den Augen der Crew möglich ist. »Ich muss mich um meine Schwester kümmern, und um meine Familie ... na ja ... meine Familie zählt auf mich. Ich brauche Zeit zum Nachdenken. Kannst du mir ein bisschen Luft lassen, während ich das für mich kläre?«

Er lässt die Hand über meinen Arm gleiten, und ich spüre ein elektrisches Prickeln. Dann nickt er. »Du hast ja meine Nummer. Aber ich bin genauso ungeduldig wie du unberechenbar.«

»Kannst du mir einen Monat geben? Ich muss die Tour hinter mich bringen, ich muss meiner Schwester und ihrer Tochter beim Umzug helfen. Und sonst noch alles Mögliche regeln.« Ich mache eine Kopfbewegung zum Rest der Crew. »Wenn ich so weit bin, ruf ich dich an.«

Smoke beobachtet uns.

T-Bone ebenfalls.

Red Dog schaut von mir zu Aaron.

Ich habe Aaron vor der ganzen Crew respektlos behandelt. Nein, vielleicht respektieren sie mich jetzt mehr, denke ich, hole tief Atem und straffe die Schultern. Vielleicht sehen sie mich jetzt endlich als ernstzunehmende Künstlerin und nicht nur als Anhängsel, das Aaron ihnen aufgezwungen hat.

Aber nicht, solange King meine Hand hält und den Eindruck vermittelt, es könnte hier eher um Sex gehen. Nicht, solange er mich mit seinen dunklen Augen so ansieht und sich auch noch über die vollen, mit Sommersprossen gesprenkelten Lippen leckt. Eine Geste, die ich von Troy kenne.

Ich lasse seine Hand los und trete einen Schritt zurück.

In dieser Nacht sage ich zu Aaron: »Hast du vor, dich wie ein Arschloch zu benehmen? Willst du mit einer anderen Frau flirten und rummachen, damit alles schlimmer wird? Ich kann mir jederzeit einen anderen Kotzbrocken suchen, der mich betrügt.« Ich will keinen bösen Jungen. Ich will einen guten Mann, einen, der mich liebt, der ehrlich zu mir ist. Obwohl mir genau das ja auch am meisten Angst einjagt. In gewisser Weise ist eine Beziehung mit einem Blödmann einfacher. Dann läuft man wenigstens nicht Gefahr, sich Hoffnungen zu machen.

»Sieht ganz danach aus, als hättest du schon einen Neuen in petto«, brummt er. Ich wende ihm den Rücken zu und will ins Bett steigen, aber er packt mich an der Schulter und dreht mich zu sich um. »Ich bin hier, oder etwa nicht?«

»Er will einen Star aus mir machen.«

»Ich möchte, dass wir beide Stars werden«, stößt er abgehackt hervor.

»Ich hab ihm gesagt, er soll mir Bedenkzeit lassen. Ich bin nämlich auch hier.« Ich hab gedacht, Aaron wäre der Mann, der mich für immer liebt. Sky hat das auch gedacht, und Troy ist gestorben. Die Männer sterben oder gehen weg, man kann sich nicht auf sie verlassen. Wieder einmal muss ich an das Gespräch denken, das Sky und ich auf dem Magic Mountain geführt haben.

»Der Typ soll lieber aufpassen. Er tritt mir auf die Füße.«

»Ich bin nicht dein Territorium. Er will mich weiterbringen, mir helfen, ich zu sein«, entgegne ich, den Finger auf meinen Brustkorb gerichtet. »Es ist ein Geschäftsangebot.«

Ich weiß, Aaron hat Angst, dass wir nicht das werden, was wir uns erträumt haben, dass ich nicht an seiner Seite bin. Ich bin lebenswichtig für unser Projekt. Für ihn gehöre ich fast so dazu wie er selbst. Ich frage mich, ob es dieses »fast« ist, das uns auseinanderbringen könnte. Diese Gedanken gehen mir durch den Kopf, und ich weiß, dass ich an einem Schlüsselmoment angekommen bin. Zum ersten Mal werden wir richtig auf die Probe gestellt.

»Nach dem, was ich heute Abend beobachtet habe, vertraue ich dir sowieso nicht mehr«, sage ich leise. Wie soll jemand, der einen Vater wie meinen hat, überhaupt irgendeinem Mann vertrauen? Aber ich habe nicht vor, unsere Beziehung einfach wegzuwerfen. Ich möchte sehen, wo das alles hinführt. Deshalb füge ich hinzu: »Ich liebe dich.« Nicht leichthin, wie wir diese drei Worte jeden Morgen und jeden Abend sagen, wenn wir sie ungefähr so benutzen wie Hallo und Tschüss. Nein, jetzt sage ich sie ganz langsam und bedächtig, strecke die Hände aus und berühre Aarons Gesicht. Und wiederhole: »Ich liebe dich.«

Da nimmt er mich in den Arm und drückt mich so fest an sich, als wollte er alles wegmachen, was uns trennt.

Am nächsten Tag fahre ich zurück nach L.A., um Sky beim Packen zu helfen. Allie besucht gerade eine Freundin. Mit den Spielsachen fange ich an, Levy und Rachel helfen mir. »Möchtest du das mitnehmen?«, frage ich bei einem nicht mehr funktionsfähigen Sesamstraßen-Stehauf-Teil. Rachel nickt, und Levy wirft es in die Kiste. Ich versuche, ein bisschen Spaß in die Sache zu bringen, und lasse die Kuscheltiere mit verstellten Stimmen reden. Die Kids machen mit, und schon bald rufen die Spielsachen: *Bye-bye, wir sehen uns in Ann Arbor wieder*! Levy singt: *Ich bin ein kleiner Ring und suche einen größeren. Hier ist er ja. Hier ist er ja.* Dann lässt er den ganzen aufgestapelten Ringturm in den Karton plumpsen. Ich beschrifte die Kisten, Levy kritzelt Bilder auf die Pappe.

»Ist Daddy dann wieder bei uns? In Ann Arbor?« Rachel

sitzt zwischen den noch nicht eingepackten Spielsachen und sieht mich fragend an.

»Nein, Daddy kommt nicht mehr zurück«, erwidere ich, so sanft ich kann. »Er ist nur noch in deiner Erinnerung.«

»Aber ich will meinen Daddy.« Rachels Unterlippe zittert. »Ich vermisse ihn auch«, sage ich. Da kommt Rachel zu mir und streicht mir über die Schulter. Wir umarmen uns gegenseitig, und auch Levy gesellt sich zu uns.

Unten packt Mom die Küchensachen ein. Ganz langsam wickelt Sky die Teller in Papier. Ungelogen – sie braucht mindestens zehn Minuten pro Teller. Zwischendurch starrt sie regungslos ins Leere. In Gedanken versunken, abgelenkt von irgendwelchen Visionen.

Ich mache mir einen Kaffee.

»Ich krieg das einfach nicht auf die Reihe«, sagt Sky plötzlich, und mir ist klar, dass sie nicht die Teller meint. Solche Äußerungen gibt sie schon seit Tagen in unregelmäßigen Abständen von sich.

Sie schaut auf ihre Hände, wendet sie hin und her. »Ich hab das Zeug eingeschleppt, als ich Mia im Krankenhaus besucht habe.« Sie nickt bekräftigend. »Aber das wollte ich gar nicht.« Ihre Stimme bricht, und sie fängt wieder an zu weinen.

»Nein.« Mom legt ihr die Hand auf die Schulter. »Es war dieses Medikament, das hat sein Immunsystem geschwächt. Eine ganz seltene, absolut unwahrscheinliche Reaktion. Das hat die Ärztin gesagt.«

»Warum suchst du nach einem Grund, einem Schuldigen? Es war einfach Pech. Schreckliches, trauriges, tragisches Pech.« Ich packe den Teller fertig ein, mit dem Sky angefangen hat.

Tränen laufen ihr über die Wangen. »Es kann nicht bloß Pech gewesen sein, verdammt.« Sie erstickt beinahe an dem Wort.

»Das ist so unfair«, fährt sie dann fort. »Es muss einen Grund geben. Ich hasse alle Männer, die noch leben.«

Mom verstaut den Tellerstapel in einer Kiste. »Vielleicht hättest du doch eine Autopsie machen lassen sollen. Womöglich wüssten wir dann ein bisschen mehr.«

»Da hab ich wohl noch einen Fehler gemacht«, erwidert Sky bitter.

Ich bestreiche ein Vollkornbrot mit Erdnussbutter und der mit Mandelextrakt gewürzten Himbeermarmelade, die Mom letzten Sommer gemacht hat. Die Erdnussbutter hat sie auch selbst hergestellt, aus in Honig gerösteten Erdnüssen, und so gut schmeckt sonst kein Erdnussbutter-Marmeladenbrot auf der ganzen Welt. Ich bringe den Kindern einen Teller mit in Hälften geschnittenen Sandwiches und stelle einen Teller für uns auf die Anrichte, damit wir uns beim Arbeiten stärken können. Aber keiner außer mir rührt die Brote an. Sky hat vergessen, dass man hin und wieder essen muss.

»Werde ich bestraft?«

»Wofür?«, fragt Mom.

Ich weiß, Sünden sind geheim, manchmal nur Gedanken oder Wünsche. »Wäre es nicht toll, wenn alle Übeltäter bestraft werden würden, und wir anderen, die wir uns bemühen, gut und fair zu sein, werden belohnt?« Ich stelle die verpackten Teller aufeinander.

»*Du* kriegst doch nur Gutes. Erfolg. Geld. Einen Mann, der noch am Leben ist«, entgegnet Sky. So energisch habe ich sie seit Troys Tod nicht mehr gesehen. »*Du* kriegst doch alles, ganz egal wie viel Angst und Chaos du schon verbreitet hast.«

Ich beiße in mein Sandwich, packe den nächsten Teller ein und ignoriere die Wut meiner Schwester. Ich will mich nicht mit ihr streiten. Nicht jetzt. Sie tut mir so leid.

Aber sie hört nicht auf. »Du warst so eine Zicke.«

»Das ist lange her. Ich war ein Teenager.«

Sie schlägt mit der Faust auf die Anrichte und kneift die

Augen zusammen. »Du kommst immer ungeschoren davon. Ungestraft.«

Ich beiße mir auf die Unterlippe und überlege, was ich sagen soll. Zu jedem anderen Zeitpunkt würden wir uns jetzt in die Haare kriegen. Ich würde sagen: »Bist du neidisch auf mich? Na ja, dann ist das mal eine Abwechslung, denn ich habe dich meine ganze Kindheit über beneidet, bin dir nachgelaufen und weggeschickt worden, wie das hässliche Entlein, die lästige, doofe kleine Schwester. Und du warst gemein und giftig.« Das würde ich unter normalen Umständen sagen. Aber nicht jetzt. Es überrascht mich, dass Sky mich beneidet. Vermutlich freut sich ein Teil von mir sogar darüber. Aber ich kann mich nicht mit einer Schwester streiten, die vor einer Woche ihren Mann verloren hat. Stattdessen sage ich lediglich: »Aber ich hatte nicht nur Glück, ich habe hart gearbeitet. Das weißt du ja.« Ich gebe mir alle Mühe, ruhig zu bleiben. »Allerdings hatte ich auch nie das Bedürfnis, alles so perfekt hinzukriegen.« Ich suche nach den richtigen Worten, hole noch mal Luft, halte meine Stimme in Zaum. »Ich hab mich nicht nach den Vorstellungen aller anderen Leute gerichtet, wie ich leben *sollte*. Und es tut mir leid, dass du so viel Tragisches erlebt hast und ich anscheinend mehr Glück hatte. Vielleicht bin ich ja wirklich diejenige, die eine Katastrophe verdient hätte, weil ich als Teenager so grässlich war.« Erneut halte ich inne, denn ich werde mich ganz bestimmt nicht vor ihr rechtfertigen. »Aber du hattest alles, Sky. Du und Troy, ihr hattet ein wundervolles Leben miteinander. Und du hast eine unbeschreiblich süße, hübsche kleine Tochter.« Keine Ahnung, ob es eine gute Idee ist, sie daran zu erinnern, wie schön ihr Leben war.

»Warum ich? Warum werde ich bestraft?«

Sky glaubt, dass ich eine schlechte Tochter war – oder bin. Aber vielleicht hat Mom einen Fehler gemacht, weil sie mich nicht akzeptiert hat. Sie hat mir nie Beachtung geschenkt, von

Anfang an. »Wir haben alle das getan, was wir tun mussten. Und jetzt ist es, wie es ist.«

»Bitte, Mädchen!«, ermahnt uns Mutter mit der gleichen Stimme wie früher, als wir noch Kinder waren.

Später machen Mom und ich die Küche zusammen fertig und packen die Gläser ein. Rachel und Levy sahen sich *Yo Gabba Gabba* an. Sky starrt auf den Fernseher.

»Als du noch ein Baby warst, hast du immer ein Lied gesungen, wenn ich dich in den Schlaf gewiegt habe«, sagt Mom plötzlich. »Zwei Töne. ›Ah oh ah oh ah oh‹ hast du gesungen, immer wieder.« Mom imitiert meine Kinderstimme, während sie Papier in ein Glas stopft und das Glas dann zu den anderen in die Kiste packt. »Du warst noch ganz klein, aber du hast gesungen. Wenn ich dich in dein Bettchen gelegt habe, hast du weitergemacht, hast dich mit deinem ›Ah oh ah oh ah oh‹ in den Schlaf gesungen.« Ihre Augen schweifen in die Ferne, als hätte meine Melodie ein Bild von mir als Baby heraufbeschworen. Dann wendet sie sich mir zu. »Das hast du jahrelang gemacht. Die Musik hat dich beruhigt und getröstet. Ich nicht. Es war immer die Musik.«

Ich weiß nicht, was ich davon halten soll. Will sie mir erklären, dass ich sie nicht brauche, weil ich ja meine Musik habe? Ist sie eifersüchtig auf meine Musik? Will sie mir sagen, wie unnütz sie sich als Mutter mir gegenüber gefühlt hat? Ich nehme mir ein Weinglas vor. Die Probleme mit meinem Vater haben sie daran gehindert, mit mir glücklich zu sein, und ich musste lernen, mich selbst zu trösten. Gott sei Dank konnte ich Musik machen – schon als Baby.

Aber ich war einsam, von Anfang an. Wir existieren nicht allein, ohne die anderen. Was sind wir denn, wenn nicht Tiere, die sprechen können? Und was ist der Sinn der Sprache, wenn sie nicht Teil einer Verbindung zu anderen Menschen ist?

5

Der Metallmann

Sky

Ich sitze mit Allie im Auto, wir verlassen Los Angeles. Ich weiß nicht, ob es wirklich das Beste für uns ist, nach Ann Arbor zurückzugehen. Ich war glücklich in San Diego und in L.A. Aber irgendwie kann ich keine Entscheidung treffen, und es ist sinnlos, ohne Job und ohne Freunde in dem gemieteten Haus rumzuhocken.

Ich habe keinen Plan. Kein Ziel. Ich weiß nicht, was ich will, ich weiß nicht, was ich tun soll. Mir ist das Leben unter den Füßen weggezogen worden, ich erkenne es nicht mehr. Ohne Troy erkenne ich mich selbst nicht.

Früher wusste ich, wohin ich unterwegs war und warum. Ich wollte Troy, ich wollte Anwältin werden, ich wollte ein Baby. Ich habe das alles bekommen. Aber zwei von den drei Sachen habe ich wieder verloren. Na ja, ich habe immer noch meinen Abschluss und kann in Michigan meine Zulassungsprüfung machen.

Ich werde auch nicht allein sein, Mom und all ihre Freundinnen sind ja da. Tara ist in der Nähe, wozu das auch immer gut sein mag. Jennifer und Marissa wohnen ganz in der Nähe.

Aber womöglich versucht Mom, das Kommando zu übernehmen.

Nein. Ich muss einfach Grenzen setzen.

In Venice war ich wenigstens mit Troy zusammen.

Und jetzt habe ich das Gefühl, ihn zu verlassen.

Unser gemeinsames Leben erscheint mir so weit weg. Und gleichzeitig, als wäre ich noch vor einer Minute mittendrin gewesen.

Rachel sitzt hinten. Als ich mich zu ihr umdrehe, hat sie Maddie auf dem Schoß, Monkey und Turtle sitzen ihr gegenüber. Maddie spielt Lehrerin und erklärt den Kuscheltieren, dass sie brav sein müssen. Pipi und Kaka ins Töpfchen. Rachel hat das Sauberkeitstraining so gut mitgemacht, obwohl ich mich so wenig darum gekümmert habe. Ich muss sie mehr loben und unterstützen.

Wir fahren an einer Frau vorbei, die am Straßenrand steht. Zuerst denke ich, sie trampt oder bettelt. Aber als wir näher kommen, sehe ich, dass sie im mittleren Alter ist, Hose mit Bügelfalten, bedruckte Bluse, ordentlich frisierte Haare. Sie hält ein Banner in die Höhe, auf dem steht: *Du musst dich selbst respektieren, um von anderen respektiert zu werden.*

Dann liegt die Stadt hinter uns, wir sind auf der Interstate 40 und kommen an einem Schild vorbei, das anzeigt, dass es noch 2550 Meilen bis Wilmington in Delaware sind. Bis zur anderen Seite des Kontinents. Vom Pazifik zum Atlantik. Neben dem Highway wächst struppiges, staubiges Buschwerk.

»Ich weiß, dass es dir nicht gefällt, aber es wird alles gut«, sagt Maddie.

Mit piepsiger Stimme antwortet die Schildkröte: »*Nein, das stimmt nicht! Das stimmt nicht! Das stimmt nicht!*« Aus dem Rückfenster kann ich den Umzugswagen erkennen, und als wir um die Kurve fahren, sehe ich auch den Bus mit Tara, Special Intent, Red Dog, T-Bone und Thumble. Was für seltsame Namen, wie Charaktere aus einer Fantasiewelt, genauso bizarr wie das, was in Rachels Gedanken vorgeht und was Turtle und Maddie zum Reden bringt.

Das alles denke ich, während ich durchs Autofenster auf die kurvige Straße schaue. In der Luft hängt noch der Dunst von L. A., die Landschaft ist beherrscht von rostigen Stromleitungen.

Ich bin froh, dass Tara im Tourbus mitfährt. Zuerst dachten wir, Frauen und Kinder sollten zusammen in einem Fahrzeug sein, aber Tara wollte bei Aaron bleiben. Vielleicht wechseln wir später, aber momentan bin ich sehr zufrieden, dass nur Rachel und Allie mit mir in meinem schwarzen Honda Accord sitzen. Er hat erst fünfzigtausend Meilen auf dem Tacho, und der Motor ist vor einem Monat neu eingestellt worden, also müsste er die Reise problemlos bewältigen.

»Wie geht's dir denn?«, fragt Allie. Normalerweise unterhalte ich mich gern mit ihr, aber jetzt sehe ich lieber in die Spiegel, um mich zu vergewissern, dass meine Möbel und meine Klamotten immer noch hinter mir sind.

»Ich weiß nicht.« Ich schaue aus dem Beifahrerfenster.

»Es wird besser werden.«

»Das sagen alle.« Troys Urne steht auf meinem Schoß, und ich lege beide Hände darauf.

Sogar Allie, die für gewöhnlich immer einen klugen Ratschlag parat hat, weiß nicht, was sie sagen soll. Also starrt sie auf die gelbe Linie. Es ist topfeben hier, quaderförmige Heubündel lagern übereinandergestapelt auf den Wiesen, mit blauer Plane abgedeckt für den unwahrscheinlichen Fall, dass es regnet.

Ich werfe wieder einen Blick zurück zum Möbelwagen und bin beruhigt. Als wäre Troy dieser mit Sofa, Fernseher, Büchern, Computer, Klamotten, Spielsachen, Hochstuhl, Matratze, Esstisch und Kinderbett beladene Truck. Vielleicht wenigstens Troys DNA, winzige Partikel auf der Matratze, auf dem Sofa. Vermischt mit meiner. Vielleicht ein Schnipsel von einem Fingernagel. Ich habe seine Bürste von der Badkommode genommen, sie war noch voller Haare. Sie riecht nach ihm. Ich sah ihn wieder vor dem Spiegel stehen, wie er seinen Wirbel zu glätten versuchte und sich beklagte, dass er kahl wird. Aber er war natürlich nur ein Bild in meiner Vorstellung und ist sofort wieder verblasst. Und ich stand da mit seiner Bürste. Ich habe versucht, sie in der Box mit seiner Asche unterzubringen, aber da passt sie nicht rein.

Allie bewundert die Landschaft. Auf mich macht sie einen eher trostlosen Eindruck. Südkalifornien im Winter, ohne Hoffnung auf die reinigende Kraft des Schnees.

Wieder schaue ich zurück und suche den Möbelwagen. Er ist noch da.

»Alles in Butter. Deine Sachen sind okay. Ich habe den Eindruck, dass Smoke ein sehr umsichtiger Fahrer ist«, beruhigt mich Allie.

Dass Smoke fährt, tröstet mich. Ich starre aus dem Fenster. Keine Ahnung, wie lange, wie viele Meilen ich einfach nur starre.

Dann klingelt mein Handy. Es ist Mom, die sich erkundigt, wie es mir geht. Sie ist bei der Konferenz, hat sich aber sehr ungern von mir getrennt.

»Allie, Rachel und ich fahren zusammen.« Mehr sage ich nicht. Dann macht Mom ein lautes Kussgeräusch.

Allie und Rachel denken sich eine Geschichte aus. Mit halbem Ohr höre ich zu, wie sie abwechselnd erzählen. Rachels Hauptpersonen verschwinden alle. Eine nach Chicago. Eine ins Krankenhaus. Allie erfindet neue.

Als mein iPhone wieder klingelt, zucke ich erschrocken zusammen.

»Hey, siehst du die Schilder für den Vergnügungspark?« Tara klingt ganz aufgeregt, als wären wir auf einem Sonntagsausflug. »Direkt vor uns. Wir dachten, wir könnten anhalten und uns ein bisschen die Beine vertreten. Vielleicht gibt es ein Karussell für Levy und Rachel. Wir brauchen was zu essen. Etwas anderes als Studentenfutter und Äpfel. Was meinst du?«

»Ich hab keinen Hunger.« Sie ist so kindisch. Ein Vergnügungspark in so einer Situation.

»Oh.« Sofort wird Taras Stimme unsicher. »Gib mir doch bitte mal Allie.«

Allie nickt und sagt dann: »Okay. Ich kann auch eine Pause gebrauchen.«

»Ich muss Pipi«, verkündet Rachel. »Und Maddie auch.«

»Na, dann halten wir eben an.«

Wir kommen an eine Steinmauer. Da wir direkt nach Osten fahren, knallt die Sonne auf die Windschutzscheibe. Wir holpern ein schmales Sträßchen entlang. Der Vergnügungspark ist verlassen.

Dann betreten wir eine andere Welt, einen perfekt gepflegten Wald. Die Bäume spenden Schatten, ihre Äste kommen in regelmäßigen Abständen parallel aus dem Stamm. Unter ihnen wächst nichts. Die Bäume sind steif, die Brise ist tot, als wäre es kein Wald, sondern eine Kulisse in Disneyland. Das Surren der Autoreifen auf dem Asphalt ist das einzige Geräusch.

Allie fährt auf einen Parkplatz, wo das Unkraut aus den Ritzen im Asphalt sprießt. Der Möbelwagen hält neben uns.

Ich schaue mich um. »Hier ist kein Mensch.«

Rachel zupft an meiner Hand. »Vielleicht sind sie da drüben.« Sie deutet mit dem Finger, dann läuft sie mit Levy die Straße hinunter.

Aaron, Red Dog und Smoke begleiten sie. Ich sehe ihnen nach, dann verdecken die erwachsenen Gestalten meine Tochter, und nur, wenn ich den Hals recke, sehe ich sie, wie sie beim Rennen mit den Armen schlenkert und ihre Haare im Wind flattern.

Tara mustert mich. »Alles klar?«

»Ja.« Ich gehe die Straße hinunter, beobachte, wie sich meine Zehen in den Flipflops bewegen, und lausche dem Flippen und Floppen. Mein teilweise abgeblätterter roter Nagellack kommt mir so grell vor. So ungepflegt. Vielleicht achte ich nicht genug auf mein Äußeres.

Wir gelangen auf eine Lichtung, zu einer Gruppe niedriger, moderner Gebäude an einem See, in dem sich der Himmel spiegelt. Das Ufer ist mit roten Backsteinen eingefasst, sanft geschwungene Buchten und kleine Zuflüsse. Auf der anderen Seite erkenne ich ein Riesenrad, ein Tilt-a-Whirl und ein Karussell, alle ebenso unbeweglich wie die Bäume. Ein Imbissstand wartet vergeblich darauf, Hamburger und Pizza und Eis verkaufen zu dürfen.

Die Fahrgeschäfte verharren reglos, als warteten sie darauf, dass ein Schalter umgelegt wird oder ein kräftiger Wind aufkommt, um das Rot, Blau, Gelb in Schwung bringen.

Aber wir sind die einzigen Menschen hier.

Die Gebäude werden überragt von der Metallstatue eines Mannes. Ein Fuß steht auf einer mindestens eineinhalb Meter hohen Pyramide, sein bärtiges Kinn reckt sich über der geballten Faust, die andere Hand ist mit gespreizten Fingern in die Hüfte gestemmt. Er ist aus Metallrechtecken geformt – kleine für Finger und Kinn, große für den Brustkorb. Sein Gesicht ist selbstbewusst, beinahe aggressiv, herrschsüchtig.

Vermutlich soll er den König der Engel darstellen, denn er ist umgeben von einer Gruppe himmlischer Wesen, die jeweils einen kleinen Garten abschirmen. Diese Figuren sind etwas kleiner als ich, mit starren Flügeln und Brüsten aus Metallkegeln. Krieger? Racheengel? Amazonen? Ich beneide sie um ihre rigide Autonomie. Alles Weiche und Flexible hat sich verhärtet.

Rachel und Levy rennen zwischen den Engeln herum, blicken zu den ernsten Gesichtern empor, stupsen den einen und hüpfen zum nächsten. Rachel kommt zu mir und fragt: »Wer sind die denn?«

Ich schüttle nur stumm den Kopf und zucke die Achseln.

Der See glitzert silbern unter dem Himmel. Ich studiere den großen Metallmann. Bestimmt ist er ein Denkmal. Vielleicht für den Künstler, der ihn geschaffen hat.

Die Männer wandern zum Riesenrad hinüber. Vielleicht bringen sie es in Gang. Ein Stück weiter weg steht ein Karussell mit Tigern, Elefanten, Alligatoren, Zebras, riesigen Rotkehlchen und Hunden. Die Tiere haben noch einen Großteil ihrer Farbenpracht, aber einiges ist auch abgeblättert, so dass die Figuren irgendwie fleckig aussehen.

Ich strecke mich am Ufer des Sees aus. Das Gras ist spröde und piekt. Ich schlage die Beine übereinander, lege den Kopf auf die Hand und die andere Hand auf die Brust. Rachel kommt angerannt und lässt sich neben mir nieder, den Kopf auf meiner Schulter.

Nach einer Weile schließt sie die Augen und schmiegt sich ganz eng an mich, damit ihr nur ja nichts von dem entgeht, was ich ihr geben kann.

Eigentlich müsste die Sonne jetzt hoch über unseren Köpfen stehen, aber es ist bewölkt.

»Das ist unheimlich«, sagt Rachel.

»Ja.« Meine Wangen sind nass von Tränen, der große Metallmann erinnert mich daran, wie weit weg und wie unerreichbar Troy für mich ist.

Ein riesiger Vogel pickt die Erde, fächelt die Luft mit seinen Federn und steigt graziös wie eine Ballerina über ein Grasbüschel hinweg. Dann reckt er den Hals, beäugt uns und zwinkert, als wundere er sich über uns, seltsame Kreaturen in diesem blumenlosen Wald. Mit anmutigen Trippelschritten geht er an uns vorbei, und sein langer Hals bewegt sich wellenförmig.

Der Vogel wirkt genauso fehl am Platz wie alles andere hier.

»Schaut euch den Strauß an«, sagt Tara und zeigt auf das Tier. »Was hat der denn hier zu suchen?«

Wir sehen ihm zu, wie er herumstolziert, den Hals reckt und blinzelt.

Langsam entspannt Rachel sich. Der Metallmann wacht über uns, und sie schläft tatsächlich ein. Einfach so. Als hätte sie nur meine Arme gebraucht, um sich geborgen zu fühlen. So liegen wir nebeneinander, während die anderen um den See spazieren. Ich lausche auf Rachels Atem.

Auf einmal fährt sie schreiend hoch.

»Schätzchen?«

»Ich hab was Schlimmes geträumt«, schluchzt sie und reibt sich mit den Fäusten die Augen. »Wir haben zu Abend gegessen. Daddy war auf seinem Stuhl und hat gesagt: ›Ooooh, meine Süße, ich bin so stolz auf dich.‹ Es gab Makkaroni.«

Beruhigend streichle ich ihren Rücken. »Das klingt doch ganz schön.«

»Aber es ist nicht wahr!« Das letzte Wort schreit sie heraus. »Weil Daddy nicht mehr da ist.«

Unser Abendessen. Ich wusste gar nicht, wie schön es war, einfach mit meiner Familie am Tisch zu sitzen. Und jetzt ist es für immer vorbei.

Der Strauß stakst zwischen den starren Engeln hindurch und zuckt bei jedem Laut kurz zusammen. Ein Engel hält die Hand auf, als erwarte er ein Geschenk. Aber die Engelsflügel sind gefährlich gekräuselt und angespannt.

»War ich böse, Mommy?«

Sie stellt genau die Frage, die ich mir selbst stelle. Nachdem unser Baby tot auf die Welt gekommen war, hat Troy mir Eis gebracht und mich damit gefüttert. Er hat mir über die Stirn gestrichen, mit mir geweint. Als er und Mom gegangen waren, lag ich allein im Zimmer. In den Zimmern neben mir hörte ich

Babys weinen. Ich sah sie in ihren Bettchen, wenn sie zu ihren Müttern gebracht wurden. Meine Brüste taten weh. *Ich würde alles geben, ich würde alles tun für ein gesundes Baby. Das ist mein einziger Wunsch. Ein gesundes Baby. Ich bin bereit, auf alles andere zu verzichten. Nur das wünsche ich mir.* Unter Tränen flehte und betete ich.

Das Geräusch der weinenden Babys erinnerte mich daran, wie Tara in ihrem Bettchen gelegen und aus voller Brust gebrüllt hat. Sie war wütender und verzweifelter als die anderen Säuglinge, die in ihren Bettchen so schnell wie möglich zu ihren Müttern gefahren wurden. Im Jahr davor, als ich in der dritten Klasse war, hatten die Mädchen in meiner Klasse Mom zur hübschesten Mutter gewählt.

Aber dann kam Tara. Als ich so dalag, mit einem schmerzenden Dammschnitt und ohne Baby, das die Schmerzen vielleicht gelindert hätte, mit vom Weinen geschwollenen Augenlidern, erinnerte ich mich plötzlich an eine bestimmte Nacht. Ich kam von der Schule nach Hause, kurz bevor Mom mit Tara eintrudelte, die damals ungefähr zwei Monate alt gewesen sein muss. Damals war Mom Managerin in einem Handyladen, Verizon, glaube ich. Sie umarmte mich mit einem Arm, knöpfte sich hastig die Bluse auf, öffnete eine Lasche an ihrem BH und begann Tara zu stillen.

Ich schaute weg. Moms Gesicht war aufgedunsen, ihre Arme waren dick und schwabbelig, und ihr Bauch hatte dort, wo Tara gewesen war, einen dicken Hautsack. In diesem Zustand würde sie niemand mehr zur hübschesten Mutter wählen. »Erzähl mir von deinem Tag«, sagte sie und lächelte.

Ich wandte mich ab, nahm mir eine Dose Limo und riss sie auf.

»Wie war es in der Schule?«

Ich trank meine Limo.

»Könntest du mir auch eine Dose geben, bitte?«

Widerwillig ging ich zum Kühlschrank, holte noch eine Dose und hielt sie ihr hin, aber sie zuckte nur mit den Achseln. Da sie Tara auf dem Arm hatte, konnte sie die Dose nicht aufmachen. Also öffnete ich sie. Dann setzte ich mich so auf meinen Stuhl, dass ich nicht mit ansehen musste, wie Taras gieriger Mund Mom verschlang, die gespreizte Hand auf Moms Brust gedrückt. Mom lächelte und legte den Kopf in den Nacken. »Aaah.« Ganz entspannt und friedlich, als hätte sie die ganze Zeit auf diesen Moment gewartet.

In früheren Zeiten hatten wir uns nach der Schule auf die Couch gekuschelt und erzählt. Oder etwas gespielt.

»Hast du Hausaufgaben?«

Sie stellte mir Routinefragen, und ich gab mechanisch Routineantworten. Ja. Nein. Egal. Ein bisschen Mathe, aber das mach ich nach dem Essen.

»Soll ich dich bei den Buchstabierwörtern abfragen? Hast du nicht morgen einen Test?«

»Meinetwegen.«

Während Tara in ihrer Wippe lag, am Finger nuckelte, schaukelte, uns beobachtete und schließlich einschlief, machten wir Abendessen.

Ich deckte den Tisch. Mom schaute auf die Uhr. »Ich frage mich, wo er bleibt. Er weiß doch, dass ich noch mal zur Arbeit und den Laden abschließen muss.«

Ich wusste längst Bescheid. Kinder haben noch nicht gelernt, unangenehme Wahrheiten vor sich selbst zu verbergen. Abgesehen von seinem Job machte Stephen nie, was man von ihm erwartete. Und sein Job schien größtenteils darin zu bestehen, dass er andere Leute dazu brachte, Dinge zu kaufen, die sie wahrscheinlich nicht wirklich brauchten. Schon als Kind hatte ich das durchschaut.

Mom versuchte Stephen auf dem Handy zu erreichen, aber

er ging nicht dran. Deshalb ließ Mom mich an diesem Abend allein zu Hause – an dem Abend, an den ich mich jetzt erinnere, wo ich allein auf der Entbindungsstation liege, nachdem man mein totes Baby weggebracht hat.

»Ich muss gehen. Aber Stephen müsste jeden Moment hier sein.«

Ich verdrehte die Augen, aber Mom tat, als würde sie es nicht bemerken.

»Du weißt doch, wie man die Milch warmmacht, oder nicht? Im Kühlschrank steht schon ein Fläschchen bereit.« Sie öffnete den Kühlschrank und zeigte mir vier Babyflaschen.

»Du kommst doch zurecht, ja?« Sie hatte dunkle Ringe um die Augen. Plötzlich bemerkte ich die dunklen Haarwurzeln zwischen den hellen Strähnchen.

»Klar.«

»Ich bin gleich um die Ecke. Du weißt die Nummer, ja?«

Ich nickte.

Sie packte einen Lippenstift und schmierte sich ohne Spiegel etwas davon auf den Mund. »Einigermaßen okay?«

»Ja«, log ich.

»Du wirst das schaffen, und ich bin wieder da, sobald ich kann.«

»Ja«, log ich noch einmal.

»Ruf mich an, wenn du mich brauchst.«

Dann war sie weg.

Tara schlief, und ihr Kopf hing auf ihrer Schulter, als hätte sie sich den Hals gebrochen. Ihr Zeigefinger war noch feucht vom Nuckeln. Ich nutzte die Gelegenheit, sie aus nächster Nähe zu betrachten, und suchte Mom in ihren Gesichtszügen. Aber ich konnte nur Stephen entdecken in ihren Brauen, ihrer geschwungenen Oberlippe und dem spitzen Haaransatz. Ein herzförmiges Gesicht, so nannte man das wohl.

Ich stellte die *Bill Cosby Show* im Fernsehen an und wickelte mich in eine von Mom gestrickte Wolldecke – die Decke, unter der wir uns früher immer zusammengekuschelt hatten –, schlang die Arme um die Knie und steckte mir ein Bonbon in den Mund.

Kurz vor Ende der Sendung fing Tara an zu schreien. Sie wachte nicht etwa sanft und friedlich auf, sondern war sofort wieder auf hundertachtzig.

Vielleicht hatte sie schlecht geträumt.

Ich schnappte mir das Fläschchen und hielt es unters warme Wasser.

Das Brüllen wurde lauter.

Das Wasser war noch nicht warm genug.

Ich fasste das Fläschchen an – immer noch kalt.

Tara ließ sich kaum Zeit zum Luftholen, so wütend war sie. Nicht sanft und liebevoll wie bei Mom.

Dann war das Wasser warm und das Fläschchen ebenfalls. Ich testete es am Handgelenk, wie Mom es mir gezeigt hatte, und da es sich weder kalt noch heiß anfühlte, ging ich davon aus, dass es einigermaßen okay sein musste. Ich löste den Gurt, der Tara in der Wippe absicherte, und sofort schlugen mir ihre kleinen Arme ins Gesicht.

»Lass das.«

Aber sie heulte weiter, während ich sie aus der Wippe holte und auf meinen Schoß bugsierte.

Als ich ihr den Sauger in den Mund steckte, war sie viel zu sehr mit Brüllen beschäftigt, um zu merken, dass ich ihr gab, was sie verlangte.

Mir kommt es so vor, als wäre das bis heute noch so bei ihr. Sie kapiert überhaupt nicht, dass sie bekommt, was sie möchte, weil sie viel zu sehr damit beschäftigt ist, dafür zu sorgen, dass sie es auch ja kriegt.

Schließlich spritzte ich ihr die Milch unserer Mutter in den

Mund, und da begriff sie endlich und schloss die Lippen um den Sauger.

Stille kehrte ein. Nach einer Weile gab sie zwischen den Schlucken ein leises Summen von sich.

Bill Cosby war vorbei. Ich hatte Dr. Huxtables Lektion verpasst.

Inzwischen hatte Tara die Augen wieder geschlossen, das Saugen war langsamer geworden, und sie hatte die Arme ausgebreitet. Wenn sie sich an mich schmiegte, fühlte sich das gut an, denn sie steckte in einem weichen rosa-weißen Fleece-Strampler. Ja. Diese eine Sekunde war ich ganz zufrieden damit, meine Halbschwester mit der Milch meiner Mutter zu füttern.

Dann fiel lautstark die Tür ins Schloss. Stephen war heimgekommen, und Tara begann wieder zu brüllen.

»Was machst du denn da mit ihr?«, wollte er wissen, und seine dicken Augenbrauen zuckten.

»Nichts. Ich hab sie bloß gefüttert.«

Er riss sie mir weg.

»Na, dann mach es wenigstens richtig«, schimpfte er, nahm mir die Flasche aus der Hand und stopfte Tara den Sauger in den Mund. »Hör auf damit, Baby«, befahl er.

Sie fing an zu trinken, und er sagte: »So ist's recht.«

Er roch seltsam. Ich kannte diesen Geruch nicht, ich glaube, ich hatte ihn vorher noch nie gerochen.

Schließlich drückte er mir Tara wieder in den Arm und verschwand.

Ich legte Tara in ihr Bettchen.

Dann ging ich in mein Zimmer, um weiter *Das geheime Leben der Puppen* zu lesen. Ich erfuhr, wie Kristy endlich den zweiten Ehemann ihrer Mutter akzeptierte, aber ich wusste, dass das mit Stephen nicht passieren würde. Ich hatte es versucht, aber er kommandierte mich nur rum. »Füße vom Sofa!« »Ich kann deinen Walkman bis hier hören, bis du dreißig wirst, bist du taub.« »Mein Gott, Marnie, lässt du sie so weggehen? In einem hautengen T-Shirt und Shorts?«

Hatte er überhaupt irgendetwas Gutes an sich? Na ja, er sah gut aus, las eine Menge und wusste viel. Aber er dachte, er wüsste alles. Er brachte mir Schach bei und schlug mich bei jeder Partie. »Ich lass dich bestimmt nicht absichtlich gewinnen. Dann lernst du ja nichts«, sagte er und zog eine Augenbraue hoch. Sogar die guten Sachen an ihm hatten eine schlechte Seite.

Ich war am Einschlafen, und Stephen duschte gerade, als Mom heimkam und die Treppe hinaufrannte. »Ich weiß, wo du warst«, schrie sie Stephen an. »Wie kannst du nur? Man riecht sie noch an dir!«

Dann knallte die Schlafzimmertür zu.

»Du bist nicht mehr du selbst«, hörte ich ihn mit lauter, ruhiger Stimme zu Mom sagen.

Ein paar Minuten später krachte die Haustür hinter ihm ins Schloss, und ich hörte Mom schluchzen.

Ja, dachte ich. Schick ihn weg, dann ist es wieder wie früher. Damals, als Mom mich umarmte, sobald sie mich sah, sich vor mich hinkniete, mich hochhob und im Kreis herumschwang. Wie geht es meiner schönen Sky? Wie geht es meinem süßen kleinen Mädchen? Sie kitzelte mich am Bauch, bis wir beide Tränen lachten. Wenn eine meiner Zeichnungen ans Schwarze Brett in der Schule gehängt wurde, feierten wir den Erfolg mit einem Ausflug in die Eisdiele.

Dann hörte ich, wie sie auf Zehenspitzen in mein Zimmer kam, und ich stellte mich schnell schlafend. Vielleicht würde sie mich küssen. Oder mit mir kuscheln.

Aber in diesem Augenblick wachte Tara schreiend auf, und ich wusste, dass es nie wieder so sein würde, wie es einmal war.

Mein Leben war vorüber.

Daran dachte ich in der Nacht, nachdem mein Baby tot auf die Welt gekommen war.

Kurz darauf war Troy wieder da, mit einem riesigen Strauß Tulpen und Narzissen, *Joy*-Parfüm und *Cherry Garcia*-Eis.

»Wir machen einfach weiter, Sky. Wir halten uns an die Statistik, und irgendwann sind wir bei den wunderbaren fünfzig Prozent«, sagte er, küsste mich auf die Stirn und legte den Kopf neben meinem aufs Kissen.

Vielleicht habe ich damals geglaubt, mein Leben wäre vorbei, aber in Troy fand ich es wieder.

»Wir werden unser Baby bekommen, versprochen«, sagte er. Und so war es auch. Irgendwann war Rachel da.

Er war so gut zu mir.

Daran denke ich jetzt in einem toten Vergnügungspark, auf dem Boden liegend, umgeben von bösen Engeln.

Ich weiß, es wird nie wieder so sein, wie es war, und es tut mir so leid für Sky, das kleine Mädchen. Und für die erwachsene Sky. Und es tut mir so leid für Rachel. Es wird nie mehr so, wie es einmal war.

»War ich böse, Mommy?«, fragt Rachel noch einmal und holt mich aus meinen Gedanken in die Realität zurück.

»Nein, Süße.« Mehr bringe ich nicht zustande.

»Hat Dad was Böses gemacht?«, fährt Rachel fort, denn sie möchte einen Grund hören für das, was passiert ist.

Was haben wir getan? Wir sind nach Kalifornien gezogen. Ich habe Mia kennengelernt. Wir haben uns ein Baby gewünscht. Troy hat Basketball gespielt und eine Halsentzündung bekommen. Weiter nichts, denke ich. Ich habe ihn geliebt. Ich habe es gewagt, ihn zu lieben, und er ist gestorben. »Dein Daddy war ein guter Mensch. Krankheiten sind keine Strafe. Manche Dinge passieren einfach, ohne einen Grund.«

Dabei bin ich nicht sicher, ob ich das selbst glaube. »Jedenfalls kennen wir den Grund oft nicht.«

Rachel schüttelt den Kopf, als würde sie resignieren. So eine erwachsene Geste bei einem kleinen Mädchen.

Der Strauß scharrt mit dem Fuß, schaut in meine Richtung, im nächsten Moment landet ein Schmetterling auf seinem Kopf.

Dann kommen Allie, Tara und die Rap-Crew zurück. »Keins von den Geräten funktioniert, und es gibt auch keine offenen Toiletten. Wir mussten ins Gebüsch gehen.«

»Nichts zu essen, kein Klo, kein Karussell.«

»Hey, ist doch cool, die Anlage hier. Total irre. Wie ein verlassenes Hollywood-Set«, lacht Aaron. Er sieht immer das Positive.

»Genau. Ein total durchgedrehter Traum.«

Sie lachen, klatschen sich auf die Hände und versprühen jede Menge Energie. »Wir sind in einem Traum rumspaziert. Ich frage mich, wer den Traum geträumt hat«, sagt Aaron.

»Ich wette, du schreibst 'nen Song drüber«, meint Tara.

Als wir zum Auto zurückgehen, sage ich zu Allie: »Der verlassene Vergnügungspark hier ist ungefähr so durchgedreht, wie ich mich fühle.« Wahrscheinlich ist das die klarste Aussage, die ich die ganze Woche über gemacht habe.

»Du bemühst dich, einen Sinn in dem zu finden, was passiert ist.« Allie dreht den Schlüssel im Zündschloss, und der Motor springt an. »Ich weiß noch, wie mein Vater gestorben ist. Er war vierundvierzig und ich neunzehn, als er einen Herzinfarkt erlitt und tot vom Sofa gekippt ist. Danach bin ich sechs Monate mit der Überzeugung rumgelaufen, dass das Leben keinen Sinn hat.« Sie schüttelt den Kopf. »Ich konnte einfach nicht begreifen, warum er mittendrin gestorben ist. Es war für mich unfassbar, dass jemand seine eigene Geschichte, sein eigenes Leben nicht vollenden konnte.«

»Ich wusste gar nicht, dass dein Dad auch so jung gestorben ist.«

Ohne die Hände vom Steuer zu nehmen, dreht sie den Kopf nach hinten, um aus dem Parkplatz zu rangieren. Ihr Gesicht ist ganz entspannt, sie lächelt nicht, sie runzelt auch nicht die Stirn.

»Nicht so jung wie deiner. Oder der von Rachel. Menschen überleben solche plötzlichen Verluste. Wenn man ihre Geschichten hört, kann man manchmal nur staunen über ihre Unverwüstlichkeit und den Kampfgeist.«

»Glaubst du, dass Mom es überwunden hat?«

Jetzt fahren wir hinter dem Möbelwagen und dem Bus her. So gefällt es mir besser, denn ich kann sie sehen.

Allie blickt auf die Straße, presst die Lippen zusammen und überlegt, was sie sagen soll. »Was glaubst du?«

»Oh. Eine von diesen therapeutischen Gegenfragen.«

Sie lacht, wartet aber auf meine Antwort.

»Mom weint nicht mehr wegen Dad. Aber … ich weiß nicht. Ich glaube, die Geschichte mit Stephen hat die Sache jedenfalls nicht besser gemacht. Mit ihm ist Mom in einen Hurrikan geraten.« Mir kommt es seltsam vor, die Sache zur Abwechslung mal aus Moms Perspektive statt aus meiner eigenen zu betrachten.

Schweigend schauen wir aus dem Fenster.

Dann fährt Allie fort: »Viele Leute sind so. Sie ertragen das Alleinsein nicht und meinen, ein anderer Mensch könnte den Schmerz lindern.«

Mom und ich teilen unser Leben, damals und jetzt. Eigentlich unglaublich und jenseits jeder statistischen Wahrscheinlichkeit, dass wir als Erwachsene mit der gleichen Tragödie konfrontiert werden. Alles wiederholt sich. In einer Reihe unterschiedlicher Konstellationen, immer wieder das gleiche seltene, zufällige, schreckliche Ereignis.

Ich beobachte den Möbelwagen, der wackelt und schwankt. Drei Fahrzeuge, unsere kleine Karawane. Dann entdecken wir die ersten Schilder für den Grand Canyon. Weiße Kühe wandern auf der Ebene herum, über ihnen zerklüftete Berghänge.

Eine Weile später sagt Allie: »Aber deine Mom kommt zurecht. Gut sogar. Und mit Jim hat sie endlich den richtigen Mann gefunden, glaube ich.«

»Hat fast zwanzig Jahre gedauert.«

»Es muss nicht immer so lange dauern, aber man braucht durchschnittlich siebenundzwanzig Jahre, um den Tod eines Menschen zu betrauern, der einem wichtig war. Stell dir das mal vor. Zum Glück lebt man parallel das eigene Leben weiter.

Ich sage nichts dazu, sondern schaue nur hinaus auf die rote Erde und die knorrigen, staubigen Bäume. Keine Ahnung, woher Allie immer diese Statistiken hat. Vielleicht aus *Psychology Today.* Irgendjemand hat mir mal gesagt, dreiundvierzig Prozent aller Statistiken wären gelogen. Vielleicht aber auch nicht.

»Aber wir müssen trauern«, sagt Allie.

Ich möchte, dass sie aufhört zu reden, deshalb antworte ich nicht.

6

Die ganze Nacht

Tara

Ich bringe Levy ins Bett wie immer, lese ihm *Hiawatha* vor und singe *All Through the Night,* aber mit meinem eigenen Text.

Und dann fängt er mit seinem eigenen Lied an. Wir singen zusammen. Es ist nicht die gleiche Melodie wie meine von früher – von der ich nichts wusste, bis Mom mir neulich von ihr erzählt hat. Nicht »Ah oh ah oh«, sondern »La di la di«. Er fängt also mit seiner Trostmusik an, und ich singe mit. Gemeinsam singen wir »La di la di«, und kurz bevor er einnickt, lege ich ihn ins Bett und küsse ihn sanft auf die Stirn. Seine seidigen Locken kitzeln meine Wange. Dann stehe ich neben ihm, seine Brust ist ganz warm, seine Stimme wird leiser, meine passt sich an, bis wir beide verstummen.

Mom erzähle ich nichts davon. Wir sind, wer wir sind, daran kann niemand von uns etwas ändern, und vielleicht ist es genug, dass ihr mein Lied damals aufgefallen ist und dass sie sich daran erinnert hat. Levy und ich finden beide Trost und Ruhe in unserer Liebe zur Musik. Mom hatte diese selbstverständliche Beziehung zu Sky. So viel hängt davon ab, wie die Gene sich verteilen. Und was den Eltern unterwegs passiert. Ich meine, man gestaltet ja nicht seine eigene Kindheit. Das Leben ist voller Überraschungen aller Art.

Das habe ich von Sky gelernt, von der plötzlichen Veränderung in unser aller Leben, die Troys Tod bewirkt hat. Ich kann immer noch nicht glauben, dass er endgültig fort ist. Manchmal will ich ihn anrufen, wie ich es gelegentlich getan habe, wenn er auf der Arbeit war, denn das Reden fiel mir bei ihm immer leichter als bei Sky. Meine Beziehung zu Sky wurde dadurch sogar einfacher. Aber jetzt frage ich mich, wie sich die Dinge zwischen uns entwickeln werden. Als ich ihr beim Packen geholfen habe, hat sie mich angegriffen, aber ich hab meinen Stolz runtergeschluckt und Verständnis für ihre Situation gezeigt. Hat sie sich geärgert, weil ich ausnahmsweise mal in der Position war, ihr zu helfen? Ich weiß nicht, ob aus ihrer Trauer inzwischen vielleicht Selbstmitleid geworden ist.

Keine gute Tat bleibt ungestraft, denke ich, während ich Levys sanftem Atem lausche.

In dieser Nacht kommt Aaron zu mir, und wir schlafen miteinander, sanft und langsam. Von Anfang an ist da eine besondere Intensität, wohl wegen der Bedrohung, die von King und Aarons Flirt ausgeht. Obwohl das Licht gedämpft ist, schauen wir uns unverwandt in die Augen, beobachten jede flüchtige Regung, die in ihnen aufleuchtet. So bewegen wir uns, bis ich das Gefühl bekomme, dass wir ewig weitermachen könnten, dass wir wieder mit der Bewegung des Universums verbunden sind.

Kurz bevor wir aufhören, sagt er: »Ich dachte immer, Sex ist einfach nur Sex. Aber es ist … ich finde das richtige Wort nicht … es ist spirituell, mystisch. Als würden wir gemeinsam meditieren.«

»Was du sagst, beschreibt genau mein Gefühl«, antworte ich.

»Wir sind so richtig füreinander, dass es schon fast unheimlich ist«, flüstert er dicht an meiner Wange.

Danach liege ich da, den Kopf auf seiner Schulter, er hat den Arm um mich gelegt, und irgendwann schläft er ein. Er sieht so schön aus, das Gesicht den Träumen geöffnet. Nichts, was so gut ist, kann von Dauer sein. Doch das habe ich schon früher gedacht, und es wird trotzdem immer besser.

Kurz bevor auch ich einschlafe, denke ich: Wann werde ich es vermasseln? Der Gedanke hat die Stimme meines Vaters. Ich weiß genau, wie das geht. Ich kenne das Spiel, wie ich meine eigene Welt zerstöre und in eine komplett andere verschwinde, ohne auch nur einen Gedanken an die Zerstörung zu verschwenden, die man zurücklässt. Mit einem Ruck erkenne ich die Angst meines Vaters, seinen unbändigen Drang, allein und ungebunden zu sein. Vielleicht hat mich das dazu gebracht, mich zurückzuhalten. Ich sage mir: Ich war ein Arsch. Aber immer noch besser, als der Gearschte zu sein. Dann taucht Kings Gesicht mit seinem herablassenden Lächeln vor meinem inneren Auge auf und zeigt mir, wie ich dem Beispiel meines Vaters folgen kann. Ich möchte nicht sein wie meine Mutter, also ist es vielleicht besser, so zu sein wie er.

Ich verstehe, was in mir vorgeht, und ich akzeptiere es. Aber das spielt anscheinend keine Rolle.

Am nächsten Morgen sind wir am Grand Canyon. Die Crew ist schon auf und angezogen, Levy noch im Schlafanzug, und ich schaue ihm zu, wie er in eine Jeans schlüpft und mit dem Knopf kämpft. »Gut gemacht«, sage ich zu ihm, als er die Herausforderung bewältigt hat. Ich glaube, es ist das erste Mal, dass er seine Hose selbst zugeknöpft hat. »Du bist schon so groß.« Er grinst mich an und schlendert lässig davon. Ein Teil von mir möchte, dass er ein Baby bleibt. Aaron bürstet ihm die Haare, während ich mich anziehe, dann sind wir startbereit.

Keiner von uns kennt den Grand Canyon, außer Allie.

»Er ist das erste Weltwunder«, sagt Red, der auf eine Karte schaut und gerade gemerkt hat, wie nahe Las Vegas liegt.

Gestern sind wir durch eine rote, von sensationellen Felsformationen durchbrochene Landschaft gefahren. An manchen

Stellen war die Erde eingebrochen, als hätte sie eine Wunde nicht schließen können und sich daraufhin eine Schlucht gebildet. Rote Tafelberge, die mit ihrer Form ihrem Namen alle Ehre machten, schmückten die Hochebene. Kaum Grün, nur Rot und Rosa und Lila, und der Himmel kippte Wolken und Regen auf die Erde. In der Ferne zuckten Blitze aus schwarzen Wolken, entluden sich, flammten mit neuen Zickzackklauen wieder auf.

Levy deutete auf die Blitze, aber sie waren schon wieder verschwunden. Dann fiel ihm plötzlich auf, dass der Himmel auf der anderen Seite knallblau war und die Sonne dort einen grellen Lichtstrahl auf die rote Erde sandte. Ein Gewitter und Sonnenschein zur gleichen Zeit.

So vielfältig kann der Himmel sein. Sogar T-Bone, der sich normalerweise so wenig für seine Umgebung interessiert, entfuhr ein: »Wow. Schizophrener Himmel«, und seine Stimme klang geradezu ehrfürchtig. Wir saßen in unserem Bus und sahen zu, wie auf der einen Seite der Regen niederrauschte, während auf der anderen die Sonne zwischen ein paar Wattewölkchen am Himmel stand.

»Ich wusste nicht, dass es so was gibt«, stellte Red Dog trocken fest.

»Genauso umwerfend wie Musik«, flüsterte ich Aaron zu.

»Ja«, antwortete er und drückte mein Knie. »Erstaunlich.«

So haben wir einen sonnigen Morgen, aber es ist nicht allzu heiß, als wir uns über dem *Ooh Aah Point* treffen.

Und da ist es, das rötlich-beige gestreifte Wunder, übersät mit kleinen und größeren Vorsprüngen, die Felswand gegenüber durchzogen von farbigen Bändern, die alle Unebenheiten mit einbeziehen. Vielleicht sollte ich stricken lernen und einen Poncho in diesen Farben entwerfen. Mom würde er bestimmt gefallen, aber Aaron würde ihn hassen. Ich sitze auf einem Felsen, Levy neben mir, Aaron auf seiner anderen Seite.

Beide halten wir eine Hand unseres Sohnes, während wir den Anblick in uns aufnehmen.

»Hey, wollen wir da runter?«, fragt T-Bone.

Ich weiß, dass der Weg bergab leichter ist als der wieder bergauf, vor allem mit Levy. Wir müssten ihn alle abwechselnd tragen. Allerdings sieht der Pfad schmal aus, dicht am Abgrund, so dass ich mit Levy lieber oben warten will. Die Crew jedoch ist Feuer und Flamme, und sie machen sich auf den Weg. »Vergesst bloß nicht, dass ihr auch wieder hochkommen müsst!«, rufe ich ihnen nach.

Aaron lacht. »Glaubst du, wir schaffen das nicht? Aber wir gehen sowieso nicht bis ganz nach unten.«

Eigentlich möchte ich schrecklich gern mitkommen, aber ich bleibe bei Levy und warte mit ihm auf Sky, Rachel und Allie. Wir gehen ein Stück den Weg am Canyon-Rand entlang. Auch hier schlängeln sich Farbbänder über den harten Fels.

»Wer hat das gemacht, Mama?«, fragt Levy.

Ich gehe mit ihm so weit an den Rand, dass wir noch in Sicherheit sind, und zeige ihm den Fluss, der sich am Boden der Schlucht entlangwindet. »Das war kein Wer, sondern ein Was, nämlich der Fluss. Vor langer, langer Zeit war er hier oben, da, wo wir jetzt sind, aber er hat sich immer tiefer und tiefer in den Stein eingegraben, bis ganz nach da unten.« Wieder zeige ich hinab auf den Grund des Canyon.

Vorsichtig späht Levy über den Rand, ich halte ihn fest an der Hand. Dann runzelt er die Stirn und fragt: »Echt?« Als wollte ich ihm einen Bären aufbinden.

Von hier oben sieht der Colorado River aus wie ein Bach, ganz bestimmt nicht stark genug, um sich in den Fels zu graben. Manchmal ist die Wahrheit weniger leicht zu glauben als die Fiktion.

»Der Stein ist hier ziemlich weich«, versuche ich zu erklären. »Und wir sind so weit weg, dass der Fluss viel kleiner aussieht, als er ist.«

Wir staunen beide.

Levy hebt einen Stein auf. »Schau mal, er hat Pünktchen«, stellt er fest und gibt ihn mir, damit ich ihn mir anschauen kann. Der Stein ist eiförmig, grau mit weißen Flecken. Ich gebe ihn Levy zurück. Seit einiger Zeit sammelt er Steine. Der herzförmige vom Strand, ein grüner, den er in der Nähe des Metallmanns gefunden hat und der auf einer Seite ganz glatt ist. Und jetzt dieser hier.

»Du sammelst Souvenirs von unserer Reise.«

»Was sind Souvenirs?«

»Dinge, die einem helfen, sich zu erinnern, weil sie an einen bestimmten Ort gehören«, erkläre ich ihm.

Dann tauchen Rachel, Sky und Allie auf. Als Erste entdecke ich Rachel. Sie hat eine blaue L.A.-Baseballkappe auf dem Kopf und eine winzige Sonnenbrille auf der Nase. Heute hat Sky offenbar zum ersten Mal wieder darauf geachtet, was ihre Tochter anhat, Rachel sieht sehr süß aus. Dann wird mir klar, dass auch Allie für das Outfit verantwortlich sein könnte. Rachel kommt zu uns gerannt und nimmt die Brille ab, anscheinend stört sie sie. Als sie den Canyon sieht, die steilen Felsen und die Schlucht so tief dort unten, macht sie große Augen.

Sky wandert den Pfad am Rand des Abgrunds entlang, sieht auf ihre Füße und nimmt weder die Aussicht noch uns zur Kenntnis. Sie sagt nicht mal Hallo. Ich gehe zu ihr und nehme sie in den Arm. »Wie geht es dir?«, frage ich sie sanft und extra liebevoll.

Eigentlich müsste ihr klar sein, dass wir alle da sind, um ihr zu helfen, aber es ist, als würde sie Stimmen hören, die wir nicht hören, und betrachtet die Welt durch halb geschlossene, zusammengekniffene Augen. Sie reagiert nicht. Troy ist noch nicht lange tot, aber sie ist immer noch so unbeteiligt.

»Wie hast du letzte Nacht geschlafen?«

»Bis 3 Uhr 42. Wie immer«, antwortet sie achselzuckend und geht weiter.

Rachel und Levy sind bei Allie, die den Weg kennt. Wir können alle ein Stück weiter hinuntergehen, bis es für die Kinder zu eng wird, also brechen wir auf. Unter uns sehe ich Special und die Crew, die den Serpentinenweg hinunterstürmen, die Wasserflaschen in der Hand oder in der Gesäßtasche der weit geschnittenen Jeans, mit hüpfenden Schritten, ganz aufgeregt von der unbeschreiblichen Schönheit, die sie umgibt. Von ihrer urbanen Coolness ist nichts mehr zu sehen, sorglos und frei wie kleine Jungs laufen sie in den Canyon hinunter, ein wundervoller Anblick. Vor allem Aaron.

Es ist noch früh am Tag und keine Touristensaison, so sind wir tatsächlich die einzigen Menschen hier. Unten auf dem Grund des Canyons sind ein paar Maultiere, ansonsten haben wir den Grand Canyon für uns alleine.

Bedächtig setzen wir einen Fuß vor den anderen. Ich halte Levy an der Hand, Allie führt Rachel, und wir kommen so tief nach unten, dass wir das Gefühl haben, wirklich im Canyon zu sein, zu ihm zu gehören. Unsere übliche Erde befindet sich so weit über uns, dass für uns nur noch diese Schlucht existiert. Wir sehen nur noch die Felsen, die so sanft wirken, aber in Wirklichkeit so hart und abweisend sind.

Allie schaut sich um und meint: »Es raubt mir jedes Mal wieder den Atem, jedes Mal ist es neu. Ich sehe mir die Fotos an, die ich gemacht habe, aber sie fangen nur einen Bruchteil ein.« Ohne Rachels Hand loszulassen, wendet sie den Kopf langsam in alle Richtungen.

»Ich will nach Hause«, sagt Rachel plötzlich und beginnt zu weinen. »Ich will zu Daddy.«

Levy schüttelt den Kopf und stellt sich dicht neben sie. »Ich glaube, er ist nicht mehr da.« Er sagt das nicht gemein, er stellt lediglich eine Tatsache fest, die er nach langem Nachdenken für zutreffend befunden hat.

Allie nimmt Rachel in den Arm.

Sky geht weiter, den Blick wieder auf ihre Schuhe gerichtet. Wir anderen umarmen Rachel.

»Ich hab eine Idee«, sagt Allie. »Wir könnten uns alle deinen Daddy vorstellen, ihm in Gedanken Bilder von diesem wunderschönen Ort schicken und spüren, wie glücklich er wäre, dass wir alle zusammen hier sind und uns daran freuen.«

»Mommy!«, ruft Rachel.

Sky dreht sich um und kommt zu uns, die Hände schlaff herunterhängend, aber Rachel zieht sie in unsere Grüppchen am Rand der Klippe. Wir halten uns an den Händen, und ich denke, wie eindrucksvoll die Natur ist. Wie viel Glück wir haben, auf diesem Planeten zu leben, trotz Troys tragischem Tod. Als wir die Hände wieder sinken lassen, sage ich: »Rachel und Levy, ihr seid ein Wunder. Wir alle. Und dieser Ort.« Dann merke ich, wie sentimental und schmalzig ich mich anhöre, überwältigt und hingerissen von der herrlichen Natur und dem Chaos der letzten Wochen. Als wäre der Grand Canyon mein Zufluchtsort.

Sky schweigt. Dann dreht sie sich schweigend um, schlurft weiter den Weg hinunter, die Augen starr auf die Steine gerichtet, die vor ihr auf dem Weg liegen.

6

Die ganze Nacht

Sky

Eigentlich kann ich das ganze Theater um den Grand Canyon nicht verstehen. Er ist doch bloß ein großes Loch im Boden. Nicht spektakulärer als die Berge oder die Wolken, die wir für selbstverständlich nehmen. Der Canyon ändert nichts daran, wie ich mich fühle. Er lenkt mich nicht ab. Wenn Troy bei mir wäre, würde er mit uns bis ganz nach unten gehen und mit dem Maultier wieder nach oben reiten. Früher einmal, vor langer Zeit, hätte das sicher viel Spaß gemacht.

Nach dem Grand Canyon kommen wir wieder auf die Interstate 40. Noch zweihundertachtzig Meilen bis Albuquerque. Unterwegs sieht man überall Hinweise auf die Route 66, während wir über die staubige Erde an Flagstaff vorbei nach Winslow fahren und uns dort ein Motel suchen. Na ja, Tara und die Rap-Crew machen noch einen Hubschrauber-Rundflug über den Canyon. Allie, ich, Levy und Rachel bleiben im Motel.

Inzwischen ist Troy fast einen Monat tot. Übermorgen ist es genau einen Monat her. Einen ganzen Monat. Es kommt mir vor wie gestern. Und gleichzeitig wie eine Ewigkeit. Ich weiß, dass es einen Monat her ist, weil ich das Datum auf meinem Handy gesehen habe.

»Kannst du dich um Levy kümmern, Allie?«, fragt Tara. Mich ignoriert sie. Aber in Wahrheit bin ich froh, dass keiner viel von mir erwartet.

Zwar ist Herbst, aber warm genug, um schwimmen zu gehen. Rachel hat ihren Badeanzug an, ich habe die Schwimmflügel dabei. Na ja, vermutlich hat Tara sie eingepackt, oder Mom, falls wir unterwegs in einem Motel die Gelegenheit haben zu baden. Erst sind wir allein, dann erscheint eine Frau mit zwei Kindern.

»Hey, Mom«, ruft das Mädchen, vermutlich ihre Tochter. »Warte mal!«

Die Frau hat ein paar Handtücher unter dem Arm, an einem Finger hängt ein Eimerchen. Ein ungefähr fünfjähriger Junge schleppt in jeder Hand einen Truck, am Arm des Mädchens schaukelt ein knallroter Schwimmring mit einem Seepferdchenkopf. Die Haare der Frau haben sich aus der Spange gelöst und flattern im Wind. Immer wieder wirft sie den Kopf zurück, weil sie ihr in die Augen fliegen, aber der Wind ist hartnäckig.

Die Frau zieht drei Stühle um einen Tisch und lässt eine lila Tragetasche auf einen davon plumpsen.

»Wann gibt's Essen?«, nölt das Mädchen, das schätzungsweise acht oder neun ist.

»Nimm dir einen Apfel, Molly. Die sind in der Papiertüte«, erwidert die Mutter und zeigt auf die Tasche. Molly holt sich einen Apfel und beißt hinein. Dann legt sie ihn weg und springt ins Wasser. Der Junge schiebt seine Trucks auf dem Mulchstreifen neben den Fleißigen Lieschen. Levy gesellt sich zu ihm.

Allie fängt ein Gespräch mit der Mutter an. Sie heißt Brooke und hat in Lansing als Kunstlehrerin gearbeitet. Als sie ihre Stelle verloren hat, ist sie auf die Idee verfallen zu reisen. Allie und sie machen viel Wind um die Tatsache, dass wir alle aus Michigan kommen und dass Brooke an der University of Ann Arbor studiert hat. Sie unterhalten sich über die Restaurants beim Diag und die Parks in der City, als wäre alles ein unglaublicher Zufall, das Kleine-Welt-Phänomen. Blablabla. Im Vergleich mit den unwahrscheinlichen Vorkommnissen in meinem Leben ist das alles gar nichts. Als Brooke fragt, was wir hier machen, erklärt Allie ihr, dass Rachel und ich umziehen und die anderen mir helfen.

Brooke nickt, als würde sie das genau verstehen. Sie und ihre Kinder haben sich gerade die alten Hopi-Behausungen in den Homolovi Ruins angeschaut, ganz in der Nähe in einem State Park. Wenn wir Zeit haben, sollen wir uns die unbedingt auch ansehen. Im Juni hat der Vater der Kinder sie mit nach Disney World genommen.

Allie flüstert Brooke zu, dass mein Mann vor einem Monat gestorben ist. Dann höre ich sie sagen: »Und ob Sie es glauben oder nicht – wir reisen mit einer Rap-Crew. Levys Eltern.«

Brooke lacht, und es klingt eher wie ein Männerlachen. »Meiner Meinung nach ist das Leben sowieso eine Achterbahn. Ich fahre mit. Man kann die Zukunft nicht planen.« Brooke ist groß und kantig, mit hohen Wangenknochen und einer markanten Nase, aber ihre vollen Lippen machen ihr Gesicht weich und sinnlich. Sie ist eine dieser Schönheiten, die kein Make-up brauchen.

»Also ganz nach dem Motto: ›Was soll man machen – so ist das Leben‹?«

»Genau.«

Ich liege auf meinem Liegestuhl. Levy hat seinen Truck stehen lassen und paddelt mit Rachel im flachen Wasser herum. Molly schlägt Purzelbäume rückwärts und ruft: »Schau mal, Mom, was ich kann!«

Brooke holt Sandwiches aus ihrer Tasche, Molly soll die Chips holen, ihr Bruder Tyler die Servietten. »Muss ich?«, brummt er und lässt die Trucks mitten im Planieren stehen.

»Nur die Servietten, wir essen mit den Fingern.«

Ich starre aufs Wasser, die kleinen künstlich türkisfarbenen

Wellen des Pools. Es gibt kein Sprungbrett und nur ein paar kümmerliche Bäume und Pflanzen. Wahrscheinlich wegen der Höhe und Trockenheit.

»Habt ihr Hunger?«, fragt Brooke, an Allie gewandt. »Ich hab jede Menge Käse-Sandwiches.«

Ein Mann mit einem Netz erscheint, um den Pool sauberzumachen. Molly geht zu ihm. »Hi, Mister«, sagt sie.

»Ich bin Martin, du kannst mich einfach Martin nennen.«

»Okay, Mister.«

»Sie nennt alle Männer Mister, seit ihr Dad weg ist«, erklärt Brooke.

Molly nimmt sich eine Handvoll Chips. »Kann ich noch mal ins Wasser, Mom? Biiiitte!«

»Aber nicht ins Tiefe. Wenn Martin fertig ist, könnt ihr ja beide noch mal rein.«

»Hab dich lieb, Mom«, ruft Molly und küsst ihre Mutter auf die Wange. »Du bist die beste Mommy der Welt.«

Brooke lehnt sich auf ihrer Liege zurück und schließt die Augen. Allie geht mit Rachel in den Pool und zeigt ihr, wie man Blasen macht. Molly versucht, Levy das Schwimmen beizubringen. Er hält sich am Rand fest und kickt mit den Beinen.

Jetzt bin ich allein mit Brooke. Wir sitzen nebeneinander auf unseren Liegen, zwischen uns ein rot-weiß gestreifter Sonnenschirm. Auf einmal sagt sie: »Es funktioniert nicht so, wie wir denken, stimmt's? Wir versuchen alles richtig zu machen und jonglieren hin und her, um ein Stückchen von allem zu kriegen. Wie ich – die Kinder, meine Kunst, meinen Mann. Aber man kann nicht immer alle Bälle in der Luft halten. Himmel, ich glaube, ich wollte eigentlich zwei Leben, und beide voll und ganz.«

Ich schweige und starre auf eine Welle, eine einzige. Ich beobachte, wie sie sich aufbäumt und sinkt und dann langsam an den Rand des Beckens hüpft. »Aber es würde sowieso kein Leben so werden, wie wir es uns ausmalen«, sage ich schließlich.

Brooke lacht bitter. Dann leckt sie sich über die Lippen und erzählt mir, dass ihr Mann zu einer Konferenz gefahren ist und unterwegs angehalten hat, an einer dieser kleinen Tankstellen in der Pampa, mit einem McDonald's und einem Souvenirladen mit Andenken und Nusstüten und Süßigkeiten. Er hat Zigaretten gekauft. An der Kasse war ein junges Mädchen. Brooke klingt nicht wütend, eher verdutzt, als sie es mir erzählt.

»Also, mein Mann hat seit Jahren nicht mehr geraucht, aber er hat dieses Mädchen gesehen, Zigaretten bei ihr gekauft, sich ins Auto gesetzt und geraucht, bis sie Feierabend hatte. Dann ist er mit ihr ausgegangen und hat mit ihr geschlafen. Mit dieser Achtzehnjährigen. Danach ist er nach Hause gekommen und hat mir erklärt …« Ihre Stimme versagt, sie setzt neu an. »Er hat mir erklärt, dass er uns verlässt und seinen Job kündigt. Himmel, in nicht mal einer Woche war er weg, endgültig. Ist nach Illinois gezogen, einfach so. Sehen Sie – das alles hat nicht länger als einen Tag gedauert.«

Ich antworte nicht. Dass mein Mann gestorben ist, weiß sie ja schon.

Erst ein paar Minuten später sage ich: »Er war erst siebenundzwanzig.« Ich sage das so, als hätte ich seinen Tod inzwischen akzeptiert.

»Ich war seither mit keinem Mann mehr zusammen«, erzählt Brooke dem Pool. »Und es ist schon über ein Jahr her. Ich hab ja nicht mal mehr allein mit einem Mann *geredet.*«

Auf einmal erzählen wir uns ganz offen von unserem Leben. Wahrscheinlich, weil wir uns nicht kennen und beide nicht recht wissen, was eigentlich passiert ist. So viele Möglichkeiten, wie man aus der Bahn geworfen werden kann. So viele Möglichkeiten, aus der Normalität herauszufallen.

»Es ist also erst ein Jahr her, dass er weggegangen ist«, sage ich.

»Schon ein ganzes Jahr, und ich hab mich noch nicht mal mit einem Mann *unterhalten*«, flüstert sie. »Früher hab ich immer gern Sex gehabt. Ach was, ich liebe Sex.«

»Ich auch.« An Sex hab ich nicht mal gedacht, ehe Brooke das Thema erwähnt hat. »Ich war noch nie mit einem anderen Mann zusammen. Ob das jemals passieren wird?«

Es kommt immer anders, als man denkt. Immer. Ich weiß nicht, ob ich das laut gesagt habe, bis Brooke antwortet: »Ja. Manchmal kommt es besser. Zum Beispiel bin ich echt gern Mutter – es macht mir viel mehr Spaß, als ich es je für möglich gehalten hätte.«

Das Wasser glitzert wie Diamanten im Schnee. Das habe ich noch nie gesehen. Oder vielleicht doch, ich hab es nur nicht wahrgenommen. Ich forsche in meinem Gedächtnis, und auf einmal erinnere ich mich. Ich habe das Glitzern schon vor langer Zeit bemerkt, wenn ich Troy beim Springen zugeschaut habe.

»Als ich ein kleines Mädchen war, ist mein Dad mit mir zu seiner Hütte auf die Upper Penninsula gefahren, in die Nähe von Tahquamenon Falls. Eine ziemlich primitive Hütte, kaum besser als ein Zelt. Kein Licht, nur ein Holzofen. Im Herbst ist er mit seinen Freunden in der Gegend auf die Jagd gegangen und im Frühling mit mir zum Angeln.« Brooke nippt an einer Dose Cola Light und reicht mir auch eine.

»Wenn wir da oben waren, hat mein Dad immer gesagt: ›Brookey, das hier ist mein Traum. Siehst du den Wald, siehst du den See, siehst du das alles? Stell dir hier mal ein paar Ferienhäuschen vor. Stell dir vor, dann kommen die Leute hierher zu Brookes Lakeside Resort.‹« Brooke kaut auf der Unterlippe. »An einem Tag im Frühling hatte ich mich gerade angezogen, als mein Dad vom Beladen seines Boots zurückkam und plötzlich zwei Männer bei sich hatte, die ich nicht kannte. Ich dachte, es wären Freunde von ihm. Ich muss ungefähr so alt gewesen sein wie Molly.« Sie schaudert.

»Was wollten die Männer?«

»Sie haben uns nichts getan. Mein Vater hat unser Essen mit ihnen geteilt … Hotdogs und Kartoffelchips und Cheerios. Der eine, ein Kerl mit einem dicken Bierbauch und einer Zahnlücke, hat mit mir Quartett gespielt. Ich hab gewonnen, und sein Freund fing an, ihn zu veräppeln. ›Du lässt dich von einem kleinen Mädchen schlagen, Tiger? Von so 'ner winzigen Göre?‹ Natürlich hat Tiger sich verteidigt. ›Ach, halt die Klappe‹, hat er den anderen angeschnauzt und ist aufgestanden. Weil er ein ganzes Stück größer war als der andere, hielt der vorsichtshalber den Mund. Es kam mir alles ganz … ganz … hmmm.« Brooke stockt und hat Schwierigkeiten, die richtigen Worte zu finden. »Es kam mir schon komisch vor, aber nicht gefährlich oder so. Mein Vater war irgendwie nervös, und ich hab ihn immer wieder genervt, weil wir nicht zum Angeln gefahren sind und mir langweilig war. Den ganzen Tag hockten wir in der düsteren Hütte. In der Nacht hab ich bei meinem Vater geschlafen und die beiden Fremden im größeren Bett. Und am nächsten Tag hat mein Dad sie zu einer Tankstelle gefahren, hat das Auto vollgetankt und den Männern sein ganzes restliches Geld gegeben. Ein anderes Auto mit einem Mann und zwei Frauen hat schon auf die beiden gewartet.« Brooke verstummt.

»Was ist dann passiert?«

»Nichts. Wir sind nach Hause gefahren.« Brooke lässt den Kopf sinken und holt tief Luft. »Aber danach war Schluss mit den Ausflügen zur Hütte. Meiner Mom hat es sowieso nie gefallen, und schließlich hat mein Vater die Hütte verkauft. Er und Mom haben am Rand von Paw Paw ein neues Haus gebaut, und da wohnen sie noch heute.«

»Wer waren die Männer?«

»Ich glaube, sie waren aus dem Gefängnis ausgebrochen … und haben ein Versteck gesucht. Erst als ich im Teenageralter war, hat Dad mir verraten, was eigentlich los war. Dass die Kerle ihn mit einer Pistole bedroht haben. Aber die hab ich nie gesehen. Einer hatte eine Waffe in der Tasche, der andere eine im Hosenbund. Ich denke, mein Dad hat es mir erzählt, um mir klarzumachen, wie gefährlich die Welt ist.«

»Hat es gewirkt?« Auf einmal merke ich, wie flach mein Bauch ist. Ich vergesse ja auch dauernd, dass ich etwas essen muss.

»Himmel, nein«, antwortet sie stirnrunzelnd.

Ich trinke einen Schluck kalte Cola und spüre, wie mir das Zeug durch den Körper rinnt. »Warum haben Sie mir das erzählt?«

»Weil mir der Vorfall so lebhaft im Gedächtnis geblieben ist. Seit Calvin weg ist, muss ich ständig daran denken.«

»Ich dachte, vielleicht hat die Geschichte eine tiefere Bedeutung.«

»Das dachte ich auch«, meint Brooke kopfschüttelnd. »Aber ich hab sie noch nicht entdeckt. Es kommt darauf an, aus welcher Perspektive ich sie betrachte, und die wechselt immer wieder. Manchmal sagt die Geschichte mir, dass andere Menschen mir nichts Schlimmes antun werden. Das dachte ich als Teenager. Manchmal sagt sie mir, dass Gefahr in seltsamen Verkleidungen auftritt, aber überall zu finden ist. Man kann sie nicht vorhersagen, aber man sollte immer auf der Hut sein. Das dachte ich, als die Kinder noch klein waren. Jetzt weiß ich nicht mehr, was ich denken soll.« Wieder kaut sie auf der Lippe. »Vermutlich …« Sie unterbricht sich erneut. »Ich glaube, jetzt denke ich, die Geschichte will mir sagen, dass die

Dinge nicht *unbedingt* das sind, was sie zu sein scheinen, aber manchmal doch. Wir haben nur ein Stück des Puzzles und müssen versuchen, das Leben anhand dieses Puzzleteils zu verstehen. Ich strenge mich immer wieder an, Zeichen oder Signale zu entziffern, die ich früher gar nicht wahrgenommen habe. Es muss doch irgendwelche Hinweise darauf gegeben haben, dass Calvin uns verlassen würde.« Sie schüttelt den Kopf und fügt flüsternd hinzu: »Himmel, ich wusste ja nicht mal, dass er unglücklich war.«

»Ich habe den Keim, der Troy umgebracht hat, nach Hause eingeschleppt, als ich meine Freundin im Krankenhaus besucht habe.«

»Aber Sie haben ihn trotzdem nicht getötet«, erwidert sie. »Sie sind genauso wenig am Tod Ihres Mannes schuld wie ich daran, dass meiner abgehauen ist. Das ist das Einzige, was ich im Lauf des letzten Jahres gelernt habe. Was immer es ist, was dazu geführt hat, dass Calvin uns verlassen hat, war schon in ihm drin. Es hat nichts damit zu tun, dass ich eine schlechte Ehefrau war oder schlecht im Bett. Er hat mir sogar gesagt, dass ich im Bett viel besser bin als seine Achtzehnjährige. Das kann also nicht sein Motiv gewesen sein. Keine Ahnung, wie ich überhaupt auf die Idee komme, dass Sex eine Rolle gespielt hat. Vermutlich war das total unwichtig.«

»Wir wollen die Kontrolle über unser Leben«, sage ich.

»Genau«, bestätigt sie mit einem ironischen Kichern. »Selbst wenn wir dabei Gefahr laufen, akzeptieren zu müssen, dass wir an etwas schuld sind.«

Auch ich versuche Brookes Geschichte zu interpretieren.

Aber dann zuckt sie mit den Schultern, nimmt ihre Cola, trinkt einen Schluck und stellt die Dose auf ihrem von Sit-ups oder Pilates gut durchtrainierten Bauch ab. »Na ja, wir machen weiter. Mehr nicht. Calvin ruiniert alles, aber die Kinder und ich überleben. Und wir überleben nicht nur, wir haben sogar Spaß. Und ich kann die Erziehung genauso gestalten, wie ich es für richtig halte, und muss nicht dauernd Kompromisse mit seinen autoritären Grundsätzen eingehen.«

Kurz darauf kommen Tara, Aaron, T-Bone, Smoke und Red Dog zurück, ganz aufgekratzt von ihrem Hubschrauber-Erlebnis. »Man ist nicht nur mittendrin«, schwärmt Tara, »man sieht echt alles, komplizierte Steingebilde, Schluchten, die sich ihrerseits in die Hauptschlucht eingefressen haben ... alles unglaublich ... vielfältig.«

Zum Glück verstellt mir keiner der Neuankömmlinge den Blick auf den Pool. Ausgestreckt auf meiner Liege gebe ich mich ganz den Bewegungen der Wellen hin und fühle mich nach dem Gespräch mit meiner neuen Freundin ein ganzes Stück entspannter. Lansing ist nicht weit von Ann Arbor entfernt. Wir denken ähnlich, Brooke und ich. Vielleicht ist mein Leben doch noch nicht vorbei. Ich beginne etwas Neues. Ich spüre die Sonne nicht auf meinem Körper, ich höre nicht die Stimmen meiner Familie ... – diese Leute sind doch vermutlich meine Familie, oder nicht? Sie erzählen von ihren Erlebnissen im Canyon und lachen, plaudern über ihr nächstes Konzert in Albuquerque. Eigentlich seltsam, dass eine Rap-Gruppe dort überhaupt Fans hat. Ich höre, wie Brooke genau das ausspricht, was ich gerade gedacht habe. Vage nehme ich wahr, dass T-Bone mit ihr flirtet, und ihr heiseres Lachen dringt an mein Ohr. Wenn sie Sex möchte, ist T-Bone bestimmt genau die richtige Adresse. Vielleicht ist es leichter mit einem Fremden. Die Stimmen sind mal leiser, mal lauter, als würde ich sie durchs Wasser hören. Allie redet mit Smoke, ich kann sie verschwommen hinter meiner Liege erkennen. Levy spielt neben mir mit Aaron. Ich achte nur auf die kleinen Wellen und das Glitzern, das manchmal auf dem Wasser erscheint und wieder versinkt.

Alle sind da.

Rachel kommt aus dem Pool, nimmt sich ein paar Chips und nippt an meiner Cola. »Ich will zu Daddy«, sagt sie so laut, dass alle es hören müssen.

Levy nimmt ihre Hand und schiebt sie in die von Aaron. Dann steht er mit ernstem Gesicht vor den beiden und wartet ab, was passiert.

»Nein!«, schreit Rachel, zieht ihre Hand weg und fängt an zu weinen. »Das ist nicht mein Daddy.«

Aaron umarmt sie. Levy umarmt sie.

Dann nimmt auch Tara sie in den Arm, Rachel legt ihr die Arme um den Hals und kuschelt sich an sie.

Ich möchte nicht, dass Tara sich um Rachel kümmert, wenn ich das eigentlich tun sollte, aber ich bin so müde.

Ich schaue weg. Aber ich weiß, dass ich etwas tun muss. Also stehe ich schließlich doch auf und gehe zu Tara.

»Lass sie in Ruhe«, sage ich. Das Herz klopft mir bis zum Hals. »Ich will nicht, dass du sie mir wegnimmst.«

Was ich sage und auch das, was als Nächstes passiert, ist irgendwie verschwommen. Eine Reihe von Ereignissen, die in einem Tunnel stattzufinden scheinen.

»Was meinst du denn damit?« Taras Zurückhaltung wirkt herablassend auf mich. »Ich hab dir doch nichts weggenommen. Ich versuche nur zu helfen.«

Auf einmal fange ich an zu schreien. Ich weiß, dass ich nur schreie, weil mein Hals kratzt. »Mom hast du mir weggenommen! Und Troy! Ständig hast du ihn angerufen. Mit ihm geflirtet. Dich auf seinen Schoß gesetzt.«

»Warum reitest du denn so darauf rum? Das ist Jahre her. Ich war doch noch ein Kind. Und einsam.«

Ihr gönnerhafter, ruhiger Ton macht mich nur noch wütender. »Du hast nie damit aufgehört, du hast dich immer an ihn rangeschmissen. Ihr zwei wart euch ja so nah! Und jetzt Rachel. Du versuchst doch nur, dich bei ihr einzuschmeicheln, bis sie dich mehr liebt als mich.«

»Ich versuche nur, eine gute Tante zu sein!«, schreit sie zurück. »Mich um sie zu kümmern, weil du ...« – ihr Gesicht ist feuerrot, als sie das »DU« hervorstößt - ... nicht kannst. Oder nicht willst.«

Ihre Augen funkeln vor Zorn. So wütend habe ich sie noch nie gesehen.

»Wie wäre es, wenn du zur Abwechslung mal dankbar wärst für das, was du immer noch hast, statt so zu tun, als hättest du alles verloren und die Welt geht unter. Wie wäre es, wenn du dich mal wieder um deine Tochter kümmerst, das Baby, das du dir so sehr gewünscht hast. Wie wäre es, wenn du endlich aufhörst, dich in Selbstmitleid zu suhlen?«

Plötzlich fühle ich mich sehr stark, vielleicht, weil sie sich so gehen lässt. Ich weiß nicht, was ich ihr noch alles an den Kopf werfe – unter anderem, dass ihr Leben doch so leicht ist. Dass sie ihren Weg geht, dass sie ihr Ding durchzieht, ohne Rücksicht auf Verluste. Und alles ignoriert, wer oder was ihr nicht in den Kram passt.

»Du meinst also, ich ignoriere das, was mir nicht passt? Dann reden wir doch mal über Mom und dich, wie ihr mich ignoriert habt, alle beide! Und darüber, wie du jetzt deine eigene Tochter ignorierst!«, brüllt sie zurück.

Da hole ich ganz tief Luft und schreie: »Wie würde es dir denn gefallen, wenn Aaron tot wäre? Wie würde dir das gefallen?«

Im gleichen Moment höre ich Molly rufen: »Hilfe, Hilfe! Mister, Hilfe!«

Ein Platschen und Spritzen, so heftig, dass ich durchnässt werde. Das kalte Wasser auf meiner sonnenwarmen, wuterhitzten Haut erschreckt mich und lenkt meine Aufmerksamkeit zum Pool.

Aaron schlägt aufs Wasser, taucht ab und verschwindet. Als er wieder nach oben kommt, hält er Rachel in den Armen.

Er hält sie in die Höhe, schwimmt mit ihr zum Rand, Smoke hilft den beiden aufs Trockene.

Sie legen Rachel auf den Boden.

Wie ist sie in den Pool geraten?

Sie rührt sich nicht. Sie rührt sich nicht.

Ihre Augen sind geschlossen. Brooke kippt Rachels Kopf, legt ihr Ohr auf Rachels Mund, kneift sie in die Nase, drückt schließlich ihren Mund auf den von Rachel und beginnt, tief und regelmäßig zu atmen. Dann hebt sie den Kopf und untersucht Rachels Brust.

Nichts rührt sich.

Schreiend beuge ich mich über sie, die Zeit rast.

Levys Schreie hallen übers Wasser, mal lauter, mal leiser, ein gespenstischer Stroboskopeffekt.

Warum rührt sie sich nicht? Ich ringe nach Luft, raufe mir die Haare und schüttle den Kopf.

Wieder beatmet Brooke meine Tochter. Keine Veränderung, keine Bewegung. Rachels Arme liegen ausgestreckt neben ihrem Körper, an der Stelle, wo die Schwimmflügel waren, sind sie blasser. Was ist mit den Schwimmflügeln passiert?

Jetzt kniet Smoke sich neben Brooke, legt die Hände übereinander und presst sie mehrmals rasch hintereinander auf Rachels Brustkorb.

»O nein. Bitte, bitte!«, kreische ich.

Brooke öffnet Rachels Mund und bläst Luft hinein. Dann drückt Smoke wieder auf ihre schmale Brust.

Und noch einmal.

Immer wieder. Ich beobachte, wie sich Smokes riesige Pranken auf Rachels zarten Oberkörper pressen, wie er mit den Fingern ihre Rippen hält.

Alles steht still, außer Smokes Händen, die auf Rachels Brustkorb drücken. Und Brooke, die in Rachels Mund atmet.

Dicht nebeneinander sehen Tara und ich zu, wie Brooke und Smoke Rachel zu beatmen versuchen.

Mit ausgestreckten Armen liegt Rachel da, die Lippen für Brookes Atem geöffnet.

Aber sie rührt sich nicht.

7

Wie man blindlings die eigene Familie tötet

Tara

Zuerst passiert Folgendes: Mit leiser Stimme, die Arme über der Brust verschränkt, mit einem zufriedenen Lächeln auf den Lippen, sagt Allie zu mir: »Schau mal, deine Schwester hat eine Freundin gefunden. Sie wendet sich wieder ein bisschen nach außen.«

Und tatsächlich: Sky unterhält sich mit einer Frau – wild gelockte kastanienbraune Haare, Sonnenbrille, von jahrelangen Pilates- oder Yogaübungen durchtrainierter Körper. Sky hat sich ihr beim Reden zugewandt. Vielleicht ist es leichter, mit einer Wildfremden zu sprechen.

»Sie heißt Brooke und kommt auch aus Michigan. Ist das nicht ein witziger Zufall?«

Mein Kopf schwirrt immer noch von unserem Hubschrauberausflug – ein Wahnsinnsblick über den Canyon, dessen Farben unter den Wolkenschatten viel dunkler wirken. Die sonderbare Stille, durchbrochen nur vom Surren der Rotorblätter, das Gefühl, im Himmel zu hängen. Irgendwann möchte ich mal Skydiving probieren. Als ich Red Dog davon erzähle, machen wir sofort Pläne für einen Trip zu den Dünen am Lake Michigan, aber Aaron runzelt die Stirn und meint: »Kommt nicht in Frage! Nicht meine Tara, nicht meine Li'l Key, nicht meine Baby-Mama. Du bist viel zu wichtig für uns, so ein Risiko darfst du nicht eingehen.« Man kann sich vorstellen, wie ich mich fühle – gleichzeitig geborgen und wütend, gleichzeitig geliebt und nicht respektiert.

So schlendern wir am Pool herum, freuen uns über das, was wir erlebt haben, und darüber, wieder zusammen zu sein. Natürlich bemerkt T-Bone Brookes supertollen Körper und schleicht zu ihr rüber, kniet sich neben ihre Liege, schaut ihr in die Augen und fängt an, ihr Fragen zu stellen, so konzentriert, als wäre sie die einzige Frau auf Gottes weiter Erde. Ich glaube, daraufhin wendet Sky sich wieder der Beobachtung des Pools zu, während wir über das Abendessen diskutieren. Was lässt sich in dieser Stadt wohl auftreiben? Italienisch? Mexikanisch? Chinesisch? Steak?

»Pizza! Pizza!«, krakeelt Levy.

Jetzt sind wir ein Stück vom Canyon entfernt, Richtung Heimat, näher bei Albuquerque, wo wir übermorgen ein Konzert geben. Der Ort nennt sich Winslow, wir sind in einem Motel untergekommen, das zu einer Kette gehört, Quality Inn oder Econo Lodge, ich weiß es nicht genau, umgeben von einer rötlichen, topfebenen Wüstenlandschaft. Ich freue mich auf das Konzert in Albuquerque. Freue mich darauf, mir das Gesicht orange anzumalen, mein sexy Outfit anzuziehen und wieder Li'l Key zu werden.

Ich denke an Kings Vorschlag. Ich könnte richtig berühmt werden, richtig gut Geld verdienen. Vielleicht ein Soloalbum machen. Für alles Mögliche kann Kings Angebot das Sprungbrett sein. Aber dann kommt mir auf einmal eine Textzeile in den Kopf: *Ich bleib zurück, zurück, zurück, und ich vermiss mich so,* und diesmal geht es in dem entstehenden Song um die Veränderung, die mit mir und Aaron passiert.

Schon höre ich die passende Melodie dazu, eingängig, melancholisch, weich und sanft. Ob Aaron sich bedroht fühlen würde, wenn ich meine eigenen Sachen schreibe und singe? Jetzt ist ja sogar meine Musik unsere Musik. Ich habe keine eigene Stimme. Na gut, ich singe mehr und rappe weniger. Wenn ich Crossover mache, wird er dann denken, dass ich ihn hintergehe? Oder ist der Hip Hop tot, und deshalb will King, dass ich was mit ihm anfange – weil es mir so leichtfällt, aus verschiedenen Quellen zu schöpfen, Klassik, Pop und Rap?

Rachel verkündet, dass sie ihren Daddy vermisst. Levy versucht darauf einzugehen, nimmt ihre Hand und legt sie in die von Aaron. Dabei ist sein Gesicht ganz sanft, die Lippen locker aufeinander, die Wimpern gesenkt. In diesem Augenblick ist ihm ganz klar, von wie viel Liebe er umgeben ist – er hat mich, seinen Dad, Red Dog und Smoke, Sissy und Mom. Seine Familie. Ich bin so gerührt von seiner Großherzigkeit, dass ich zu ihm laufe und ihn und Rachel in den Arm nehme. Rachel kuschelt sich an mich. Dann macht sie sich los und geht zu einem kleinen Jungen, vermutlich Brookes Sohn, um mit ihm zu spielen.

Und dann rastet plötzlich alles aus.

Sky springt von ihrer Liege und fängt an, mich anzuschreien. »Lass die Finger von ihr!«, brüllt sie.

Ich bin verwirrt, reiße mich aber zusammen, und statt zurückzubrüllen, frage ich in gemäßigtem Ton: »Was redest du da?« Aber das scheint sie nur noch wütender zu machen, fast so, als würde mein Versuch, Ruhe zu bewahren, sie erst recht in Rage bringen.

»Du versuchst mir Rachel wegzunehmen, sie rumzukriegen, dass sie dich mehr liebt als mich.« Man sieht die Venen an ihrem Hals pochen.

»Was? Sie ist deine Tochter, Sky.« Mir ist bewusst, wie verletzlich sie ist, so kurz nach Troys Tod, deshalb bemühe ich mich immer noch, ruhig zu bleiben.

»Du hast mir alles weggenommen.«

»Alles weggenommen? Was meinst du denn damit?« Sie war doch diejenige, die alles bekommen hat, was sie wollte.

»Und Troy wolltest du auch noch haben.«

»Du kannst doch nicht ernsthaft denken, dass zwischen Troy und mir je was gelaufen ist. Er war wie mein Bruder.«

»Aber auf deine sonderbare Art schaffst du es, dich in alles reinzumogeln und es für dich zu beanspruchen. Und jetzt hast du alles, und ich hab nichts mehr.«

Mein Herz klopft mir bis zum Hals, und mein Gesicht ist ganz heiß vor Zorn. »Ich war schon immer dein Sündenbock, Sky. Du hast Rachel! Ich bin nur eingesprungen, weil du so …« Ich suche das richtige Wort, aber jetzt bin ich auch so aufgebracht, dass ich brülle: »… weil du dich vor der Verantwortung drückst!«

»Erzähl du mir nichts von Verantwortung! Was weißt du schon von Verantwortung?«, schnaubt sie verächtlich. »Schleppst deinen Sohn mit einer Rap-Band durch die Gegend, wo Gott weiß was abgeht. Keine Ahnung, was er alles mitkriegt, was für Drogen und sonstigen Scheiß ihr einwerft. Hältst du mich für bescheuert? Oder Mom? Wir wissen alle Bescheid. Und mein Mann ist gestorben. Ich versuche sehr wohl, Verantwortung zu übernehmen.«

»Du bist verrückt.« Auf einmal spüre ich, wie sich Levys Arme um mein Bein schlingen.

Als ich mich umdrehe, sehe ich Aarons wütendes Gesicht. Offenbar kann er es kaum aushalten, dass meine Schwester mich in aller Öffentlichkeit anschreit und uns solches Zeug vorwirft.

»Ich will so einen Mist nicht hören«, sage ich.

Aber Sky ist blind vor Wut und kann nicht aufhören. »Harte Drogen und dreckiger Sex – der Unterschied zwischen einer Rap-Crew und einer Gang ist fließend.«

»Ach, jetzt kommt also dein wahrer Rassismus zum Vorschein? Hast du je einen von uns mit harten Drogen gesehen? Nein? Weil es das bei uns nämlich nicht gibt. Du siehst mich nicht wirklich, du siehst nur das, was deine Fantasie aus mir macht. Und du führst dich auf, als wäre dein ganzes Leben vorbei, dabei helfen wir dir alle. Wir alle … die ganze böse, drogensüchtige Gangsta-Rap-Crew.«

Sky ballt die Fäuste. Womöglich geht sie gleich auf mich los, und ich mache mich bereit, mich notfalls zu verteidigen.

»Du machst ein Denkmal aus deiner Trauer, um zu beweisen, wie sehr du Troy geliebt hast«, stoße ich hervor.

Jetzt stellt Aaron sich neben mich. Levy hält mein Bein ganz fest, als wollte er mich beschützen.

»Schieb mir nicht die Schuld für deine eigenen Fehler in die Schuhe. Schau dich um. Du bist noch am Leben. Und Rachel ebenfalls.«

»Es ist noch keinen Monat her, nicht mal einen ganzen Monat«, kontert Sky. »Dein Leben ist so einfach, weil du immer nur an dich selbst denkst. Wie würde es dir gehen, wenn Aaron sterben würde – wie würdest du dich fühlen, wenn dein geliebter Aaron tot wäre?« Das Wort »tot« kommt als schrilles Kreischen heraus.

Aaron TOT. Sky verflucht uns. In der Ferne hört man die Sirene eines Krankenwagens. Dann verhallt sie wieder.

Natürlich habe ich mir schon oft genug vorgestellt, wie es wäre, wenn Aaron sterben würde. Wie auch nicht nach Troys Tod? Selbstverständlich versetze ich mich in meine Schwester hinein, ich kann gar nicht anders. Mit so einem Vater wie meinem. Aaron könnte mich auch wegen einer anderen Frau verlassen. Oder weil er sich langweilt. Er könnte sterben. Daran habe ich von Anfang an gedacht. Was würde dann mit Levy geschehen? Und genau hier, bei diesen »Was wäre, wenn?«-Gedanken, diesen schrecklichen Möglichkeiten, gewinnt Kings Angebot an Wert und wird verlockend. Er ist mein Ass im Ärmel. Nicht King als Liebhaber, nicht King als Mann. Aber King als Brücke zum Status eines Solostars, als Sicherheit für den Fall, dass Aaron eines Tages nicht mehr da ist. Vor Levys Geburt habe ich kaum an die Zukunft gedacht oder mir Sorgen um meine Sicherheit gemacht. Ich hab mich einfach treiben lassen. Ich wusste nie, was ich als Nächstes tun würde. Aber jetzt ist Sicherheit auf einmal eine verlockende Idee, und Berühmtheit ist gleich Sicherheit.

In diesem Moment, dem Moment, in dem ich so tief wie möglich einatme, in dem die Gedanken durch meinen Kopf rasen und miteinander kämpfen, in diesem Moment tritt Aaron zwischen mich und meine Schwester und legt mir beschwichtigend die Hand auf den Arm.

Und dann hören wir den Schrei. »Hilfe, Mister, Hilfe!«

Ich drehe mich um und sehe ein rundliches kleines Mädchen im Pool – Brookes Tochter? –, das sich mit einem Arm am Beckenrand festklammert und mit der anderen aufs Wasser zeigt.

Aaron springt, ja, er fliegt geradezu ins Wasser, und landet so, dass das Wasser hoch aufspritzt.

Wir werden alle nass.

Blitzschnell ist er untergetaucht, und als er wieder hochkommt, hält er Rachel im Arm. Smoke springt ebenfalls ins Wasser, gemeinsam schwimmen sie zum Beckenrand und legen Rachel dort behutsam auf den Betonboden.

Sie rührt sich nicht.

T-Bone macht Brooke auf die Szene aufmerksam. Sofort springt sie auf, rennt hin und beginnt, Rachel zu beatmen, während Smoke die Finger auf Rachels zierlichen Brustkorb legt. Regungslos liegt sie da, ohne zu atmen, vielleicht ebenfalls tot, o Gott, nein, das kann nicht sein, nicht auch das noch, wie soll Sky dann überleben? Und ich?

Brooke atmet für sie, Smoke drückt auf ihre schmale Kinderbrust. Nebeneinander kauern die beiden vor Rachel und versuchen sie wieder zum Leben zu erwecken.

Jetzt läuft auch Sky zu ihnen und beugt sich über ihre Tochter, zitternd und schluchzend, ihre Wut ist der Angst gewichen.

Levy weint, und ich streiche ihm beruhigend über den Kopf.

Ganz still liegt Rachel da. Ein paar Haarsträhnen kleben an ihrer Stirn. Smokes Finger drücken auf ihren Brustkorb, Brooke bläst Atem in ihre Lungen.

Immer wieder.

Die Zeit kriecht weiter. Ich sehe zu, wie Smoke und Rachel sich abmühen.

Und dann fängt Rachel auf einmal an zu husten und Wasser zu spucken. Sie sieht uns an, wie wir alle um sie herumstehen, setzt sich auf, schnappt nach Luft und fängt an zu heulen. Fast wie eine Sirene, hoch und durchdringend.

All das innerhalb von ein paar höllischen Minuten. Eine Hals-über-Kopf-Hektik wie in einem von diesen schrägen Filmen, wo die Zeit für ein paar Leute stillsteht, während sie sich für die anderen beschleunigt. Jeder von uns in einer anderen Zeitzone. Das pummelige Mädchen und ihr Bruder kauern drüben bei den Büschen. Levy klammert sich an mein Bein. Sky schluchzt lauthals. Aarons Klamotten sind klatschnass, wie in Zeitlupe fallen Tropfen auf den Beton. Red Dog und T-Bone stehen wie erstarrt am Beckenrand, Brooke und Smoke bewegen sich im Rhythmus ihres Atems.

Mit Rachels Schrei verändert sich alles. Die Zeit läuft wieder normal. Sky, Allie und ich fangen vor Erleichterung und Dankbarkeit an zu weinen. Brooke geht in die Hocke, die Hände auf den Oberschenkeln, dann umarmen sie und Smoke einander. Aaron, Red Dog und T-Bone klopfen Smoke auf die Schulter und fragen ihn, wo er Erste Hilfe gelernt hat.

Sky drückt Rachel an sich, und an ihrer Schulter beruhigt sich Rachel etwas. »Ist gut, alles ist gut«, sagt Sky immer wieder und wiegt ihre Tochter in den Armen.

Über Rachels Kopf hinweg begegnen sich unsere Blicke. In Skys Augen erkenne ich Erleichterung und Schmerz. Sie wendet den Blick nicht ab, sondern starrt mich an, erschöpft von Wut und Verzweiflung. Und dann laufen ihr auf einmal Tränen übers Gesicht.

Rachel schaut in die Runde und heult wieder lauter. Brooke klopft ihr beruhigend auf den Rücken, dann ruft sie ihre eigenen Kinder zu sich, das pummelige Mädchen und den kleinen Jungen, die bei den Büschen mit einem Lastwagen spielen, und drückt die beiden an sich.

Meine Schwester hat mich verflucht.

Ich schaue zu Aaron und drücke seine Hand. Offensichtlich ist seine Wut auf meine Schwester und die Vorwürfe, die sie uns gemacht hat, noch längst nicht verflogen.

»Es ist leichter, wütend zu sein als traurig und verängstigt«, sagt Allie.

»Hmm, das erklärt die Gefühle, aber nicht die Worte«, entgegnet Aaron. Er, ich und die Crew haben keine Mühe gescheut, um Sky zu helfen. Ich weiß, dass Aaron in diesem Augenblick genau das durch den Kopf geht.

Allie nickt.

Sky hält Rachel im Arm und weint immer noch vor Erleichterung.

»Hoffentlich sind das Tränen des Glücks und der Dankbarkeit«, sage ich und schaue sie an.

Unsere Blicke treffen sich.

Aber was sie gesagt hat, steht zwischen uns im Raum, es kann nicht mehr ungeschehen gemacht werden.

Ich gehe zu ihr, senke meine Stimme fast zu einem Flüstern

und sage: »Ich verstehe, dass du außer dir bist vor Angst und Trauer.« Dann lege ich die Arme um sie und Rachel.

Aber sie lässt die Chance ungenutzt verstreichen, sie nimmt nichts von dem zurück, was sie uns an den Kopf geworfen hat. Ich überlege, ob ich ihr erklären soll, dass ihre Vorwürfe aus der Luft gegriffen sind, dass nichts davon wahr ist. Aber schließlich entscheide ich mich anders. »Ich bin so froh, dass es ihr gutgeht«, flüstere ich, küsse Rachel auf die Stirn und Sky auf die Hand, die auf Rachels Schulter liegt und immer noch den Ehering trägt.

Dann denken also alle, dass ich egoistisch bin und mich in meiner Musik vergrabe? Aber sehen sie denn nicht, wie ich mich bemühe und wie meine Anstrengungen ignoriert und falsch ausgelegt werden? Ich kann es einfach nicht richtig machen, deshalb ziehe ich mich in eine musikalische Einsamkeit zurück, die ganz verschiedene Seiten hat. Dort bin ich sicher. Aber eben einsam.

Kurz darauf windet Rachel sich aus den Armen ihrer Mutter, als würde sie das ganze rührselige Theater nicht verstehen, und rennt zu Levy, der bei Aaron steht.

»Hey, wo sind denn deine Schwimmflügel geblieben?«, fragt Allie. »Die musst du immer anziehen, wenn du am Wasser bist.«

Rachel zieht die Mundwinkel nach unten. »Da drüben«, antwortet sie und deutet auf die rosaroten, luftlosen Plastikdinger, die Tyler mit seinem Laster im Mulch zu vergraben versucht hat. Allie zieht sie aus dem Dreck, schüttelt die Rindenstückchen ab, wäscht sie und bläst sie wieder auf. Aber ein Flügelchen hat ein Loch.

»So kannst du nicht allein ins Wasser, du musst immer einen Erwachsenen mitnehmen.« Allie kniet sich vor Rachel und legt ihr die Hände auf die Schultern. Jetzt übernimmt sie die Mutterrolle. Sky hat sich wieder auf ihre Liege zurückgezogen und die Hände über die Augen gelegt. Daran, wie ihr Brustkorb bebt, kann ich erkennen, dass sie weint.

Inzwischen plantschen die anderen Kinder wieder im Pool. Sogar Tyler hat sein Bauprojekt im Stich gelassen, um mit seiner Schwester Wasserfangen zu spielen. Levy gesellt sich zu ihnen, aber seine Schwimmkünste sind den Anforderungen des Spiels nicht ganz gewachsen. Ich gehe mit Rachel in den Nichtschwimmerteil des Beckens, nehme Levy bei der Hand, so dass wir einen Kreis bilden, und tanze mit ihnen Ringelreihen. Als wir zu dem Teil kommen, in dem alle hinfallen, setze ich mich auf den Grund des Pools und schaue zu, wie die Kinder sich ins Wasser werfen. Rachel scheint keine Angst zu haben, keine Erinnerung an die Gefahr. Aber ich lasse ihre kleine Hand nicht los.

Glaubt Sky wirklich, dass ich ihr ihre Tochter wegnehmen will? Sie sollte einfach mitspielen.

Stattdessen sitzt sie auf ihrer Liege und beobachtet Rachel. Brooke sitzt neben ihr. Ich werfe den beiden verstohlene Blicke zu. Eine Weile starrt Sky uns an. Na ja, eigentlich nicht uns, sie starrt eher in die Gegend um uns herum, aufs Wasser – als würde sie erwarten, dass ein Dämon, das Monster von Loch Ness oder eine hübsche Meerjungfrau hervorspringt. Als wir wieder den Ringelreihen tanzen, hat sie uns beinahe im Blick. Aber dann kapiere ich es: Sie hofft, dass Troy aus dem Wasser steigt und neben ihr an Land geht.

Ich sage zu den Kindern: »Komm, Rachel, wir winken deiner Mommy! Wink du auch Tante Sky, Levy!« Zuerst merkt sie es nicht, aber dann lächelt sie uns zu.

Sie lächelt! Ich gebe ihr mit Zeichensprache zu verstehen, dass sie zu uns kommen soll, und sie steht tatsächlich auf und kommt ins Wasser.

Jetzt hüpfen wir zu viert herum und machen noch ein, zwei Runden von unserem Kreisspiel, die Erwachsenen gebückt.

Zwei Schwestern, die mit ihren Kindern herumtollen. Davon hab ich früher mal geträumt, aber die Freude des Augenblicks ist von unserem Streit überschattet. Sky hat ein gezwungenes Lächeln auf dem Gesicht, und nach einer Weile nimmt sie Rachel beiseite und sagt: »Ich bring dir bei, wie man sich treiben lässt, ohne unterzugehen.«

Da weiß ich, welcher Gedanke sie von ihrer Liege heruntergeholt hat. Sky hat erkannt, dass sie durchaus etwas zu verlieren hat, und jetzt bringt sie ein Stück von Troy zurück, indem sie das tut, was er getan hätte. Ganz bestimmt hätte er Rachel den Spaß am Wasser beigebracht. Sky kann für Rachel sorgen. Sie weiß, was ihr geblieben ist.

»Manchmal hilft es, wenn man einfach so tut, als wäre nichts passiert«, bemerkt Allie. »Und wenn es klappt – umso besser.«

»Kinder heilen und vergessen so schnell«, sage ich.

Allie wirft mir einen raschen Blick zu. »Ja, manchmal schon. Vielleicht erinnern sie sich auch einfach anders. Ich meine, tief in ihrer nichtverbalen Seele. Du hast genau das Richtige getan – ein Spiel daraus gemacht, dass man ins Wasser fällt. Denn Rachel muss beides lernen. Es ist nicht alles Spaß. Es gibt auch Gefahr.«

Ich denke darüber nach, wie man lernt, den Spaß zu genießen und die Gefahr zu meiden. Mit zu viel Sicherheit gibt es keine Entwicklung, mit zu viel Veränderung gerät die Sicherheit ins Wanken.

Die nächste Stunde über scheint alles in Ordnung zu sein. Sky spielt mit Rachel, Brooke geht ins Wasser. Vier Kinder und drei Mütter, die Schwimmanleitungen geben. T-Bone tut, als wäre er an unseren Bemühungen interessiert, und stellt sich neben Brooke, aber ich denke, sein Interesse an ihr beschränkt sich hauptsächlich darauf, wie viel freie Sicht das Bikinioberteil auf ihren Busen und das Höschen auf ihren Hintern zulässt. Aber ich habe trotzdem das Gefühl, dass so etwas Unverbindliches eigentlich ganz nach Brookes Geschmack wäre.

Aaron war einkaufen und hat einen der Grills angeworfen, für das Brathähnchen, das er gerade in Zitronensaft und Kräuter eingelegt hat. In Folie gewickelte Süßkartoffeln säumen die glühende Holzkohle. Nach einer Weile steigt Sky aus dem Wasser und geht auf Smoke zu, der am Tisch sitzt und mit Red Dog Poker spielt – Texas Hold 'em –, vor sich eine Flasche Hennessey. Sky legt ihm die Hand auf die Schulter, und er dreht sich zu ihr um, während er seine Karten aufnimmt. Ich kann sehen, was er hat: zwei Asse und einen Buben.

»Könntest du mir einen Gefallen tun und mich in die Stadt fahren, um für Rachel neue Schwimmflügel zu kaufen?«

»Sobald wir die Hand hier ausgespielt haben«, sagt er ganz ruhig, ohne sich seine guten Karten anmerken zu lassen.

Ich überlege, warum Sky Smoke gefragt hat und nicht mich, und mir fallen tausend Gründe dafür ein. Brooke flirtet mit T-Bone. Allie ist ganz in ihr Buch vertieft, und Sky hat wahrscheinlich sowieso genug davon, immer mit ihr im Auto zu sitzen. Ich soll auf die Kinder aufpassen. Smoke hat geholfen, Rachel das Leben zu retten.

Warum beobachte ich Sky eigentlich so intensiv, als würden ihre Entscheidungen etwas über mich aussagen, fast so, als wären es Prophezeiungen? Als hätte ihr Leben eine Antwort oder zumindest einen Einfluss auf meines? Das hab ich schon immer getan. Die große Schwester, die mir zeigt, wie ich die nächste Phase meines Lebens in den Griff kriege.

Zur Ablenkung erkläre ich Rachel und Levy, wie man ganz tief Luft holt und dann mit dem Kopf unter Wasser geht.

»Seht genau zu«, sage ich, halte sie fest an den Händen, hole tief Atem und stecke den Kopf ins Wasser. Als ich wieder hochkomme, atme ich aus.

»Jetzt seid ihr dran.« Ich mache die Bewegungen vor, sie

machen sie nach. Dann schnappen sie gewissenhaft nach Luft und halten die Köpfe unter Wasser. Zuerst kommt Levy wieder hoch, dann Rachel.

»Gut gemacht!«, lobe ich.

Sky ruft mich zur Seite und sagt: »Smoke und ich wollen neue Schwimmflügel kaufen. Kannst du solange auf Rachel aufpassen?«

»Klar.«

»Rachel«, wendet Sky sich an ihre Tochter. »Ich will eine kleine Überraschung für dich besorgen. Tante Tara passt auf dich auf, okay?«

Meine Schwester bemüht sich, das merke ich genau.

»Okay«, antwortet Rachel grinsend.

»Sehen wir mal, wie lange ihr die Luft anhalten könnt.« Wir pumpen unsere Lungen mit Luft voll und tauchen unter. Ich öffne die Augen und sehe die Kinder unter Wasser treiben, beide halten mich an den Händen. Levy hat die Augen fest geschlossen, seine Shorts bauschen sich um seine dünnen Beinchen. Rachel umklammert meine Hand, und ihre Haare wabern in der Strömung um sie herum. Als Erster hebt Levy den Kopf. Dann ich, obwohl ich noch jede Menge Luft in Reserve habe. Schließlich taucht auch Rachel wieder auf. »Gewonnen!«, grinst sie.

Inzwischen verstehe ich ihre Aussprache fast mühelos.

»Ein Hoch auf Rachel!«, rufe ich.

»Noch mal«, sagt Levy.

Wir wechseln uns ab mit dem Gewinnen.

7

Wie man blindlings die eigene Familie tötet

Sky

Rachel geht es gut. Aber es war so verdammt knapp, fast hätte ich meine Tochter verloren, meine über alles geliebte Rachel. Ich zittere immer noch bei dem Gedanken und frage Allie und Brooke um Rat, ob ich mit Rachel vielleicht zum Arzt sollte. Allie stellt Rachel ein paar Fragen, und Brooke hält es für das Beste, sie einfach im Auge zu behalten. Allem Anschein nach geht es ihr gut. Für dieses Mal ist die Tragödie abgewendet. Katastrophen lauern überall, denke ich, als ich in mein Auto steige und mich auf den Beifahrersitz setze. Smoke schiebt den Fahrersitz zurück und steckt den Schlüssel ins Zündschloss. »Wohin?«

Per GPS suche ich einen K-Mart oder einen Wal-Mart, und als die Wegbeschreibung auf meinem Smartphone erscheint, zeige ich sie ihm.

Er wirft einen kurzen Blick darauf und meint: »Ist ja gleich um die Ecke.« Dann fährt er aus dem Motel-Parkplatz, als hätte er den Stadtplan schon im Kopf.

Ich habe einen ziemlich schlechten Orientierungssinn. Schon früher, als Troy noch bei mir war, hatte ich immer Angst, mich zu verirren. Deshalb habe ich ein Navi in meinem Auto und auf meinem Handy. Netz und doppelter Boden.

»Du hast ungewöhnliche Augen«, sage ich zu Smoke.

»Du auch«, antwortet er und biegt nach rechts ab. Dann

fährt er die Hauptstraße entlang. Vor einer roten Ampel halten wir an. »Bei mir liegt es nur daran, dass man blaue Augen selten bei Leuten findet, die so schwarz sind wie ich.«

Ich schweige. Meine Bemerkung sollte kein Kommentar über seine Rasse sein, aber jetzt weiß ich nichts mehr zu sagen. Tatsächlich ist seine Haut sehr schwarz, was man in den USA selten findet, vor allem in der Kombination mit blauen Augen. Dann wird die Ampel grün, und wir fahren wieder los.

Smoke fummelt am Radio herum. »Magst du Country?«, fragt er. Mit seinen Prankenfingern dreht er erstaunlich grazil an den Knöpfen und justiert die Lautstärke.

»Manchmal. Aber hauptsächlich höre ich R&B und Rock.«

»Dann magst du Rap also nicht besonders?«

»Ich finde die Texte oft so materialistisch und sexistisch.«

»Das liegt an der gegenläufigen Natur der Rap-Kultur. Da geht es darum, aus dem Schlechten irgendwie was Gutes zu machen – das gleiche Prinzip, wie wenn man Schweinekutteln als Delikatesse kocht. Wir machen was Neues draus, machen es uns zu eigen, statt uns das Maul stopfen zu lassen.« Er sagt das ganz ruhig, mit sanfter Stimme, obwohl der Inhalt seiner Bemerkung alles andere als sanft ist.

Ich schaue wieder hinaus auf die struppigen Bäume zwischen den typischen Geschäften, Großmärkten und Schnellrestaurants, die samt ihrem jeweiligen Parkplatz an uns vorüberziehen.

»Magst du Country und R&B?«-Konversation ist sehr anstrengend für mich.

»Ich mag alle Musik. Hör mal, was du vorhin gesagt hast, stimmt nicht. Das solltest du wissen.«

»Was meinst du?«

»Na das, was du über die Drogen und so gesagt hast. Ich nehme keine harten Drogen, keiner von uns tut das.« Er zuckt die Achseln, wobei seine Schulter und sein Arm rotieren. »Wir machen so was nicht, wir haben viel zu viel zu verlieren.« Er sieht mich an. »Weißt du, Red Dog hat gesehen, wie das Zeug seine Mom und seinen Pop kaputtgemacht hat, das waren super bittere Erfahrungen. Wir sind der Bodensatz, in Detroit aufgewachsen. Du weißt ja, dass Special im Knast war, also glaub bloß nicht, dass der sich in was reinziehen lässt, womit er unsere Träume zerstören würde. Die Freiheit und das Leben sind viel zu kostbar. Wenn du hörst, was wir singen, ich meine, wenn du wirklich zuhörst, dann weißt du das. Wahrscheinlich klinge ich jetzt schon wie so ein New-Age-Heini, obwohl ich überhaupt nicht so drauf bin. Aber ich werde high, wenn ich auf Africa, meiner Trommel, spiele ... mehr brauch ich nicht.«

Ich starre aus dem Fenster. Draußen ziehen immer noch die Kettenläden vorbei.

»Und was die Frauen angeht – na ja, wir sind erwachsene Menschen. Die anderen sind nicht verheiratet, nur Special und ich. Natürlich kann es sein, dass die zugreifen, wenn sich denen eine Gelegenheit bietet. Aber ich verschwende meine Zeit nicht mit so was.«

»Du musst dich nicht rechtfertigen.«

»Tu ich auch nicht, aber ich will es dir erklären, wegen Tara. Ich bin es gewohnt, dass die Leute mich durch ihre Klischeebrillen sehen. Aber ich bin ihr gegenüber immer loyal.«

Von T-Bone hat er nicht gesprochen. Ob das Absicht war?

»Und ich liebe den kleinen Levy fast so sehr wie mein eigenes kleines Mädchen«, fährt er fort.

Irgendwie glaube ich ihm nicht ganz. Ich meine, er sagt mir schon die Wahrheit, aber alles hat mindestens zwei Seiten. Man weiß nie so genau, was andere Leute tun, welche Geheimnisse sie haben. Dass Levy sieht, wie die Männer aus der Crew immer wieder mit anderen Frauen abziehen, hat garantiert Auswirkungen auf ihn. Dass Levy mit einer Männer-Crew im Bus sitzt, statt im Park zu spielen, beeinflusst ihn, das kann gar nicht anders sein.

»Levy hat 'ne Menge Väter«, sagt Smoke und grinst breit. »Verschiedene Vorbilder, lauter Möglichkeiten, wie ein Mann sein kann. Er hat Glück, der kleine Kerl.«

Auf einmal frage ich mich, ob Rachel bei mir wirklich geborgen war. Ihr Vater ist gerade gestorben. Sie wäre um ein Haar ertrunken. Ich habe geplant, gesorgt, aufgepasst – und seht euch an, was sie trotzdem alles durchmachen muss.

Stiefmütterchen und Ringelblumen blühen unter ein paar kümmerlichen Weiden.

Von meinem Leben mit Troy ist mir Rachel geblieben. Und mein Jura-Examen. Und einiges an Erfahrung, füge ich hinzu.

Beim Wal-Mart Supercenter finden wir Schwimmflügel im Angebot. Ich kaufe ein rosafarbenes und ein limonengrünes Paar für Rachel, Levy bekommt eines in Türkis. Die grellen Farben tun mir in den Augen weh. Smoke trägt die Tüte und hält mir die Tür auf. Solche Ritterlichkeit vermisse ich sehr.

Neben Smoke fühle ich mich sicher und geborgen. Vielleicht wegen seiner Größe, aber hauptsächlich, weil er Rachel das Leben gerettet hat. Ich sage ihm das.

»Zusammen mit Special und Brooke.«

Ich weiß nicht, wie ich ihm danken soll. Wir sitzen nebeneinander, angeschnallt mit unseren Sicherheitsgurten.

Nach dem Essen schlafen die Kinder aneinandergekuschelt in meinem Zimmer vor dem Fernseher ein. Aaron, Smoke und Red Dog spielen in Red Dogs und Smokes Zimmer Karten. Mir steigt das Basilikumaroma von Marihuana in die Nase. Na ja, Smoke hat gesagt, dass sie keine harten Sachen nehmen. Von Gras hat er nichts erwähnt. Wo Brooke und T-Bone sind, weiß ich nicht. Ob Brooke und ich nach meinem Streit mit Tara noch

Freundinnen sind? Ich habe mich noch nicht richtig bei ihr für ihre Hilfe bedankt, aber wie soll ich das machen? Auch nicht bei Aaron. Alle haben geholfen. Alle außer Tara und mir. Die beiden Menschen, die es eigentlich hätten tun sollen.

In all den Jahren, in denen Troy und ich zusammen waren, habe ich ihn nie angeschrien, jedenfalls nicht so. Tara ist die Einzige, mit der ich jemals laut geworden bin, und auch nur, als wir noch klein waren. Aber die Wahrheit, die schreckliche Wahrheit, ist, dass ich mich nach unserem Streit deutlich besser fühle. Erleichtert.

In Allies Zimmer finde ich Allie und Tara. Allie hat eine Flasche Wein gekauft, und wir trinken sie, langsam, denn wir sind noch satt vom Abendessen.

»Schaut euch mein fettes Hähnchen an!«, hat Levy vor Freude über einen besonders feisten Grillhähnchenschenkel gejubelt, genüsslich die Sauce abgeleckt, am Fleisch herumgeknabbert und mit Tara eine Süßkartoffel geteilt. Rachel, die normalerweise kein Hähnchen mag, hat die Hälfte von meinem Bruststück verdrückt. Smoke und ich hatten eine Salattüte vom Wal-Mart mitgebracht, Allie hatte bei Circle K Eis und Schokoladensauce gekauft. Ein richtiges Familienessen, dachte ich. Aarons Hähnchen war wunderbar zart.

»Du könntest ein Restaurant aufmachen«, habe ich zu ihm gesagt.

Aber er hat nicht gelächelt. Vermutlich weil er noch wütend auf mich war, wegen des Streits mit Tara.

Als Levy den Schenkel aufgegessen hatte, hielt er stolz seinen Teller in die Höhe. »Ich hab das ganze Hähnchen aufgegessen«, verkündete er begeistert. Seine Locken hüpften vor Freude, und vor lauter Grinsen waren seine schwarzen Augen fast verschwunden. »Das esse ich am allerlieblingsten.«

»Am allerliebsten«, verbesserte ihn Tara.

»Nein, Mommy, das ist mein Lieblingsessen, also esse ich es am allerlieblingsten.«

»Schönes Wort«, meinte Aaron und nickte. »Das sollten wir einführen.«

Rachel hatte ihre »Kaschenge« auch beim Abendessen angelassen.

»Was hat sie gesagt?«, fragte Smoke, als wir ihr die Schwimmflügel überreicht hatten.

»Geschenke«, dolmetschte ich.

»Jep. Danke für die Kaschenge«, wiederholte Rachel und schob die Flügelchen über ihre Arme. Ich vergesse immer, dass ihre Aussprache nicht ganz so überwältigend ist wie ihr Wortschatz. Jedenfalls trug sie ihre »Kaschenge« das ganze Essen über, und sie hat sie noch immer nicht abgelegt, wo sie dicht neben Levy liegt und schläft.

In der abendlichen Stille nach einem chaotischen und schrecklich anstrengenden Tag öffnet Allie den Wein und gießt ihn in die Plastikbecher neben dem Eisbehälter.

Dann reicht sie jedem eines davon und sagt: »Ich hab mir immer eine Schwester gewünscht, aber leider nie eine bekommen. Ich hab mir vorgestellt, mit einer Schwester teilt man das Leben, sie weiß alles über einen, weil man mit ihr zusammen klein war.« Sie nippt an ihrem Wein. »Sozusagen eine beste Freundin, die alles von einem weiß, weil man nicht nur das gegenwärtige Leben teilt, sondern auch eine gemeinsame Kindheit hatte.«

»Wir sind altersmäßig zu weit voneinander entfernt«, sage ich.

»Und total verschieden«, ergänzt Tara.

»Wir haben nicht den gleichen Vater«, füge ich hinzu, als wüsste Allie das nicht und als würde es alles erklären. Dabei weiß ich, dass das nicht stimmt.

Allie legt sich zwischen den Kissen auf ihr Bett zurück. Die

Decke ist in Kontrastfarben gemustert, damit man eventuelle Flecken nicht so sieht. Tara und ich sitzen auf den Sesseln am Tisch. In diesem Zimmer gibt es nichts Spektakuläres oder auch nur Interessantes. Es ist genau gleich wie das nebenan, in dem Rachel und ich untergebracht sind. Einfach, funktionell und sauber. Ich trinke einen Schluck Wein und konzentriere mich auf den Geschmack.

»Ihr glaubt also, ihr seid verschieden?«, fragt Allie und lacht. »Meine Großmutter und ihre Schwester hatten zwar äußerlich viel Ähnlichkeit, waren sich ansonsten aber total unähnlich. Darüber denke ich heute noch manchmal nach – wie es in ein und derselben Familie solche Unterschiede geben kann.« Allie schüttelt den Kopf, räuspert sich, stellt ihr Glas auf dem Bauch ab und kreuzt die Knöchel. »Meine Großmutter war deutsch, ihre Eltern sind um 1880 aus Deutschland eingewandert.«

»Ich dachte, du bist Jüdin«, sagt Tara.

»Bin ich auch, aber die Mutter meiner Großmutter, die alle Mum genannt haben, war Deutsche und stolz auf ihr deutsches Erbe. Wenn meine Nana und Mum nicht wollten, dass wir sie verstehen, haben sie Deutsch miteinander gesprochen.« Allie kichert leise und trinkt ihren Wein. Sie hat eine schwarze Strickhose an, ein wild gemustertes buntes Shirt und baumelnde Ohrringe, mindestens ebenso farbenfroh wie das Shirt. »Hier«, unterbricht sie ihre Geschichte und zündet auf dem Nachttisch eine Kerze an. »Gleich riecht es gut. Ich packe immer eine Duftkerze ein, damit ich ein Stückchen Zuhause um mich habe.« Das Streichholz erlischt wieder.

»Also, es waren einmal zwei Schwestern. Als meine Großmutter vierzehn war, wurde sie ins Krankenhaus geschickt, um eine Ausbildung zur Krankenschwester zu machen. Wie das damals eben so war. Es war ein jüdisches Krankenhaus, sie verliebte sich in einen jüdischen Arzt, heiratete ihn und konvertierte zum jüdischen Glauben. Alma, ihre Schwester, heiratete einen Mann, den sie bei einem deutschen Jugendtreffen kennengelernt hatte. Dann kam der Erste Weltkrieg und nach ihm die Große Depression.«

Allie hält inne, schaut in die Runde und fragt: »Das kennt ihr doch bestimmt alles von eurer Mom, oder nicht? Eure Großeltern waren ja auch Deutsche, in Michigan gibt es ja eine Menge deutscher Einwanderer.«

»So hab ich das noch nie gesehen«, sagt Tara. Sie hat sich die Haare mit einer Klammer hockgesteckt. Shorts, ein T-Shirt und kein Make-up, wodurch sie zehn Jahre jünger aussieht, wie ein kaum der Pubertät entwachsener Teenager.

»Tja, letztlich sind wir ja alle Einwanderer, sogar die Indianer. Die waren nur ein bisschen früher dran«, sagt Allie.

»Es sei denn, du bist schwarz, dann bist du nicht eingewandert, sondern gestohlen und verschleppt worden«, gibt Tara zu bedenken, und ich weiß, dass sie an Aaron denkt.

Allie nickt, dass ihre Ohrringe klimpern. »Also stellt euch das mal vor – wir befinden uns mitten in der Großen Depression, die eine Schwester hat einen jüdischen Arzt geheiratet, ist zum Judentum übergetreten und lebt in der jüdischen Gemeinde, die andere Schwester ist deutschfreundlich.«

Wieder lehnt Allie sich zurück. Ich schaue zu Tara, die mit großen Augen dasitzt, die Beine übereinandergeschlagen, die Hände ineinander verschränkt.

»Es wurde komplizierter. Pup, mein Urgroßvater, verlor seinen Job, eine Woche bevor er pensionsberechtigt gewesen wäre.« Allie zuckt die Achseln und schüttelt den Kopf. »Daraufhin schlüpften Mum und er bei Nana unter. Dann starb Nanas und Almas jüngste Schwester im Kindbett, und Nana und Poppy, mein Großvater, haben deren Baby mitsamt seiner etwas älteren Schwester adoptiert.«

Allie hält kurz inne, um eine Fußnote anzubringen, und senkt die Stimme. »Die beiden wurden übrigens unter der Bedingung adoptiert, dass die Mädchen ihren Nachnamen behalten und christlich erzogen werden«, erklärt sie.

»Und was ist dann passiert?«, fragt Tara gespannt.

Allie schlägt wieder die Knöchel übereinander, stützt die Ellbogen auf die Knie und sieht uns an. Ihre Zehennägel sind knallrot lackiert. »Mein jüdischer Großvater hat also all diese Menschen unterstützt – die ganze Familie seiner deutschen Frau. Tante Alma hat sich unterdessen immer mehr für die Nazis engagiert und auch die Idee vertreten, dass Deutschland unter seinem Führer weiter zur Macht aufsteigen sollte. Sie begann, den deutschen Devisenhandel zu unterstützen, und reiste mehrfach mit Koffern voller Geld von Amerika nach Deutschland und wieder zurück.«

Das Kerzenlicht flackert über unsere Gesichter. Die Jalousien sind geschlossen, die Nacht muss draußen bleiben. Ich erinnere mich, wie ich in der Schule Stammbäume gezeichnet und mich dabei immer auf die Familie meines Vaters konzentriert habe, weil sie mir geheimnisvoller erschien. Er war irisch-katholisch, mehr wusste ich eigentlich nicht. Der Familie meiner Mutter schenkte ich keinerlei Beachtung. Der deutschen Seite. Meine Mom war Alltag, also uninteressant.

»Ihr müsst euch also vorstellen: Der Zweite Weltkrieg steht vor der Tür – und übrigens auch meine Geburt –, und da sind diese beiden Schwestern«, fährt Allie fort, »und die eine ist überzeugte Nationalsozialistin und die andere Jüdin.« Sie hebt erst die eine, dann die andere Hand.

»Dann kam Alma eines Tages zu Nana, in der Zeit, als es noch danach aussah, als würden die Nazis den Krieg gewinnen und auch die Vereinigten Staaten besiegen. ›Es gibt schon Listen mit all den Juden‹, erklärte Alma meiner Großmutter. ›Aber du kannst deine Kinder retten. Annulliere deine Ehe und leugne, dass sie jüdisches Blut haben. Aber bitte tu es bald, sonst ist es womöglich zu spät.‹«

Allie schluckt und senkt den Kopf. Tara und ich schauen uns an. Ich kann mir nicht vorstellen, dass Tara und ich in einem Krieg auf gegnerischen Seiten stehen. Unser Streit, der uns heute Vormittag noch so wichtig vorkam, verliert zunehmend an Bedeutung.

»Was ist dann passiert?«, will Tara wissen.

Allie hebt den Kopf und räuspert sich. »›Ich werde mich nicht zur Hure machen und meine Kinder zu Bastarden degradieren‹, hat Nana erklärt. Alma drängte weiter. ›Mit deinem Stolz setzt du ihr Leben aufs Spiel.‹ Aber Nana blieb bei ihrer Entscheidung.«

»Haben die beiden weiter Kontakt miteinander gehabt?«, frage ich.

»Etwa um diese Zeit brach der Zweite Weltkrieg aus. Alma sympathisierte mit den Nazis, aber sie besuchte auch weiter Mum, ihre Mutter. Ich erinnere mich noch an ein Weihnachten, als wir alle dort waren. Ich war sehr klein, es war noch im Krieg oder ganz kurz danach. Als Alma eintraf, gingen Mum und sie in Mums Schlafzimmer. Aber Alma kam allein wieder heraus.« Allies Ohrringe schimmern im Kerzenlicht.

Draußen fährt ein Auto auf den Parkplatz, das Licht der Scheinwerfer gleitet durch die Schlitze in der Jalousie, und für einen Moment sieht die Wand aus, als wäre sie gestreift.

»Jedenfalls«, nimmt Allie den Faden wieder auf, »jedenfalls saß Alma auf dem dick gepolsterten Ohrensessel. Als ich von der Toilette kam, sah ich, dass mein Vater sehr zornig war, seine Zeitung raschelte laut, wenn er umblätterte, und Poppy lief aus dem Zimmer, stapfte lautstark die Treppe rauf und knallte oben die Tür hinter sich zu.« Allie trinkt einen Schluck Wein.

»Alma weinte, weil ihre Mutter, die von Juden versorgt wurde, so alt und gebrechlich geworden war, aber sie unterstützte gleichzeitig ein Regime, das es darauf abgesehen hatte, einen Teil ihrer Familie zu ermorden – denn es waren ja auch ihre Verwandten, ob ihr das nun gefiel oder nicht.«

Alle schweigen. Aus Taras Haarspange sind ein paar helle Strähnen herausgerutscht. Sie wirkt so unscheinbar. Überhaupt nicht wie eine Berühmtheit. Sie ist einfach nur meine kleine Schwester.

Ich muss an etwas denken, was Tara bei unserem Streit gesagt hat – dass Aaron, Smoke und der Rest der Crew Rachel und mir helfen wollen. Aber ich bin einfach nicht sicher, ob ich möchte, dass sie mir helfen.

»Das Leben hat die beiden Schwestern auf völlig unterschiedliche Wege geführt – zum Teil wegen der Männer, die sie geheiratet haben«, fährt Allie schließlich fort. »Nana hat es geschafft, zu akzeptieren ...« Allie unterbricht sich und sucht nach einem treffenderen Wort. »Nein, sie hat Almas Überzeugungen nicht akzeptiert, aber sie hat sie zumindest toleriert, weil beide Mum liebten und weil Mum sie beide liebte. Die Liebe, die Bindung zwischen Mutter und Tochter, war stärker und wichtiger als irgendwelche politischen Überzeugungen, so widerlich sie auch sein mochten.«

Niemand sagt etwas, bis Allie hinzufügt: »Ich frage mich, was Mum und Alma damals zueinander gesagt haben – denn sie müssen doch genau über dieses Problem gesprochen haben, glaubt ihr nicht? Solche unausgesprochenen Beweggründe und Gedanken bringen mich zum Grübeln.«

»Und was meinst du, was sie zueinander gesagt haben?« Auch ich würde es gerne wissen.

»Ich habe Nana einmal danach gefragt, und sie hat geantwortet, dass sie alle stolz waren, Deutsche zu sein, aber dass es durch die Weltkriege und den Holocaust einfach problematisch wurde.«

»Aber wie kommst du denn mit diesen Widersprüchen zurecht?«, hakt Tara nach.

Mir ist klar, dass ihre Frage nicht nur von ihrem Interesse an Allie motiviert ist. Und was für eine Lehre sie aus Allies Geschichte zieht. Tara hat die Sicherheit und Geborgenheit der weißen Mehrheit hinter sich gelassen und dafür die Schwierigkeiten eingetauscht, die mit der Zugehörigkeit zu einer Minderheit einhergehen – auch wenn es sicher heute weniger hart ist als noch vor zwanzig Jahren. Und weil sie sich dafür entschieden hat, haben auch Mom und ich eine ganz neue Verbindung zu schwarzen Menschen bekommen.

»Als Kind habe ich oft darüber nachgedacht, dass deutsche Verwandte von mir womöglich jüdisch-russische Verwandte von mir umgebracht haben, ohne dass einer von ihnen – weder der Mörder noch der Ermordete – wusste, dass sie miteinander verwandt waren. Eine entsetzliche Vorstellung, dass man blindlings seine eigene Familie umbringt.«

Allie beißt sich auf die Lippen. »Aber ist es nicht genau das, was in einem Krieg ständig passiert? Sind wir nicht im Grund alle miteinander verwandt?«

Tara schweigt. Vielleicht geht ihr ihre eigene und Levys Zukunft durch den Kopf. »Levy und Rachel sind beide tolle Mischungen – ein Ergebnis des Lebens unserer Großeltern. Daran denke ich oft. Und an den Zufall, dass es mich gibt, und zwar viel länger als die Beziehung meiner Eltern. Und dann der Zufall, dass ich Aaron kennengelernt habe.«

»Ja«, stimmt Allie ihr zu. »Und Rachel und Levy mögen sich jetzt schon und haben diese Verbindung. Sie freuen sich aneinander und teilen ihre jeweilige Welt.«

Auch wenn die Zukunft viele Möglichkeiten birgt, sie auseinanderzureißen, denke ich im Stillen. »Aber bei uns ist es auch nicht so, dass politische Überzeugungen uns trennen. Wir leben nicht im Krieg«, sage ich laut.

»Stimmt. Trotzdem findest du unsere Lebensweise nicht gut und hast klischeehafte Vorstellungen von dem, was bei uns abgeht. Zum Beispiel die Sache mit den Drogen.« Tara sieht mir fest in die Augen, aber in ihrem Ton kann ich keine Spur von Aggressivität erkennen.

»Smoke hat auch schon was zu diesem Thema gesagt, aber ich habe Marihuana in deinem Zimmer gerochen.«

»Sicher, Gras wird schon geraucht, aber harte Drogen rührt keiner von uns an. Und ich meine mich zu erinnern, dass du mit Marissa auch gelegentlich einen Joint geraucht hast, wenn sie bei dir übernachtet hat. Aber egal – keiner aus der Crew nimmt harte Sachen … na ja, bei T-Bone bin ich nicht ganz sicher. Er ist ein Party-Typ, da neigt man leicht dazu, sich alles Mögliche reinzuziehen. Aber als sie aufgewachsen sind, konnten sie sich das Zeug nicht leisten, und jetzt steht zu viel für sie auf dem Spiel. Die Leute aus den Vororten, die fahren auf so was ab.«

»Du vergisst, dass ich Juristin bin. Marihuana ist immer noch illegal.« Ich lehne mich zurück und verschränke die Arme. »Ich kenne die Statistik. 70 Prozent der Drogenkonsumenten sind weiß. 70 Prozent der Leute, die wegen Drogen im Gefängnis sitzen, sind schwarz.« Um das Thema zu wechseln, frage ich schnell: »Waren sich die beiden Schwestern denn jemals wirklich nahe?«

»Das weiß ich nicht. Aber wir können von ihnen lernen, dass man durch die Geschichte die Gegenwart besser verstehen lernt. Die beiden waren sich ähnlicher, als sie selbst erkennen konnten, und bei euch ist es genauso«, antwortet Allie.

Tara und ich starren einander an, dann schauen wir gleichzeitig weg.

»Habt ihr jemals daran gedacht, dass ihr mehrere wichtige Erfahrungen gemeinsam habt – den Verlust des Vaters und eine lange stabile Beziehung zu einer ersten Liebe? Vielleicht nehmt ihr das gar nicht mehr wahr, aber ihr habt beide sehr jung eine sehr starke Beziehung geknüpft. Und es ist für euch beide wichtig, Mutter zu sein. Ihr könnt beide hart und engagiert an etwas arbeiten.« Allie zählt unsere Ähnlichkeiten an den Fingern ab. »Oh, und ihr seid beide sehr schön«, fügt sie lachend hinzu.

»Für Sky war ich immer nervig und störend. Sie wollte nichts mit mir zu tun haben«, sagt Tara, aber sie macht ein seltsames Gesicht, so als würde sie an etwas ganz anderes denken. Dann wendet sie sich mir zu und fragt: »Kommst du zu meinem Konzert in Albuquerque?«

Ich drehe mich weg. »Ich weiß nicht, ob ich so viele Menschen aushalten kann.«

»Erinnerst du dich an den Abend, als wir auf dem Magic Mountain waren? Damals, als Kinder?«

Offenbar verziehe ich das Gesicht, während ich so angestrengt in meinem Gedächtnis krame, denn Tara erklärt weiter: »Dad sollte mich abholen, ist aber nicht erschienen, und du musstest auf mich aufpassen.«

»Das ist doch dauernd passiert.«

»Wir sind auf den Magic Mountain geklettert und haben uns Geheimnisse anvertraut.« Tara versucht, mir auf die Sprünge zu helfen.

Ihr Gesicht hat einen fast flehenden Ausdruck, als sie sich zu mir dreht. Auf einmal erinnere ich mich, und mir kommen die Tränen, weil sich völlig unerwartet die Erinnerung an den Tod meines Vaters mit Troys Tod vermischt und mich der Schmerz überwältigt. Ich nicke und lege die Hände über die Augen.

»Und dieses orange Licht, der Sonnenaufgang mitten in der Nacht, erinnerst du dich auch an den?« Tara lässt sich nicht von meinen Tränen abschrecken.

Wieder nicke ich.

»Daran habe ich an dem Tag gedacht, als Troy im Sterben lag, deshalb hab ich mir bei dem Konzert in L.A. das halbe Gesicht orange geschminkt. Zum Andenken an uns.«

»Oh, deshalb hast du das gemacht! Sah cool aus«, wirft Allie ein. »Das hat dir so eine überirdische Aura verliehen.«

Tara und ich schweigen beide.

»Wisst ihr, ihr werdet immer füreinander da sein – wenn ihr es wollt«, fährt Allie nach einer Weile fort. Natürlich hat sie uns ihre Geschichte nicht ohne Grund erzählt.

»Aber schau dir doch Alma und Nana an – waren die füreinander da?«, fragt Tara.

Allie schüttelt den Kopf. »Bei Mums Beerdigung hat Alma Rotz und Wasser geheult. Aber Nana hat nur den Kopf geschüttelt und gemeint: ›Wer am wenigsten getan hat, muss am lautesten trauern.‹ Im Lauf der Jahre verlor der Krieg für sie an Bedeutung, spielte im Alltag kaum noch eine Rolle. Alma wurde Republikanerin und engagierte sich für Eisenhower. Nana ebenfalls. Aber ob sie ihrer Schwester wirklich verziehen hat, das weiß ich nicht. Und natürlich hat keiner es je vergessen. Selbst ich, zwei Generationen später. Trotzdem waren sie Schwestern.«

Tara wendet sich mir zu. »Ich liebe dich. Ich hab dich schon immer geliebt.«

Aber ich antworte nicht *Ich liebe dich auch, Tara*. Ich weiß nicht, ob ich das überhaupt jemals zu ihr gesagt habe. Dafür müsste ich wahrscheinlich sehr viele Schichten von Traurigkeit, Wut und Groll abtragen. Aber dann dämmert mir etwas, von dem ich weiß, es ist die Wahrheit. »Ich bin neidisch auf dich. Ich hab dich schon immer beneidet.«

»Ehrlich?«

»Das war doch das Geheimnis, das ich dir verraten habe. Ich bin neidisch, dass dein Vater noch lebt.«

Tara schnaubt. »Was auch immer ich davon haben soll.«

»Solange er noch lebt, gibt es die Möglichkeit der Aussöhnung. Wenn einer von euch tot ist, ist es vorbei damit.«

Allie kauert im Schneidersitz auf ihrem Bett und beobachtet uns. Jetzt steigt mir auf einmal der süßliche Vanilleduft der Kerze in die Nase.

»Aber du weißt wenigstens, dass dein Vater dich geliebt hat«, gibt Tara zu bedenken.

Ja. »Und ich weiß, dass Troy mich liebt.« Ich hole tief Luft, sehe Tara an und sage: »Dein Leben ist so einfach. Du hast was riskiert und gewonnen, ich dagegen hab auf Sicherheit gesetzt und verloren.«

»Du hast nicht verloren«, entgegnen Allie und Tara wie aus einem Mund, und Tara fährt fort: »Troy ist tot, das stimmt. Aber DU hast nicht verloren. Du kannst immer noch entscheiden, was du als Nächstes tun willst. Wie du den Rest deines Lebens verbringen möchtest.«

»Bei dem, was passiert ist, hatte ich keine Möglichkeit, irgendetwas mitzuentscheiden.«

»Aber bei dem, was du als Nächstes tust«, beharrt Tara.

Warum glaubt Tara eigentlich, dass sie so viel weiß, wo sie doch noch so jung ist? Vermutlich weil sie so lange allein war, eigentlich schon als Baby. Zum ersten Mal macht mich das traurig. Ich sehe sie an, wie sie da sitzt. Ihre langen Wimpern werfen Schatten auf ihre Wangen, ihre Lippen sind leicht geöffnet, die Mundwinkel nach unten gezogen. Irgendwie wirkt sie nackt und verletzlich.

»Und du entscheidest, wie du die Dinge siehst«, stimmt Allie zu.

Er ist tot. So sehe ich das. Ich befinde mich im Albtraum meiner Mutter, allein.

Das denke ich, sage es aber nicht. Dann fällt mir plötzlich ein, dass ich ja gar nicht allein bin.

Rachel. Gott sei Dank habe ich Rachel. Ich bin ihre Mutter, sie hat mich. Zum ersten Mal begreife ich das in seiner ganzen umfassenden Bedeutung. Rachel hat mich. Sie hat immer noch mich. Und ich habe sie.

»Und du hast uns, wenn du Hilfe brauchst. Mich, Mom, Aaron, Levy. Die ganze Crew.«

»Und mich«, ruft Allie.

»Aber vor allem hast du dich selbst. Das ist am wichtigsten«, fügt Tara hinzu.

Und Rachel hat mich.

8

Der Apfel fällt nicht weit vom Stamm

Tara

Wenn man jemanden aus einer anderen ethnischen Gruppe liebt, sieht man die Welt mit anderen Augen. Die Lehre aus Allies Geschichte entspricht voll und ganz meiner eigenen Erfahrung. Schon komisch, aber inzwischen sehe ich die Welt manchmal mit schwarzen Augen. Schwarze Menschen, die mich nicht kennen, finden solche Bemerkungen doof. Woher will eine Weiße denn wissen, wie es ist, schwarz zu sein? Sie braucht doch bloß wegzugehen, und schon ist sie wieder in ihrer weißen Welt. Aber das geht nicht. Ich laufe herum mit einem Gesicht, das weiß aussieht, aber ich erlebe Amerika wie eine Schwarze. Was der schwarzen Bevölkerung geschieht, betrifft auch mich – durch die Menschen, die ich liebe. Wenn ich allein oder mit Mom oder Sky zusammen bin, hält man mich für einen Teil der großen Masse weißer Menschen. Aber wenn ich allein in der Welt umherlaufe, dann stelle ich mir vor, wie die anderen mich behandeln würden, wenn sie von Aaron und Levy wüssten. Oder wenn ich selbst schwarz wäre. Ich nehme den Rassismus stärker wahr, weil ich ihn von beiden Seiten kenne. Ich kenne die Freiheit und Geborgenheit der Weißen.

Heute verstehe ich Dinge, von denen ich keine Ahnung hatte, bevor ich Aaron begegnet bin. Früher habe ich mich nicht darum gekümmert. Beispielsweise gibt es sehr wenige Weiße in niederen Dienstleistungsjobs. Das war für mich immer so selbstverständlich, dass ich es nicht mal registriert habe. Für die meisten Leute ist das so. Wir Weißen gehen einfach davon aus, dass das System so funktioniert, deshalb denken wir nicht mal darüber nach, wie wir davon profitieren. Aber jetzt sehe ich, wie diese Annahme Aarons Leben beeinflusst und wie sie das Leben meines Sohnes beeinflussen wird, den ich mehr liebe als mich selbst.

Was immer den Schwarzen geschieht, welche Spielart des Rassismus unser Land in Zukunft verfinstern wird, es betrifft immer auch mich. Manchmal komme ich mir wie eine Hochstaplerin oder eine Spionin vor, als würde ich nur so tun, als wäre ich weiß, wenn ich mit Weißen zusammen bin. Ich stelle mir vor, wie sie auf mich reagieren würden, wenn sie wüssten, wie ich wirklich bin, wie sehr ich Aaron liebe, dass ich Levys Mutter bin. Es gibt also mein Selbst, das jenseits von Rasse existiert, und mein schwarzes Selbst, das andere Leute nicht sofort erkennen können. Und natürlich mein weißes Selbst.

Diese Dinge gehen mir durch den Kopf, als ich bereits im Bett liege. Aaron ist vermutlich noch bei Red Dog. Als ich Levy geholt habe, hat er die Arme um meinen Hals geschlungen und sich an meine Schulter gekuschelt. Ich habe mich zu ihm in sein Bett gelegt und ihm vorgesungen. Die Situation, in die ich mich gebracht habe, ist schon seltsam, ich habe das alles nicht erwartet, aber eigentlich ist es mir so ganz recht. Auf diese Weise habe ich so viel über die Welt gelernt und kann sie mit anderen Augen betrachten.

Ich fühle mit Allies Großmutter, als würden wir ähnliche psychische Ausnahmesituationen durchleben.

Ich glaube, dass ich diese Lehre aus ihrer Geschichte ziehe, hat Allie nicht beabsichtigt. Sie hat versucht, Sky und mich dazu zu bringen, dass wir unsere Differenzen ein bisschen relativieren. Vielleicht musste Sky das lernen, aber ich habe schon immer gewusst, dass wir zwar unterschiedlich sind, aber dass die Liebe uns zusammenhält. Zumindest fühle ich mich ihr nahe, weil ich sie liebe. Man braucht sich nur anzuschauen, was ich für sie zu tun versuche – zum Beispiel, dass ich die ganze Crew mitten in einer Tour dazu bringe, ihr beim Umzug zu helfen.

Aber ich glaube, sie liebt mich nicht. Es ist eher so, wie sie es gesagt hat – sie ist neidisch auf mich. Eifersüchtig.

Als Aaron ins Zimmer kommt, stelle ich mich schlafend, weil ich nicht beim Nachdenken gestört werden möchte. Ich höre, wie er Levy leise küsst, der sich räkelt und seine Decke abwirft, ein gedämpftes Geräusch, wie eine Musiknote, die langsam verklingt. Aaron zieht sich aus und geht ins Bad. Ganz leise schließt er die Tür hinter sich, um mich nicht zu wecken, ich höre, wie er pinkelt, sich Hände und Gesicht wäscht und die Zähne putzt.

Dann kommt er zu mir ins Bett, schlüpft unter die Decke und kuschelt sich an mich. Seine Haut ist kühl. Er küsst meinen Nacken, direkt auf den Haaransatz, und flüstert: »Ich kann nicht schlafen, ohne dir einen Gutenachtkuss zu geben, Babe. Meine Li'l Key. Ich liebe dich so sehr.«

Sein Atem ist warm an meinem Nacken. »Mehr als alle Worte und alle Musik der Welt je ausdrücken können. Wenn ich dich verlieren würde, verliere ich mich selbst.« Um sich zu schützen, kann er mir dieses Geheimnis aber nur anvertrauen, wenn ich schlafe.

Am nächsten Morgen frage ich mich, ob ich die seufzersanften Küsse und das heimliche, ängstliche Liebesgeständnis nur geträumt habe. Ich drehe mich um und lege den Kopf auf Aarons Brust. Jetzt ist er ganz warm, die Haut ein bisschen feucht von seinen Träumen und der Hitze, die wir mit unseren Körpern unter der Decke erzeugen. Ich drücke mich an ihn und würde gern mit ihm schlafen, aber Levy ist bei uns im

Zimmer. Wahrscheinlich wird er gleich aufwachen und zu uns ins Bett krabbeln. Aaron seufzt. Offensichtlich hat er meine Botschaft verstanden.

»Ich liebe dich auch.«

»Ah, du hast also gar nicht geschlafen.«

»Ich hab dich ausspioniert«, gestehe ich.

Er hält mich ganz fest. »Du musst wissen, dass ich immer für dich sorgen werde.«

»So gut du es unter den gegebenen Umständen eben kannst.«

»Unter den gegebenen Umständen? Was meinst du damit?«

»Dass du auch dein eigenes Ding machen musst. Keine Gefängniszelle, erinnerst du dich? Kein Gitter.« Die ultimative Loyalität haben wir uns selbst gegenüber.

Aaron schüttelt den Kopf. Er hat die Lippen zusammengepresst, und ich weiß, er möchte die einfache Wahrheit. Frieden. Harmonie. Liebe um jeden Preis. Familienzusammenhalt über alles andere. »Ich bin bei dir. Ich liebe dich, und ich liebe das, was wir haben«, sage ich leise.

»Aber? Sag mir, was du mir verschweigst.« Jetzt sucht er Sicherheit in der Wahrheit.

»Was, wenn ich anfange, eigene Songs zu schreiben?«

»Meinst du, ich hätte was dagegen? Bitte tu es. Möglicherweise macht es uns reicher, und damit meine ich nicht finanziell. Ich meine musikalisch. Lass uns herausfinden, wo wir wachsen können. Wir sind ein gleichberechtigtes Team.«

Im morgendlichen Dämmerlicht lächle ich ihn an. Bisher ist er unser Anführer und ich ein wertvolles Bandmitglied. Vielleicht brauche ich King gar nicht, um meine eigene Stimme zu entwickeln. Vielleicht kriege ich das mit Aaron auf die Reihe.

»Ich bin auf dich angewiesen«, sagt er.

Aber er versteht es nicht. »Danke, dass du in den Pool gesprungen bist und Rachel gerettet hast.«

»Hey, das ist doch selbstverständlich«, sagt er mit einem leisen

Lachen, zieht mich an sich, und wir umarmen uns ganz entspannt und voller Sehnsucht. Dann kriecht Levy zu uns ins Bett, und wir fangen an, einander zu kitzeln und herumzutoben.

Wir werden Allie, Sky und Rachel in Albuquerque treffen. Rachel möchte mit uns fahren, aber Sky sagt ihr, dass sie sich einsam fühlt, wenn Rachel nicht bei ihr ist. Rachel berührt sanft die Wange ihrer Mutter.

»Wir holen euch dann dort ein.« Allie hat einen schwarzen Seidenpyjama an, ihre Locken stehen wild vom Kopf ab. Als sie merkt, dass ich sie anstarre, streicht sie sich über die Mähne und lacht. »Oh, meine Medusenhaare.«

Dann sind wir unterwegs. Genau wie immer, nur Smoke vermisse ich, weil er Skys Möbelwagen fährt. Die Felsen und Tafelberge sind rot, auf der Straße jede Menge Trucks. Jetzt bin ich wieder Teil einer Rap-Crew, und als wir fünfzig Meilen hinter uns haben, spiele ich an meinem Keyboard rum und denke mir eine Melodie zu *I'll Miss Myself* – Ich werde mich selbst vermissen – aus. Aaron arbeitet an einem Text, und es sieht ganz danach aus, als hätte sich Levy Smokes Djembe Africa angeeignet. Red Dog und T-Bone machen Videospiele auf ihren Palmtops und schreiben SMS, wahrscheinlich an drei verschiedene Frauen. Mein Streit mit Sky. Rachels Unfall, der fast tödlich geendet hätte. Allies Geschichte ... alles verblasst, während die Töne, die durch den Bus ziehen, sich mit dem Surren der Reifen auf dem Asphalt vermischen.

Dann ruft Mom an, und ich gehe nach vorn zu Thumble. Er ist in mein Dasein als Tochter eingeweiht. »Wie geht es Sky?«, fragt Mom, noch bevor sie Hallo gesagt hat.

»Sie hat sich gestern mit jemandem aus Michigan angefreundet.«

»Einem Mann?«

Ich stelle mir Moms Gesicht vor, die Augen vor Überraschung weit aufgerissen, während sie hofft, dass ein anderer Mann Sky helfen wird, Troy zu vergessen. Dabei vergisst sie natürlich, dass diese Taktik bei ihr selbst ganz und gar nicht hingehauen hat. Ob mein Vater das für sie war – eine Ablenkung von der Trauer? Kein Wunder, dass die Beziehung nicht gehalten hat. Als Mensch war er für sie nie wichtig. Für den Bruchteil einer Sekunde tut er mir leid.

»Nein, eine Kunstlehrerin aus Lansing mit zwei Kindern.«

»Auch eine alleinerziehende Mutter.« Ich höre fast, wie Mom zustimmend mit dem Kopf nickt. »Dann öffnet sie sich bestimmt ein bisschen.«

»Vielleicht.« Ich erzähle ihr nicht, dass Rachel fast ertrunken ist und Aaron sie aus dem Pool gezogen hat. Ich will sie nicht beunruhigen, auch wenn Aaron mit seiner Rettungstat bestimmt ein paar Pluspunkte gewinnen könnte. »Sie redet auch schon ein bisschen mehr und überlegt sogar, heute Abend ins Konzert zu kommen.«

»Oh, das Konzert«, sagt Mom, und es klingt, als hätte sie schon ganz vergessen, dass wir deswegen hier sind, dass wir genau genommen auch deswegen Sky helfen können.

»Wie war dein Vortrag?«, frage ich sie.

»Okay. Ich bin noch in Chicago, aber die Konferenz ist fast zu Ende.«

Einen Moment herrscht Schweigen, und ich überlege, ob sie mich gleich fragen wird, wie es mir geht. Wie es am Grand Canyon war. Was Levy macht.

Aber stattdessen fragt sie: »Wie geht es Rachel?«

»Gut. Sie ist total gern mit Levy und Allie zusammen.«

»Schön. Ich dachte mir schon, dass Allie eine gute Ersatzmutter abgeben würde. Ich bin sehr froh, dass sie ihre Wellnesspläne verschieben und einspringen konnte. Typisch Allie.«

»Sie ist bei Sky und Rachel in Skys Wagen.«

»Ich wollte mich nur kurz erkundigen, wie es Sky geht.« Anscheinend geht sie davon aus, dass Sky nicht selbst Auskunft über ihren Gefühlszustand geben kann.

»Sky kommt mit Veränderungen und unerwarteten Ereignissen nicht so gut zurecht. Sie legt Wert darauf, dass alles nach Plan läuft.«

»Das stimmt wohl«, bestätigt Mom, als hätte sie diesen Nachteil an Skys organisiertem Ehrgeiz noch nie wahrgenommen. Ich vermute, dass sie aufgestanden ist und hin und her läuft. Sie kann nicht lange stillsitzen. Vielleicht ordnet sie ihre Toilettensachen oder faltet ihre Klamotten für den Koffer zusammen. »Tja, ich denke, dann versuche ich mal, sie anzurufen. Pass auf dich auf. Und fahrt vorsichtig«, sagt sie und legt auf, ehe ich mich verabschieden kann.

Sofort klingelt das Telefon wieder, und ich denke schon, dass es noch mal Mom ist, aber auf dem Display erscheint Sissys Name.

»Hallo Schätzchen«, sagt sie, und ich habe sofort den Rosenduft ihres Parfüms in der Nase. »Wie geht es dir? Und wie geht es meinen beiden Männern?«

»Wir sind unterwegs nach Albuquerque.«

»Ich weiß. Ich wollte euch nur schnell Hals- und Beinbruch für das Konzert wünschen. Aaron kriegt es ja meistens nicht mit, wenn sein Telefon klingelt. Was macht deine Schwester?«

Ich erzähle Sissy von Sky und ihrer neuen Freundin, dass Aaron Rachel gerettet hat und Levy Worte erfindet.

»Du bist eine gute Schwester, Schätzchen«, stellt sie fest. Dann fragt sie noch: »Und was ist mit Special und Li'l Key?«

Das ist ihre Art, uns daran zu erinnern, dass es nur unsere Musik, unser Job ist, nicht wir selbst. Damit wir mit den Füßen auf dem Boden bleiben, vermutlich. Dann wünscht sie uns noch mal viel Glück und viel Spaß und schickt mit lautem Schmatzen Küsse für ihre Männer durchs Telefon.

Ich gehe zurück zu meinem Sitz und schaue zu Levy. Er hat die Djembe leicht angekippt zwischen die Knie geklemmt, so dass die Geräusche der Straße mitschwingen, und trommelt mit den Händen einen Sechsvierteltakt. Während ich seine Konzentration, seine Achtsamkeit und das versunkene, zufriedene Lächeln, das um seine Lippen spielt, beobachte, sehe ich ihn plötzlich als Erwachsenen vor mir. Wie immer erinnern mich seine Lippen an eine Rosenknospe, aber er lächelt genau wie meine Mom.

Neue Textzeilen erscheinen in meinem Kopf, und ich merke, dass sie sich von Troys Tod und der Möglichkeit, Aaron zu verlieren, abwenden und sich auf einmal mit Levys Heranwachsen beschäftigen. Ein positives Thema. Ganz leicht fließen die Melodien, und ich lasse mich von ihnen tragen.

Als ich aufblicke, erwische ich Aaron dabei, wie er mich ansieht.

»Lass hören.«

Also gebe ich das zum Besten, was ich bisher habe, einfach so, ganz allein, und mache Freestyle, obwohl mir klar ist, dass es eigentlich kein Rap-Song ist. Keine Ahnung, was für ein Song es ist.

Als ich fertig bin, schaue ich zu Aaron, und er nickt mir zu. Langsam und bedächtig.

»Das ist kein Rap«, beschwert T-Bone sich.

»Nein, das ist Li'l Key«, erwidert Red Dog.

Ich ziehe mich um für das Konzert. Inzwischen ist mein halb orange geschminktes Gesicht schon Teil meines Outfits geworden.

»Meinst du, Levy ist schon bereit mitzumachen?«, fragt Aaron, nur halb im Scherz.

»Wir können unmöglich zulassen, dass er den guten alten Smoke verdrängt«, gebe ich zurück.

»Du siehst superheiß aus heute Abend.«

Ich ziehe mir eine fuchsiarote Strähne über die Augenbraue. Das Orange bringt das Grün meiner Augen zum Leuchten, außerdem hab ich heute Abend auch noch gelben Glitzer-Lidschatten aufgetragen.

»Wie eine Tigerin«, sagt Aaron.

Ich mache meine Hände zu Krallen und knurre ihn an. »Grrrrr.«

»Wie süß«, grinst er.

Als unsere Vorgruppe tritt eine Latino-Band auf, ihre Musik ist eine Mischung aus englischem und spanischem Rap, und ich muss die Ohren spitzen, um sie zu verstehen. Aber das Publikum brüllt vor Begeisterung. Sie geben eine Zugabe, und ich weiß, dass wir uns anstrengen müssen, um den gleichen Applaus zu ernten. *Prohibition of Prison* kennen alle, recken die Fäuste in die Luft und grölen den Text mit uns. Als wir *From the Midwest to the West* singen, bin ich zwar nicht darauf vorbereitet, dass Special einen neuen Vers über New Mexico angefügt hat, bei dem es den Leuten hier offensichtlich warm ums Herz wird, aber ich bin stolz auf ihn. Vielleicht wird er eines Tages so groß sein wie King.

Dann bewegt er die Hand mit dem Mikro nach unten, um die Menge zum Schweigen zu bringen, und verkündet. »Wir haben heute etwas ganz Besonderes dabei. Ein Mitglied unserer Crew hat einen neuen Song für euch.«

Ich schaue zu Smoke und Red Dog und T-Bone, die hinter Special stehen, alle mit dem Mikro in der Hand, und sehe, wie sie Blicke wechseln. Offensichtlich sind sie genauso überrascht wie ich.

»Heute gibt Li'l Key ihr Solodebüt! Applaus für Li'l Key!« Special deutet mit dem Mikro auf mich.

Klar, ich hab ihm gesagt, dass ich das will, ich hab ihn darum gebeten, und er erfüllt mir meinen Wunsch. Ich bin zur Stelle. Aber bin ich auch bereit? Mein Herz klopft schneller.

Ich stehe auf und gleite in die Einleitungsakkorde von *I'll Miss Myself*. Bei der ersten Silbe bricht meine Stimme. Ich trete vom Mikro weg und räuspere mich.

Aber dann rutscht mein Finger aus, und ich spiele einen falschen Ton. Mir wird flau im Magen. Seit Jahren habe ich keinen falschen Ton mehr gespielt. Aber ich singe weiter und komme ein bisschen besser in Schwung. Eine Frau in der ersten Reihe mustert mich mit zusammengekniffenen Augen und sagt etwas zu ihrer Freundin. Die schüttelt den Kopf und zuckt die Achseln. Mir läuft der Schweiß über den Rücken, meine Hände rutschen auf den Tasten.

Bei der nächsten Zeile klingt meine Stimme völlig daneben. Als ich einen schnellen Blick zu Special und der Crew werfe, zieht T-Bone gerade das Mikro zum Mund, um mich zu unterstützen. Alle machen sich bereit, einzuspringen und Backup zu singen, um mein Gemurkse zu überdecken.

Das ist meine Chance, sage ich mir. Sing, wie du im Bus gesungen hast. Wie ich für Levy singe. So eine Chance kriegt man nicht ständig.

Ich hole tief Luft, kneife die Augen zu und fange noch mal an. Mit meinem Lieblingsakkord von Fauré bringe ich das Publikum dazu, die Verbindung zu dem Rap-Song zu spüren, den wir davor gespielt haben.

Der Akkord gibt mir Mut. Als er langsam im Saal verhallt, gleiten meine Finger wieder ganz selbstverständlich über die Tasten, und ich bewege mich zum Geist der Worte. Noch einmal atme ich tief ein und lege los, meine Stimme vereint sich mit dem Keyboard, sie werden eins, meine Kehle steuert ihre eigenen Töne bei. Jetzt bin ich zu Hause. In meinem Element. Ich achte nicht mal mehr auf die Zuhörer, sondern singe für das Universum.

Und ich höre auf mit:

Die Liebe ändert sich
Ich werde mich vermissen
Das Ich, das ich zusammen mit dir bin.

Und dann wiederhole ich wie ein Mantra:

Die Liebe ändert sich
Die Liebe ändert sich
Die Liebe ändert sich

Fast unmerklich verändere ich dabei auch die Melodie, bis sie ganz neu geworden ist. Genau wie die Liebe sich ändert. Tränen strömen mir übers Gesicht, und ich denke, während ich hier stehe und singe, an all die Veränderungen der letzten Wochen. An Troys Tod, an Rachel, die um ein Haar ertrunken wäre, an King, der mich in Versuchung geführt hat, und an diesen Song, diesen kleinen Song, der seine Botschaft an eine Menschenmenge weitergibt. Diesen Song, den ich fast verraten hätte.

Die Leute beginnen mitzusingen.

Special hält sein Mikro so, dass das Publikum sich hören kann, nickt der Crew zu, und sie flüstern in ihre Mikrophone:

All love changes. Jede Liebe ändert sich.

Es wird ein Slogan. *All love changes.* Das S vibriert in der Luft, schlängelt sich um uns herum.

Plötzlich reißt Special mittendrin die Hand nach unten, und wir verstummen augenblicklich. Love ist das letzte Wort.

All love.

Auf einmal muss ich an Aarons Vater denken, wie nah mein Text an dem ist, was er beim Abschied immer gesagt hat. *Just love.* Einfach Liebe. Habt euch einfach lieb. Ich erinnere mich noch genau daran, wie Sissy und Aaron sich darüber unterhalten haben.

Und ich singe es, ganz allein und a cappella.

Just love.

Special macht große Augen, als er merkt, was ich da tue, und er versteht die Anspielung.

Schluss.

Das Konzert ist vorbei.

Wir beenden es, indem wir allen sagen, sie sollen sich einfach lieben. Besser geht es sowieso nicht, auch wenn die Liebe oft so verworren und verwirrend ist. Und so wehtun kann. Vermutlich hatte Aarons Vater die ganze Zeit schon recht. Einfach Liebe, und alles ist okay. Na ja, vielleicht nicht okay, aber besser. Was für eine wunderbare Idee.

Ich habe den Backstage-Bereich noch nicht ganz erreicht, als ein Bote mit drei Duzend orangefarbenen Rosen vor mir auftaucht, einer von Kings Typen. Er verbeugt sich und überreicht mir die Blumen, deren Duft mich umhüllt und sofort an Sissy erinnert. Levy kommt angerannt, schlingt die Arme um meine Beine und macht seinen Anspruch auf mich geltend. Ich gehöre nicht dem Publikum da draußen, sondern ihm.

Und dann drückt mir der Typ noch ein Päckchen in die Hand, in glänzend orangefarbenes Papier gewickelt, mit goldener Schleife und aufwändig gekräuseltem Goldband.

»Du hast dich heute Abend selbst übertroffen«, sagt der Typ. »Herzlichen Glückwunsch.« Er legt die Hände zum Namaste zusammen, verbeugt sich wieder und zieht sich zurück.

Aaron beobachtet die Szene mit gerunzelter Stirn. Obwohl ich überhaupt nichts getan habe, ist er sofort wütend.

Sky und Allie sind irgendwo im Publikum, ich habe Sky von der Bühne aus gesehen, als ich mein Keyboard eingeschaltet habe. Ich bin nicht sicher, ob sie mich seit meinem ersten Klaviervorspielen überhaupt je auf der Bühne gesehen hat, sie hatte immer zu viel zu tun am College, beim Jurastudium, und dann war sie auf der anderen Seite des Kontinents. Heute hat sie sich geschminkt, sie trägt die Haare lang und offen. Sie sagt nichts zu mir, sondern geht zu Smoke hinüber und umarmt ihn. In seinen dicken Armen verschwindet sie fast.

Ich habe das Päckchen nicht aufgemacht, aber ich weiß, dass es von King ist.

Das Geschenk und die Blumen unter dem einen, Levy auf dem anderen Arm, gehe ich zu Aaron.

»Sehen wir doch mal, was ich da bekommen habe.« Mit meiner Offenheit möchte ich seine Eifersucht im Keim ersticken und Vertrauen schaffen.

Behutsam schiebe ich das Goldband weg, denn es ist zu schön, um es abzureißen und wegzuwerfen. Dann klaube ich den Klebestreifen ab, denn auch das Papier ist wunderbar. Als Aaron merkt, wie sorgfältig ich mich dem Päckchen widme, wird sein Stirnrunzeln noch stärker.

Vorsichtig hebe ich den Deckel ab. In der Schachtel liegt an einer Goldkette ein etwa sieben Zentimeter großer Anhänger in Form eines Schlüssels, besetzt mit orangefarbenen Steinen in der gleichen Farbe wie die Schminke in meinem Gesicht, nur dass sie auch noch in stärkeren Rotschattierungen glitzern. Daneben liegt eine Karte, auf der steht: »Für die feurige Li'l Key. K«, und darunter noch ein Karteikärtchen, auf dem erklärt ist, dass es sich bei den Steinen um seltene orangefarbene Saphire aus Ceylon handelt.

Offensichtlich hat King das Schmuckstück eigens für mich anfertigen lassen. Die Steine schimmern und leuchten.

»Ich geb dir alles, was du willst, und trotzdem tust du so was?«, fragt Aaron laut und abgehackt. Dann kommt er ganz nah heran und flüstert: »Dabei hatte ich noch vor einem Augenblick, als du auf der Bühne standst und von der Liebe gesungen hast, das Gefühl, dass wir eins sind.«

»Das waren wir auch. Ich habe das für dich gesungen, für uns.«

»Aber anscheinend ermutigst du ihn. Ein Mann macht einer Frau kein Geschenk für zigtausend Dollar, ohne dass er weiß, es ist eine Anzahlung für irgendwas, was er unbedingt kriegen möchte.«

»Es ist eine Anzahlung auf das Geld, das er mit mir zu verdienen hofft«, entgegne ich und lasse die Kette auf den Boden fallen. Dann schaue ich mich nach dem Typen um, der sie mir gebracht hat, aber er ist nicht mehr da, die Tür zum Saal schließt sich gerade hinter ihm. Jetzt liegt die Kette auf dem Boden, der Anhänger glitzert mit seinen Steinen, Schimpf und Schande hin oder her.

Aber es ist zu spät. Aaron hat sich auf dem Absatz umgedreht und ist gegangen.

Aber was hätte ich denn tun sollen?

Eine Frau mit glatten schwarzen Haaren, fast pupillenlosen Augen, einem magentaroten Spaghettiträger-Top, aus dem ihre Titten hervorquellen, einer hautengen kobaltblauen Hose, die ihren Hintern zur Geltung bringt, und Stilettos, die sie fast so groß machen wie Special, stürzt sich auf ihn. »Hi, Süßer«, höre ich sie sagen, »du hast super ausgesehen auf der Bühne. Que lindo eres, auch in echt.«

Es ist so leicht, einfach wegzugehen. So leicht für ihn, so leicht für mich.

So leicht.

Inzwischen zieht die aufgetakelte Tussi Aaron zu sich und küsst ihn auf die Wange, streicht ihm über den Rücken, und ihre Hände machen erst knapp über seinem Hintern halt. Aaron lässt sie machen. Ist das seine Rache? Oder das, was er sich insgeheim wünscht? Ich weiß es nicht.

Schließlich drehe ich mich weg und bücke mich nach der Kette.

Vielleicht benutzt er King ja auch nur als Entschuldigung, um ein paar neue Frauen aufzugabeln.

Die Steine glitzern. Eigentlich bin ich überhaupt nicht scharf auf Schmuck und kaufe mir meine Klamotten meistens in Second-Hand-Läden. Aber King hat mir etwas geschenkt, von dem ich gar nicht wusste, dass ich es mir wünsche. Ein Totem. Ich wollte, ich hätte selbst dran gedacht und mir eines machen lassen.

Sky windet sich aus Smokes väterlicher Umarmung und kommt kopfschüttelnd auf mich zu. »Na, der Apfel fällt nicht weit vom Stamm, was, Tara?«, meint sie und zieht eine selbstgefällige Schnute. Dann hebt sie das Kinn und klickt missbilligend mit der Zunge, während sie mich mit ihren undurchlässigen, durchdringenden grauen Augen anstarrt.

Dabei habe ich nichts weiter getan, als meinen eigenen Song zu singen.

8

Der Apfel fällt nicht weit vom Stamm

Sky

Als ich Tara das letzte Mal bei einem Auftritt erlebt habe, war sie zehn. Es war Spätfrühling und mein College-Semester gerade zu Ende, da haben Mom, Troy und ich ihr zugesehen, wie sie auf die Bühne marschiert ist, sich ans Klavier gesetzt hat und die Hände einen Moment über den Tasten schweben ließ. Dann holte sie tief Luft, schlug einen Akkord von Rachmaninow an, und schon begannen ihre Finger selbstbewusst über die Tasten zu tanzen. Die Musik, die den kleinen Saal erfüllte, war so viel grandioser als das dünne Mädchen mit den zwei französischen Zöpfen. Als sie fertig war, überreichten Mom und ich ihr einen Strauß Seidenrosen, die heute noch ihre Wohnung in Detroit schmücken. Tara hängt total an allem, was sie einmal von uns geschenkt bekommen hat.

Jetzt in Albuquerque sitzen Allie und ich in der ersten Reihe. Ich versuche, die Aufregung und Begeisterung des Publikums in mich aufzunehmen, finde es aber schwierig.

Vor allem hast du dich selbst. Das ist am wichtigsten, hat Tara gesagt.

Nein. Am wichtigsten ist, dass ich Rachel habe. Ich glaube, ich selbst habe mich immer definiert durch meine Ziele und durch die Herausforderungen, denen ich gerecht werden wollte. *Ich* – das ist ein Gefühl permanenter Unzulänglichkeit.

Nie bin ich kompetent, sicher oder gut genug. Ich bin nicht Troy, und ich kann ihn nicht ersetzen.

Jetzt ist der Saal halb dunkel, und Allie macht eine Bemerkung darüber, wie bunt und verrückt die Leute um uns herum aufgemacht sind. Jung, tätowiert, gepierct. Nicht viel anders als in Venice Beach. Begeistert von der ersten Band, die Spanisch und Englisch singt. Mir gefällt das Wortgetöse, das ich nicht verstehe – eine perfekte Chance, in meine eigenen Gedanken zu verschwinden.

Troy hätte Rachel beigebracht, ins Wasser zu springen. »Schau mir in die Augen. Du fliegst ein Stück durch die Luft, dann gleitest du mit den Fingerspitzen zuerst ins Wasser«, hätte er ihr gesagt. Er hätte mit Rachel quadratische Gleichungen geübt und beim Abschlussball oder der Graduierung vor Stolz gestrahlt. Alle diese Augenblicke sehe ich vor meinem inneren Auge aufblitzen ... Troy steht mit Rachel auf dem Sprungbrett, überreicht ihr Blumen bei der Graduierungsfeier. In retuschierten Postkartenbildern sausen die Jahre an mir vorbei. Vater-Tochter-Begegnungen, die ich mir immer gewünscht habe und die ich selbst nie hatte. Aber ich bin fest davon ausgegangen, dass ich sie durch Troy und Rachel erleben würde.

Auch Tara hat keine solchen Erfahrungen.

Aber wir haben beide eine Menge Schmerz erfahren. Zum ersten Mal kommen mir die Unterschiede zwischen uns im Vergleich dazu winzig vor. Ein schwesterliches Band aus Schmerz, auch wenn Tara das nicht so sehen will. Sie redet nie über Stephen, und ich frage mich, wie seine Untreue sie beeinflusst hat.

Jetzt ist sie erwachsen und hat selbst einen Sohn. Und einen Mann, der sie liebt. Sie hat ihr Dilemma gelöst. Und nun muss meine Tochter das Gleiche durchmachen, was ich durchmachen musste. Aber wenigstens wissen wir beide, dass unser Vater uns geliebt hat.

Ich gebe mir selbst die Schuld, aber ich komme immer noch nicht dahinter, was ich eigentlich falsch gemacht habe.

Seit langer Zeit hat es mir heute endlich mal wieder Spaß gemacht, mich hübsch anzuziehen. Mein Shampoo riecht nach Ingwer, mein Duschzeug nach Lavendel. Ich habe mich mit einer Bodylotion eingerieben, die auf der Haut glitzert. Ich habe meine Haare gebürstet und dabei gemerkt, dass sie zu lang sind und dringend nachgeschnitten werden müssen. Gelber Lidschatten macht meine Augen noch grauer. Außerdem habe ich Mascara aufgetragen und danach die Wimpern gekämmt. Mir war bewusst, dass ich mich zum ersten Mal seit Troys Tod um mich selbst kümmerte. Als wir Rachel zu Levy in den Backstage-Bereich brachten, ist sie sofort zu Smoke gesaust und ihm um den Hals gefallen, dann ist sie Hand in Hand mit Levy davongehüpft.

In einem schwarzen Pailletten-Top mit einem orangefarbenen Blitz schlendert Tara auf die Bühne. Auch ihr Gesicht ist halb orange, die Augen gelblich-grün umrandet. Ein paar Strähnen ihrer bunten Haare hat sie sich ins Gesicht frisiert. Jede Bewegung, wie sie auf ihren Stilettos stöckelt und dabei die Hüften wiegt, verkündet Power. Tara hat den Saal im Griff, und als sie ans Keyboard geht, ist sie in ihrem Element, ist sie die Königin der Welt.

Smoke bewegt sich wie immer, nur wie er die Worte beim Singen hervorstößt, ist anders. Trotzdem ist er immer noch der Bär, der ruhende Pol, während T-Bone die Melodie vorantreibt und mit seinem übertriebenen Hüftschwung und den zweideutigen Gesten allem den Stempel »Sex« aufdrückt. Ich frage mich, ob Brooke die Nacht mit ihm verbracht hat und ob er im Bett wirklich so gut ist. Vielleicht ist ja auch alles nur Fassade. Special konzentriert sich völlig aufs Publikum, er singt für die Zuhörer. Jetzt verstehe ich, wie er es geschafft hat, Rachel so schnell aus dem Pool zu holen. Er empfängt die subtilsten Signale von anderen Menschen, fast so, als hätte er einen sechsten Sinn.

Elegant und mühelos macht er dem Publikum klar, dass er einer von ihnen ist, und singt sogar eine Strophe über New Mexico - Sandland, Feuersonne, Tortillas und Bohnen, Türkis und sanftes Korallenrot.

Und dann stellt er Tara vor. Für den Bruchteil einer Sekunde werden ihre Augen groß und ängstlich, und als sie zu singen anfängt, kommt der erste Ton völlig schief raus. Hektisch huschen ihre Augen über das Publikum, und die Crew macht sich bereit, sie zu retten.

Sie kriegt es nicht hin, denke ich voller Freude. Ist das nicht schrecklich? Ich freue mich, weil meine Schwester etwas vermasselt. Dabei ist sie mir gegenüber doch so mitfühlend.

Aber sie fängt noch mal von vorne an, spielt einen Akkord, der eine neue Basis schafft, und dann singt und tanzt sie einen Song, den sie wohl selbst geschrieben hat. Mit Worten über die Liebe beherrscht sie den Saal, und so macht sie aus ihrem Stolpern einen Erfolg – wie immer.

Ist doch ironisch, denke ich, dass Tara, die sich alleine so wohlfühlt, ein Loblied auf die Liebe singt. Jede Liebe verändert sich, singt sie, immer. Ja, sie stirbt, denke ich.

Die Menge tobt vor Begeisterung. Und ich? Ich beobachte sie, meine kleine Schwester. Den Star. Sie ist wie immer und doch auch wieder nicht. Aufgemotzt und glamourös, als wäre sie irgendeine angesagte Berühmtheit, jemand Außergewöhnliches. Glitzernd und kraftvoll. Mit ihren großen grün umschatteten Augen beobachtet sie Special und schaut ins Publikum, nimmt alles in sich auf.

Und sie spielt ihren eigenen Song.

Ihren eigenen verdammten Song.

Ich hasse Gott. Das ist ein schrecklicher Gedanke. Aber ich denke ihn trotzdem. Ich hasse ihn, weil er zugelassen hat, dass mir so was passiert. Mir. Obwohl ich doch immer brav war. Obwohl ich immer versucht habe, alles richtig zu machen.

Taras Stimme liebkost die Worte und offenbart unser Leben. So reagiert sie auf Troy. Aaron. Levy. Sie strahlt ihre Liebe aus.

Ich frage mich, ob wir je darauf geachtet haben.

Ich frage mich, ob wir Liebe geben, damit sie empfangen wird. Was, wenn jemand Liebe anbietet, aber der andere merkt es nicht und geht einfach vorbei. Wuschschsch. Dann verpasst man sie einfach.

Dann kommt Tara zum Ende. *Just Love.*

Wahrscheinlich ist das alles, was man tun kann. Trotzdem lieben, nicht bis zur Selbstzerstörung, aber trotz allem. Liebe und Hoffnung – wenn man sie den Leuten zuwirft, fangen sie sie auf.

Die Menge stampft, singt, schreit und pfeift. Vor allem die Frauen nehmen die Botschaft begeistert auf.

Warum Tara?

Warum sie und nicht ich?

Dann packt Allie meine Hand, und wir sind unterwegs zum Backstage-Bereich. Ein Tisch mit Essen, Tara und Aaron umringt von ihren Fans. Rachel rennt zu mir, das Gesicht halb orange bemalt wie das von Tara, aber völlig verschmiert. Rachel hat das selbst gemacht, weil sie aussehen wollte wie ihre Tante. Das trifft mich hart.

Die Leute gratulieren Tara zu ihrem Solo-Debüt, Aaron umarmt sie, die Crew-Mitglieder klopfen ihr auf die Schulter, als wäre sie eine von den Jungs. Ein Reporter stellt ihr Fragen, Levy hängt an ihren Beinen.

Dann erscheint ein eleganter Mann in einem Armani-Anzug und überreicht Tara einen riesigen Strauß orangefarbener Rosen und eine kleine Schachtel. Sie entfernt das Geschenkband und öffnet den Deckel.

Edelsteine funkeln.

Der elegante Typ legt die Hände aneinander, als wollte er beten, und zieht sich zurück.

Aarons Gesicht verfinstert sich und wird kalt.

Ein Geschenk von einem anderen Mann.

Da hab ich sie erwischt.

Also ist doch nicht alles so perfekt, wie unsere kleine Miss Superstar uns glauben machen möchte.

»Der Apfel fällt nicht weit vom Stamm, was, Tara?« Meine eigene Stimme – wie sie zischend durch meine Zähne kommt, wie hasserfüllt sie klingt – schockiert mich zutiefst.

Ich beobachte ihre Augen, die Aaron folgen, aber er wendet sich von ihr ab, während sie das glitzernde Schmuckstück auf ihrer Handfläche betrachtet. Eine Frau mit einem Pfauen-Tattoo auf dem Arm berührt Aarons Schulter, zieht ihn an sich, streicht mit ihren verzierten Fingernägeln über seine Schulter den Hals hinauf und um sein Ohr.

Tara blinzelt ein paar Mal wie in Zeitlupe und schließt die Augen, als wollte sie das Bild auslöschen oder vielleicht ihre Tränen verbergen. Aber dann hebt sie das Kinn, legt die Blumen auf den Boden, zieht die Kette aus der Schachtel, öffnet den Karabinerverschluss und legt sie sich um den Hals. Der Schlüssel hängt direkt unterhalb ihres Schlüsselbeins und ruht zwischen ihren Brüsten. Das krönende Element ihres Outfits, genau das hat noch gefehlt. Wer immer diese Kette für sie gekauft hat, versteht oder kennt sie gut.

Levy im einen, die Blumen im anderen Arm geht sie weg.

Allie folgt ihr.

Jetzt lässt meine kleine Schwester den Kopf hängen, und als sie sich Levy zuwendet und ich ihr Profil sehe, sieht das Make-up plötzlich kindisch aus – ein kleines Mädchen, das sich für Halloween verkleidet hat, nicht mehr der exotische Glitzer-Star.

Ich müsste Mitleid mit ihr haben.

Aber obwohl das schrecklich ist, tut sie mir nicht leid. Tara hat verdient, was ihr jetzt passiert, dafür, was sie Mom angetan hat, dafür, dass sie oft einfach verschwunden ist, einmal ein ganzes Wochenende, dafür, dass sie geschwänzt und gestänkert hat, dafür, dass sie sich in einen Typen im Gefängnis verliebt hat und von ihm schwanger geworden ist, bevor sie mit der Highschool fertig war.

Ich hab nicht mal ein schlechtes Gewissen, weil ich mich freue, dass das Leben sich gegen sie gewandt hat. Warum soll immer nur ich Kummer haben?

Vielleicht können wir jetzt, wo ich sehe, dass das Leben ihr einen Schlag versetzt, Freundinnen sein. Vielleicht kann ich ihr verzeihen, dass sie gegen alle Wahrscheinlichkeit berühmt geworden ist und ihren unmöglichen Traum verwirklicht hat.

In dieser Nacht fahren wir zu Allies Bruder David, wo wir einen Tag verbringen, bevor wir weiter nach Memphis fahren. Mit Troy bin ich einmal von Ann Arbor über Memphis nach L.A. gefahren. Die Crew ist so hergekommen, aber jetzt nehmen sie die südlichere Route, weil sie unterwegs Auftritte haben. Die Konzertorte bestimmen die Route. Zum Glück liegt Davids Haus nur ein paar Meilen vom Highway entfernt.

Tara beschließt, mit Allie, Rachel und Levy zu fahren, um Aaron aus dem Weg zu gehen.

Ich frage Smoke, ob er mich im Möbelwagen mitfahren lässt.

Erst schaut er mich durchdringend an, dann nickt er und zuckt die Achseln.

»Ich glaube, ich möchte in der Nähe meiner Sachen sein«, erkläre ich ihm.

Dann mache ich mir sofort Sorgen – vielleicht habe ich ihn nicht genug beachtet? Dabei finde ich seine Stabilität doch so angenehm. Ich überlege kurz, ob ich sagen soll: »Ich bin nämlich sehr gern mit dir zusammen«, aber das klingt doof.

Anscheinend kann ich nicht die kleinste Kleinigkeit richtig machen.

Die Kinder schlafen tief und fest. Allie führt die Karawane in meinem Auto an.

Smoke und ich bilden mit dem Möbelwagen die Nachhut. Unsere Fahrzeuge sind die einzigen auf der kurvigen Straße durch die Berge, die die Sicht auf den Sternenhimmel verstellen und unheimliche Schatten werfen. Ich schaue aus dem Fenster.

Smoke summt einen Rhythmus vor sich hin, hält sich wach und bei Laune, untermalt das Motorengeräusch, das Surren der Räder auf dem Asphalt. Vielleicht denkt er sich auch die Percussion für eins der Rap-Stücke aus.

Nach ungefähr einer halben Stunde sagt er: »Tara steht vor einer wichtigen Entscheidung. Verstehst du?«

»Nein.«

»King versucht, sie von Special und der Crew wegzulocken.«

»King? *Der* King?«

»Mhmm«, nickt er. »Er war beim Konzert in L.A. und in Albuquerque. Der Typ mit der Kette war einer von seinen Leuten.«

»Ist Sex der Grund, warum er sie von euch weglocken will?«

»Sex?« Er schüttelt den Kopf und schaut mich an. Selbst in der Dunkelheit werfen seine Augenbrauen tiefe Schatten. »Vielleicht spielt Sex auch eine Rolle. Aber hauptsächlich geht es um ihr Talent und darum, wie er es ausnutzen kann. Sie hält ihn auf Distanz, und er erhöht den Einsatz. Diese Kette, das war ein ziemlicher Hammer.«

»Ja.«

»Es ist immer ein Kampf, inwieweit man das eigene Ding

durchzieht oder Kompromisse eingeht. Wie viel gibt man für die Liebe, für die Freunde auf? Vor allem für einen Künstler ist die persönliche Vision wichtig.«

»Ich hab angenommen, sie spielt nur rum. Du weißt schon, wie man das manchmal macht.« Natürlich haben auch Troy und ich manchmal darüber geredet, wie viel »Ich« man für das »Wir« aufgibt. Damit haben vermutlich alle Paare zu tun, aber normalerweise sind es die Frauen, die die Kompromisse eingehen und mehr von ihrem Selbst für die Beziehung aufgeben.

»Vielleicht würde King tatsächlich ihre Karriere fördern. Vielleicht aber auch nicht. Wer weiß, was die Zukunft für Key und Special bereithält.« Er geht in die Kurve, und ich spüre, wie hinter uns mein weltlicher Besitz ins Schwanken gerät. »King kann sie garantiert berühmt machen, aber er kann garantiert auch dafür sorgen, dass sie Aaron und den Rest von uns verliert.«

Ich habe mich von Tara überzeugen lassen, dass sie und Aaron einzigartig sind, aber vielleicht ist er nur eine Sprosse auf der Leiter. »Und was ist mit dir, Smoke?«

»Für mich geht es darum, wie ich mich beim Musikmachen fühle. Eine Art Meditation. Aber für Tara ist Musik das, was sie ausmacht. Sie könnte neue Räume in sich öffnen, wenn sie ihre eigene Musik macht. Deshalb das Schlüssel-Symbol. Was als Nächstes passiert, wird eine Menge über das aussagen, was in Tara vorgeht. Und in Aaron.«

»Hat Aaron dir das gesagt?«

»Nein. Das habe ich mit meinen eigenen Augen gesehen.«

9

Wie alles miteinander verbunden ist

Tara

Allie folgt mir in die Garderobe. Ich setze Levy auf die Liege und schaue mich nach einer Blumenvase um. Schließlich nehme ich den Müllbeutel aus dem Plastikpapierkorb, fülle ihn mit Wasser und stelle die Rosen hinein. Die Stiele füllen das Gefäß völlig aus, und sofort riecht der ganze Raum nach Blumen.

Orange Rosen.

Ich starre in den Spiegel, auf den juwelenverzierten Schlüssel an meinem Hals. Er ist fast geformt wie ein Anch, das alte ägyptische Symbol ewigen Lebens.

Aber wenn man tot ist, lebt man nicht weiter. Nicht wirklich. Nur die wechselhaften Urteile der Menschen existieren immer weiter.

Allie lächelt mir zu. Ihre Ringellocken fallen ihr weich auf die Schultern, sie trägt eine weit ausgeschnittene schwarze Bluse, eine weiße Hose und eine weiße Stola. »Eine schöne Kette. Wunderschön.«

Ich berühre den Schlüssel, als wollte ich meinen Anspruch darauf geltend machen. »Normalerweise lege ich keinen großen Wert auf materielle Dinge.«

Wir schauen auf unsere Spiegelbilder, dann sage ich: »Aber das hier hat schon was.«

»Es geht um das, was die Kette verkörpert. Darum, dich selbst an erste Stelle zu setzen. Unabhängigkeit.«

»Und Sicherheit«, füge ich hinzu.

»Wie meinst du das?«

»Zu akzeptieren, dass sie zu künstlerischer Anerkennung und finanzieller Sicherheit führt. Ich kann nichts anderes als Musik machen. King hat sein eigenes Plattenlabel. Letztes Jahr hat er Karma and the Kicks geholfen, einen Grammy zu gewinnen. Er baut die Leute auf. Wenn ich sein Angebot annehme, muss ich nie mehr als Straßenmusikerin für Kleingeld spielen – was jetzt immer noch passieren kann. Vielleicht heben Aaron, ich und die Crew nie richtig ab, vielleicht verschwinden wir bald wieder in der Versenkung. Mit King zu arbeiten würde bedeuten, dass ich ausgesorgt hätte. Für Levy und für mich.«

»In jungen Jahren war mir Berühmtheit auch sehr wichtig.« Ich sehe Allies Profil im Spiegel, denn sie hat sich abgewandt, um statt meines Spiegel-Ichs mein wirkliches Ich anzuschauen. »Inzwischen nicht mehr.«

»Warum?«

Sie runzelt die Stirn, zuckt die Achseln und dreht sich wieder zum Spiegel. »Ich glaube, Berühmtheit war für mich immer gleichbedeutend mit Unsterblichkeit, und jetzt, wo ich dem Tod näher bin, macht er mir nicht mehr so große Angst. Außerdem ging es mir darum, etwas zu erreichen, etwas zu bewirken in der Welt. Ich schätze, dem bin ich gerecht geworden, indem ich einfach einen Patienten nach dem anderen behandelt habe.«

Mit zusammengekniffenen Augen starre ich in den Spiegel und lasse mir Allies Worte durch den Kopf gehen. »Für mich geht es darum, der Welt Musik zu schenken. In dem bestätigt zu werden, was ich bin, ohne Wenn und Aber. Aber das Geld ist auch verlockend, vor allem wegen Levy, um ihm Sicherheit zu geben.«

Allie nickt. »In dem bestätigt werden, was du bist, ohne Wenn und Aber … deines Vaters?«

»Ja. Als würde es … als würde er keine Rolle mehr spielen.«

»Du solltest das, was mit deinem Vater passiert ist, nicht persönlich nehmen.«

Aber er ist mein *Vater*, möchte ich am liebsten schreien.

»Das sagt nichts über dich. Nur über ihn. Und so etwas würdest du Levy niemals antun.« Unsere Augen begegnen sich im Spiegel.

Ich lege den Finger auf den größten Glitzerstein. »King kann unmöglich geahnt haben, wie viel mir das bedeutet. Ein Symbol für meine Musik, für Sky und mich, fürs Berühmtsein, für das Leben überhaupt. Dieses Symbol gibt mir das Gefühl, dass ich alles tun kann.«

»Ich glaube, es ist wie Dumbos Zauberfeder?«

»Dumbo? Weil er denkt, er kann fliegen, solange er die Feder hat, aber in Wirklichkeit kann er auch alleine fliegen?«

»Genau. Es liegt die ganze Zeit nur an ihm, nicht an der Feder.«

Ich starre weiter in den Spiegel. Allie ebenfalls. Wir stehen nebeneinander und sprechen mit unseren Spiegelbildern.

»Bist du an ihm interessiert?«, fragt Allie.

»Wenn Aaron nicht wäre, vielleicht. Ich meine, als Kind war ich in ihn verknallt. Aber jetzt …« Ich lasse den Satz in der Luft hängen und zucke die Achseln. »Ich meine, ich hab eine Familie. Ich liebe Aaron. Ich bin nicht sicher, ob wir zusammenbleiben, aber ich weiß, es wäre furchtbar für mich, wenn wir uns trennen. Wie könnte ich Levy das antun?«

»Aber? Ich höre da ein Aber.«

Wieder zucke ich die Achseln und senke den Blick auf meine Hände, die im Chaos meiner Schminksachen ruhen: verschiedene Lidschatten, Rouge, Make-up und Puder, Lippenstifte. »Aaron … er hat sich von dieser Frau küssen lassen. Um sich zu rächen. Um mir wehzutun. Damit ich mich in Acht nehme.«

»Intimität ist immer eine Kombination aus Distanz, Individualität und Kompromiss. Wenn man will, dass die Dinge immer nach der eigenen Nase laufen, muss man alleine leben.« Allie legt den Kopf in den Nacken und lacht, halb amüsiert, halb bitter. »Und das bringt natürlich seine eigenen Freuden und Kümmernisse mit sich. Wie du gesagt hast – jede Liebe verändert sich, wenn du dir erlaubst, einfach nur zu lieben.«

Jetzt starre ich wieder auf mein Spiegelbild. Das Orange ist noch am Platz, und mit den grünen Katzenaugen sehe ich weise und wild aus, obwohl ich mich überhaupt nicht so fühle. Weder das eine noch das andere. Ich fühle mich unsicher. Schon immer habe ich mich gern verkleidet, bevor ich der Welt mein Gesicht zeige. Als Teenager hab ich mir die Haare schwarz gefärbt. Jetzt schminke ich mich, um Li'l Key zu werden. Ist das Eitelkeit? Maskerade? Ein Schutzschild? Dann wird mir klar: Es ist alles drei.

Die Edelsteine funkeln so hell, damit kann ich unmöglich Schritt halten.

»Womöglich hab ich schon alles vermasselt. Oder eher: King hat alles vermasselt.«

»Das war ja auch sein Plan, oder nicht?« Wieder treffen sich unsere Blicke im Spiegel.

Ich überlege, was ich verlieren würde, wenn ich Kings Angebot annehme. Sofort fällt mir ein, in welchem Ausmaß er mich und meine Musik kontrollieren würde.

»Letzten Endes kommt es darauf an, was Erfolg für dich bedeutet. Möchtest du ein angesagter Superstar sein, für den man achtzig Dollar hinblättern muss, wenn man ihn live sehen will? Oder möchtest du dem Sog deiner Kunst folgen, möchtest du herausfinden, wo sie dich hinführt und wie sie am besten deine Einzigartigkeit auszudrücken kann?« Jetzt legt auch Allie die Hände auf den Schminktisch und beugt sich näher zum Spiegel, näher zu mir. »Vielleicht lotet die Musikerin, die für Kleingeld am Strand spielt, ihr Talent vollständig aus und schenkt allen Menschen, die vorbeigehen, eine große Freude –

ohne dass sie dafür eine Unmenge Geld lockermachen müssen.«

Vielleicht. Bisher hab ich immer gedacht, man erreicht die meisten Menschen, wenn ein Song total populär ist. Aber vielleicht muss man ihn dafür so lange herunterdimmen und glätten, bis er seine Leuchtkraft und seine Schärfe verliert.

Vielleicht hat man aber auch Glück. Dann passt deine Stimme und das, was die Leute sich wünschen, am Ende zusammen.

Ich nehme die Dose mit der Coldcream und schmiere sie mir ins Gesicht, um Key wegzuwischen und Tara wieder zum Vorschein zu bringen.

9

Wie alles miteinander verbunden ist

Sky

Die Sonne weckt mich. Als ich die Augen aufschlage, sehe ich, dass sie gerade über einen Berggipfel gestiegen ist. Gestern Abend – genau genommen heute in den frühen Morgenstunden – sind wir in diesem von Bergen eingeschlossenen Tal angekommen. Es war so dunkel, dass wir neben der holprigen Straße nicht viel mehr gesehen haben als hin und wieder das Aufblitzen eines Stacheldrahts. Auf einmal starrte mich ein Pferd an, eine Schecke, von der aber nur die weißen Flecken zu existieren schienen. Erst als sie mit einem weißen Augenlid blinzelte, habe ich das glänzende Auge darunter erkannt, und nach und nach setzte sich das ganze Pferd zusammen.

Im Traum ist es mir dann wieder erschienen.

Rachel liegt neben mir, einen Arm über mich gestreckt.

Ich schaue mich in dem Zimmer um, in das wir heute Nacht gestolpert sind. Die Wände sind aus Adobe, in einem hellen Rosa gestrichen. Auf dem Boden große sandfarbene Fliesen. Vor dem Fenster pickt ein Vogel die Kerne aus einem Vogelhäuschen, das in einem Baum hängt.

Ich stehe auf, schnappe mir meinen Kulturbeutel und spaziere aus dem Zimmer auf einen langen Gang mit Türen auf beiden Seiten, bis ich ganz am Ende schließlich das Bad finde.

Ich wandere durchs Haus. Sonst ist noch niemand wach. In der Küche entdecke ich eine Kanne mit frischem heißem Kaffee. An den Wänden stehen Schränke und ein Backofen, in der Mitte eine Kücheninsel mit Spüle und Herd, die Fliesen mit farbenfrohen Tieren und riesigen Blumen verziert.

Ich gieße mir eine Tasse Kaffee ein, ziehe mir meine Kapuzenjacke über und gehe nach draußen. Die Berge werfen ihre Schatten über eine karge Prärielandschaft. Das Pferd, das ich gestern gesehen habe – jetzt erkenne ich auch, dass es eine Stute ist –, scharrt mit seinen breiten Hufen in der Erde. Hinter ihr steht ein schwarzes Fohlen, beobachtet mich interessiert und peitscht mit dem Schwanz. Die grasende Stute hebt den Kopf und wiehert. Ihre Augen – das eine weiß eingerahmt, das andere schwarz – verleihen ihr ein etwas absurdes Aussehen, was gar nicht zu der geisterhaften Kreatur von letzter Nacht passt. Ohne mich aus den Augen zu lassen, trottet sie zum Rand ihrer Weide und hebt die Schnauze.

Ich gehe zu ihr und streichle über ihre Nase, über die erstaunlich weiche, von pieksigen Barthaaren durchsetzte Haut. Das Tier schmiegt sich an meine Hand und hofft auf einen Leckerbissen, aber ich habe nichts.

»Das ist Mija.«

Als ich mich umdrehe, sehe ich einen großen Mann mit einem Cowboyhut und langen grauen Haaren. Er hat ein markantes Gesicht und stechende Augen.

Mija bäumt sich auf, schlägt kurz mit den Vorderbeinen in die Luft und trottet dann wieder am Zaun auf und ab. Wie dünne Fähnchen wehen die Haarsträhnen des Schwanzes hinter ihr her.

Der Mann holt eine Möhre aus der Tasche und gibt sie der Stute, streicht mit der anderen Hand sanft über ihre Stirn und die samtweiche Nase. Sie isst die Möhre und streckt den Kopf über den Zaun, damit der Mann näher kommt und sie weiter streichelt. Mit bebenden Nüstern wiehert sie ihn an.

Ich wusste nicht, dass Pferde einen Menschen lieben können.

Es ist mir nie in den Sinn gekommen, dass ein Pferd überhaupt lieben könnte.

Dann trottet auch das Fohlen zu dem Mann, er zieht noch eine Möhre aus der Tasche, eine kleinere diesmal, und gibt sie dem Fohlen. Das stampft und lässt sich am Ohr kraulen.

Jetzt wendet der Mann sich wieder mir zu, wischt die Handfläche am Hosenbein ab und sagt: »Ich bin David. Wir haben schon halb geschlafen, als ihr angekommen seid. Ich hoffe, Allie hat euch alle gut untergebracht.«

»Ich bin Sky«, stelle ich mich vor und schüttle seine warme Hand.

»Du bist bestimmt die Schwester mit der Tochter. Zwei wunderschöne Schwestern – eine mit einem hübschen Sohn, die andere mit einer hübschen Tochter. Was für ein Glück.«

Mija tänzelt herum und will immer noch seine Aufmerksamkeit.

»Sky – da hast du ja einen ziemlich eindrucksvollen Namenspatron«, meint er und schaut zum Himmel empor.

Ich folge seinem Blick, und zum ersten Mal fällt mir auf, dass der Himmel in Horizontnähe blasser ist. Über uns ist er fast dunkelblau, und dazwischen gibt es endlose Blauschattierungen. Die Sonne funkelt, blendend weiß.

»Die Sterne haben ihren Nachtgesang beendet und einen wunderschönen Morgen heraufbeschworen«, sagt David, das Gesicht immer noch zum Himmel gewandt. »Komm, hilf mir, ich muss die Esel füttern.«

Hinter dem Haus, auf einer anderen Wiese, steht ein Heuschober. Zwei Esel traben über die Wiese.

David öffnet den Riegel, und ein dicker Esel zottelt zu uns herüber. David tätschelt ihm den Kopf, zieht mit einem Haken einen Heuballen aus der Scheune herunter, schlitzt den Jutesack auf und wirft das Heu in die Futterraufe an der Wand. Dann reicht er mir einen großen Krug, mit dem ich Hafer in einen Behälter schaufeln kann, und füllt einen Trog mit Wasser. Inzwischen ist noch ein anderer Esel gekommen, um uns zu beobachten.

»Das ist Mohammed. Und das hier Happy Buddha.« Mit einer Kopfbewegung deutet David auf den anderen Esel, dessen Bauch fast bis zum Boden hängt. »Sie arbeiten immer noch an einer Entscheidung über die Zukunft der Welt und den Sinn des Lebens.« Er lacht leise, und seine Stimme klingt seltsam dumpf, als käme sie mitten aus einem Wirbelsturm. Unwillkürlich schaue ich nach, ob er am Hals irgendwelche Narben von einer Operation hat, die das Echo erklären könnte. Aber ich sehe nur einen Hals mit angegrauten Bartstoppeln und einem vorstehenden Adamsapfel, ohne die für einen älteren Mann üblichen Falten und Runzeln.

David ist ein attraktiver Mann, sehnig und fest, der Marlboro-Mann mit einem sanften Einfühlungsvermögen, das zum Vorschein kommt, wenn er seine Tiere berührt.

Auf einmal erhebt sich aus dem Dachstuhl der Scheune ein Schwarm weißer Tauben und schwingt sich in den tiefblauen Himmel. Auf lautlosen Flügeln flattern sie durch die Luft, als würden sie uns ein choreographiertes Ballett vorführen.

Der Duft von Salbei und Heu steigt mir in die Nase, dazu irgendein süßes, moschusartiges Aroma.

David schaut wieder zum Himmel, dann sieht er Happy Buddha und Mohammed eine Weile beim Fressen zu. Mohammed reibt das Kinn an Happy Buddhas Rücken.

»Da«, ruft David plötzlich und streckt die Hand aus, »man muss schnell hinsehen, sonst verpasst man sie.« Ein Präriehund hebt seinen Kopf, die Pfoten wie zum Gebet aneinandergelegt, piepst und verschwindet blitzschnell wieder in seiner Erdhöhle. Im gleichen Moment kommt ein großer Hund zu David gelaufen und setzt sich neben ihn. »Das ist Misty«, sagt David und legt die Hand auf den Kopf des Tiers.

»Ich dachte, er wäre ein Kojote.«

»Fast, aber nicht ganz. Ich hab ihn im Tierheim gefunden.«

Auf einmal fällt mir ein, dass ich heute nicht um 3 Uhr 42 aufgewacht bin. Waren wir um die Zeit schon hier oder noch im Auto? Keine Ahnung. Aber heute Morgen sehe ich den Himmel, die Pracht seiner Farben, ich sehe den Frieden der Tiere und ihre Liebe zu diesem Mann, der sich um sie kümmert.

»Magst du Kunst? Hast du Lust, dir mein Studio anzuschauen?«, wechselt er unvermittelt das Thema.

Soweit ich sehen kann, gibt es keine anderen Häuser in der Nähe, nur ein Tal umringt von Bergen und Zäune, die das Land unterteilen. Ansonsten nur das Adobe-Haus, in dem wir übernachtet haben, und ein paar Nebengebäude. Aber hinter der Scheune kommen wir zu einem kleinen Holzgebäude mit großen Fensterfronten und einer Veranda.

Drinnen hängen Hunderte Pinsel an verschiedenen Haken, eine große Staffelei mit einer leeren Leinwand beherrscht den Raum, und hinter ihr lehnt ein Landschaftsgemälde in kräftigen Farben – ein Querschnitt durch die Erde. Man sieht Wurzeln auf der Suche nach Nährstoffen, Pflanzen, die ihre Blätter der Sonne und dem Regen entgegenrecken. Die Szene ist durchdrungen von einem Gefühl für den Zusammenhang von Erde, Wurzeln, grünen Pflanzen, Wasser und Licht.

In den Erdfurchen glitzert Schnee, und ich kann fast sehen, wie er schmilzt und die Pflanzen nährt.

»Letzte Woche hatten wir den ersten Schnee, aber er hat sich nur ein paar Stunden gehalten, dann wurde er von der Sonne geschmolzen und von der Erde aufgesogen. Jetzt existiert er nur noch auf diesem Bild«, erklärt er und deutet mit dem Daumen darauf.

Die Pinselstiele sind aus Zweigen gemacht, die Rinde abgeschält oder mit eingeschnitzten Symbolen versehen, verschiedene Haarborsten bilden unterschiedlich geformte Spitzen – schmal zulaufend, fächer- und keilförmig. Manche sind wimperndünn, andere dreifingerdick.

Als David bemerkt, dass ich sie anstarre, erklärt er: »Ich mache meine Pinsel selbst. Mija, Happy Buddha und Wisdom, mein Ziegenbock, der gerade mit der Ziegenfrau in der Stadt zugange ist, steuern ihre Borsten bei.«

Ich strecke die Hand aus, um die Pinsel zu berühren, halte mich aber in letzter Sekunde zurück und frage: »Darf ich?«

»Ich freue mich, dass meine Pinsel dich zum Sprechen inspirieren. Das sind die ersten Worte, die du zu mir gesagt hast.« Er klingt erleichtert.

Vermutlich ist er das auch.

»Ich stelle gern Sachen her«, erklärt David achselzuckend, als wäre das keine große Sache. »Genau genommen muss ich Sachen herstellen, ich kann die Hände einfach nicht stillhalten. Zwischen zwei Bildern mache ich Pinsel oder baue Häuser oder arbeite an meinem Koi-Teich.« Es hört sich an wie eine Information, nicht wie eine Erklärung. Es ist, wie es ist. Er ist, wie er ist. Ganz einfach.

Ich gehe zu den Gemälden, die an der Wand lehnen. Neben dem, das ich zuerst gesehen habe, steht eines, auf dem sämtliche Schattierungen der Farbe Blau eingefangen zu sein scheinen, in ineinander verschlungenen, wirbelnden Spiralen, als wollte der Himmel die Sonne gebären. Auf dem Flug in eine andere Welt berührt ein weißer Taubenflügel die Ecke des Gemäldes.

»David? David?«, höre ich Allies Stimme. Als wir aus der Studiotür spähen, entdecken wir Allie mit Rachel an der Hand, dahinter Tara, Levy und Smoke. Happy Buddha stupst Levy mit der Nase in den Rücken, als wollte er ihn zu David treiben. Diese fremden Menschen sind Eindringlinge auf seiner Wiese.

Sie betreten das Studio, Rachel rennt zu mir, und ich nehme

sie hoch und küsse sie, während die anderen sich umschauen. David und Allie haben die gleichen strahlenden Augen, nur sind Davids noch ein bisschen dunkler und intensiver. Auch ihre Arme und der Oberkörper sind gleich proportioniert, Hände und Unterarme beinahe identisch, obwohl David größer ist. Ich frage mich, ob Tara und ich uns auch in Aspekten ähneln, die ich nie wahrgenommen habe, weil ich mich immer viel zu sehr auf unsere Unterschiede konzentriere.

Zusammen mit Tara sehe ich mir Davids Bilder an, die gegenüber von den Pinseln an der Wand lehnen. Wir blättern uns durch die Jahreszeiten. Der Schnee auf dem Berg wird höher, Adler sind auf der Jagd, glitzernder Hagel prasselt auf den Boden, schließlich werden Zweige und Knospen wiedergeboren. Und natürlich Menschen, verwitterte Gesichter, die ich nicht kenne, Allie, die lächelt, Allies Töchter.

»Verkaufst du die?«, fragt Tara.

»Gelegentlich. Manchmal in Santa Fe, manchmal in New York, manchmal gar nicht.« Dann lacht er wieder mit diesem seltsam hohlen Nachhall.

»Ende der Achtziger, damals, als es in Soho richtig losging mit der Kunst, war David sehr erfolgreich«, erzählt Allie. »Er hat genug Geld gemacht, dass er das Land hier kaufen und das Haus bauen konnte – größtenteils mit seinen eigenen Händen.«

»Ich hatte die Nase voll von den Zwängen des Markts, von den ganzen mehr oder weniger subtilen Bemerkungen der Galeristen, die eine ganz bestimmte Art Gemälde haben wollen, weil sie sich verkauft. Ich hab das Malen geliebt, einfach das Malen. Malen und Dinge herstellen. Ein Künstler findet seine Vision, findet seine Stimme und kommuniziert damit, ganz gleich ob sie gehört wird oder nicht. Jetzt male ich nur noch, was ich will und wann ich will. Ich schnitze und mache Pinsel oder hebe einen Koi-Teich aus oder pflanze eine Weide, wenn ich Lust dazu habe. Oder ich mache mit Mohammed und Happy Buddha eine Wanderung.« David deutet durchs Fenster auf den schneebedeckten Berg.

Tara ist ungeschminkt, und ich bemerke gelbe Sprenkel im Braun ihrer Augen. Sie hält den Kopf schief, eine Geste, die zeigt, dass sie aufmerksam zuhört. Dann suchen ihre Augen die von Aaron, der sie schon vorher beobachtet hat. Als ihre Blicke sich begegnen, huscht ein kleines Lächeln zwischen ihnen hin und her, und Tara geht näher zu ihm und Levy.

»David«, sagt Allie fast tadelnd und runzelt die Stirn.

»Ich zeige den Leuten gern, wie ich diese Welt sehe. Das erkennt man auf meinen Bildern. Wie alles miteinander verbunden ist.«

Smoke geht zu der Wand, an der die Pinsel hängen, und beginnt Fragen zu stellen, wie lange die Holzstiele trocknen müssen, welchen Kleber David benutzt, um die Borsten am Griff zu befestigen. Manchmal werden sie umwickelt, manchmal hämmert David aus verschiedenen Metallarten kleine Hüllen. Da auch Smoke seine Trommeln selbst baut, verwickeln sich die beiden in eine Diskussion über Vor- und Nachteile diverser Tierhäute.

Ich lausche den Gesprächen über Prozesse, die ich immer für selbstverständlich genommen habe. Dinge werden gemacht, und man kauft sie in einem Laden. In Plastik verpacktes Essen, Klamotten, die an Ständern hängen, fertig und bereit, gekauft zu werden. Zu meinem Lebensstil gehört es, aufmerksam zu sein bei dem, was ich kaufe. Angemessene Arbeitskleidung. Angemessene Partykleidung. Gemütliche, praktische und pflegeleichte Möbel, auf denen man die Abdrücke von klebrigen Kinderhänden nicht so sieht. Seltsam eigentlich, dass ich nie darüber nachgedacht habe, wie das alles hergestellt wird, denn Mom hat Ketten und Pflanzenampeln aus Makramee gemacht und auf Kunsthandwerksmärkten verkauft. Aber David macht

Kunst, weil er muss, genauso wie Tara Musik machen muss. Und Smoke ist eine Kombination von beiden.

Mohammed und Happy Buddha stehen an ihrem Tor und beobachten uns, als wir zum Haus zurückgehen. Unterwegs kommen wir an einem Koi-Teich vorbei, der von einem kleinen Wasserfall gespeist wird. Die Schuppen der dicken orangefarbenen, weißen und gescheckten Fische funkeln im Wasser.

David streckt die Hand in den Teich, und sofort haben die Fische sie umringt. »Hast du schon mal einen Fisch gestreichelt?«, fragt er Levy, der mit ernster Miene den Kopf schüttelt. »Magst du es versuchen? Sunshine wird furchtbar gern gestreichelt, und sie hat noch nie eine Kinderhand gespürt.«

Vorsichtig steckt Levy die Hand aus, und ein orangefarbener Fisch gleitet mit seinem Körper an seinen Fingern entlang.

»Ich auch!«, ruft Rachel und kniet sich neben David, die Fingerspitzen schon im Wasser. Mit der gleichen sanften Konzentration, mit der sie Menschen über die Wange streichelt, berührt sie das Gesicht des Fisches. So hat sie auch das Gesicht ihres Vaters auf dem Computer berührt, am Tag bevor er gestorben ist.

Der Fisch schwimmt hin und her, um möglichst viel von ihrer Zärtlichkeit mitzubekommen.

Der Garten rund um das Haus hat bereits sein Winterkleid angelegt. An den Zweigen hängen nur noch ein paar Beeren, die die Vögel vergessen haben, vertrocknete Stiele von Stockrosen ragen aus dem Boden, beladen mit Samen, und die Erde macht sich bereit für den nächsten Frühling.

David steht auf. »Erstaunlich, nicht wahr, diese Welt, die uns gehört – wir müssen nur unsere Sinne gebrauchen, um sie zu genießen. Happy Buddha hat mir den Sinn des Lebens noch nicht verraten, aber für mich ist es einfach das hier …« Er schwenkt die Arme über das Tal. »Das hier in seiner ganzen Pracht. Dieser Planet, den man uns geschenkt hat. Es gibt kein Warum, es gibt keine Gerechtigkeit … wir haben alle das Glück, dass wir hier geboren sind, das Glück, dass wir diesen Tag, diesen Atemzug geschenkt bekommen. Jeden Tag erwache ich und fühle mich geehrt. Jeden Tag spüre ich, dass ich lebe.«

Als ich über die Erde blicke, taucht wieder ein Präriehund auf und sieht mir diesmal direkt ins Gesicht. Wir starren uns an, bis Aaron sich zu mir gesellt. Die Kreatur bellt und verschwindet blitzschnell in ihrem Loch.

»Erinnert mich an Detroit«, sagt Aaron mit einem Blick über die Hochebene und den Berg in der Ferne.

Ich wende mich zu ihm um und merke, dass er sich einen Schnurrbart hat wachsen lassen, was seine Oberlippe ganz weich erscheinen lässt. »Wie das? Ich kann mir kaum etwas Unterschiedlicheres vorstellen.«

»Als ich klein war, hab ich mich oft aufs Dach hochgeschlichen. Hab geschrieben und die Tauben gefüttert, die sich da oben rumgetrieben haben. Ich war vom Himmel umgeben, wie hier, und die Dächer der anderen Häuser waren die Berge.« Er nickt zu dem Gipfel. »Der Verkehrslärm klang nur gedämpft zu mir herauf, die Straßenschluchten lagen weit unter mir – so ähnlich wie die Erdwälle, hinter denen die Präriehunde sich verstecken.« Er geht in die Hocke. »Es fühlt sich genauso an. Bei beidem spürst du, was groß und was klein ist.«

»Du denkst an Tara.«

»Immer wenn ich meine, jetzt hab ich sie verstanden, dann tut sie etwas, was alles verändert.«

»Mir geht es genauso, und ich kenne sie schon mein ganzes Leben.«

Langsam steht er wieder auf, und seine schwarzen Augen glänzen. »Sie versucht, das zu kriegen, was sie will, und sie hat Angst, jemandem zu verraten, was genau das ist.«

»Ich weiß, dass sie dich liebt. Man merkt es nicht immer, weil sie es so gut verbirgt, auch aus Angst.«

»Das weiß ich.« Er schüttelt den Kopf. »Aber sie könnte all die Wunder kaputtmachen, die wir erschaffen haben. Unsere Familie.« Er deutet zu Levy, der mit den Männern der Crew einen Erdklumpen hin und her kickt, und dem Tourbus. »Aber wir schaffen das«, meint er achselzuckend.

Er hat das genau durchdacht. »Du denkst an die Zukunft«, bemerke ich.

»Nichts würde beim Alten bleiben.« Seine Stimme wird ganz sanft, und er schaut weg, als wollte er nicht, dass ich seine Augen sehe.

»Ja, ich weiß.«

Auf einmal berührt er meinen Arm. »Ja, das stimmt.« So stehen wir nebeneinander, vor dem verschneiten Berggipfel, und die Tauben tanzen über den blauen Himmel.

Nach einer Weile räuspert sich Aaron. »Du machst weiter, und vielleicht ist es wirklich das Beste, was man tun kann. Troy war ein besonderer Mann. Er hat mir viel geholfen, zum Beispiel damit, dass er vorgeschlagen hat, wir sollen uns juristisch absichern und Larry einen guten Teil managen lassen. Denk nicht, ich wäre undankbar. Troy hat alle wie Menschen behandelt, er hat sich um seine Leute gekümmert.«

Ich habe das Glück, dass ich Troy gekannt habe, ich habe das Glück, dass er mich geliebt hat.

Als wir aufbrechen, geht David noch einmal in sein Studio zurück und holt das Himmelsbild. »Das brauchst du jetzt«, sagt er. »Denk an die Unendlichkeit des Augenblicks in diesem kleinen Rechteck.« Damit überreicht er mir das Gemälde und schaut zu, wie ich es hinten im Möbelwagen verstaue.

»Denk dran zu fliegen, Sky. Flieg.«

Ich bekomme eine Gänsehaut. Woher hat David gewusst, dass es darum geht?

Er winkt uns nach, als wir losfahren. Misty sitzt neben ihm. Mija trabt ein Stück neben uns her und begleitet uns zur Straße hinunter.

10

Leicht angeschlagen

Sky

Es gibt kein Warum, es gibt keine Gerechtigkeit … wir haben alle das Glück, dass wir hier geboren sind, das Glück, dass wir diesen Tag, diesen Atemzug geschenkt bekommen. Davids seltsame Stimme geht mir nicht mehr aus dem Kopf, als ich mit Smoke nach Oklahoma City fahre. Die Berge werden kleiner, nun gibt es wieder vertraute Ebenen, unterbrochen von sanften Hügeln. Riesige Gummifetzen liegen auf der Straße. Wir haben sie schon auf der Route 40 gesehen, große Stücke von explodierten Reifen, noch gebogen und mit erkennbarem Profil, meistens auf dem Seitenstreifen, aber manchmal müssen wir auch um sie herumfahren, weil sie mitten auf der Fahrbahn gelandet sind und uns ihre teerigen Klauen entgegenstrecken.

Ich denke nach über das Glück, geboren zu sein, aus dem Kosmos geholt, mit Augen zum Sehen und Nerven zum Fühlen und Ohren zum Hören. Mit unseren Sinnen. Unserem Atem. Wie beharrlich unsere Lungen arbeiten, wie lebenswichtig sie für uns sind, vom ersten bis zum letzten Atemzug. Ich erinnere mich an die ungeheure Freude bei Rachels erstem Schrei und sehe Rachel wieder am Pool liegen, leblos, ohne Atem, ein Bild, das seither unzählige Male vor meinem inneren Auge erschienen ist.

Aber wir sind gierig. Ich bin gierig. Ich will mehr. Ich will alles, was ich mir gewünscht und womit ich fest gerechnet habe. Häuser, Jobs und Erfolg. Menschen. Troy. Rachel. Ich bin dankbar für das Leben, aber ich gehe selbstverständlich davon aus, dass ich belohnt werde. Ich weiß meine Atemzüge nicht zu schätzen, mein Einatmen und mein Ausatmen.

Verlust führt zu Verbitterung. Und die Dankbarkeit für das Leben verwandelt sich in Selbstsucht.

Draußen wird es grüner. Als wir die Ebenen von Texas erreichen, verschwindet das Grün wieder.

Keine Farmen. Verstreut ein paar Rinder auf den trockenen, versteppten Wiesen. Werbetafeln für Strip-Clubs an jeder Ausfahrt.

Ich versuche positiv zu bleiben, versuche das Bild von Troy aufzuhalten, das vor meinen Augen verblasst. Die scharfen Spitzen der Windräder drehen sich, die Flügel schneiden durch die Luft. Ich kann sie nicht hören, weil die Reifen des Möbelwagens auf der unebenen Straße so laut surren.

Nicht einmal Smoke ist ein Trost. Die Fahrt ist lang, und er wollte Hilfe. Bei Santa Rosa nehmen wir die 40 direkt nach Osten, durch Amarillo nach Oklahoma City. Dort gibt es ein Konzert, am nächsten Tag sind wir dann unterwegs nach Memphis. Zwei Tage in Memphis. Jetzt kenne ich die Route für den langen Weg nach Hause.

Wir kommen an einer schwarzen Plakattafel vorbei, die in weißen Lettern verkündet: *Die Hölle ist real.* Nur das H der Hölle ist leuchtend rot.

Ewig könnte ich so auf dieser Straße fahren, dieser Oase außerhalb des Lebens. Ich möchte mich treiben lassen, planlos, ohne Verpflichtungen oder Termine. So ein Unterschied zu meinem Leben vor einem Monat. Es liegt eine Ironie darin, zu beobachten, wie Tara, Aaron, Smoke, Red Dog und T-Bone von einem Termin zum nächsten eilen, während ich mit meinen Habseligkeiten in diesem Laster durchs Land fahre.

Rachel sitzt in dem Auto vor mir, das schneller ist als wir, und sie entfernt sich von mir. Wenn ich daran denke, wie sie mit Tara und Allie lacht und mit Levy kuschelt, fühle ich mich noch einsamer.

Smoke hat die Straße fest im Blick. Vielleicht denkt er gerade darüber nach, wie er mit den Tricks, die David ihm über Ziegenfell und Holz erklärt hat, eine Trommel bauen kann. Er beugt die Finger, als wären sie müde vom imaginären Trommeln. Auf den Handflächen und sogar den Fingerspitzen hat er Schwielen, und ich frage mich, ob er da überhaupt noch etwas fühlt.

Vielleicht kriegt man nach einer Weile auch Schwielen auf dem Herzen und fühlt den Schmerz nicht mehr.

Ich müsste aufhören, Rachel zu lieben. Und Mom. Dann wäre ich in Sicherheit.

Das Land ist flach, trocken und staubfrei. Die Straße läuft pfeilgerade durch die endlose Eintönigkeit.

Völlig unerwartet, ohne dass ich es selbst richtig merke, sage ich: »Ich war noch nie mit einem anderen Mann zusammen als mit Troy.«

Smoke nimmt die Augen keine Sekunde von der gelben Linie. »So sollte es auch sein«, meint er nach einer Weile. »Das ist cool. Meine Frau und ich, wir waren schon eine ganze Weile zusammen, bevor wir Sex hatten, und als wir es dann gemacht haben, war es irgendwie …« Er sucht nach dem richtigen Wort. »… irgendwie heilig. Nicht bloß zwei Körper, die zur Sache kommen. Schließlich kann beim Sex ein Baby entstehen, ein ganz neues Leben, ein neuer Mensch.«

»Vermutlich werde ich nie mit einem anderen Mann zusammen sein.«

»Das glaube ich nicht – du bist jung, du wirst einen anderen finden.«

Ich weiß nicht, was die Tatsache, dass ich jung bin, damit zu tun hat. »Und was ist dann mit der Heiligkeit?«

Er wendet sich mir zu, und seine blauen Augen überraschen mich immer wieder von neuem. »Das kannst du wieder haben. Es kann nicht nur einmal im Leben passieren.« Er zuckt die Achseln. »Wenn du die Liebe findest, hat Sex zwei Funktionen: Babys und Nähe. Den Körper zu teilen bereichert die Beziehung, die Partnerschaft wird stärker.«

So etwas habe ich nicht von ihm erwartet. Keine Ahnung, was ich erwartet habe, aber das nicht. Vielleicht mehr zum Thema »Sex als Entspannung«. Vielleicht die Erkenntnis, dass Sex mit einem neuen Menschen zwar ein bisschen unheimlich ist, aber Spaß macht. Aber womöglich gehört das gar nicht zu den Erfahrungen eines Mannes. Wie dem auch sein mag – auf alle Fälle habe ich nicht mit einer Abhandlung über die vielschichtige Verschmelzung gerechnet, die durch die körperliche Liebe erreicht werden kann.

Also versuche ich mir vorzustellen, wie es wäre, das, was ich mit Troy geteilt habe, mit einem anderen Mann zu erleben. Aber es funktioniert nicht, und ich schaue mir lieber wieder die Telefonmasten an, die wie Kreuze neben der Straße aufragen.

Auf einmal höre ich eine Sirene. In der Erwartung, einen Krankenwagen zu sehen, wende ich mich um, aber es ist die Polizei – wir sollen rechts ranfahren.

Smoke und ich sind seit zwei Stunden unterwegs, also müssen wir kurz hinter der Grenze von Texas sein.

Rot und lila schwirren die Lichter auf dem Streifenwagen.

»Warum will der, dass wir halten?«, frage ich Smoke.

»Weil er es kann«, antwortet er spöttisch. »Ich bin überhaupt nicht schnell gefahren. Unser Van ist ein Leihwagen, also ist die Plakette auf jeden Fall in Ordnung. Sonst fällt mir kein Grund ein.« Seine Oberlippe zittert ein bisschen. Nur ganz aus der Nähe, wenn man wie ich neben ihm sitzt, kann man es sehen.

Mein Honda und der Tourbus sind verschwunden, so weit sind sie uns inzwischen voraus.

Ein schmächtiger Cop kommt auf uns zu. Durch den Seitenspiegel sehe ich, wie er sich im Gehen die Polizeimütze aufsetzt. Als er an Smokes Fenster kommt, fällt mir auf, wie jung er noch ist, er muss sich noch nicht mal vollständig rasieren, nur den Schnurrbart.

»Sie sind zu schnell gefahren. Ich hab Sie dort hinten mit 75 gestoppt.«

Wir sind mit dem Verkehrsfluss gegangen, denke ich, bestimmt nicht schneller.

»Steigen Sie aus und geben Sie mir Ihren Führerschein«, sagt er.

Das ist nicht das übliche Vorgehen. Normalerweise geht der Officer mit dem Führerschein an den Computer im Streifenwagen, während die mutmaßlichen Verkehrssünder im eigenen Auto warten. Smoke rutscht hinter dem Steuer hervor, aber er bewegt sich langsamer als sonst. Vom Beifahrersitz aus beobachte ich, wie er in die Gesäßtasche fasst, seine Brieftasche herausholt, sie öffnet, den Führerschein aus dem Plastikfach holt.

Ich habe ein Kleid an, ein einfaches Strickkleid in Blasslila. Das habe ich heute Morgen in meinem Koffer als Erstes in die Finger bekommen, als ich das Bad gesucht habe. Die Kapuzenjacke trage ich auch immer noch darüber. Jetzt merke ich, dass der Rock hochgerutscht ist, und weil ich sehe, dass der Cop auf meine Beine starrt, ziehe ich ihn schnell runter, drehe mich zu ihm um, und unsere Blicke treffen sich. Auch er hat blaue Augen. Er runzelt die Stirn und schüttelt missbilligend den Kopf. Zuerst bin ich nicht sicher, warum. Weil mein Rock nur über den halben Schenkel reicht? Weil ich vom Weinen so fertig aussehe? Aber dann wird mir klar, dass es Smoke ist! Es ist die Tatsache, dass ich mit einem schwarzen Mann im Auto sitze.

Es gefällt mir nicht, wie der Cop mich anstarrt, statt sich um Smokes Führerschein zu kümmern.

»Wo sind die Mietwagenpapiere?«

Ich öffne das Handschuhfach, hole die zusammengefalteten gelben Dokumente heraus und gebe sie dem Mann. Einen Moment erinnere ich mich nicht, wessen Name daraufsteht, aber dann wird mir klar, dass es der von Smoke ist. Thomas Johnson. So heißt er also offiziell.

Dann wendet sich der Cop an mich: »Ihren Ausweis möchte ich auch gern sehen.«

»Ich bin nicht verpflichtet, mich auszuweisen. Ich fahre nicht.« Sofort versuche ich, juristisch zu denken, aber mit den texanischen Gesetzen kenne ich mich leider überhaupt nicht aus. Aber ich bin sicher, dass der Kerl einen hinreichenden Verdacht braucht, wenn er das Auto durchsuchen will.

Der Cop runzelt die Stirn, aber gerade als ich ihm erklären will, dass ich Anwältin bin, blafft er Smoke an: »Kommen Sie mal mit«, und die beiden gehen zum Streifenwagen. In seinen weiten Jeans und dem T-Shirt wirkt Smoke dreimal so groß wie der schmächtige Bulle. Der lässt ihn auf dem Beifahrersitz Platz nehmen.

Auf dem Beifahrersitz? Wenn Smoke ein gefährlicher Krimineller wäre, würde er den Cop einfach umbringen und weiterfahren. Ich sehe auch überhaupt nicht ein, warum wir anhalten müssen, wenn wir gerade mal fünf Meilen zu schnell gefahren sind. Ich erinnere mich, wie Troy und ich einmal gestoppt wurden. Er war fünfzehn Meilen schneller gefahren, als die Geschwindigkeitsbegrenzung zuließ, und das auf einer kurvigen kleinen Landstraße. Damals hat der Cop uns angeschaut, Troys Führerschein überprüft, festgestellt, dass alles in Ordnung war, und Troy kurz verwarnt. Troy bekam nicht mal einen Vortrag zu hören, nur einen einzigen Satz. »65 Meilen pro Stunde sind einfach zu schnell für so eine Straße. Deshalb liegt die Geschwindigkeitsbegrenzung bei 50.« Fertig, aus. Er wolle ja nicht, dass irgendwas passiert, zum Beispiel ein Unfall, fügte der Cop noch hinzu. Übrigens war es das dritte Mal in diesem Jahr, dass Troy eine Verwarnung bekam – und er ist immer zu schnell gefahren! Aber er hatte eine gute Nase für Kontrollen, und wenn er doch mal angehalten wurde, hat er sein Babyface gezeigt und war so höflich, dass keiner ihm auch nur einen Strafzettel verpasst hat. Kein einziges Mal hat er erwähnt, dass er Anwalt ist. Er hat sich verwarnen lassen und sich bei dem Officer bedankt.

»Eines Tages wird man dich aber erwischen, und dann steigt die Versicherung«, hab ich immer wieder gesagt.

Aber er hat überhaupt nicht darauf reagiert.

Troy mochte den Kitzel der Gefahr und den Geschwindigkeitsrausch. Wie beim Springen – durch die Luft sausen und kurz vor dem Eintauchen noch einen Salto schlagen.

Wenn ich ihn gewarnt habe, dass es eines Tages garantiert einen Unfall geben würde, meinte er nur ungehalten: »Sag doch so was nicht!« Und damit war der Fall erledigt.

Niemand hat Troy jemals aussteigen lassen. Weder in Kalifornien noch in Michigan, noch in irgendeinem Staat dazwischen. Wo sind wir sonst noch angehalten worden? Colorado. Kansas. Niemand hat ihn je in einen Streifenwagen steigen lassen. Ist das womöglich normal in Texas?

Ich wühle in meiner Handtasche, fische mein Handy heraus und drücke Taras Kurzwahl.

Sie antwortet sofort. »Hey.«

»Hör mal, wir sind von einem Cop angehalten worden. Er hat Smoke in den Streifenwagen mitgenommen.«

»In den Streifenwagen? Will er ihn verhaften?«

»Keine Ahnung. Sie sitzen beide im Streifenwagen.«

»Weshalb?«

»Er hat uns angehalten, weil wir fünf Meilen zu schnell waren.«

»Das ist doch ein Witz. Bleib am Telefon und rede weiter. Wir kommen zurück.«

Also warte ich und rede mit Rachel, die immer nur sagt: »Mommy. Mommy. Pizza. Pizza ist unser Liebling. Können wir heute Abend Pizza essen?« Vermutlich hat sie das von Levy. Ich rede mit ihr, ohne den Rückspiegel mit dem schwarzen und dem weißen Mann aus den Augen zu lassen. Smoke starrt zum Fenster hinaus, der Kopf des Cops ist gesenkt.

Es kommt mir vor, als sitzen sie schon stundenlang im Auto. Smoke schaut den Polizisten nicht an, sondern blickt auf die sandige Ebene hinaus, zum Horizont oder vielleicht auch auf eine der Werbetafeln mit der Aufschrift GIRLS! Ich weiß nicht, ob er ein Vorstrafenregister hat oder ob womöglich irgendwo ein Haftbefehl gegen ihn vorliegt. Ich kenne ja nur einen kleinen Teil von ihm. Tara behauptet, er hat mit Drogen nichts zu tun. Und er hat Rachel das Leben gerettet. Aber ich habe keine Ahnung, was in seiner Akte steht. Vielleicht muss er ins Gefängnis. Mir fällt alles Mögliche ein, was ich in den Nachrichten gesehen und in der Zeitung gelesen habe. Polizisten haben Schwarze totgeprügelt, mit Schlagstöcken vergewaltigt, aufgrund fingierter Beweise eingesperrt. Wahrscheinlich ist Smoke ein guter Sündenbock. Ein typischer Schwarzer. Dunkel, groß, breit. Der schmächtige Kerl im Streifenwagen weiß nicht, wie nett Smoke ist, dass er eine Trommel zum Weinen bringen kann, dass er einem kleinen Mädchen das Leben gerettet hat.

Was soll ich tun, wenn sie Smoke verhaften? Vielleicht sollte ich in der Gegend bleiben und ihn verteidigen. Aber ich habe keine Lizenz für Texas. Und ich bin auch keine Strafverteidigerin.

Aber ich kann der Situation nicht einfach den Rücken zuwenden. Auf einmal ist mir das ganz klar. Noch vor ein paar

Minuten hätte ich bis in alle Ewigkeit auf dieser schnurgeraden Straße weiterfahren können. Irgendwohin. Aber jetzt ist mir plötzlich etwas wichtig.

Smoke sitzt immer noch auf dem Beifahrersitz und starrt aus dem Fenster. Regungslos, soweit ich sehen kann, wie versteinert.

Ganz gleich was der Computer ausspuckt, Smoke hat ein Anrecht darauf, dass sich jemand für ihn einsetzt, ihn beschützt.

Bestimmt glaubt der Cop, dass wir zusammen sind. Ein Liebespaar. Partner, Komplizen. Ich werfe einen Blick auf mein Kleid und merke, dass ich ziemlich abgerissen aussehe. Gott, womöglich hält er mich für eine Prostituierte.

»Sie sitzen immer noch im Auto. Der Cop schreibt irgendwas«, informiere ich Tara.

»Du wirst gerade Augenzeugin, wie es ist, wenn man schwarz ist und Auto fährt«, antwortet Tara. »Aaron hat mal einen Strafzettel gekriegt, weil der Seitenspiegel einen Sprung hatte. Der Seitenspiegel. Und ich hab einen gekriegt, weil ich ein Stückchen über ein Stoppschild gerollt bin. Da saß Sissy bei mir im Auto und hatte eine Baseballkappe seitlich auf dem Kopf, weil sie das so schick findet. Ich vermute, der Polizist dachte, sie wäre ein Kerl.«

»Ja, und Troy hat nur Verwarnungen kassiert, als Lohn dafür, dass wir weiß sind. Weiß und Mittelschicht.«

Tara lacht. »Ja, er war ein echter Raser.«

»Ich war ja so was von ahnungslos, Tara. Keinen Schimmer hatte ich davon, was ihr alles durchgemacht habt. Jetzt krieg ich anscheinend auch mal eine Kostprobe davon.« Zum ersten Mal wird mir bewusst, was ihre Liebe zu Aaron sie gekostet hat und wie nüchtern sie mit dem alltäglichen Rassismus umgeht. Mir wird warm ums Herz, und die Distanz zwischen uns wird auf einmal viel kleiner.

Jetzt steigen der Cop und Smoke aus und gehen wieder auf den Möbelwagen zu. »Sie kommen«, teile ich Tara mit. Mein Herz pocht laut in meinen Ohren.

Die beiden Männer fummeln an der Tür des Möbelwagens herum. Sie geht auf.

Ich steige aus und stolpere auf etwas wackligen Beinen zu ihnen.

»Habe ich Ihnen vielleicht gesagt, Sie sollen das Fahrzeug verlassen?«, herrscht der Cop mich an. Seine Marke reflektiert das Sonnenlicht und blendet mich. Auf dem Namensschild darüber steht James Whitlock. Seine Haut ist rosa, der Schild an seiner Mütze überschattet sein Gesicht. Sein Hals ist dünn wie der eines Jungen.

Ich hole tief Luft. »Das da drin sind meine Sachen.«

»Das sind Ihre Sachen?«

»Ja.«

»Ich möchte den Inhalt dieses Wagens überprüfen.«

»Dafür brauchen Sie einen hinreichenden Verdacht.«

»Er hat das Gesetz gebrochen«, entgegnet der Cop mit einer Kopfbewegung zu Smoke. »Mr. Johnson hat die Geschwindigkeitsbegrenzung überschritten.«

Er taxiert mich von oben bis unten. Mein Strickkleid war perfekt für Südkalifornien, aber für West-Texas ist es eindeutig zu knapp. Darüber meine graue Sweatjacke. Ich habe eine Hand in die Kängurutasche gestopft, in der anderen halte ich das Handy. An den Füßen trage ich Flipflops. Ich habe mir keine Gedanken über mein Äußeres gemacht. Fast hätte ich vergessen zu duschen.

»Wir sollen alles ausladen? Hier?«

»Ich kann Sie auch mit aufs Revier nehmen.«

Aus dem Handy höre ich Tara schreien.

Da ich den Verdacht habe, dass auch James Whitlock sie hören kann, wende ich mich hastig ab.

Whitlocks Nacken wird knallrot, er verzieht wütend das Gesicht und kneift die Augen so fest zusammen, dass seine Pupillen verschwinden. Dann wendet er sich von mir ab und fängt an, wahllos Sachen aus dem Möbelwagen zu zerren und auf den Seitenstreifen zu werfen.

»Hey, Vorsicht mit dem Bild!«, protestiere ich. »Und das ist der Hochstuhl meiner Tochter!«

Rachels Stuhl landet auf dem Seitenstreifen, ein Monstrum aus Plastik und Metall, auf dem Tischchen noch die mit einem Saugnapf festgeklebte Spielzeugbiene. Die alberne Unschuld des achtlos weggeworfenen orange-neongrünen Spielzeugs in Kombination mit der Tatsache, dass Rachel nicht bei mir ist und ich irgendwo zwischen der Grenze von Texas und Amarillo vor den Relikten meines vergangenen Glücks stehe, ist zu viel für mich, und ich fange an zu schluchzen.

Smoke legt mir den Arm um die Schulter, ich verkrieche mich an seiner breiten Brust. Wieder geht mir das Bild von Rachel durch den Kopf, wie sie schlaff auf dem Rand des Swimmingpools liegt, reglos, ohne zu atmen, mit geschlossenen Augen und mit patschnassen Haaren, während Smoke mit seinen Pranken behutsam auf ihren zarten Brustkorb drückt.

»Ihr geht es gleich wieder besser«, sagt Smoke zu Whitlock.

»Ihr Baby?«, fragt der Polizist und deutet auf den umgefallenen Hochstuhl und dann auf Smoke.

»Nein, nicht meines. Der Stuhl gehört ihrer Tochter, die im anderen Auto mitfährt, ein Stück vorneweg. Ihr Mann ist grade gestorben«, erklärt er mit Blick auf mich.

»Na ja, ich schau mir das mal an, dann können Sie weiter«, sagt Whitlock erstaunlich zahm und sichtlich betroffen von meinem Schluchzen.

Im gleichen Moment hält hinter uns das Auto mit Allie, Tara, Levy und Rachel. Allie und Tara steigen aus, Rachel schreit von ihrem Autositz: »Mein Hochstuhl! Meine Google-Biene!«

Die Hand auf dem Gürtel, brüllt Whitlock: »Setzen Sie sich wieder in den Wagen, sonst muss ich Verstärkung anfordern.« Tara geht zurück zum Honda, und Whitlock zieht die Schubladen unserer Kommode auf, wo er zusammengerollte T-Shirts, gefaltete Jeans und Unterwäsche findet.

Rachel krakeelt weiter nach ihren Sachen.

Aus einer anderen Schublade plumpsen Haargummis, Haarreifen und Haarklammern. Make-up. Whitlock öffnet eine Kiste mit Büchern und zieht eines heraus. *Einführung in die kalifornische Rechtsprechung (Schadenersatzrecht* 5*)*, steht auf dem Ledereinband. Er runzelt die Stirn und schaut mich fragend an.

»Sie sind Juristin?«

Ich nicke stumm.

Wortlos legt er das Buch in die Kiste zurück, schließt den Deckel und wischt sich die Hände an seiner Bügelfaltenhose ab. Allie und Tara beobachten ihn, aber er wendet ihnen den Rücken zu, während er noch eine andere Kiste öffnet, in der die Kupferpfannen sind, die Mom mir zur Hochzeit geschenkt hat. Dann einen Haufen von Rachels Trinkbechern und ihr Lieblingsteller.

Schließlich wirft er das Geschirr in die Kiste zurück und springt vom Möbelwagen herunter.

»Steigen Sie ein«, befiehlt er uns.

Ich hole tief Luft. »Ich möchte meine Sachen wieder einpacken. Kann meine Schwester mir helfen?« Zum ersten Mal in meinem Leben möchte ich Tara bei mir haben. Ich bettle diesen Mann nicht an, obwohl ein Teil von mir dem Impuls kaum widerstehen kann. Ich fühle mich hilflos diesem schmächtigen Jungen gegenüber, der sich in seiner blauen Uniform und der Pistole am Gürtel so mächtig vorkommt. Er nickt.

»Helfen Sie ihr«, sagt er und deutet auf Tara. Dann geht er zum Streifenwagen, steigt ein, schreibt etwas, kommt wieder und überreicht Smoke einen Strafzettel. »Hier ist Ihr Strafzettel wegen überhöhter Geschwindigkeit, Mr. Johnson.« Das »Mr.« sagt er betont ironisch und feindselig. »Sie sind jetzt in Texas. Also halten Sie sich an die Gesetze.«

Smoke hält den Blick gesenkt, aber sein Kiefer mahlt zornig.

»Was für ein blöder Scheiß«, stößt Tara zwischen zusammengebissenen Zähnen hervor.

Ich umarme sie. »Ich hatte keine Ahnung, Tara«, sage ich und gebe ihr einen Kuss.

Sie zieht die Augenbrauen hoch und grinst – erfreut und ein bisschen überrascht.

Tara und Allie fahren wieder los. Smoke und ich setzen uns in den Möbelwagen zu den Überresten von Troys und meinem Leben. Wir sind in Sicherheit. Aber ich fühle mich zutiefst verletzt.

»Es tut mir leid.« Ich räuspere mich, meine Stimme klingt immer noch ganz kloßig vom Heulen.

»Du bist ja nicht der verdammte Cop.«

»Dass du mit mir unterwegs bist, hat alles noch schlimmer gemacht.«

»Vielleicht. Aber auch das ist nicht deine Schuld.«

»Wenigstens hat er uns nicht gezwungen, aufs Revier zu fahren und dort alles auszuladen.«

»Was meinst du denn damit? Soll ich jetzt auch noch dankbar sein, dass er mich nicht verprügelt hat? Oder dass er mich nicht gelyncht hat?« Er sagt das ganz ruhig, aber die Wut, die Bitterkeit und eine unermessliche Traurigkeit sind unüberhörbar.

»Er hat gedacht, wir sind Drogendealer.«

»Echt? Dealer?« Wahrscheinlich passen wir ins Schema. »In einem Möbelwagen?«

»Ja, er dachte, irgendwo da drin wären Drogen versteckt. Warum sonst sollten wir zusammen unterwegs sein?«

Ich versuche mir vorzustellen, ich wäre ein Drogendealer. Ich, die ich eine Einkaufsliste schreibe und mit dem Navi zum Supermarkt fahre. Ich, die ich die Zahlen dreimal überprüfe, ehe ich meine Steuererklärung abgebe. Das ist so absurd, dass ich kichere. »Ja. Richtig. Wäre ich nicht großartig als Drogendealer?« Dann fällt mir plötzlich wieder ein, was ich der Crew vorgeworfen habe. Die Sache mit den Drogen.

Draußen liegen immer noch verbogene Reifenteile herum, Spuren von schnellen Rädern auf zu heißen Straßen. Beweise schlecht verarbeiteter Reifen mit potenziell tödlichen Fehlern, die keiner ausgebessert hat. Da liegen sie, wie Leichen, Überbleibsel von Trucks und Vans, die diese Straße entlanggefahren sind.

Eine Stunde später machen wir halt, um zu tanken, zur Toilette zu gehen und einen Kaffee zu trinken. Smoke sieht, wie ich ein Dutzend Süßstoffpäckchen gleichzeitig aufreiße und das Zeug zusammen mit Vanille-Sahnepulver in meine Tasse kippe.

»Du solltest nicht so viel von diesem künstlichen Zeug in dich reinschütten«, sagt er kopfschüttelnd.

»Wer bist du – mein Vater?«

Auch Troy hat sich immer darüber beklagt, dass ich so unvorsichtig bin mit dem, was ist zu mir nehme. »Du weißt nicht, was so ein Übermaß von Chemikalien mit dir macht. Die Ratten sind jedenfalls dran gestorben.«

Smoke wirft mir einen stirnrunzelnden Blick zu. »Du weißt das doch selbst.«

»Ich kann ja nicht ewig leben«, entgegne ich.

Wieder schüttelt Smoke den Kopf.

Hinter der Kasse steht ein Teenager mit kurzgeschnittenen

braunen Haaren und einem in die Jeans gesteckten karierten Hemd. Als ich mit meinem chemieverseuchten Kaffee, einer Tüte Studentenfutter und einer Packung Trockenfleisch anrücke, grinst er. »Tragen Sie immer ein Kleid?«, fragt er, als er mein Geld entgegennimmt. Seine Ärmel sind ordentlich aufgerollt, so dass man seine Uhr sieht.

»Nein, nur heute«, antworte ich.

»Sieht hübsch aus. Sehr hübsch.«

Im gleichen Moment spüre ich, wie jemand an meinem Rock zupft, und da steht Levy und schaut zu mir auf. »Möchtest du eins?«, fragt er und streckt mir zwischen Daumen und Zeigefinger ein gelbes M&M entgegen.

»Gern«, antworte ich und öffne die Hand.

»Bitte schön, Tante Sky.« Tante Sky. Ich glaube, so hat er mich bisher noch nie genannt. Behutsam legt er mir das M&M auf die Handfläche. Dann lächelt er. Genau wie Mom.

Auf einmal erkenne ich Mom in seinem Gesicht.

Es ist mir nie aufgefallen, wie ähnlich er ihr ist – ungeachtet seiner Hautfarbe, seiner Größe, seines Geschlechts. Wie kann mir das bisher entgangen sein? Warum habe ich in ihm immer nur Taras braunhäutiges Kind gesehen, warum ist mir die Ähnlichkeit mit Mom nie ins Auge gefallen? Ich beuge mich zu ihm und nehme ihn in den Arm. »Du lächelst genau wie deine Großmutter.«

Levy lacht. »Das sagen alle.« Dann wird sein Gesicht wieder ernst. »Aber ich hab es ihr nicht weggenommen. Sie hat ihr Lächeln mit mir geteilt.«

Jetzt muss ich lachen. Was ist passiert, was hat sich verändert, dass ich plötzlich Mom in Levy erkenne? »Ich hab so ein Glück, dass du mein Neffe bist. Du bist mein Lieblingsneffe.«

Er kichert.

Für den Rest des Wegs nach Oklahoma City setze ich mich

ans Steuer. Smoke schläft, den Kopf ans Fenster gelehnt, die geöffneten Hände im Schoß. Eine Mix-CD mit Ray Charles, Ola Tunja, Art Blakey und den frühen Staple Singers leistet mir Gesellschaft.

10

Leicht angeschlagen

Tara

Die Nacht verbringen wir im Bus. In Oklahoma City geben wir ein ziemlich kurzes Konzert im Casino, Kinder haben keinen Zutritt, also bleiben Levy und Rachel bei Sky und Allie. Am nächsten Morgen sind wir schon unterwegs nach Memphis, sieben Stunden Fahrt liegen vor uns. Ein ganzer Tag. Die Crew und Levy sind im Tourbus. Morgen will Sky den Möbelwagen mit Rachel fahren, und Allie nimmt ihren Honda. Das war Allies Wunsch.

Aaron und ich ignorieren uns gegenseitig. Ich weiß, wir sollten reden, habe aber keinen Schimmer, was ich sagen soll. Jedes Mal, wenn ich ihn sehe, wird mir flau im Magen. Ich möchte, dass er mich in den Arm nimmt. Dass er mir sagt, er vertraut mir und kann ohne mich nicht leben. Er muss doch endlich einsehen, dass ich nichts von dem, was mit King gelaufen ist, provoziert habe. Warum will er nicht verstehen, welche Vorteile Kings Angebot für mich, für uns beide hat?

Nach reiflichem Überlegen wird mir klar, dass es an King liegt. Seinetwegen ist alles so schwierig. Wegen seines überdimensionalen Egos. Es ist nicht ungewöhnlich, dass Künstler zusammenarbeiten und andere Sänger auf ihren Platten mitwirken lassen. Warum hat es dann den Anschein, dass er unsere Crew auseinanderbringen will? Wozu soll das nötig sein?

Ich suche angestrengt nach einer Möglichkeit, wie ich alles haben kann. Aarons Liebe und sein Vertrauen, unsere Musik, meine Musik und vielleicht auch ein Projekt mit King. Eine Stufe höher auf die Leiter klettern und Starstatus erreichen.

Mein Handy klingelt.

Mom.

Garantiert will sie nur nach Sky fragen, und einen Moment spiele ich mit dem Gedanken, nicht dranzugehen. Und natürlich fragt sie mich als Erstes: »Wie geht es Sky?«

»Warum fragst du mich eigentlich nie nach mir, Mom? Warum sagst du nie: ›Wie geht es dir, Tara? Mag dich dein Publikum? Wie war es im Grand Canyon, du hast dich doch so darauf gefreut, und wie hat dir Allies Bruder gefallen? Wie geht es dir und Aaron und Levy?‹«

Am anderen Ende der Leitung herrscht Stille, dann antwortet Mom: »Weil ich weiß, wie es dir geht, Tara. Das weiß ich immer. Du bist stark und selbstständig.«

»Ach ja?« Ich fühle mich überhaupt nicht stark und selbstständig.

»Ja. Du warst schon als Baby stark.«

Hat sie sich das eingeredet, damit sie kein schlechtes Gewissen zu haben brauchte, weil sie sich nur um meinen Dad und Sky gekümmert hat?

»Du hast immer einen Weg für dich gefunden und das Leben auf deine eigene Art bewältigt, keiner konnte dich aufhalten. Aber Sky, na ja, Sky war meistens so verbissen, dass sie gar nicht gesehen hat, was um sie herum vorging, und einfach blind weitermarschiert ist. Du warst schlau und hast die Dinge auf die Reihe gekriegt. Auch wenn es nicht immer so war, wie es mir recht gewesen wäre.«

Ich weiß, sie denkt an meine Piercings und meine schwarzen Haare. Sie weiß nicht, dass ich das nur deswegen gemacht habe, weil mir mein Vater schon wieder mit einer anderen Frau über den Weg gelaufen war. Ein unverbesserlicher Teenager – ich glaube, so hat sie mich immer genannt. Sie war sicher, dass Aaron mein Leben ruinieren würde. Aber sie war anscheinend immer davon überzeugt, dass ich überlebe, und hat deshalb völlig vergessen, mich zu fragen, was in meinem Leben so abgeht. »Tja, momentan kriege ich aber so einiges nicht auf die Reihe.«

Ich kann es selbst nicht glauben, dass ich ihr davon erzähle, aber ich tu es. Ich erzähle ihr von King, ich erzähle ihr von dem juwelenbesetzten Anhänger, ich erzähle ihr, dass Aaron mit anderen Frauen flirtet. So laufe ich über den Parkplatz, das Handy am Ohr, und rede mit Mom, während die Crew drinnen die Show vorbereitet.

Ich höre, wie sie Luft holt. »Und was wünschst du dir, welche Lösung wäre dir die liebste?«

Ich gebe ihr eine ehrliche Antwort: Ich möchte alles. Ich möchte, dass es zwischen Aaron und mir wieder so ist wie vor Kings Angebot, und ich möchte, dass wir beide mit King zusammenarbeiten.

»Und was will King?«

»Das weiß ich nicht. Sex kann es eigentlich nicht sein. Davon hat er ja genug.«

»Aber vielleicht ist genau das der Haken. Er kann dich nicht haben, also bist du besonders interessant. Und er ist klug genug, dich mit dem in Versuchung zu führen, was du dir wünschst – künstlerische Freiheit und Erfolg.«

Mom glaubt immer noch, dass die Frau die Kontrolle hat. »Warum sieht Aaron denn nicht, dass ich nichts Schlechtes getan habe und auch nicht weggehen will? Warum können wir nicht beide mit King arbeiten?«, frage ich.

»Hat King dich gefragt, ob ihr mit ihm auch als Paar arbeiten würdet?«

»Nein.«

»Für Aaron ist es, als würde er dich hergeben, wenn du mit King arbeitest – als wärst du für ihn nicht wichtig genug.«

Plötzlich ist es mir klar. King zu akzeptieren oder sich damit abzufinden, dass ich den Glitzerschlüssel trage, ist für Aaron nicht nur eine Frage seiner beruflichen Ehre. Nein, er hat Angst, dass ein anderer Mann mich ihm wegnimmt. Mich, Tara. Nicht Li'l Key. Ich bin es, die zählt, ich bin wichtig für ihn, und er wird nicht so tun, als wäre es anders. Um Li'l Key geht es für ihn erst an zweiter Stelle.

»Glaubst du, ich bin wie mein Vater?«, frage ich, obwohl ich an den Worten fast ersticke.

»Glaubst du das?« Eine Frage mit einer Gegenfrage zu beantworten ist eigentlich Allies Strategie.

»Ich weiß es nicht.«

»Wahrscheinlich musst du das selbst herausfinden. Aber ich hatte bei deinem Vater nie das Gefühl, dass er sich so bemüht wie du. Ihm ging es um Eroberungen. Dir geht es um deine Musik.«

»Ja, genau. Ich will meine Musik und meine Familie.«

»Tara, das hast du beides schon.«

Dann reden wir eine Weile über Sky, und Mom erzählt mir von Jim. Und ich sage ihr, wie süß Rachel und Levy zusammen sind.

»So gut haben wir uns schon lange nicht mehr unterhalten, Mom. Eigentlich seit ich von zu Hause weg bin.«

»Das kommt, weil du mir eine Chance gibst.«

Ich gebe *ihr* eine Chance? Sie fragt nie nach mir, denke ich, aber dann wären wir wieder dort, wo wir angefangen haben, deshalb erwidere ich einfach: »Ich liebe dich.«

Als wir aufgelegt haben, kommt mir der Gedanke, dass sie Sky ja auch nicht fragt, wie es ihr geht. Vielleicht erzählt Sky ihr das ungefragt, hat aber seit Troys Tod damit aufgehört, und deshalb ruft Mom jetzt mich an.

Ich stopfe mein Handy in die Tasche meiner Jeans, laufe noch ein bisschen über den Parkplatz und schaue mir die schicken neuen Hochhäuser der City an. Dabei denke ich: Ich soll stark sein? Ich?

Aber vielleicht bin ich es ja.

Ich suche Aaron, aber er ist von Fans belagert. Einer Frau gibt er ein Autogramm auf die Schulter, damit sie es sich später als Tattoo stechen lassen kann.

Ich sage nichts, sondern gehe zum Bus und ziehe mich für die Show um. Dann lese ich Levy Hiawatha vor, kitzle seine Wange mit Schmetterlingsküssen, singe *I'll miss myself* für ihn und danach ein kleines Duett mit ihm. Er singt sein La di la di, ein Stück allein, ein Stück mit mir, und schüttelt gleich noch eine Extrastrophe aus dem Ärmel.

»Du bist so lustig, mein süßer kleiner Levy«, lache ich.

»Ich werde dich vermissen, Mommy.«

»Ich singe für dich. Für uns. Für die Liebe«, erkläre ich ihm.

Und genauso ist es.

Aaron bleibt auf Distanz, aber aus dem Augenwinkel beobachtet er alles, was ich tue. Am liebsten möchte ich in seinen Kopf kriechen und seine Gedanken lesen, all die Dinge, die er mir nicht erzählt. Seine Finger berühren das Mikro, sein Arm beugt sich, er hebt es an. Dann beginnt er zu singen, und ich sehe zu, wie seine Lippen sich bewegen, wenn er die Worte formt. Unter dem T-Shirt erkenne ich seine Schultern, und ich stelle mir vor, wie sich die Muskeln in seinen weiten Jeans bewegen. Es fällt mir leicht, ihn in Gedanken auszuziehen, während meine Finger ganz automatisch über die Tasten huschen. Ob wir jemals wieder miteinander schlafen werden? Momentan hat es den Anschein, dass wir uns voneinander entfernen, und ein großer Schmerz erfüllt meine Brust, meine Kehle. Es ist so leicht, einfach vom anderen wegzudriften.

Ich kann mir nicht vorstellen, wie mein Leben weitergehen soll, ohne dass ich weiß, was er schreibt, ohne dass wir zusammen unsere Träume spinnen, ohne die alltäglichen Kleinigkeiten wie die Wohnung zu putzen, mit Levy zu spielen oder bei Farmer Jack's Gemüse zu kaufen. Ich kann mir nicht vorstellen, dass er keine Spiegeleier mehr für uns macht. Ich kann mir seine Texte nicht ohne mein Keyboard vorstellen. Ich kann mir nicht vorstellen, ohne ihn im Bett zu liegen.

Dann singe ich wieder meinen Song. Er hat mich flüchtig vorgestellt, so, als gehört meine Solomusik jetzt schon zum üblichen Programm. Er sagt es nicht, aber er gibt mir den Raum, den ich mir gewünscht habe.

Ich denke mir eine neue Strophe aus und sehe ihn an, während ich sie singe. Ich weiß, dass mein Gesicht gut lesbar ist, nicht mal die orange Schminke versteckt meine Angst und meine Sehnsucht.

Aber ich habe keine Ahnung, ob wir den Weg zurück zueinander finden werden.

In dieser Nacht schlafen wir Rücken an Rücken in unserem schmalen Bett. Mit offenen Augen liege ich da, während der Bus unter uns schaukelt, uns zueinander und voneinander weg schubst, so dass ich Aaron zufällig berühre und dem Drang widerstehen muss, meinen Kopf auf seine Schulter zu legen. So gern möchte ich ihn auf den Mund küssen.

Ich glaube, er schläft auch nicht.

Aber keiner von uns unternimmt etwas. Als ich die Augen schließe, sehe ich wieder vor mir, wie diese Frau ihn küsst, wie er den Arm um sie legt.

Als wir am nächsten Morgen wach werden, sage ich: »Jetzt hab ich es verstanden. Wenn du mich zu King gehen lässt, hat er gewonnen. Aber ich habe nichts getan. Ich will mich einfach nur musikalisch weiterentwickeln, ohne dir das Gefühl zu geben, du hättest mich verloren oder würdest mich nicht genug schätzen.«

Er schaut mich von der Seite an, seine Wimpern beschatten die Pupillen. »Jetzt bist du am Zug, Tara.«

Ich weiß nicht, was er sich von mir wünscht. Dass ich die Kette wegwerfe? Dass ich sie King zurückgebe? Dass ich King anrufe und ihm sage, dass ich niemals mit ihm zusammenarbeiten werde?

»Wir lassen uns eine große Chance entgehen«, sage ich und betone das Wir.

Er kichert. »Die Chance auf einen flotten Dreier?«

»Nein, ich rede von unserer Musik.«

»Du kapierst es anscheinend einfach nicht«, sagt Aaron, während er in die Hose schlüpft.

»Was soll ich denn deiner Meinung nach tun? Was wär dir das Liebste? Die Kette wegwerfen? Das hab ich schon getan, aber dann hast du angefangen, mit dieser Tusse rumzumachen, und deshalb hab ich sie wieder aufgehoben.«

»Du hast keine Ahnung, wie Männer denken.«

»Wie sollte ich? Der einzige Mann, den ich kenne, bist du. Na ja, und Troy.« Ich nehme einen Kamm in die Hand. »Also, dann erzähl mir doch, wie du denkst.«

»Die meisten Männer würden dich für eine Schlampe halten, weil du dieses teure Geschenk von einem anderen Mann angenommen hast. Weil du King nicht klar und eindeutig gesagt hast, dass ich, selbst wenn du dich entschließt, mit ihm zu arbeiten, dein Mann bin, dein Partner.«

»Ich hab an uns gedacht. Was wir davon haben könnten. Rapper mischen doch ständig ihre Crews.«

»Aber du spielst mit dem Feuer.« Aaron zerrt ein T-Shirt aus seiner Reisetasche.

»Ich spiele schon dadurch mit dem Feuer, dass ich dich liebe.«

»Was meinst du denn damit?«

»Ich meine die ganzen Frauen, die hinter dir her sind. Und mir macht man Vorwürfe und nennt mich Schlampe, obwohl ich überhaupt nichts getan habe.«

»Ich ermutige diese Frauen aber nicht. Ich nehme keine Geschenke von ihnen an. Wie würdest du dich fühlen, wenn eine von denen mir ein Geschenk machen würde, das bestimmt mehrere tausend Dollar gekostet hat? Du hast mich respektlos behandelt, obwohl ich für dich eingetreten bin, auch vor der Crew. Und obwohl ich dir die Bühne überlassen habe.« Das letzte ›Und‹ schreit er fast, obwohl wir eigentlich flüstern. Dann zieht er sich das T-Shirt über den Kopf und wendet sich mir zu, das Gesicht dunkel vor Zorn. »Wie gesagt, du hast keine Ahnung, wie Männer denken. Oder du bist im Herzen eine Betrügerin, weil du dich nicht auf eine richtige Bindung einlassen kannst. Und weil du nicht merkst, wenn jemand das kann.«

Zuerst komme ich mir vor, als hätte er mich geohrfeigt. *Im Herzen eine Betrügerin*? Aber dann fällt mir meine Angst ein, dass ich die Tochter meines Vaters bin, und ich schaue ihn an. »Du hast recht. Ich habe eine richtige Bindung noch nie erlebt, deshalb reagiere ich so empfindlich, wenn du mir ständig die Möglichkeit vor Augen führst, dass du mit einer anderen Frau Sex haben könntest. Das verunsichert mich total, und du kannst dir doch, wenn du ehrlich bist, keinen Moment vorstellen, dass King und ich uns nähergekommen sind als beim Händeschütteln.«

»Ich hab das getan, um dir zu zeigen, was für ein Gefühl es ist.«

»Was du mir gezeigt hast, war, wie wenig ich dir bedeute. Du kannst mich jederzeit durch eine andere Frau ersetzen.«

»Natürlich könnte ich mir eine neue Frau suchen. Aber sie wäre nicht du, und du bist viel mehr als das. Ich bin auf dich angewiesen. Nicht um etwas zu erreichen, nicht mal wegen deiner Musik, sondern weil du bist, wie du bist.« Auf einmal sieht er richtig elend aus.

»Vermutlich weißt du auch nicht, wie Frauen denken.« Ich hebe den Kopf und begegne seinem Blick. Er mustert mich wieder aus den Augenwinkeln. »Ich hab dir von Anfang an gesagt, dass ich Angst habe. Deshalb warst du ja auch die einfachere Alternative«, füge ich hinzu.

Obwohl wir beide so wütend sind, flüstern wir, denn wir wollen nicht, dass jemand mitkriegt, was mit uns los ist. Aber es nutzt nichts. Die anderen wissen es trotzdem.

In Albuquerque habe ich gehört, wie T-Bone zu Aaron gesagt hat: »Du hättest auf mich hören sollen und keine weiße Baby-Mama auf eine Rap-Tour mitnehmen.«

»Du bist meinetwegen hier«, hat Aaron ihm geantwortet. »Also respektier gefälligst meine Entscheidungen.«

»Eine weiße Tussi vertreibt unsere Fans.«

Darauf drehte Aaron sich wortlos um und verließ den Raum. Er sagte nicht: »Tara ist unsere Keyboarderin.«

Aber ich hab noch mitgekriegt, wie Red Dog meinte: »Die Hälfte unserer Fans ist weiß. Vielleicht kommen die ja wegen ihr.«

Ich schlüpfe in ein T-Shirt. Gleich sind wir in Memphis. »Ich hab nichts Unrechtes getan«, wiederhole ich. »Aber ich hätte mich vielleicht lieber in einen Klassik-Musiker verlieben sollen.«

»Ich hab auch nichts Unrechtes getan. Was willst du, Tara? Willst du mich? Wenn ja, dann kümmere ich mich um King. Sag Bescheid.«

»Ich bin kein Baby, ich kann mich selbst um ihn kümmern.«

Hält er mich jetzt für eine dumme Gans, die nach ihrem Mann heult, damit er die schwierigen Dinge für sie erledigt? »Aber soll ich vielleicht tatenlos dabei zusehen, wie wir uns voneinander entfernen?« Ich habe einen dicken Kloß im Hals.

»Ich bin immer noch da. Ich lasse dir Zeit, aber meine Geduld ist nicht endlos«, erwidert Aaron. »Du kannst nicht uns beide haben.«

Ich atme aus, schüttle den Kopf, schließe die Augen. Dann gehe ich und setze mich im Bus nach hinten. Wenn Aaron sich so gewählt ausdrückt, hat er sich den Satz schon hundertmal durch den Kopf gehen lassen, das weiß ich, und ich gehe fest davon aus, dass er ihn in seinem nächsten Song verwendet. Tatsächlich schnappt er sich jetzt Papier und Stift und verlässt unser kleines Kabuff hinter mir. Ich bin es leid, meine Gedanken immer wieder umzudrehen und nach einer perfekten Antwort zu suchen. Ich bin es leid, mich mit diesem ganzen Zeug zu beschäftigen, also ziehe ich mein Keyboard heraus und fange an zu spielen.

Meine Flucht. Meine Oase.

Als ich einen Blick nach draußen werfe, sehe ich neben uns einen schwarzen Wagen. Auf seinem Rückfenster steht mit weißer Farbe:

Wenn du Gott liebst
und auch die Menschen,
ist alles ganz einfach!

Ich lese den Spruch laut vor.

»Wie wahr, wie wahr«, sagt Red Dog.

»Es ist einfach, aber nicht leicht«, meint Smoke.

Aaron blickt nicht auf, sondern schreibt weiter.

Am frühen Nachmittag sind wir in Memphis und wandern als Erstes die Beale Street hinunter. Im Vorbeigehen höre ich Musik aus den Ladentüren dringen: die Staple Singers, Elvis,

Otis Redding, Jerry Lee Lewis, Booker T and the MGs. Ich kaufe eine leuchtend grüne Schürze für Mom und stelle mir vor, wie sie in ihrer blasslila Küche darin herumläuft.

Im Rock 'n' Soul Museum reden alle über die Musik, die sie von ihren Müttern kennen. An der Tür hängt ein Schwarzweißposter von einer weißen Farmerin, umringt von fünf Kindern mit hohen Wangenknochen, und unglaublicherweise trägt sie genau das gleiche karierte Hemdblusenkleid wie Sky.

»Guck mal, Sky, du hast ihr Kleid an.« Sky wirkt auch genauso erschöpft, müde und verhärmt wie diese Frau, denke ich.

»Sehe ich tatsächlich so mies aus?«

»Das Kleid steht dir hervorragend«, sagt Allie.

»Ein Designerstück mit absichtlich ausgefransten Rändern. Hat ursprünglich dreihundert Dollar gekostet, aber ich habe es gebraucht für fünfundzwanzig erstanden, bei Crossroads in Santa Clara.«

Allie macht ein Foto von Sky neben dem Poster mit der Farmerin. Zwei Generationen trennen die beiden Frauen, aber sie tragen das gleiche Kleid. Wir lachen alle darüber.

Im Museum wird unter anderem erklärt, wie sich die weiße und die schwarze Musik mehr oder weniger zufällig über Arbeiterlieder, Kirchenmusik, Folkmusic und Blues miteinander vermischt haben und wie aus der Mixtur dann der Memphis Sound entstanden ist.

Ein paar Blocks weiter kommen wir zum Civil Rights Museum und entdecken am Ende der Straße auch sofort das Lorraine Motel, genau wie wir es aus Dokumentationen, Büchern und von Fotos kennen. Ein weißer Plastikkranz mit einer verblassten roten Schleife hängt an dem Balkon, auf dem Martin Luther King erschossen worden ist.

Aaron macht Fotos. »Für Mom«, erklärt er. »Sie redet ständig darüber, wie sie Martin Luther King Jr. in Detroit gesehen hat, wo er schon vor seiner berühmten Rede in Washington über seinen Traum gesprochen hat.« Als Nächstes fotografiert er das Motel-Schild. Unter dem Namen steht: »I have a dream MLK«. Zwischen dem e und dem v ist ein großer Abstand. Wie lange wohl schon? »Wäre schön, wenn meine Mom jetzt bei uns wäre!«, sagt Aaron.

Ich halte Levy an der Hand. Aaron nimmt die andere, und jetzt sehen wir wieder aus wie eine ganz normale Familie.

Obwohl wir uns nicht berühren, halten wir uns durch Levy an den Händen.

Meine Sehnsucht nach ihm wird dadurch nur noch größer. Diese neue Regel, dass wir uns nicht anfassen. Als wäre es irgendwie gefährlich, wenn wir uns berühren, als würde das Konsequenzen nach sich ziehen, die wir nicht mehr steuern können. Und davor haben wir Angst.

Aber in diesem Moment wendet Aaron sich mir zu, lächelt und schwingt Levys Hand, und ich schwinge die andere. Wir sind eine glückliche Familie.

Dann bückt sich Levy und hebt einen Stein auf. Halb anthrazit, halb beige, liegt er auf seiner rosa, von braunen Linien durchzogenen Handfläche. Levy schaut den Stein an, Aaron und ich einander. »Toller Stein«, meint Aaron schließlich. »Ich wette, Smoke kann ein Loch reinbohren, dann kannst du ihn dir um den Hals hängen. Ein ganz besonderer Stein von einem ganz besonderen Ort.«

Levy legt die Finger fest um seinen Schatz. »Ja«, sagt er nur.

Von der leichten Brise habe ich eine Gänsehaut auf den Armen.

Im Museum gibt es Filme, in denen weiße Studenten ihre farbigen Kommilitonen im Imbiss von den Stühlen zerren, sie prügeln, schubsen, stoßen, zu Boden werfen. Wir sehen, wie Demonstranten mit Wasserwerfern traktiert werden, wie bissige Hunde nach ihnen schnappen, wie Weiße einen jungen Schwarzen, der seine Mutter beschützen will, zu Tode treten.

»So gewalttätig waren wir«, stellt Sky trocken fest. »Das war mir überhaupt nicht klar.«

»Du wusstest das nicht?«, hakt Smoke nach, ohne Sky anzusehen, und verschränkt die Arme vor der Brust.

»Damals war so etwas fast an der Tagesordnung«, meint Allie. »Wenn man es jetzt so geballt vor sich sieht, erschrickt man, dass Menschen unserer Rasse so etwas getan haben. Dabei sind die schwarzen Demonstranten ein ganzes Jahrzehnt lang gewaltlos und friedlich geblieben. Aber nach dem Mord an Martin Luther King hat sich die Gewalt im ganzen Land entladen.«

»Wir haben immer nur Objekte angegriffen, niemals Menschen«, wirft Aaron ein.

»Und dann hat man angefangen, jede Menge Schwarze ins Gefängnis zu stecken«, sagt Smoke.

Red Dog und T-Bone lachen sarkastisch und klatschen einander ab.

Smoke hat die Arme immer noch vor der Brust verschränkt.

Zum ersten Mal verstehe ich, warum es Mom Sorgen macht, dass ich mit Aaron zusammen bin. Auf einmal sehe ich mich durch ihre Augen.

»Erstaunlich – ich bin schon so alt, dass Ereignisse, an die ich mich noch gut erinnern kann, im Museum ausgestellt werden«, bemerkt Allie.

Im Hinausgehen fügt sie hinzu: »Und es ist auch erstaunlich, wie weit wir gekommen sind.« Sie sagt es einfach so, fast mehr zu sich selbst als zu einem von uns.

»Ja, wir werden grundlos schikaniert, verprügelt und eingesperrt. Aber gelyncht werden wir nicht mehr«, sagt Smoke.

Sky schaudert und schließt die Augen, wahrscheinlich in Erinnerung an den Vorfall gestern auf dem Highway. Dann strafft sie die Schultern und reckt das Kinn. »Die Bewegung hat das moralische Bewusstsein der Menschen gestärkt. Anwälte haben in aller Stille und manchmal praktisch unbemerkt Gesetze und Richtlinien ausgearbeitet. Die Dinge haben sich geändert.«

Ich wende mich ihr zu, während sie in ihrem Farmerinnenkleid und den offenen blonden Haaren neben mir hergeht. Rachel hüpft an ihrer Hand. »Woran denkst du?«

»Ich muss nicht beim Familienrecht bleiben.« Ihre grauen Augen starren mir direkt ins Gesicht, und sie hat einen sehr entschlossenen Zug um den Mund. »Ich kann mich spezialisieren, wo ich will, auf jedem Gebiet. Strafverteidigung. Zivilrecht. Ich könnte helfen, Gesetze auszuarbeiten.« Sie nickt und presst die Lippen aufeinander. »Vielleicht wäre das sinnvoller, wichtiger. Ich könnte die Zulassungsprüfung machen und sehen, was es in dieser Richtung für mich gibt.« Dann zieht Rachel sie zu Levy, der an Aarons Hand geht.

Levy hebt einen Stein vom Boden auf, glatt, rund und fast durchsichtig beige, und zeigt ihn Sky.

Unser Konzert findet in einem alten Theater mit einer verschnörkelten gelb-roten Markise statt. Für heute ist »Special Intent« angezeigt. Nächste Woche fangen die »Jersey Boys« an.

Wir stellen uns alle fünf dicht im Kreis zusammen, ehe wir auf die Bühne gehen. »Okay, ihr alle«, sagt Aaron. »Wir haben den Scheiß echt gut hingekriegt bis jetzt, also machen wir die da draußen jetzt auch noch ein letztes Mal so richtig fertig, ja?«

Ich frage mich, wann er so aggressiv geworden ist … als wir in Detroit losgefahren sind, klang seine Anfeuerung viel sanfter.

»Bringst du das Neue, Special?«, fragt Red Dog.

»Mal sehen, wie's läuft.« Er dreht sich zu mir.

T-Bone kann vor Aufregung nicht mehr stillstehen. »Los, los, los.« Auf der Bühne zu sein hat für ihn eine andere Bedeutung als für den Rest von uns – ich glaube, er hat das Gefühl, dass er erst dort oben real wird.

Ich starre Aaron an und hoffe, dass es nicht unser letzter gemeinsamer Auftritt sein wird. Als mir der Gedanke in den Kopf kommt, fange ich beinahe an zu weinen.

Aber dann werde ich wütend, dass ich mit dem ganzen Kram jonglieren muss, wo ich schon genug damit zu tun habe, Troys Tod zu verkraften, Mutter zu sein und gleichzeitig den Rap-Star zu geben!

Ich hole tief Luft. Es geht doch hier um das, was ich liebe! Leb den Moment, verdräng Traurigkeit und Wut. Ich hebe die Hand. »Let's rock it!«, rufe ich.

Und schon sind wir auf der Bühne.

Wir beginnen mit unserem üblichen Set, und die Aufregung des Publikums überträgt sich auf uns, wie immer gibt mir die Energie der Menschen jede Menge Kraft. Uns allen. Inzwischen gehört mein Song zum Repertoire, er ist ein Teil von uns geworden, ein Teil dessen, was wir sind. Unser Publikum erwärmt sich immer mehr dafür, und ich bin inzwischen sicher genug, um verschiedene Aspekte des Textes zum Vorschein zu bringen, ich erforsche neue Möglichkeiten, ihn zu präsentieren, ich spiele in unterschiedlichen Akkordfolgen mit der Melodie. T-Bone gibt mir ein Handzeichen, dass er die nächste Strophe übernimmt, und singt von einem Vater, den er nie hatte, fragt sich, wie es gewesen wäre mit einem erwachsenen Mann in seiner Nähe, einem Mann, der sich um ihn gekümmert und auch seine verletzliche Seite gezeigt hätte.

Dann bringt Aaron sein neues Stück, *Resilience.* Widerstandskraft. Unverwüstlichkeit.

Ich denk dran, was ich überstanden hab,
Ich schreib über den Kontrast zwischen Leben
Und Tod,
Den Kontrast zwischen Kampf und Erfolg.

Smoke spielt die Trommel, im Hintergrund wiederholt die Crew *Leben und Tod, Kampf und Erfolg* und konzentriert sich ganz auf das neue Thema.

Aber als Aaron die nächste Strophe singt, höre ich etwas anderes als beim Proben. Da kam es mir vor, als wäre der Song für Sky, eine Bitte, dass sie aufhört, ihr Leben ganz auf ihren Verlust auszurichten. Aber diese nächsten Zeilen gehen in eine andere Richtung.

Bin zu weit gekommen,
Es gibt kein Zurück,
Kann nicht aufhören,
Will es auch nicht,
Und ich weigere mich aufzugeben,
Ganz egal was passiert,
Ich geh drauf zu mit voller Absicht,
wie mein Name schon sagt,
und freu mich an meiner Widerstandskraft.

Jetzt höre ich seine Entschlossenheit, er will weitermachen, ganz gleich was mit uns geschieht. Es geht nicht mehr um Troy, jetzt geht es um unser Dilemma.

Als er fertig ist, suchen seine Augen meine. Der Blick, den er mir in diesen Sekundenbruchteilen zuwirft, ehe die Menge anfängt zu schreien und ihn mir wegnimmt, strahlt Kummer und Wut aus, aber auch Hoffnung und Liebe, alles gleichzeitig. Er ist wütender, als ich ihn je gesehen habe. Und trauriger. Aber zum Glück auch voller Hoffnung.

Ich nicke ihm zu und versuche ihm mitzuteilen, dass ich seine Botschaft verstehe. Er gibt mir den Raum und den Respekt, damit ich meine Entscheidung treffen kann. Mehr kann er mir nicht geben.

Durch unsere Texte sprechen wir miteinander. Es ist leichter, auf der Bühne zu kommunizieren als persönlich, allein, wenn man sich direkt gegenübersitzt.

Die Menge brüllt: »Special! Special! Li'l Key! Li'l Key! T-Bone! T-Bone!« Das Stampfen und Schreien versetzt mich in Ekstase und macht mir zugleich auch Angst. Alles könnte passieren. Es könnte so oder so ausgehen.

Und dann kapiere ich endlich. Ich habe wie wir alle ein Bild davon im Kopf, wie es aussieht, ein Star zu sein: Alles wird wunderbar, ich kann mich entspannen, in aller Ruhe meine Musik machen und das Leben genießen. Aber so ist es nicht. Vor ein paar Jahren hab ich mir gewünscht, dort zu sein, wo ich jetzt bin – wo Aaron und ich jetzt sind. Und dann kam King, ich hab ihn angeschaut und wollte das, was er hat. Und King? Ist King in seiner Position etwa entspannt, freut er sich an seiner Musik und an dem, was er erreicht hat? Nein. Sonst würde er nicht nach den Leuten treten, die hinter ihm die Leiter zu erklimmen versuchen. Bei jedem Konzert, bei jeder neuen CD hat er Angst, dass er von der Kritik niedergemacht oder von jemand Jüngerem, Besserem, Coolerem überholt wird. Kein Hip Hop mehr. Irgendeine Alternative oder eine Mixtur aus Blues und Rap … etwas, das er womöglich verpasst hat – und auf einmal wäre er wieder dort, wo er angefangen hat, damals, als er sich abgemüht hat, als er dauernd befürchten musste, in Vergessenheit zu geraten, auf einmal wieder nur arm und schwarz zu sein.

Das Gegenmittel für diesen von Angst genährten Ehrgeiz ist das, was ich schon immer gewusst, aber aus den Augen verloren habe. Einfach Musik machen, sie hinaus in die Welt zu lassen, so gut man es kann – und den ganzen Rest, das ganze Brimborium einfach vergessen. Dann macht es Spaß, egal ob man am Strand für Kleingeld spielt oder in der Carnegie Hall, im Internet oder in einer Sporthalle. Du gibst dein Bestes, und du teilst es mit anderen Menschen.

Wie die Botschaft, die David uns gegeben hat. Für ihn ist es der Planet, der uns geschenkt wurde, damit wir uns an ihm freuen. Darum geht es natürlich auch.

Aber für mich gibt es noch etwas anderes.

Jetzt weiß ich, was ich tun werde. Ich muss nur noch nach Hause kommen und hoffen, dass Aaron so lange warten kann.

Nur noch ein Tag: die lange Heimfahrt.

11

Keine Garantie

Sky

Ich war allein mit ihm, als er gestorben ist, weißt du.«

»Ich dachte, Mom war bei dir«, entgegnet Tara.

»Sie war gerade irgendwo anders. Ich weiß nicht mehr wo. Auf der Toilette vielleicht. Oder in der Cafeteria. Jedenfalls war ich allein. Allein mit Troy.« Meine Stimme kratzt in meiner Kehle. »Nur wir zwei.«

Tara wendet sich mir zu.

»Es war so ein Hin und Her. Man weiß nie, wann er endlich eintritt«, sage ich. »Der Tod, meine ich.« Ich sehe seine bläuliche Haut wieder vor mir, seine Fingerspitzen. Ich habe ihn berührt, und er war kalt. Schon ganz kalt. Ich drückte seine Hand, und er bewegte noch die Finger, ganz schwach zwar, aber ich wusste, dass er noch da war. »Man weiß nur, dass es bald sein wird. Am Ende konnte er nicht mehr sprechen. Er hat kaum noch Luft gekriegt.«

Ich fahre meinen Honda, Tara sitzt neben mir, die Kinder schlafen beide eingekuschelt in ihren Autositzen.

Wir sind auf dem Weg nach Hause. Elf Stunden und siebzehn Minuten, sagt mein Navi. Wieder auf die I-40 nach Osten, dann die 65 in nordöstliche Richtung zur 71, und dann – nach Hause.

Ich weiß nicht, ob es sich noch wie zu Hause anfühlen wird. San Diego war zu Hause, aber dann sind wir nach Venice gezogen. In der Mietwohnung haben wir nicht lange genug gewohnt, um uns dort wirklich heimisch zu fühlen, so, wie wir es uns für das Haus vorgestellt haben, das wir zu finden hofften.

»Ich erinnere mich genau, wann ich ihn das letzte Mal gesehen habe«, sagt Tara.

Ich werfe ihr einen kurzen Blick zu, aber sie starrt jetzt aus dem Fenster auf die Bäume in der Ferne, die die Sicht auf die dahinterliegenden Farmen oder Dörfer verstellen.

»Es ist immer schlimmer geworden. Er hat geatmet, so gut er konnte, aber selbst mit dem Sauerstoff war es schwierig.« Mir laufen Tränen über die Wangen. Tara legt ihre Hand auf meine, die das Steuer hält. Der Geschwindigkeitsregler ist eingeschaltet, ich fahre am Limit. Es gibt nicht viel Verkehr, die Straße ist leicht kurvig, nichts Exotisches. Es ist, wie es ist.

»Hat er irgendwas gesagt?«, fragt Tara.

»Er hat nach Luft gerungen und gurgelnde Geräusche von sich gegeben, weil das Luftholen so mühsam war, und dann wurden seine Atemzüge langsamer und dann … dann …« Ich umklammere das Lenkrad und lecke mir über die trockenen Lippen. Ich möchte erklären, was da passiert ist, ehrlich, aber ich bekomme es nicht richtig zu fassen, und die richtigen Worte dafür finde ich schon gar nicht. »Es ist unglaublich, total verblüffend – im schrecklichsten Sinn des Wortes –, wenn es passiert. Wenn das Leben geht. Der Moment ist unverkennbar, selbst wenn es keine sichtbare Veränderung gibt. Der gleiche Körper. Die gleichen Haare. Die gleichen kalten Hände. Die gleichen Lippen. Aber er war nicht mehr da.«

Tara lauscht aufmerksam, aber ich weiß, dass es mir nicht gelungen ist, mich verständlich zu machen, also versuche ich es noch einmal.

»Ich seh ihn noch vor mir. Wie er gekämpft hat und schwächer wurde, aber noch da war. Und dann dieser letzte Atemzug, nicht anders als die davor. Aber …« Ich zucke die Achseln. »Er hat einfach aufgehört. Seine Brust hat sich nicht mehr bewegt. Seine Nasenflügel haben nicht gezittert. Seine Hände waren völlig reglos. Er war nicht mehr mein Troy und würde es nie wieder sein.«

Tara schweigt eine Minute, dann sagt sie: »Wenigstens wart ihr zusammen. Er ist nicht allein gestorben.«

Sie versteht es einfach nicht. Sie versteht nur die Liebe und dann das Alleinsein, aber sie versteht nicht, wie es sich angefühlt hat. »Ich wusste es nicht, er wusste es nicht, wir wussten beide nicht, wann der letzte Atemzug kommen würde. Welcher es sein würde. Jetzt weiß ich es, weil es danach keinen mehr gab. Aber ich kriege das Unheimliche, das *Grundlegende* der Veränderung einfach nicht aus dem Kopf. Manchmal kommt dieses Gefühl zurück und macht sich in mir breit.«

Eigentlich wundert es mich, dass ich überhaupt versuche, es jemandem zu erklären – und ausgerechnet Tara. »Es ist dieser krasse Unterschied zwischen Tod und Leben. Und das schreckliche Privileg, den Wechsel mitzubekommen.« Besser kann ich es nicht ausdrücken. Zumindest im Moment. Vielleicht kriege ich es später hin. Vielleicht aber auch nicht.

Also fahre ich einfach weiter. Inzwischen sind wir auf der 71, vorbei an Nashville, ab nach Norden. Wir haben einen großen Teil von Amerika durchquert, so schnell, dass ich merke, wie die Landschaft sich verändert. Die Felsen und Wüstengegenden von Kalifornien, die riesige Schlucht des Grand Canyon, die trockenen Berge New Mexicos. Dann die weitläufige Ebene des Südens, flach und ausgedörrt. Jetzt befinden wir uns in üppigem Waldland, und es wird kälter, denn wir fahren dem Winter in die Arme. Drei Stunden sind wir heute schon unterwegs. Es ist Mittag, der Himmel klar, das Wetter noch relativ mild. Ein perfekter Tag zum Autofahren.

»Er war nicht allein«, wiederholt Tara. »Du warst bei ihm. Er wusste, wie sehr du ihn liebst. Und weißt du …« Sie räuspert sich, und sie starrt mich von der Seite an. »Weißt du eigentlich, wie sehr er dich geliebt hat?«

Ich schüttle den Kopf. »Es ist jenseits der Liebe. Jenseits von allem. Dieses Weggleiten eines Menschen, dieser Übergang in eine andere Dimension.« Ich breche ab. Dann fällt mir wieder ein, was ich als Nächstes getan habe. Ich bin zu Troy ins Bett gekrochen, habe meine Wange auf seine Schulter gelegt und mich an ihn gedrückt. So lagen wir gern, so hatten wir uns in all den Jahren jeden Abend und jeden Morgen zusammengekuschelt. »Mein Platz«, hab ich es genannt. »Ich möchte an meinen Platz«, habe ich oft gesagt, und dann hat Troy sein Buch weggelegt und mich in den Arm genommen. So lag ich nach seinem Tod vielleicht eine Minute, aber dann fingen die Signalgeber auf den Monitoren an zu piepen, und weil ich wusste, dass gleich die Schwestern hereinstürzen würden, küsste ich ihn auf die Wange und stand auf.

Tara weiß nicht, was sie sagen soll, dreht sich um und schaut, was die Kinder machen. »Sie schlafen friedlich«, berichtet sie. »Levy hat den Arm auf Rachels Bein gelegt, ihr Kopf ist auf seiner Decke. Er hat Rachels Stoffhasen im Arm.«

Vermutlich ist das ihre Art zu sagen, dass das Leben weitergeht, dass es immer noch gut ist. Ich schaue auf die Straße, und wir schweigen. Man kann nichts sagen, um es besser zu machen. Sie kann bei mir sitzen und zuhören. Die Zeit verstreichen lassen. Aber jetzt habe ich genug vom Reden.

So fahren wir den Rest des Weges auf der 71 und suchen nach der 65. Der Tourbus und der Möbelwagen sind vor uns. Überraschenderweise finde ich es angenehm, Tara neben mir zu haben. Wir halten an, um zu tanken, einen Kaffee zu trinken, kaufen Erdnüsse, Käse-Cracker und Äpfel.

Tara schüttelt den Kopf über meinen Süßstoffverbrauch. »Warum nimmst du denn nicht wenigstens richtigen Zucker? Erzähl mir nicht, dass du auf deine Figur achten musst!«

Ich rechtfertige mich nicht.

Dann sind wir wieder im Auto, fahren unter klarem Himmel durch Kentucky, als ich plötzlich Bremsen kreischen höre.

Ein Geländewagen fliegt über den Mittelstreifen und überschlägt sich.

Ich trete auf die Bremse.

Der Wagen landet vor uns. Die Türen springen auf.

Mit aller Kraft drücke ich auf die Bremse, die Arme ausgestreckt gegen das Steuer gestemmt. Das Auto neben mir gerät ins Schlingern, gerät auf den Seitenstreifen und saust ein Stück die Böschung hinunter. Mit quietschenden Reifen weiche ich ihm aus, verfehle ihn um Haaresbreite, aber mein Honda neigt sich zur Seite, zwei Räder verlassen den Boden, zum Glück kippt der Wagen jedoch wieder auf die Straße zurück. Mein Herz klopft wie verrückt.

»Omeingott. Omeingott«, sagt Tara, als wir mit einem Ruck zum Stehen kommen.

Vor uns, mitten auf der Straße, liegt ein Mensch. Ich kann nicht weiterfahren. Überall um uns herum quietschen die Reifen.

Ich drehe mich um und sehe ein blaues Auto auf uns zurasen. Die Augen des Fahrers sind weit aufgerissen, sein Mund steht offen. Erst wenige Zentimeter hinter uns kommt der Wagen zum Stehen. Der Mann schließt die Augen und senkt den Kopf, als würde er ein Dankgebet sprechen. Dann muss ich hilflos zusehen, wie er von einem anderen Auto gerammt wird. Sein Kopf ruckt, dann erstirbt die Bewegung. Unglaublich, dass der Aufprall ihn nicht in uns reingeschoben hat.

Mein Nacken pocht, ich schwitze und versuche, ruhig und

tief zu atmen. Neben mir schreit Tara. Auch die Kinder sind aufgewacht.

Auf der anderen Seite des Mittelstreifens hat der Verkehr ebenfalls angehalten.

Eine Frau liegt auf dem Boden, ich kann ihr Bein sehen, Jeans, eine bronzefarbene Sandale, rot lackierte Fußnägel. Durch die getönten Scheiben des Geländewagens kann ich einen Erwachsenen ausmachen und hinten ein Kind im Kindersitz.

Hinter uns schert ein roter Lieferwagen nach rechts aus, fährt auf den Seitenstreifen und verschwindet den Highway hinunter.

»Bist du okay? Seid ihr alle okay?«, fragt Tara und schaut sich um. Rachel reibt sich die Augen.

»Rachel, alles klar bei dir?«, frage ich ebenfalls und strecke die Hand nach ihr aus.

»Alles klar«, antwortet sie mit zittriger Stimme.

»Was ist los?«, fragt Levy.

»Es hat einen Unfall gegeben, aber uns ist nichts passiert. Jetzt stehen wir im Stau.«

Tara packt ihr Handy und springt aus dem Wagen. Noch im Laufen drückt sie die Tasten, dann kniet sie sich neben die am Boden liegende Frau mitten auf den Highway. Da sie mir jetzt den Rücken zuwendet, kann ich nicht genau sehen, was sie tut.

»Wo ist Mommy?«, fragt Levy.

»Sie hilft jemandem. Es geht ihr gut, mein Herzchen.« Aber mir gefällt es auch nicht, dass Tara ungeschützt mitten auf der Straße kniet. Ich möchte, dass sie ins Auto zurückkommt.

Levy stemmt sich in seinem Kindersitz hoch, schafft es aber nicht, über den Sitz und die Kühlerhaube hinweg auf den Highway zu sehen. »Mommmmy!«, ruft er.

Ein Mann aus dem Auto neben uns rennt zu Tara und der Frau. Andere Menschen umringen den Geländewagen. Tara steht auf, kommt, das Telefon noch immer am Ohr, zum Auto, steigt ein und setzt sich wieder auf den Beifahrersitz. »Ich hab Polizei und Krankenwagen gerufen, es müsste bald Hilfe da sein.«

»Wie geht es der Frau?«

Tara zuckt die Achseln. »Ich glaube, sie hat eine Gehirnerschütterung.« Dann dreht sie sich zu den Kindern um und verteilt Käse und Cracker. Ihre Hände zittern, als sie die Strohhalme in die Trinkpäckchen steckt. »Ich hab euch lieb, ihr zwei«, sagt sie, als sie ihnen die Getränke gibt.

Die Kinder sind mit Essen beschäftigt, sie schauen nicht mal aus dem Fenster. Wir sind in Sicherheit, hier in meinem Wagen.

Nach einer Weile stelle ich den Motor ab. Wir kommen ohnehin nicht so schnell von hier weg. Hinter uns zieht sich die Autoschlange bis über den Hügel. Neben uns stehen zwei gelbe Lieferwagen mit der Aufschrift: *Feuer Wasser Reinigung und Restaurierung*. Am Steuer des einen sitzt eine Frau und klopft nervös mit den Fingern an den Fensterrahmen.

»Was ist denn passiert?«, fragt sie und deutet zum Mittelstreifen. Ihre Fingernägel sind metallicrosa lackiert, in der Hand hält sie eine brennende Zigarette, von der bläulicher Rauch aufsteigt.

Ein bisschen zittrig erzähle ich die Geschichte, so gut ich eben kann.

Die Frau klackt mit der Zunge und presst die Lippen aufeinander. »Ein Glück, dass wir rechtzeitig bremsen konnten. Sonst wären wir echt in Schwierigkeiten. Wir beide.« Sie schließt die Augen und schaudert. »Auf dem Rücksitz ist ein Baby. Und ein Mann sitzt im Auto.«

Tara schweigt.

»Mein Mann wollte helfen, aber … er konnte nichts mehr tun. Diese armen Menschen.«

Vielleicht wollten die Leute im Auto den Reifenteilen ausweichen, die auch hier auf der Fahrbahn herumliegen. Vielleicht hatten sie Streit. Vielleicht ist ein Reifen geplatzt.

Weitere fünf Minuten später kommen drei Polizeiwagen mit blitzenden Lichtern und Sirenen den Mittelstreifen entlanggefahren, zwei aus der anderen Richtung gesellen sich zu ihnen. Polizisten steigen aus und laufen zur Unfallstelle. Ein Mann klettert auf das Dach seines Trucks und macht Fotos.

Ich steige aus. Zwei Feuerwehrwagen rasen mit durchdringendem Sirenengeheul über den Grünstreifen.

Jetzt sehe ich das Baby, noch angeschnallt in seinem Kindersitz, hinten auf der Rückbank. Die Frau … die Mutter? … hat sich nicht gerührt. O Gott. Eine ganze Familie.

»Au! Au!« Rachel hält sich die Ohren zu.

Ich spüre meinen Herzschlag im Hals, in den Handgelenken, fühle das Pochen überall in mir. Die riesigen Rotorblätter eines Helikopters rauschen durch die Luft, übertönen alle anderen Geräusche. Das Gras flattert im Luftstrom. Fast behutsam lässt sich der Riesenvogel vor uns auf dem Highway nieder. Ein Feuerwehrfahrzeug hält hinter dem Geländewagen. Ein weiterer vor ihm. Feuerwehrleute umringen ihn.

Auf dem Mittelstreifen bilden sich kleine Gruppen.

Eine blaue Plane flattert in der Brise, senkt sich herab und verdeckt die Gestalt, die auf dem Highway liegt.

Jetzt ist die Frau nicht mehr zu sehen. Eine Mutter. Eine Ehefrau.

»Du hast es gewusst, stimmt's?«, frage ich Tara.

Mit schlohweißem Gesicht nickt sie.

Sie hat versucht, mich zu schonen.

Langsam setzen sich die Fahrzeuge auf der Gegenfahrbahn wieder in Bewegung. Dann kommt ein Cop zu uns und bittet uns, über den Grasstreifen auf die andere Seite und nach Süden zu fahren. Er erklärt uns, wo wir abbiegen können, um wieder auf die 71 nach Norden zu gelangen.

Ich steige ein, lasse den Motor an, hopple über den Grasstreifen und schlage den Weg nach Nashville ein. Noch immer klopft mein Herz bis zum Hals, aber allmählich beruhigt es sich wieder. Tara ruft Aaron an und erklärt ihm, was passiert ist.

»Für den Umweg brauchen wir mindestens eine Stunde länger«, sagt sie. Dann wendet sie sich an mich. »Aaron sagt, sie sehen schon Schilder für Cincinnati.«

Wir fahren gerade durch einen Stadtteil namens Plantation Estates. Billig zusammengeschusterte Möchtegernvillen mit Lattenzaun und Veranda säumen selbstgefällig die Straßen mit Blumennamen – Magnolia, Azalea, Cape Myrtle.

»Sie stellen den Möbelwagen bei Mom ab. Morgen helfen Aaron und ich dir dabei, ihn zu entladen und die Sachen einzulagern. Okay?«

Ich mag nicht einmal daran denken.

Und dann entdecke ich die Auffahrt zum Highway. I-71 nach Norden. Vor uns fahren die beiden gelben Vans.

»Wenigstens hat das Baby noch einen Vater«, sage ich.

Tara antwortet nicht. Vielleicht irre ich mich mit der Annahme, dass nur die Frau tot ist? »Ist es nicht seltsam, dass wir über den Tod geredet haben, und ausgerechnet da ist dieser Unfall passiert?«

»Wie meinst du das?« Tara setzt sich aufrecht und verschränkt die Arme.

»Ich weiß nicht. Als hätten wir eine schlechte Aura verbreitet.«

»Wir haben den Unfall nicht verursacht, indem wir über Troy gesprochen haben. Das war reiner Zufall.«

Ich sage nichts, aber ich frage mich, ob wir es irgendwie geahnt haben oder ob das Universum uns gewarnt hat. Denn unser Gespräch hat zumindest dazu geführt, dass ich langsamer gefahren bin. Sonst hätte ich den Geländewagen wahrscheinlich gerammt. Solche Gedanken waren mir früher vollkommen fremd. »Vermutlich suche ich nur eine Möglichkeit, alles in einen Zusammenhang zu bringen. Damit es wieder einen Sinn ergibt.«

»Ich vermisse ihn auch, weißt du«, sagt sie, als wir an den gelben Vans vorbei sind und die ersten Wegweiser nach Dayton auftauchen.

»Wie soll ich ohne ihn glücklich sein? Ich meine, wie kann ich das zulassen?«

»Meinst du, er würde wollen, dass du leidest und den Rest deines Lebens unglücklich bist?«

»Es kommt mir vor, als würde ich ihn betrügen.«

»Troy hat mir gesagt, ich soll dafür sorgen, dass du kein Denkmal aus ihm machst mit deiner Trauer, dass du dir die Freiheit gibst, glücklich zu sein.«

»Das hat er gesagt?« Ich glaube, sie hat mir das vor einer Weile schon einmal erzählt. Aber damals habe ich es nicht richtig verstanden.

»In der Nacht im Krankenhaus, als ich bei ihm war. In der Nacht, bevor er gestorben ist.«

»Oh.« Sobald ich anfange, ein bisschen glücklich zu sein, bekomme ich Angst.

»Er wollte, dass du ein erfülltes Leben führst und vielleicht sogar wieder liebst«, wiederholt Tara.

Ich lasse mir Troys Worte durch den Kopf gehen und denke an die Frau, die gerade gestorben ist. »Ich bin froh, dass ich lebe.« Mir wird klar, dass es die Wahrheit ist, zum ersten Mal seit vielen Wochen. »Anfangs war es nicht so.« Ich treffe die nächste Entscheidung. »Aber mein Leben ist wertvoll.«

»Ja.« Tara dehnt das Wort wie zu einem langen Seufzer. »Von uns kann das keiner entscheiden, das kannst nur du. Warum denkst du eigentlich, dass das Leben vorhersehbar sein sollte?«

Aber dann beantwortet sie ihre Frage selbst: »Wahrscheinlich war es für dich so, bevor dein Dad gestorben ist.«

Nach einem kurzen Schweigen fährt sie fort: »Als ich auf die Welt kam, war alles schon unberechenbar geworden. Ich sollte mich nicht in Aaron verlieben und Rap-Sängerin werden. Aber ich habe gelernt, von der Unberechenbarkeit des Lebens zu profitieren.«

»Für mich ist es berechenbar, dass Menschen, die ich liebe, zu früh sterben«, erwidere ich. »Ich dachte, über meinem Kopf hängt das Pech wie eine dunkle Wolke. Erst Dad. Dann meine Babys. Mia. Troy. Dann ist Rachel fast ertrunken. Aber als David gesagt hat, dass wir nur dieses Leben haben und diese Atemzüge, war ich irgendwie beeindruckt.« Ich schüttle den Kopf, nehme meine Tasse und trinke den letzten Schluck süßen Kaffee. »Ich danke dir.«

»Mir?« Tara klingt überrascht.

Auf einmal habe ich Tränen in den Augen. »Du liebst mich.« Als ich das sage, wende ich mich ihr zu und spüre ihre Liebe zu mir. Ich lasse sie in mich eindringen. Ich erkenne sie nicht nur. Tara war immer für mich da, aber ich habe sie einfach nicht beachtet. Auch jetzt ist sie da. Sie hat ihre ganze Tour mir zuliebe umarrangiert. Und ich habe sie für selbstverständlich genommen, ich habe es für selbstverständlich genommen, eine Schwester zu haben. Sie hat alle einbezogen, ihr ganzes Leben. Aaron, Smoke, T-Bone und Red Dog, obwohl das ihre Tour viel komplizierter gemacht hat. Vor allem für Smoke, der den Möbelwagen gefahren hat und dann aufgetreten ist. Sogar Levy war nett zu mir. Jetzt hat Tara eine Karte auf dem Schoß und späht aus dem Fenster nach Schildern, sie lotst uns nach Hause. Im Profil ist ihr Gesicht so glatt mit ihrer Stupsnase.

»Ich liebe dich.« Da, jetzt ist es raus. Ich sage es, während ich die Straße im Auge behalte, die uns nach Hause führt.

»Wie bitte?«

»Ich bin froh, dass du meine Schwester bist. Danke, dass du mir hilfst. Ohne dich, die Crew und Allie hätte ich diesen Umzug nicht geschafft, sondern wäre in Venice hocken geblieben und in meinem Kummer versunken. Und ich hätte Rachel mit hineingezogen.« Meine Hände umklammern das Steuer, ich starre auf die Straße. Die Bäume sind kahl, ich sehe, dass es hier schon Schnee gegeben haben muss. Wir sind bald zu Hause.

Taras Augen sind voller Tränen, aber auf ihrem Gesicht liegt ein strahlendes Lächeln, und sie sieht aus wie ein kleines Mädchen – wie damals auf dem Magic Mountain mit den orangefarbenen Lichtern. Sie war für mich da und hat darauf gewartet, dass ich sie akzeptiere. Das sehe ich jetzt ganz deutlich.

»Ich dachte, ich wäre bloß eine Nervensäge.«

»Na ja, das kannst du auch sein«, lache ich. »Nein, eigentlich bist du das nicht mehr. Du bist erwachsen geworden – wir beide.«

»Meinst du?« Sie lacht ebenfalls. »O nein, das wollen wir nicht. Sonst verwandeln wir uns noch in Mom.«

»Ach, das wäre doch gar nicht so schlimm«, sagen wir beide wie aus einem Mund und lachen wieder. Ich dachte eigentlich, ich hätte vergessen, wie das geht.

»Ich glaube, ich habe dich gehasst«, gestehe ich nach einer kurzen Pause und schlucke schwer. »Deine pure Existenz, weil du meine gemütliche Zweisamkeit mit Mom zerstört hast. Als ich Troy kennengelernt habe, war ich endlich wieder Teil einer Zweisamkeit. Und jetzt …« Daran habe ich noch gar nicht gedacht! »Wow. Jetzt sind es Rachel und ich. Wir sind auch zu zweit.«

»Ja. Und sie ist so süß, so lieb.«

»Levy auch. Und hast du gemerkt, dass er lächelt wie Mom?«

»Na klar.«

»Es ist so witzig, ihr Lächeln auf seinem kleinen braunen Jungengesicht zu sehen.«

Sie lacht.

Ich bin fest entschlossen, mich nicht mehr abzuschotten von der Liebe, die mich umgibt, und drücke Taras Arm.

Sie nimmt meine Hand, und ich frage: »Was hast du mit King jetzt eigentlich vor?«

»Ich will Aaron. Ich hatte Angst, mir einzugestehen, wie sehr ich ihn liebe. Wie sehr ich an ihm hänge. Allein der Gedanke, ihn zu verlieren, tut so wahnsinnig weh. Ich glaube, ich bin dir viel ähnlicher, als ich immer zugeben wollte. Wenn ich das tue, was ich wirklich will, und das Schicksal mir wohlgesonnen ist, wird mein Leben so, wie ich es will. Nicht alles ist einfach nur Zufall.«

»Was hat das mit King zu tun?«

»Ich dachte, er könnte uns Sicherheit geben. Aber die einzige Sicherheit ist Selbstständigkeit. Und ich müsste Aarons Vertrauen und Sicherheit aufgeben, wenn ich King erlauben würde, meine Karriere voranzutreiben.«

»Na ja, ich habe gelernt, dass andere Menschen einem wirklich helfen. Aber es gibt keine Garantie, dass es ewig hält. Liebe, Verlust, Trauer … das alles gehört zusammen, und es ist das Beste am Menschsein.«

11

Keine Garantie

Tara

Wir laden Skys Sachen aus dem Möbelwagen, verstauen sie in einem Lagerschuppen und übernachten im Tourbus auf Moms Auffahrt.

Am nächsten Morgen macht Mom Frühstück für uns, Omelette und Bratkartoffeln, dann fahren wir weiter. Unterwegs setzen wir Smoke, Red Dog und T-Bone ab.

Detroit sieht noch heruntergekommener aus als bei unserer Abfahrt. Diese arme Stadt. Verlassen und kaputt, wie eine einstmals luxuriös gekleidete Dame, die ihre Habseligkeiten jetzt im Einkaufswagen mit sich herumschiebt und im Müll nach Essbarem wühlt.

Die Straßen sind fast leer, überall gibt es Parklücken, sogar in der Innenstadt bei Comerica Park und Cobo Hall. Auf den Gehwegen sind keine Fußgänger unterwegs. Viele Gebäude sehen mit ihren eingeschlagenen Fensterscheiben wie geblendet aus, in unserer Straße sind zwei weitere Häuser mit Brettern vernagelt, und überall stapelt sich der Müll. Ich bin froh, dass es Winter wird.

Da sind wir wieder, in einer ruinierten Stadt, mit unserer fast ruinierten Liebe.

An der Ecke steht eine Frau mit einem Schild *Du kannst nicht über deine Gedanken bestimmen.* Sie trägt eine Baseballkappe von den Detroit Tigers, eine ausgebeulte rot-schwarz-karierte Hose und Turnschuhe.

»Was soll das heißen?«, frage ich Aaron.

»Vielleicht, dass man nicht immer weiß, was man als Nächstes tun wird?«, meint Aaron.

»Deine Gedanken führen ein Eigenleben, unabhängig vom Zustand deines Körpers«, schlage ich vor.

»Dein Kopf denkt, was er will«, ergänzt Aaron.

»Glaubst du, das stimmt? Können wir unsere Gedanken nicht strukturieren und unsere Gefühle dadurch beeinflussen? Was meinst du?«

»Ich meine, dass die Frau verrückt ist.«

Zuhause ist immer noch unsere kleine Wohnung mit der indischen Tagesdecke und den Seidenblumen von meinem ersten Vorspielen. Als Erstes hänge ich den Kristall zurück ans Fenster. Und ich bin froh, dass wir endlich wieder zu dritt sind, unsere kleine Familie. Ich genieße die Stille, das Summen unseres Kühlschranks, leise Musik von Mos Def. Aber ich vermisse Sky und Rachel. Und natürlich Allie. Ich vermisse sie und bin froh, dass ich nicht mehr dauernd mit ihnen zusammen bin, beides gleichzeitig.

Wir gehen zu Sissy, die um die Ecke wohnt und schon darauf brennt, uns zu sehen und uns mit ihren legendären Käse-Makkaroni willkommen zu heißen. Levy rennt in ihre Arme und vergräbt den Kopf zwischen ihren Brüsten.

Ein paar Tage später spreche ich mit ihr über King. Ich vertraue ihrer Klugheit, und sie kennt ihren Sohn. Als ich ihr die Schlüsselkette zeige, sagt sie: »Verflixt, die nehm ich. Man könnte die ganzen Glitzersteine abpuhlen und das Ding umformen. In eine Hand vielleicht.«

»Daran hab ich auch schon gedacht. Man könnte sogar etwas für Aaron und mich daraus machen. Aber ich bezweifle, dass ihm das gefallen würde.« Ich überlege, ob ich Sissy die

Kette schenke, aber dann würde Aaron jedes Mal an die Geschichte mit King erinnert, wenn er den Anhänger sieht.

»Das Ding ist echt schön.« Ich drehe und wende den Schlüssel in der Hand, und die Steine funkeln genau wie mein Fensterkristall. »Was für eine Verschwendung«, sage ich leise.

Sissy mustert mich durchdringend und kneift die Augen zusammen wie immer, wenn sie einen Menschen taxiert und versucht, seine Gedanken zu lesen.

»Ich hab gehofft, wir könnten alle drei zusammen arbeiten, aber King will mich allein für sich haben.«

»Ich habe mitbekommen, wie er sich beim Konzert in L. A. auf dich gestürzt hat.«

Ohne mich aus den Augen zu lassen, lehnt sie sich zurück und legt eine Hand aufs Knie. »Es geht nicht um die Kette, das weißt du, Tara. Und das, was du willst, kann dir kein Mann verschaffen, so berühmt er sein mag. Ein Mann kann dich nur lieben, mit dir eine Familie gründen, dir helfen, deine Träume wahrzumachen. Aaron tut genau das, aber du hast Angst, es zu sehen. In deinem eigenen Leben musst du die Heldin sein, du allein.«

Das habe ich schon vor langer Zeit begriffen, damals, als ich mich in unserer Familie ignoriert fühlte und mich auf meine Musik konzentriert habe, um etwas für mich zu haben, etwas, das mir Spaß machte. Damals war es heldenhaft genug, dass ich mich für meine Musik engagiert habe. Aber wenn ich jetzt meine eigene Heldin sein will, wie verhalte ich mich dann King gegenüber?

Ich lasse mir noch einmal meine Möglichkeiten durch den Kopf gehen.

Ich könnte King die Kette abkaufen. Ich könnte für ihn arbeiten und sie mit dem Geld, das ich bei ihm verdiene, abbezahlen. Aber eigentlich könnte ich das viele Geld besser für andere Dinge ausgeben. Zum Beispiel braucht Sissy ein neues Auto.

Und ich brauche eigentlich keinen Schmuck. Verführerisch, sicher, aber letzten Endes ist es doch nur ein Klunker. Schon das Wort macht deutlich, wie unwichtig diese Kette ist.

Ich bin nicht scharf auf King als Liebhaber. Er ist attraktiv, aber nicht für mich. Er führt ein Leben als selbst ernannte Ikone. So glatt und poliert, aber nicht authentisch. Ich möchte einen echten Mann. Ich möchte Aaron. Ich möchte Aaron, keinen anderen. Hätte ich mit King meine künstlerische Freiheit? Nein, bestimmt nicht. Das sehe ich jetzt. Er würde mich kontrollieren. Trotzdem könnten wir ja zusammen Musik machen. Ich stelle mir vor, wie ich Aaron das noch mal erkläre, ganz klar und unmissverständlich. Ich möchte mit King arbeiten, nicht mit ihm schlafen. Ich bin nicht für das verantwortlich, was er sich über mich in seinem Kopf zurechtmacht.

Aber das habe ich ihm schon mehrmals gesagt. Und jetzt vertraue ich Aaron nicht mehr hundertprozentig. Im Handumdrehen hat er die Flirt-Strategie als Rache eingesetzt, als hätte ich ihn längst betrogen. Er hat mich daran erinnert, dass ich ersetzbar bin. Er hat gesagt, ich weiß nicht, wie Männer denken. Vielleicht nur aus verletztem Stolz. Vielleicht hat er gedacht, das würde mein Interesse wieder verstärken. Alle diese Vielleichts, am liebsten möchte ich davonlaufen. Er hat es mir erklärt, aber ich weiß nicht mehr, was ich glauben soll.

Seht ihr, wie ich mich im Kreis drehe?

Ich möchte nicht mit einem Mann zusammen sein, der so ist wie mein Vater. Und ich möchte auch selbst nicht so sein wie mein Vater.

Ich weiß, ich gehe ein großes Risiko ein, wenn ich versuche, in dieser verfahrenen Situation Liebe und Hoffnung wiederzubeleben. Wenn ich meine Chance mit King in der Hoffnung verstreichen lasse, dass es zwischen mir und Aaron wieder so wird wie früher, nehme ich mein eigenes Schwanken nicht ernst. Und ich – kann ich Aarons Instantflirts wirklich so leicht vergessen?

Ich lasse die Kette an meinem Finger baumeln und frage ihn: »Können wir wieder wir sein, wenn ich das Ding zurückschicke?«

»Hör auf, ständig Versuchsballons auf mich loszulassen«, sagt Aaron.

Er will das Sagen haben, und er hat es auch. Aber ich weiß, ich würde irgendwie zurechtkommen, selbst wenn ich wirklich alles aufgeben müsste. Deswegen mache ich bestimmt keinen Rückzieher. Wenn Sky über Troys Tod hinwegkommt, dann werde ich auch mit dem hier fertig. Schließlich wusste ich nicht, dass wir so viel Glück haben würden. Ich war einfach glücklich und mit meiner Musik beschäftigt.

Ich weiß, es braucht Mut, meine eigene Heldin zu sein. Also rufe ich King an, hole tief Luft und schicke ein Stoßgebet zum Himmel. *Ich hoffe, es funktioniert.* Einer von seinen Männern antwortet und gibt den Hörer sofort an King weiter, als ich meinen Namen sage.

»Na, Li'l Key, was verschafft mir die Ehre?« Der Honig in seiner Stimme kann den Sarkasmus und die Überraschung nicht ganz überdecken.

»Ich kann die Kette nicht annehmen. Ich will dich nicht als Lover, und solche Geschenke kriegt man nur von einem Lover«, sage ich nüchtern und sachlich. Am anderen Ende der Leitung herrscht Schweigen.

»Wie wäre es, wenn du sie mir für ein Drittel dessen abkaufst, was ich dir zahle, wenn du diesen *I'll miss myself*-Song bei meinem Konzert im Januar in der Cobo Hall singst? Du müsstest nicht mal weg von zu Hause.«

Daran hab ich auch schon gedacht. Ich habe mir überlegt, einen Deal für Aaron und mich auszuhandeln. Am liebsten möchte ich sagen, o ja, das würde ich schrecklich gern, und ich lasse mir genau das auch noch einmal durch den Kopf gehen, aber dann antworte ich: »Ich mach es, wenn Aaron vor oder nach mir auf die Bühne kommt.«

In meiner Fantasie antwortet King nach kurzem Überlegen: »Wenn du mit mir ein Duett singst.«

Dann sage ich ihm – in meiner Fantasie –: »Ich ruf dich zurück. Und danke«, denn er weiß ja, dass ich keinen Deal ohne Aaron und die Crew mache.

Das hatte ich vor, bis Mom mich darauf hingewiesen hat, wie sehr ich damit Aarons Vertrauen verletzen würde.

In der Realität aber sitze ich nun in unserer Wohnung, mein Keyboard summt, das Sonnenlicht kämpft sich durch die schmutzigen Fensterscheiben, und ich antworte auf Kings Angebot: »Das fände ich toll. Du hast ja keine Ahnung, wie aufregend und schön ich es finden würde, mit dir zu arbeiten. Und die Kette ist das Schönste, was ich je gesehen habe, ein echtes Totem. Aber noch wichtiger als das alles ist meine Liebe zu meiner Familie und …« Ich halte inne. Denn ich möchte sagen, dass es hätte klappen können, wenn er es nicht mit seinem ganzen Sexzeug kaputtgemacht hätte, mit dem übertriebenen Geschenk und den Bemerkungen, dass er nur mich will.

»Die Kette war als Test für dein Engagement gedacht«, hakt er ein. »Wenn man ein Star sein will, muss einem die Karriere das Wichtigste sein, und ich bin nicht bereit, meine Energie in jemanden zu stecken, der sich nicht absolut und hundertprozentig dafür engagiert. Du musst bereit sein, alles andere zu opfern. Und das bist du offensichtlich nicht.«

Ich halte die Luft an, denn ich weiß, dass ich jetzt gleich eine Tür zuknalle. »Nein, weil meine Familie für mich mindestens so wichtig ist. Also werde ich wohl nicht mit dir zusammenarbeiten können.«

»Okay.« In dem Wort klingt keine Spur von Freundlichkeit oder Verständnis mit. Genau genommen ist es nicht mehr als ein schroffes Ausatmen. Einen Moment denke ich schon, er hat aufgelegt.

»Ich werde mir eine wundervolle Chance entgehen lassen, aber ich werde immer noch meine Musik machen können. Meine Musik und meine Familie, das sind die beiden wichtigsten Dinge in meinem Leben.«

Er schweigt.

Und ich fühle mich in der Schwebe gehalten, als müsste ich eine Schlussfolgerung ziehen, als würde er noch auf etwas anderes warten, vielleicht darauf, dass ich anfange zu lachen und sage, dass alles nur ein Witz war, weil ich natürlich keinen größeren Wunsch habe, als mit dem wunderbaren King zu singen, am liebsten im Duett, und dass ich bereit bin, alles dafür zu tun, um die sensationelle Kette behalten zu dürfen, die er für mich hat anfertigen lassen.

»Dein Angebot ehrt mich und schmeichelt mir.« Meine Stimme bricht. Aber dann frage ich nach der Adresse, an die ich die Kette schicken soll.

Zuerst zögert er, eine ganze Weile sogar, er schweigt, als überlegte er, ob er mir sagen soll, ich kann sie wegwerfen. Was mir zugegebenermaßen schwerfallen würde. Verkaufen kann ich sie auch nicht. Was würde ich mit dem Geld anfangen? Spenden, beschließe ich. Es Aaron geben, damit er die Entscheidung trifft. Was macht man mit vergiftetem Geld?

Das ganze Hin und Her in meinem Kopf hat mich müde gemacht.

Mir ist klar, dass King auf diese Wendung wahrscheinlich nicht vorbereitet war. Aber dann gibt er mir endlich doch die Adresse.

Als Aaron nach Hause kommt, erzähle ich ihm von meinem Gespräch mit King. Ich zeige ihm die Kette in ihrer Schachtel und den Brief, den ich dazu geschrieben habe. Er ist kurz und bündig: *Danke für das wunderschöne Geschenk. Ich fühle mich geehrt, dass du meine Musik gut findest. Dein Respekt bedeutet mir viel und macht mir Mut, mit meinen Plänen fortzufahren. Nochmals danke.*

Vor Aarons Augen packe ich die Schachtel ein und schreibe die Adresse auf das Päckchen.

»Ich bringe das morgen zu UPS«, erkläre ich. »Kommst du mit?« Ich gebe mir ehrlich Mühe, Vertrauen aufzubauen.

Unsere Blicke treffen sich. Er legt den Kopf schief und schaut mich aufmerksam an, aber ich kann seinen Gesichtsausdruck nicht lesen. Ist es Erleichterung? Oder Zuversicht? »Wir können doch auf dem Weg zur Probe dort haltmachen. Ich möchte ein paar Songs für unser Konzert an Thanksgiving in Toledo durchgehen.«

Ich bin überrascht, dass er so wenig Aufhebens darum macht. In meiner Fantasie würde er mich jetzt in den Arm nehmen, mich küssen und mir danken. Aber er tut nichts dergleichen. Es ist, als würden wir einfach in die Normalität zurückgleiten, fast so, als hätte die Kette nie existiert. Morgen haben wir Probe. Aber dann blickt er mir tief in die Augen und sagt: »Ich will nur dich. Keine andere Frau. Es war schwierig, mit dem Mist umzugehen, den die anderen abgesondert haben, aber ich wusste, dass du nichts Schlimmes getan hast.«

Levy kommt herein – er hat schon geschlafen, seine Haare sind zerzaust und wild, und er reibt sich die Augen. Als er uns sieht, rennt er mit ausgestreckten Armen zu uns. Aaron hebt ihn hoch, drückt ihn an sich, und ich geselle mich zu ihnen. Wir drei zusammen, wie es sich gehört.

Später dusche ich, und als Aaron vom Schlafzimmer aus sieht, wie ich mir hinterher Beine und Brüste einreibe, springt er aus dem Bett, nimmt mir die Flasche aus der Hand und fängt an, meinen Rücken zu bearbeiten. Seine Hand ist warm und glitschig von der Creme. »Da kommst du allein nicht hin«, erklärt er. »Dafür brauchst du mich.«

Ich höre auch, was zwischen den Zeilen steht.

Als ich gut eingecremt bin, dreht er mich um, verteilt die Creme auf meinen Brüsten, und meine Brustwarzen stellen sich unter seiner Berührung sofort auf.

Es ist so lange her.

Und dann küsst er erst sie, dann meine Augenlider, meine Nase und meinen Mund, nimmt mich auf den Arm und trägt mich zu unserem Bett. Dort liegen wir zusammen und küssen uns, küssen uns lange und ausgiebig, als hätten wir endlos Zeit.

Kurz vor Thanksgiving findet Sky eine süße Wohnung um die Ecke von Moms Haus, in einem Komplex mit Swimmingpool und Fitnessraum. Aaron, Mom, Smoke, Sky und ich holen ihre eingelagerten Sachen und bringen sie in die neue Wohnung. Sky hängt das blaue Bild so auf, dass man es sofort sieht, wenn man zur Tür hereinkommt. Und dass sie es als Erstes sieht, wenn sie morgens aus dem Schlafzimmer tritt. Und wenn sie mit Rachel frühstückt, erinnert das Bild sie an die Schönheit des Himmels. Der Hochstuhl ist auch da. Smoke spielt mit der verrückten Biene, die sich dreht und klingelt und piept. »Schön, dass sie noch funktioniert«, sagt er.

Auf der Kommode steht Troys Urne und daneben eine Kerze, auf der anderen Seite ein Foto von ihm und eins von der Hochzeit, auf dem er von hinten die Arme um Sky schlingt, das Kinn auf ihrem Schleier.

Sky sieht so jung aus, dabei ist es noch gar nicht so lange her.

Zwei Tage später lädt Sky uns alle zu einem Einweihungsessen ein. Jeder bringt etwas mit. Die beigefarbenen Möbel aus Venice passen gut in die neue Wohnung und vermitteln ihr einen Hauch Kalifornien. Aaron hat Sissys Rippchen-Rezept gekocht, Mom bringt den Girl Scout Stew, den wir vor langer Zeit für ein Pfadfinderfest erfunden haben. Ich backe Sissys »Gib's mir«-Kuchen. Levy bringt Sky eine Schale mit Steinen mit. Ein perfekt runder schwarzer Stein vom Pazifik, den wir dort bei einem Strandspaziergang gefunden haben. Ein runder, durchsichtiger, so groß wie eine Vierteldollarmünze. Im Museum haben wir noch einen Amethyst gekauft, mit Reihen violetter Spitzen. Smoke hat zwei Trommeln unter dem Arm, eine kleine für Rachel und eine größere für Sky – eine Ashika, erklärt er ihr. »Trommeln ist eine Methode, den universellen Rhythmus einzufangen«, sagt er. »Deinen eigenen Herzschlag und die Drehung des Universums. Das hilft, wenn die Last der Welt einen zu sehr bedrückt.« Er sieht Sky aufmerksam an. »Wenn ihr zwei wollt, zeige ich euch ein paar Beats. Ich bringe meine Frau und meine Tochter mit, dann können wir zu viert zusammen spielen.«

Offensichtlich hatten die beiden auf der langen Fahrt das eine oder andere ernsthafte Gespräch.

Sky arbeitet halbtags bei Moms Freundin Rosie. Sie macht Recherche und Fallberichte für die anderen Anwälte. Rosies Baby soll nächste Woche kommen, also wird Sky im neuen Jahr ihren Job ganz übernehmen, bis Rosie aus dem Mutterschutz zurückkommt. Nebenbei bereitet Sky sich auf die Zulassungsprüfung vor. An den Tagen, an denen Sky arbeitet, ist Rachel in der Tagesbetreuung, ulkigerweise in der gleichen, in der ich als Kind war. Ein paar der Betreuer erinnern sich sogar noch an mich und verfolgen meine Karriere. Dabei hab ich immer gedacht, dass keiner auf mich achtet.

Sky macht einen ruhigen Eindruck. Nicht geheilt, aber sie fühlt sich offensichtlich sicher genug, um damit anfangen zu können.

Und ich? Ich arbeite an meinen eigenen Songs, einer ganzen Serie. Aaron hat mir vorgeschlagen, ich soll die Texte mit T-Bone singen, weil wir in *I'll Miss Myself* so gut harmoniert haben. Anscheinend mache ich ein überraschtes Gesicht, denn er fügt hinzu: »Wir sind eine Crew. Wir müssen all unsere Talente nutzen, wenn wir erfolgreich sein wollen. Wie wenn man ein Auto zusammenbaut – da müssen auch alle mithelfen, bis es fährt.«

Ich arbeite daran, die Heldin meines eigenen Lebens zu werden, und Aaron arbeitet daran, ein überzeugter Verfechter der Gleichstellung zu werden.

Nach Thanksgiving sagt Aaron: »Wir wollten doch eigentlich nach der Tour ein Haus kaufen und heiraten. Was hältst du davon, wenn wir nächstes Jahr dafür anpeilen?«

»Das ist ein guter Zeitpunkt, ein Haus zu kaufen«, antworte ich.

»Und ein guter Zeitpunkt zum Heiraten«, erwidert er mit den Worten, die ich nicht über die Lippen bringe.

Ich und meine Angst vor Liebe und Verlust. Schnell wende ich mich ab und wische über die Arbeitsplatte. Ich habe herausgefunden, was Mut bedeutet, nämlich, dass ich meinem eigenen Sinn folge.

Meine Musik ist dabei der leichte Teil.

Ich hole tief Atem, wasche den Lappen mit warmem Wasser aus, streue Scheuerpulver in die Spüle und fange an zu schrubben. Und während ich schrubbe, wird mir klar, tdass ich mir wünsche, zu einer Familie zu gehören. Mich wohlzufühlen und von einer Familie akzeptiert zu werden ist Teil meines Sinns. Es muss nicht so sein wie bei meinen Eltern. Nicht alle Männer sind wie mein Vater.

Und vor allem: ich auch nicht.

Ich bekomme eine Gänsehaut auf den Armen.

Und einfach so habe ich ein bisschen Mut gesammelt und ein bisschen Angst hat sich verflüchtigt.

Ich lege den Lappen weg und wende mich Aaron zu. »Ja, es ist ein guter Zeitpunkt zum Heiraten. Ja.«

12

Cookie-Party

Sky

Alles wird klar. Logistisch gesehen ist es ganz einfach, aber emotional ist es kompliziert. Ich vermisse Troy und gastiere immer noch in dem Leben, das wir einmal hatten. Alle meine Pläne sind futsch. Ich nehme mir solche Gedanken nicht vor, sie überkommen mich einfach. Zum Beispiel fahre ich zu Trader Joe's und komme unterwegs an der Tappan Middle School vorbei, wo Troy und ich uns kennengelernt haben, oder am Burns Park, wo wir oft spazieren gegangen sind, oder am Buhr-Schwimmbad, wo ich das erste Mal gespürt habe, dass ich mich zu ihm hingezogen fühlte. Am nächsten Tag sehe ich die Wohnung, in der wir während der College-Zeit gewohnt haben. Wenn ich dann ein paar Mal ordentlich geweint habe, versiegen die Tränen und werden von glücklichen Erinnerungen abgelöst.

Moms Freundin Rosie hat mir einen Halbtagsjob vermittelt. Rachel fängt im Kindergarten an, wir haben eine süße Wohnung gefunden. Ich schaue mein Himmel-Bild an, und es erinnert mich daran, dass wir alle die Chance haben, zufrieden zu sein. Ich schaue zu Troys Asche und zünde die Kerze an, die neben der Urne steht, berühre sein liebes Gesicht auf dem Hochzeitsfoto, schließe die Augen und stelle mir vor, dass ich an »meinem Platz« bin, mein Kopf an seiner Schulter, in seinem Arm, mein Bein über seines gelegt. Ich danke ihm dafür, dass er in meinem Leben ist. Ich danke ihm, dass er mich gelehrt hat zu lieben.

Ich gehe nicht mehr am Abgrund entlang, ich bin hineingestürzt. Und das hat einen paradoxen Effekt. Statt weiter auf Zehenspitzen zu balancieren, achte ich nicht mehr darauf. Weder ich noch irgendwer kann etwas gegen den Zufall ausrichten. Durch diese Einstellung habe ich mich ein bisschen entspannt und bin freier geworden. Ich schaue nicht mehr in meinem Handy nach meinen Listen, ich spiele nicht mehr jedes mögliche Szenario x-mal durch, bevor ich eine Entscheidung fällen kann. Troy wäre bestimmt sehr stolz auf mich.

Im Januar nehme ich an einer Studiengruppe teil, die sich auf die Zulassungsprüfung der Anwaltskammer vorbereitet, und unterdessen strecke ich die Fühler nach einer Stelle im Strafrecht aus. Ich glaube, ich möchte für die Pflichtverteidigung arbeiten. Ich kann etwas bewirken und Leute verteidigen, die sich selbst keinen Anwalt leisten können. Natürlich werde ich dabei nicht so viel verdienen, aber ich tue etwas Sinnvolles. Viel zu viele Menschen – arme Menschen, Angehörige von Minderheiten – sitzen viel zu lange im Gefängnis, und wir alle bekommen die Kosten dafür zu spüren – in finanzieller und sozialer Hinsicht. Ich glaube, das habe ich auf der langen Heimfahrt begriffen.

Aber manchmal wache ich immer noch früh auf. Nicht um 3 Uhr 42. Ich schlafe ein bisschen länger, sehe dann aber den Zahlen zu, wie sie auf meinem Wecker weiterwandern, und warte darauf, dass Rachel aus ihrem Bettchen klettert und zum Kuscheln zu mir kommt. Anscheinend tut es ihr gut, eine Weile zu schmusen, bevor der Wecker klingelt. Dann mache ich uns Frühstück, ihren Lunch und fahre sie zum Kindergarten.

»Ich möchte zurück nach Kalifornien. Ich vermisse Daddy«, sagt sie eines Sonntagmorgens.

»Er ist nicht in Kalifornien, Schätzchen. Er ist in unserer Erinnerung und in unserem Herzen. Aber ich vermisse ihn auch«, erkläre ich ihr und ziehe sie an mich.

»Und ich vermisse Levy und Tara und Aaron.«

»Und Allie und Smoke«, ergänze ich.

Sie wendet mir den Rücken zu, und ich drehe sie zu mir.

»Na ja, dagegen können wir was machen – wir besuchen sie einfach«, sage ich und küsse sie auf die Stirn.

Wir fahren nach Detroit, gehen zum Eastern Market, essen mit Tara, Levy, Aaron und Sissy zu Mittag, dann gehen wir im verlassenen, einsamen alten Detroit spazieren. Manchmal kommen Tara, Aaron und Levy auch zu uns und übernachten in unserer Wohnung. Am nächsten Morgen stehen wir auf, besuchen Kerrytown oder gehen ins Natural History Museum.

Unglaublich – Tara ist meine beste Freundin geworden.

Seit Troys Tod sind inzwischen zweieinhalb Monate vergangen. Ich liste meine Fortschritte auf.

Manchmal lache ich.

Rachel und ich machen einen Schwimmkurs, und Rachel kann tatsächlich schon durchs ganze Kinderbecken paddeln. Vielleicht wird sie mal springen wie Troy. Vielleicht auch nicht, das wäre auch in Ordnung.

Im Fitnessraum unseres Wohnkomplexes lerne ich Paul kennen. Er läuft mit gazellengleicher Anmut auf dem Laufband, in seinem Gesicht zeichnet sich kein bisschen Schmerz ab. Ich beobachte ihn verstohlen, und die Leichtigkeit seiner Bewegungen ist mir angenehm. Er wohnt zwei Stockwerke unter mir, und eines Abends lädt er Rachel und mich zum Essen ein. Boeuf Bourguignon, selbst gebackenes Mehrkornbrot, zum Nachtisch eine Mandeltorte.

»Das hab ich nicht erwartet«, sage ich. »Du bist ja ein richtiger Gourmetkoch!«

Er zuckt die Achseln. »Ich vermisse es, für meinen Partner

zu kochen. Er hat mich vor ungefähr einem Monat verlassen.« Paul und ich treffen uns öfter. Nachmittags, wenn Rachel in der Betreuung ist und ich nicht arbeiten muss, gehen wir manchmal zusammen ins Kino. Wenn er jemanden sucht, an dem er seine Kochkünste testen kann, stehen Rachel und ich immer gerne zur Verfügung. Glücklicherweise gehört Rachel zu den probierfreudigen Kindern.

Das alles passiert nicht, weil ich mir »um jeden Preis« ein Baby gewünscht habe. Ich habe Troy auch nicht mit dem Keim angesteckt, an dem er gestorben ist. Ich bin nicht unweigerlich an allem schuld und dazu verdammt, alle Menschen zu verlieren, die ich liebe. Das Schicksal oder Gott, oder wie man es nennen mag, hat es nicht darauf abgesehen, mich zu vernichten.

Ich halte am Gallup Park und beobachte eine Familie, die hier einen netten Nachmittag verbringt. Ein Dad, eine Mom und ein kleines Mädchen, etwas älter als Rachel, vielleicht fünf, überqueren den Fluss auf einer Fußgängerbrücke, sehen die Karpfen an, die sich in Erwartung von Brotkrümeln unter der Brücke zusammenrotten. Die Tochter deutet auf die Fische, der Vater nimmt sie auf den Arm, damit sie übers Geländer schauen kann. Die Mutter lacht und kommt näher, beugt sich über den Rand.

Auf einmal werde ich wütend. Warum habe ich meinen Geliebten verloren? Ich hasse diese Leute. Dann hasse ich mich selbst, weil ich so neidisch bin.

Daran denke ich, als ich Rachel zur Betreuung fahre. Sie sitzt neben mir im Autositz und hört eine CD, die früher Tara gehört hat. Ich setze Rachel ab. Ihr Rucksack hängt über ihren schmalen Schultern, und sie schwingt eine rosa Handtasche, in der ein Spielzeughandy und ein paar Steine sind, die sie an den Blumenbeeten gesammelt hat. »Ich wünsch dir einen schönen Tag«, rufe ich ihr nach.

An der Tür dreht sie sich um und lächelt mir zu. »Bye, Mom!«

Ich fahre über den Parkplatz und suche eine Lücke. Da gebaut wird, trennt ein Maschendrahtzaun die einzelnen Bereiche. Der Platz ist schlammig von dem kalten Regen der letzten Tage, ein ins Ocker gehendes Braun. Ich komme zu dem Zaun, wende im Schlamm und suche einen Weg hinaus. So bewege ich mich eine ganze Weile durch den Morast, kollidiere mit Zäunen, wende, fahre ein Stück, nur um in der nächsten Sackgasse zu landen. Kurz überlege ich, den Maschendraht einfach umzufahren, aber ich möchte keinen Ärger. Dass ich in der Falle sitze, überrascht mich nicht, ich bin auch weder frustriert noch panisch. Ich weiß sowieso nicht, wo ich hinfahren soll, denn ich muss heute nicht arbeiten.

Schließlich biege ich nach links ab und bin plötzlich auf der Hauptstraße, in Richtung meines neuen Zuhauses.

Ich fahre auf den Parkplatz vor Kroger's und halte an, um mir die Blumen anzusehen. Weihnachtssterne, Amaryllis, Gerbera und Tulpen sind im Angebot. Ich lege rote Amaryllis und gelbe Tulpen in meinen Einkaufswagen, fahre die Regalreihen hinauf und hinunter und betrachte die Lebensmittel – Schachteln, Dosen, Plastikpackungen.

Schließlich stelle ich ein Fläschchen Ahornsirup, den echten, neben meine Blumen und mache mich auf den Weg zur Expresskasse.

Als ich meine Sachen aufs Band lege, bemerke ich den Mann vor mir. Seine dunklen Haarte kräuseln sich im Nacken und geben ihm ein etwas verwegenes Aussehen. Anscheinend spürt er, dass ich ihn anschaue, denn er dreht sich um und taxiert mich langsam von oben bis unten. Ich habe ganz vergessen, wie sich das anfühlt.

Ohne nachzudenken, begegne ich seinem Blick. Seine Wimpern sind dicht und ein wenig wirr. Geduldig warte ich, was er als Nächstes tun wird.

»Komisches Abendessen«, sagt er.

»Die Amaryllis sind die Vorspeise. Zum Nachtisch gibt es den Ahornsirup.«

Er hat einen ziemlich breiten Nacken, der mich ebenso wie seine etwas unbeholfene Bemerkung an irgendjemanden erinnert.

Während ich bezahle, packt er gemächlich sein Geld in die Brieftasche. Aber er lässt mich nicht aus den Augen, offenbar findet er mich faszinierend.

Er sieht zu, wie ich meine Karte ins Lesegerät stecke, die Geheimzahl eingebe und mit dem Plastikstift unterschreibe. Er hat es geschafft, so lange stehen zu bleiben, bis ich fertig bin, und wir verlassen den Laden gemeinsam.

»Soll ich Sie mitnehmen?«, frage ich. Ein kurzes Flattern in mir, wie von einem Schmetterlingsflügel, erinnert mich daran, wie man mit einem Mann umgeht. Ich unterdrücke es nicht.

»Gern.« Unsere Abmachung ist besiegelt, als er neben mir auf den Beifahrersitz gleitet.

Ich sage ihm meinen Namen nicht, er sagt mir seinen Namen nicht. Wir werfen Amaryllis und Tulpen auf sein Bett, zerquetschen sie mit unseren Körpern, verteilen rote und gelbe Pigmente auf den Laken. Draußen regnet es, das graue Dämmerlicht seines Zimmers umfängt uns.

Wir bewegen uns hastig auf den Blumen.

Als wir fertig sind, ist das schwere Gefühl in mir verschwunden. »Danke«, sage ich.

Seine Augen sind geschlossen, auf seinen Lippen liegt ein Lächeln. Entspannt, schläfrig, bereits von mir getrennt, driftet er in seine Welt zurück. Ich beuge mich über ihn und küsse ihn. Seine Lippen sind fest und geschwungen, und sie rühren sich nicht. Dann schlägt er die Augen auf und zieht mich noch einmal zu sich. Meine Hand liegt schon auf dem Türknauf, da sagt er: »Komisch, wie das Leben so spielt.«

Aber ich weiß, dass es irgendwann zu Ende ist.

Ich denke an meine Mutter und verstehe auf einmal ihre Beziehung zu Stephen, verstehe auch seine mangelnde Verbindlichkeit ihr und uns gegenüber. Sie dachte, wenn sie heiratet, bekommt sie meinen Vater zurück. Und Stephen hat sich von ihr nie geliebt gefühlt. »Goodbye«, flüstere ich meiner Fantasie zu, während ich die Treppe hinuntergehe.

Denn natürlich habe ich nichts davon wirklich getan. In der Realität habe ich nur in der Schlange gestanden und den Mann beobachtet, wie er seine Brieftasche weggepackt hat. Als würde meine Hand in seine Tasche gleiten, so genau fühle ich ihn. Meine Hand ist heiß davon.

Er hat mich angestarrt, und ich war überrascht, dass jemand etwas anderes in mir sehen konnte als eine Witwe, eine Mutter. Ich habe den Frauenteil in mir vergessen, und die Gefühle, die dieser Mann in mir weckt, erinnern mich wieder daran.

Auf einmal steigt Freude in mir auf, und sie fühlt sich so ganz anders an als die Sorge, Scham und Schwäche, als all das, was ich mit mir herumgeschleppt habe. Ich halte das Gefühl in mir fest wie eine kleine Flamme, die mich innerlich erleuchtet.

Draußen hebe ich mein Gesicht dem kühlen Regen entgegen. Winzige Tropfen prickeln auf meiner Haut und schmelzen. Dröhnend springt mein Auto an.

Beim nächsten Lebensmittelgeschäft mache ich halt und gehe gleich zu Obst und Gemüse. Zusammengedrängte lila Trauben, zu Pyramiden gestapelte Orangen, rote und gelbe Äpfel. Tiefrote, hell leuchtende Erdbeeren. Ananas, Bananen, Kiwi, Papaya, farbenfroher, schöner, vielfältiger als Kings orangefarbene Saphire. Erkennen wir denn nicht, wie kostbar diese

Fülle ist, die uns die Erde schenkt und meilenweit über Wasser und Land hierher transportiert wird?

Das alles steht mir zur Verfügung, was für ein Glück. Hat David nicht genau das zu mir gesagt? Bin ich nicht daran erinnert worden, als Rachel fast ertrunken wäre? Hat Smoke mit seinen schwieligen Händen und seinem sanften Gemüt nicht versucht, dieses Gefühl in mir zu stärken? Haben es mir Tara und Allie und die ganze Rap-Crew nicht bewiesen? Und haben mich nicht all diese Erlebnisse, diese Zufälle – dass wir von einem rassistischen Polizisten auf dem Highway angehalten wurden, dass wir durch die Museen in Memphis gewandert sind, dass wir bei einem Unfall mit knapper Not davongekommen sind – letztlich auf den Weg gebracht, auf dem ich mich jetzt befinde?

Meine Augen füllen sich mit Tränen.

Anscheinend mache ich immer noch Listen.

Auf dem Nachhauseweg lege ich einen Stopp bei Mom ein. Disney, Moms Pudel, hüpft aufgeregt an mir hoch, wedelt wild mit dem Schwanz und schleppt sein Kuscheltier an – einen Frosch. Hinter ihm steht Mom, mit offenen Armen, die weißen Haare zu einem Pferdeschwanz zurückgebunden, in schwarzen Leggings und einer lavendelfarbenen, weit ausgeschnittenen Tunika. Sie kocht uns einen Tee aus Kamille und Süßkraut und stellt einen Teller mit Mandelkeksen auf den Tisch. Dann setzt sie sich mir gegenüber.

Sie stützt einen Arm auf den Tisch, den anderen legt sie locker darauf – ihre Nägel sind wie immer poliert und perfekt französisch manikürt – und wartet, dass ich anfange zu erzählen. Ich möchte ihr erklären, wie sehr ich mich verändert habe. Ich habe ihr verziehen – obwohl ich eigentlich gar kein Recht darauf hatte, wütend auf sie zu sein. »Die oberflächlichen Dinge … Dinge wie: Werde ich das Richtige anhaben für das Vorstellungsgespräch, sind meine Haare ordentlich, benimmt Rachel sich gut genug? … all das ist unwichtig geworden. Irgendwie hat meine Perspektive sich verändert. Und ich bin weniger ängstlich.«

Ich halte inne, Mom schlürft ihren Tee, presst ein bisschen Zitronensaft hinein. Der frische Duft steigt mir in die Nase. Draußen biegt der Wind die Äste der Bäume.

»Jeder Tod bringt auch ein Geschenk mit sich. Vielleicht ist das deines – zu erkennen, was unwichtig ist, und es loslassen zu können. Nicht mehr so viel und so detailliert planen zu müssen.«

»Vielleicht«, erwidere ich. »Aber der Preis ist zu hoch.«

»Ja. Das stimmt natürlich.«

Dann komme ich endlich auf das zu sprechen, weswegen ich hergekommen bin. »Außerdem verstehe ich auch dich auf einmal ganz anders. Ich verstehe, warum du mit Stephen zusammen warst. Das Bedürfnis, mit einem Kind nicht allein zu sein.«

Sie ergreift meine Hand. »Ich wusste nicht, dass ich dafür Verständnis brauchte.« Gedankenverloren starrt sie eine Weile in unbestimmte Ferne, dann sieht sie mich wieder an. »Jetzt begreife ich es. Meine Beziehung zu Stephen kam dir vor wie ein Betrug an deinem Vater. Und du warst all die Jahre wütend deswegen.«

»Wütend? Das klingt ein bisschen zu heftig.« Hauptsächlich habe ich Tara gehasst und Mom trotzdem mit Beschlag belegt. Nicht um die Beziehung zwischen ihnen zu erschweren, sondern weil ich nicht teilen konnte.

Ich setze an, es Mom zu erklären, aber bevor ich etwas sagen kann, ergänzt sie: »Ich freue mich, dass Tara und du so gut miteinander auskommt. Anscheinend seid ihr euch jetzt so nahe, wie ich es mir immer erträumt habe.«

Mom weiß, was ich ihr sagen wollte, ohne dass ich es aussprechen muss – außerdem reicht es, wenn ich es verstehe.

Aber dann sagt sie: »Es war wie eine Wiederholung meines eigenen Grauens, dass du das durchmachen musstest. Es hat mir noch einmal das Herz gebrochen, deinet- und meinetwegen.« Ihre Augen füllen sich mit Tränen.

»Ich glaube, ich war ziemlich selbstbezogen«, sage ich und sehe sie an. »Was war dein Geschenk?«

Sie schaut weg, setzt sich anders hin und sieht zum Garten hinaus. Ein Kardinal pickt die Sonnenblumenkerne im Vogelhäuschen, ein roter Farbblitz im monotonen Einerlei kahler Zweige und winterdürrem Gras. »Es war ein langer, mühsamer Weg für mich. Ich habe mich ablenken lassen und mein Geschenk lange nicht erkannt. Aber jetzt weiß ich es. Mir ist klar geworden, dass ich ein reiches Leben auch ohne Partner haben konnte, dass ich es schaffen würde, dich und Tara alleine großzuziehen. Das war mein Geschenk, aber ich wollte es nicht annehmen.« Sie kaut auf der Unterlippe, dann fährt sie fort: »Ich dachte, ich brauche einen Mann. Es war ein Geschenk zu erkennen, dass ich mir zwar einen wünschte, aber dass das Leben auch ohne einen Mann voll und reich sein kann. Und dass ich stark genug war, es alleine hinzukriegen. Ja. Das ist mein Geschenk. Dass ich meine eigene Kraft erfahren habe.«

»Das hast du auch an mich weitergegeben, Mom. Ich spüre auch das Bedürfnis nach einem Partner, mit dem man alles teilt, aber ich kann Rachel auch alleine großziehen.«

»Aber ein Teil meines Geschenks war auch, dass wir diese ganz besondere Beziehung zueinander entwickelt haben«, sagt sie und zieht mit dem Finger eine Linie zwischen uns.

»Ja, das stimmt.« Sie hält meine Hand.

An diesem Nachmittag rufe ich auch im Hospiz an und trage mich für die nächste Support-Gruppe ein. Die Telefonnummer liegt schon fast einen Monat auf meinem Schreibtisch. Ich habe es vermieden, mir von Fremden helfen zu lassen, habe gezögert, diesen nächsten Schritt zu wagen, aber jetzt sehe ich, wie viel die Menschen einander helfen können, und möchte für andere da sein.

Und ich beschließe, eine Cookie-Party zu veranstalten, allerdings etwas anders als die von Mom. Als Erste rufe ich Brooke an. Sie bringt Molly und Tyler mit. Paul habe ich schon von Moms Cookie-Fest erzählt, er findet die Idee großartig und kommt auch. Rachel ist natürlich auch dabei. Tara und Levy. Tara hat Jennie und Robin eingeladen, ihre alten Freundinnen von der Highschool, aus der Zeit vor Aaron. Ich habe ihr gesagt, sie kann ruhig auch die Crew einladen, sofern sie bereit sind, zu backen und Plätzchen auszutauschen. Aber sie hat gelacht und gemeint: »Ich glaube, das lassen wir lieber.«

Marissa, meine Freundin aus der Middle School, bringt ihren Mann Andy mit.

»Aber er muss auch Plätzchen backen«, necke ich sie.

»Hey, seine sind besser als meine!«

Jennifer kommt mit ihren vierjährigen Zwillingen Kevin und Karen.

Insgesamt sind das elf Leute. Sechs Kinder. Zwei Männer. »Backt einfach eure Lieblingsplätzchen – nur wenn ihr Chocolate Chip Cookies machen wollt, müsst ihr die anderen anrufen und Bescheid geben. Sonst haben wir am Ende womöglich acht Portionen davon.«

Ich habe mir überlegt, ob ich Mom und Allie einladen soll. Aber ich möchte Moms Cookie-Party nicht beeinträchtigen. Wie viele Plätzchen kann ein Mensch denn backen?

Ich vermisse Allie. Also rufe ich sie an, und wir treffen uns am Freitagnachmittag zum Mittagessen im Roadhouse. Sie erkundigt sich nach meiner Arbeit und nach der neuen Wohnung. Ich erzähle ihr, dass ich ein Plätzchen-Fest machen will und dass Brooke kommt, zusammen mit Molly und Tyler, ich erzähle, dass Rachel den Kindergarten liebt und schon alle Farben und Formen kennt.

»Du machst das großartig, Sky. Das weißt du, oder nicht? Ich wette, du lachst sogar gelegentlich.«

»Zumindest versuche ich es. Im Januar bin ich für eine Support-Gruppe angemeldet, und ich lerne mit ein paar Leuten für die Zulassungsprüfung.«

»Isst du denn auch? Du bist immer noch zu dünn. Viel zu dünn.«

Demonstrativ schaufle ich mir einen großen Bissen Spinatsalat in den Mund, und Allie lacht. Aber sie hält den Kopf ein bisschen schräg, ein sicheres Zeichen dafür, dass sie auf den Rest der Antwort wartet. »Ans Essen muss ich mich manchmal bewusst erinnern, ich neige dazu, es zu vergessen. Rachel hilft, weil sie Bescheid sagt, wenn sie Hunger hat, und ihr lieblingstes Essen einfordert. Das sich, nebenbei bemerkt, jede Woche ändert. Momentan ist es gebackener Brie mit karamellisierten Walnüssen.«

»Gebackener Brie?«

Ich erzähle ihr von Paul.

Als ich beim Ingwereis angekommen bin, frage ich Allie, wie sie eigentlich den frühen Tod ihres Vaters verkraftet hat. Und dass ihr Mann sie wegen einer anderen Frau verlassen hat.

»Ich habe mich ständig auf einem schmalen Grat bewegt zwischen Rückzug und dem Wunsch, wieder in die Welt hinauszugehen. Sicher, man zieht sich zurück, um zu trauern, Zu meditieren. Sich die Dinge durch den Kopf gehen zu lassen.« Allie beugt sich über den Tisch, die Handflächen gegen die Tischkante gedrückt. »Aber man geht in die Welt hinaus, um an wundervolle Menschen erinnert zu werden, an Leidenschaft, Freude und Wachstum. Wenn man sich zu sehr zurückzieht, entwickelt man einen Panzer, und aus Trauer wird

Depression.« Sie schüttelt heftig den Kopf, dass ihre wilden grauen Locken fliegen. »Aber wenn man zu schnell nach draußen geht, vernachlässigt man die Trauer. Das behindert den Heilungsprozess, und man lernt nicht, kluge Entscheidungen zu treffen.« Nach diesen Worten macht Allie sich wieder über ihr Eis her.

Ich lausche und warte, dass sie weiterspricht.

Ihre Stimme verändert sich, wird tief und leise. »Als Therapeutin habe ich in mehr als dreißig Jahren eine Menge Geschichten gehört. Wenn man ganze Leben kennenlernt, über Jahrzehnte hinweg, wird einem klar, wie stark der menschliche Überlebenswille ist und wie widerstandsfähig wir sind. Wir überwinden unaussprechliche Tragödien. Jede Familie leidet. Schmerz ist unausweichlich.« Jetzt legt sie den Löffel weg und blickt mir tief in die Augen. »Die meisten von uns machen weiter, wachsen, verändern sich, bauen sich wieder auf. Wir interpretieren unser eigenes Leben.«

»Ich weiß, dass ich Troys Vermächtnis und seine Liebe am besten mit mir in die Zukunft nehmen kann, indem ich glücklich bin.«

»Ja«, antwortet Allie. »Die Entscheidung, was du als Nächstes tust, liegt bei dir. Du wirst dich immer stärker fühlen, je mehr Zeit vergeht.«

Auf dem Nachhauseweg rufe ich Tara an. »Hey«, sage ich. »Ich hab dich lieb.«

Sie lacht. »Ich dich auch. Was gibt's?«

»Ich bin einfach froh, dass wir – du und ich – da sind, wo wir sind. Und ich bin dir dankbar – dir, Aaron und Smoke. Ihr habt meinen verheulten, jämmerlichen, verqueren Zustand hingenommen. Mir ist auf dem Weg hierher alles viel klarer geworden. Und ich hab dich kennengelernt.« Ich räuspere mich. Schon komisch, wie die Dinge manchmal zusammenpassen und den Weg in die Zukunft weisen. »Ich bin sehr stolz, dass du meine Schwester bist.«

Sie lacht wieder. »Ich auch.«

»Und ich bin sehr froh, dass Levy und Aaron zu unserer Familie gehören.«

Das Leben läuft nicht so, wie wir es uns vorstellen, wie wir es erwarten, wie wir es planen. Aber ich mache weiter. Ich bin geliebt worden. Ich habe geliebt.

Auf einmal muss ich grinsen.

Jetzt fängt ein Leben an, ein neues Leben, das ich gestalte.

12

Tara

Cookie-Party

Ich muss verrückt sein. Wie bin ich denn bloß auf die Idee gekommen, dass ein Dreijähriger so was kann? Überall ist Teig, er tritt sich sogar in den Rissen im Linoleum fest. Die Teigrolle, die meiner Großmutter gehört hat, ist mit einer klebrigen Mehlschicht überzogen, man sieht kaum noch, dass sie ursprünglich aus Holz ist. Aber Levy ist glücklich und lacht, schiebt das Ding durch den Teig, schnappt sich ein Stückchen und schiebt es sich in den Mund. »Yummy, Mummy.« Dann nimmt er noch ein bisschen mehr, rollt einen Ball daraus, noch einen und noch einen, klebt alle aufeinander und verkündet: »Guck mal, ein Schneemann!«

Das macht alles sehr viel Spaß, aber so kriege ich keine zehn Dutzend Plätzchen gebacken, niemals. Mal ganz zu schweigen davon, dass ich garantiert den ganzen Nachmittag brauchen werde, um diese Mordssauerei wegzuputzen. Also brauche ich einen neuen Plan. Zuerst einmal küsse ich Levy und lobe den Schneemann, dem ich den verlorenen Kopf wieder anklebe.

»Das ist eine tolle Idee. Wollen wir Schneemänner backen? Schauen wir doch mal, wie wir das machen könnten.« Ich suche drei runde Ausstechförmchen unterschiedlicher Größe zusammen.

»Ich glaube, ich weiß einen Trick, wie es leichter geht. Und jede Menge Spaß macht«, erkläre ich und streue Mehl über Levys Hände.

Er kichert, als das pudrige Zeug über seine Finger rieselt.

»Und jetzt guck mal.« Ich streue auch über meine Finger etwas Mehl und reibe die Hände aneinander. »Das ist der Nicht-mehr-klebrig-Zauber. Dann pappt der Teig nicht so und ist viel leichter auszurollen.«

Tatsächlich, es funktioniert. Levy drückt die Förmchen in den Teig, ich hebe die Ausstecher mit dem Messer hoch, transportiere sie zum Blech, immer drei zusammen, der größte unten, und drücke die Stellen zusammen, so dass die Kreise überlappen. Zehn Dutzend Plätzchen brauche ich, aber jeder Schneemann zählt für drei. Vier vollständige Schneemänner für jede Gastfamilie.

Levy konzentriert sich aufs Ausrollen und Ausstechen, reibt seine Hände mit Mehl ab und schmiert sich welches ins Gesicht. »Schau mal, Mommy, mein Gesicht ist auch unklebrig gezaubert.«

Ich küsse ihn auf die Nase. »Tatsache – ich bin nicht festgepappt. An meinem kleinen Mann.« Auf einmal fällt mir auf, dass wir ihn nur noch ganz selten so nennen. Irgendwie scheint er dafür zu groß geworden zu sein.

Er lacht, und ich merke wieder einmal, wie schön es ist, ihn glücklich zu machen.

In der Küche herrscht Chaos, aber das ist mir egal. Ich kann später aufräumen.

Während Levy seinen Mittagsschlaf macht, backe ich die Plätzchen fertig. Es schneit noch nicht – der weißlich graue Himmel sieht aus, als könnte er sich nicht entscheiden. Schnee? Oder doch lieber ein bisschen Blau? Eine nette Schicht Hochnebel, die Sonne, Mond und Sterne vor uns versteckt? Außer unserem ist nur noch ein anderes Haus in unserer Straße nicht verrammelt, das von Darling, Sissys bester Freundin. Aber sie zieht direkt nach Weihnachten zu ihrer Tochter. Sissy wohnt immer noch in dem Haus um die Ecke und fährt mit dem Bus in ihrer Krankenschwesternuniform zum Krankenhaus und zurück. Inzwischen arbeitet sie allerdings nur noch Teilzeit.

»Komm mit mir, Schätzchen«, hat Darling sie gedrängt. »Die brauchen auch Krankenschwestern. Und Kirchen haben sie auch. Bleib nicht im Ghetto.«

Aber Sissy ist unerschütterlich. »Ghetto ist ein Geisteszustand. Für mich ist es kein Ghetto, sondern mein Viertel«, sagt sie und deutet nacheinander auf uns alle. »Motown wird wiederkommen, wartet's nur ab. Anders als früher. Keine Millionen Menschen. Dafür vielleicht mehr Parks. Vielleicht urbane Landwirtschaft. Ja, das wär's doch! Wir bauen gesunde Nahrungsmittel an! Wir werden zum Prototyp für grünes Leben, eine neue Community.« Sissy nickt begeistert. Und es sind nicht nur leere Worte, sie versucht ohnehin ständig, Aaron und die Crew dazu zu kriegen, sich den Gruppen anzuschließen, die sie mit ihrer Kirchengemeinde, dem Rathaus und verschiedenen Geschäftsleuten angeleiert hat. »Wir brauchen Geld. Aber noch mehr als das brauchen wir Leute. Das ist alles. Ich weiß, dass wir es schaffen können. Jesus hat es vorgemacht, und er hatte nur seine zwölf Jünger.«

»Wir wollen ein Haus kaufen, vielleicht in den Vororten. Warum ziehst du nicht zu uns?«, hat Aaron ihr angeboten.

Aber auch dazu schüttelt Sissy den Kopf, dass ihre kurzen Dreadlocks hüpfen. »Pass nur auf, Junge. Wenn du hier weggehst, verlierst du womöglich auch deine Inspiration.«

»Ich dachte, die hab ich von dir. Bist du dann etwa nicht mehr meine Mom?« Ich finde es toll, wie sehr er seine Mutter liebt. Und ich finde es toll, wie tief verwurzelt Sissy sich mit ihrer Heimatstadt Detroit fühlt.

»Ich habe einen Traum. Es ist ein großer Traum, in dem wir

das Land zurückgewinnen und fruchtbar machen. Ein Traum von einem Phönix, der aus der Asche emporsteigt. Wartet nur. Wir werden es erleben.« Mit einem Lächeln lehnt sie sich zurück.

»Ich bin fast so weit, dass ich dir glaube, Sissy«, sage ich.

»Ich auch«, pflichtet Darling mir bei. »Aber ich ziehe trotzdem zu meinem Baby-Girl.« Sie sieht Sissy an, und ihr Gesicht wird traurig. Wie schwer es ihr fällt, Sissy zu verlassen, wissen wir alle.

Als Levy aufwacht, sind die Kekse fertig. Zum Glück hat die Schürze verhindert, dass das Mehl und der Teig auch noch seine Klamotten einsauen, aber in seinen Haaren klebt ein bisschen. Inzwischen habe ich den Guss vorbereitet. Zuerst jedoch bekommt er seine Milch und ein paar Apfelstückchen. Dann setzen wir uns an den Tisch, den ich mit der Sonntagszeitung ausgelegt habe, und wir verzieren die Plätzchen mit dem Guss. Wir färben Kokosraspeln mit Lebensmittelfarbe schwarz, braun, rot und gelb und kleben sie mit Zuckerguss fest, als Schneemannhaare.

»Die haben alle Locken«, bemerkt Levy.

»Sieht ganz danach aus.«

Eine Weile hilft er, dann spielt er auf der Trommel, die Smoke ihm gemacht hat. Schließlich wird ihm auch das langweilig, er stellt den Fernseher an und drückt so lange auf die Fernbedienung, bis er gefunden hat, was er sich anschauen will. Er wird drei an Weihnachten. Erstaunlich, was er alles kann. Manchmal kommt er mir nicht wie ein Kind vor, sondern wie ein kleiner Erwachsener. Und manchmal ist er einfach wieder mein Baby.

Ich betrachte meine Schneemänner. »Hey, Levy, wie findest du sie? Komm mal her und schau sie dir an.«

Levy fängt an, die Plätzchen zu arrangieren, einen Mann,

eine Frau, ein Kind. »Das sind wir.« Dann nimmt er noch zwei weitere und sagt: »Das ist Big Ma und das Nana.«

Ich nehme auch zwei und sage: »Sky und Rachel.«

Nachdenklich betrachtet er unsere Familie mit den drei und Skys Familie mit den zwei Leuten. »Was ist mit Rachels Daddy passiert?«

»Erinnerst du dich nicht mehr? Er ist gestorben. Als wir in L.A. waren.«

»Ich weiß. Ich meine, was ist *passiert*?«

»Du weißt nicht, was Sterben bedeutet?«

»Daddy sagt, es bedeutet, dass der Körper aufhört«, zitiert er Aaron, aber die Erklärung ist ihm offensichtlich rätselhaft. »Und man kann nicht mehr mit dem Menschen zusammen sein, außer hier drin.« Er deutet mit dem Finger auf sein Herz. »Nein, ich meine, was ist passiert, dass es so geworden ist?«

Also versuche ich ihm Troys Krankheit zu erklären, was Keime sind. Levy hört zu. Manchmal kann ich sehen, wie seine Gedanken wandern, dann schaut er von mir zu den Schneemännern und schiebt sie auf dem Backpapier herum, ordnet weitere Gruppen an.

Auf einmal unterbricht er mich. »Wird das mit meinem Daddy auch passieren?«

Wieder höre ich Skys Fluch, und ich nehme Levy in den Arm. Ich möchte nicht, dass er sich Sorgen macht, aber ich kann ihm auch keine schöne Lüge erzählen. Also sehe ich ihm in die Augen, nehme sein Gesicht in beide Hände und antworte: »Wahrscheinlich nicht. Du weißt doch, was *wahrscheinlich* heißt, oder nicht?«

Er schüttelt den Kopf.

»Dass Troy so krank geworden und gestorben ist, war ganz, ganz ungewöhnlich. Normalerweise sterben Leute nicht, wenn sie noch so jung sind, sondern warten, bis sie sehr, sehr alt sind. Älter noch als George.« George ist der älteste Mensch, den Levy kennt. Jedenfalls sieht er sehr alt aus. Er sitzt oft vor Mr. Charlie's, dem Laden die Straße runter, spielt Schach oder zieht einen Penny aus Levys Ohr und schenkt ihn ihm. Ich deute auf die vierzig Schneemänner vor uns auf dem Tisch. »Stell dir vor, das ganze Zimmer wäre voller Schneemänner, die so dicht beisammen stehen, dass man den Fußboden nicht mehr sehen kann. Hunderte, Tausende, Millionen Schneemänner.« Ich mache eine große Geste über das ganze Wohnzimmer. »So viele, dass es tagelang dauern würde, sie zu zählen. Von all diesen Schneemännern würde nur ein einziger so jung an so einer Krankheit sterben wie Troy. Nur ein einziger.« Natürlich gibt es auch Autounfälle. Morde. Unwillkürlich gehen mir alle möglichen Todesursachen durch den Kopf, aber ich bleibe bei Levys Frage. »Es ist sehr unwahrscheinlich, dass Daddy stirbt. Wahrscheinlich werden wir so alt wie George und rappen immer noch, ein bisschen zittrig natürlich.«

Als Aaron heimkommt, zerrt Levy ihn sofort zu unserer Schneemannausstellung. »Schau mal, Daddy, Schneemänner, Schneefrauen, Schneekinder.«

Selbstverständlich hab ich auch ein paar für uns gemacht. Sie schmecken genau wie Zuckerkekse.

Levy zeigt Aaron unsere Familie. Als er dann auf Sky und Rachel deutet, sagt er: »Du stirbst nicht wie Rachels Daddy. Das ist gar nicht wahrsch-einlich.« Ein bisschen stolpert er über das Wort.

»Ja, ich bin zäh«, antwortet Aaron. »Ich gehe nirgendwohin, ich bleib einfach hier bei dir und Mommy. Wir sind eine Familie.« Dann sucht er noch andere Schneemänner aus und sagt: »Red Dog, Smoke, T-Bone.« Smoke ist der größte, und T-Bone sieht besonders cool aus – sofern ein Schneemann cool aussehen kann.

»Können wir unsere Leute behalten?«, fragt Levy und schaut zu mir auf.

»Ja, vier davon gehören uns«, erkläre ich ihm. »Die anderen verschenken wir.«

»Gut«, antwortet er und nickt bekräftigend.

Ich lege jeweils vier Schneeleute in die zehn weißen Schachteln mit den kleinen Plastikfenstern, markiere eine davon für Sky und gebe ihr zu ihrer Zweierfamilie noch Mom und Smoke. Für Brooke mache ich eine Schachtel mit Molly und Tyler, überlege dann lange, wen ich als vierten Schneemenschen dazulegen soll, und entscheide mich schließlich für T-Bone. Am nächsten Tag bemalt beziehungsweise bekritzelt Levy die Schachteln mit roten und grünen Buntstiften.

Am Freitagabend treffen wir uns. Brooke übernachtet bei Sky, Aaron, Smoke und T-Bone fahren mit uns im Bus. Sie gehen ins Blind Pig, wo eine Crew spielt, die sie kennen. Ich frage mich, ob sie wohl auch ein paar Songs zum Besten geben – ohne mich? Wahrscheinlich schon. Aber das ist okay. Aaron wird von einer Schar College-Mädels belagert werden. Werde ich jemals aufhören, mir Sorgen zu machen? Wahrscheinlich nicht. Mein Dad hat mich gelehrt, dass Männer betrügen. Aber vielleicht gehört Eifersucht mit dazu, wenn man jemanden so sehr liebt. Dann hat man eben Angst, ihn zu verlieren.

Ich habe etwas Neues über Sky gelernt. Sie hat geglaubt, wenn man sich Sorgen macht, ist das eine Art Vorbeugung dagegen, dass etwas Schlimmes passiert. Ich glaube das nicht. Also kann ich doch genauso gut mit meinen Sorgen aufhören und mich daran erinnern, dass ich Aaron ohnehin nicht kontrollieren kann. Sein Vater hat nie betrogen, aber er ist gelegentlich auf Wanderschaft gegangen. Hoffentlich sind die Tourneen für meinen Aaron genug Wanderschaft. Was hat er gesagt? »Ich würde mich selbst verlieren, wenn ich dich verliere.« Daran denke ich gerade, als wir auf der I-94 nach Ann Arbor reinfahren.

»Da ist unsere Ausfahrt«, rufe ich und zeige auf ein Schild, auf dem »Jackson Road« steht. Aber als ich es sehe, sind wir schon fast daran vorbei.

»Sorry, ich war in Gedanken.«

Aaron schaut mich stirnrunzelnd an.

»Ich hab an dich gedacht«, erkläre ich und lächle.

Er streichelt meinen Schenkel.

Sky hat einen lichten künstlichen Baum – einen Charlie-Brown-Baum –, dekoriert mit bunten Lichtern, ein paar von Moms Makrame-Ornamenten und wunderschön verzierten Ausstechern an roten Bändern. Girlanden aus Cranberrys und Popcorn hängen halbmondförmig von den Zweigen, um das Wohnzimmerfenster schimmern Minilichter, neben dem Hochzeitsfoto von ihr und Troy brennt eine Kerze. Mir fällt auf, dass seine Urne verschwunden ist und dass Sky beim Schmücken viele von Moms Ideen übernommen hat.

Sie ähneln sich so, die beiden, aber auch das ist in Ordnung. Ich fühle mich nicht mehr vernachlässigt. So ist meine Familie eben. Mom stellt nicht viele Fragen, sie wartet, bis man ihr etwas erzählt. Das habe ich ihr lange als mangelndes Interesse ausgelegt, und sie dachte, ich würde sie zurückweisen, weil ich nichts erzählt habe. Offenbar zeigen und empfangen wir Liebe auf unterschiedliche Weise, und so haben wir aneinander vorbeigeliebt. Irgendwann ist aus unserer Enttäuschung Wut geworden, aber jetzt erzähle ich ihr einfach das, was ich ihr erzählen möchte, und sie freut sich. Sie ruft mich an, und ich weiß, sie tut es, weil sie mit mir reden will, auch wenn sie mich nicht nach mir fragt. Dieses Gefühl, außen vor zu sein, als wäre ich ein Fremdkörper in meiner eigenen Familie, hat sich deutlich abgemildert.

Auf Skys Küchentisch liegt eine grün-rot karierte Tischdecke, darauf hat sie in kleinen Grüppchen glänzende Ausstechförmchen drapiert.

»Sieht toll aus, Sky. Ich bin beeindruckt.«

»Danke«, sagt sie, als wäre mein Kompliment nur höflich gemeint.

»Ich sag das nicht einfach so, ich finde, du hast das wunderschön gemacht, und es ist absolut erstaunlich, was du in einem einzigen Monat alles geleistet hast. Du bist umgezogen, hast dich eingerichtet, einen neuen Job angefangen, Rachel im Kindergarten eingewöhnt und jetzt auch noch das hier. Ich bin sehr stolz auf dich.«

»Ich hab nur getan, was ich tun musste«, erwidert sie.

»Du bist stark, genau wie Mom. Komme, was wolle, Mom hat immer dafür gesorgt, dass der Laden läuft, und immer praktisch gedacht. Ganz gleich wie fertig, verletzt oder wütend sie war.«

»Wir sind alle stark«, sagt Sky.

Auf dem Tisch stehen schon der gebackene Brie in Pastetenteig mit karamellisierten Walnüssen, eine große Gemüseplatte, Hummus, Käse und Cracker und eine Obstschale. Mein Sushi, das ich gerade noch gekauft habe, passt gut dazu.

Molly umarmt Levy, nimmt ihn bei der Hand und zeigt ihm, wie man Karotten in den Hummus taucht. »Das ist mein lieblingstes Essen«, verkündet er sofort.

Rachel sitzt auf Pauls Schoß, und er liest ihr gerade eine Geschichte vor. Marissa und Andy treffen zusammen mit Jennifer und ihren Zwillingen Karen und Kevin ein. Ich habe Marissa und Jennifer nicht mehr gesehen, seit Sky mit der Highschool fertig war. Damals war ich elf. Die beiden können es kaum fassen, dass ich erwachsen geworden bin, und fangen gleich an zu jammern, wie grässlich alt sie sich jetzt fühlen. Sie klingen genau wie Moms Freundinnen.

»Haben wir uns so sehr verändert?«, fragt Jennifer.

»Ach was, ihr seht aus wie immer. Na ja, ein bisschen weniger geschminkt vielleicht. Ihr wart ja die Lidschatten-und-Mascara-Königinnen, und jedes Mal wenn ich auf die Bühne gehe, imitiere ich ein paar von euren Tricks!« Die beiden legen ihre mitgebrachten Plätzchentüten auf Skys Bett ab.

»Wow, Tara. Wir sind so stolz auf dich. Ich weiß noch, wie du immer an der Tür gelauscht hast, wenn wir bei Sky übernachtet haben«, sagt Melissa.

»Was wir uns damals erzählt haben, verwendet sie jetzt wahrscheinlich in ihren Songtexten«, meint Jennifer lachend.

»Ich bin ein großer Fan von euch«, fügt Andy hinzu. Er folgt uns sogar auf Facebook.

Dann erscheinen Jennie und Robin. Sie sind beide in den Semesterferien zu Hause und noch ganz aufgeregt, dass sie jetzt im Wohnheim wohnen und so wahnsinnig viel Spaß haben. Robin studiert an der Michigan State, Jennie an der New York University, und beide beteiligen sich sofort am Gespräch.

»Gott! Ich hätte nie gedacht, dass ich mal einen Rap-Star von früher kennen würde«, ruft Marissa.

»Ich schon«, sagt Robin. »Sie hat doch ständig Klavier geübt und Aaron geschrieben, das war ihre große Leidenschaft.« Sie isst ein Stück von dem Brie und fährt fort: »Ich möchte Lehrerin werden. Glaube ich jedenfalls. Aber eine richtige Leidenschaft ist das bei mir nicht«, fügt sie achselzuckend hinzu. »Ich denke einfach, das wäre eine gute Idee.«

Eine Weile unterhalten sich die beiden mit Brooke und Sky über ihre Dates, und ich höre, wie Sky sagt: »Ich glaube, dazu bin ich überhaupt noch nicht bereit«, und fast ein wenig verwundert hinzufügt: »Genau genommen hatte ich ja auch noch nie ein richtiges Date, ich müsste wahrscheinlich erst mal Unterricht nehmen.«

»Ich kann es dir beibringen, inzwischen bin ich da echt Expertin«, meint Brooke und lacht ihr heiseres Lachen.

Molly spielt die Mom für alle, hilft den kleineren Kindern beim Essen und macht Werbung für den Hummus und das Gemüse, das Brooke und sie mitgebracht haben. »Das ist gut für dich«, beharrt sie immer wieder, und ich höre Brookes Tonfall in ihrer Stimme.

Rachel erhebt sich schließlich von Pauls Schoß und zeigt Levy den gebackenen Brie. Aber er ist etwas skeptisch. »Welcher Teil ist denn zum Essen?«, fragt er.

»Das ist alles total lecker«, antwortet Rachel, nimmt ein Stückchen Pastete zwischen die Finger und steckt es Levy in den Mund. »Das mag ich am lieblingsten«, sagt sie, während sie ihn beim Kauen und Schlucken beobachtet. Zögernd isst er noch einen Bissen und wendet sich dann wieder den Karotten zu.

Die Erwachsenen erzählen sich absurde Geschichten über Internet-Dating. Jennifer listet die ganzen Lügen auf, die man ihr dort schon aufgetischt hat – ein Mann hat ein Bild von vor zehn Jahren eingestellt, ein anderer war verheiratet. Andy erzählt ähnliche Dinge von den Frauen.

Ich spitze die Ohren, denn vielleicht kann ich von Andy herausfinden, wie Männer denken, aber so aufmerksam ich auch zuhöre, es scheint mir nicht so viel anders zu sein als bei den Frauen. Vielleicht ist es ein Kampf, den beide nach ähnlichen Regeln, aber mit unterschiedlichen Zielen führen. Andererseits – vielleicht sind die Ziele letztlich gleich, denn wir wollen doch alle Liebe, tollen Sex und Freiheit. Alles auf einmal. Dabei gehen Nähe und Liebe flöten, wenn Freiheit und Selbstbestimmung einander attackieren.

Irgendwann sitzen Sky und Rachel, Brooke und Molly, Jennifer, Karen und ich zusammen in der Küche. Marissa und Andy sind mit Levy und Paul im Wohnzimmer.

Als ich mich umschaue, fällt mir plötzlich auf, dass wir alle vaterlose Töchter sind. Ich spüre ein tiefes Mitgefühl, als Sky Rachel auf den Arm nimmt, sie an sich drückt und das kleine Mädchen ihre Beine um die Taille meiner Schwester schlingt. Ich sehe ihre Liebe, ich kann sie spüren, als wäre ich gleichzeitig sowohl Sky als auch Rachel, und mir wird klar, was für eine Reise vor ihnen liegt. Vielleicht findet Sky einen Mann, der für Rachel ein Vater sein kann, vielleicht kann Aaron helfen. Oder Paul.

Aber ich kenne die Wunde der vaterlosen Töchter, egal warum sie im Stich gelassen wurden. Wenn man den Männern nicht vertraut, ist es schwieriger, eine Familie durch harte Zeiten zu führen. Man ist stets bereit abzuhauen, sich einzureden, dass es einem gleichgültig ist. Ich darf meinen Mut nicht verlieren.

Momentan haben Levy und ich das Glück, dass Aaron bei uns ist. Das gilt für jetzt, für diesen Augenblick. Wir sollten es genießen, solange es hält, und ich hoffe, das wird bis an unser Lebensende sein. Ich weiß nicht, was ich ohne Aaron tun würde, und ich weiß nicht, wie es dazu gekommen ist. Aber ich würde fast alles dafür tun, dass wir zusammenbleiben. Wenn wir das nächste Woche bei unserer Hochzeit geloben, stehe ich mit jeder Faser meiner Existenz hinter diesem Schwur. Aaron ist für mich fast genauso wichtig, wie ich für mich selbst wichtig bin, genau wie Levy – der Unterschied geht gegen null. Vermutlich fühlt sich eine echte Bindung immer so an.

Auch das gehört dazu, wenn ich die Heldin meines Lebens sein möchte. Meine eigene Heldin zu sein erfordert Mut. Und ich brauche auch Mut, meinem eigenen Lebenssinn zu folgen, der in meiner Familie und meiner Musik liegt.

Genau wie bei Sky. Ich kann entscheiden, was ich als Nächstes tue.

Genau zum richtigen Zeitpunkt führt Sky ihre Gäste zur

Cookie-Verteilung ins Wohnzimmer. Wir sind alle satt, wir haben ein Gläschen Wein getrunken, die Kinder haben sich ein bisschen beruhigt. »Hey, wohin gehen denn die Spenden-Cookies?«

»Ins Hospiz«, antwortet Sky.

Dann beginnen die Cookies die Runde zu machen. Marissa hat Aprikosenspiralen gemacht und in Ofenhandschuhe verpackt. Andy verteilt Mandel- und Schokoladen-Biscotti, aufrecht stehend in einem Einmachglas. Paul hat drei Arten Trüffel produziert: Kokosnuss, Mandel und Milchschokolade, verpackt in altmodische Teedosen. Molly, Tyler und Brooke haben Double Chocolate Chips gebacken und in mit Pferdeschlitten dekorierten Behältern verstaut. Molly besteht darauf, dass wir alle eins probieren. Mit ernstem Gesicht gibt sie Levy seinen Keks und wartet darauf, dass er ruft: »Das ess ich am lieblingsten!« Tatsächlich tut er ihr den Gefallen, und sie grinst zufrieden: Erfolg!

»Er liebt Chocolate Chip Cookies«, versichere ich ihr.

Die Zwillinge haben Lebkuchenmänner mit Rosinenaugen mitgebracht, Sky hat Zuckerkeks-Ausstecher in Stern- und Herzform mit rotem und weißem Guss und Zuckerstreuseln gebacken.

Auch unsere Schneeleute finden bei allen großen Anklang. »Die hat Levy erfunden«, erkläre ich, »und wir haben für euch eure Familien eingepackt.«

»Wer ist denn der vierte bei mir?«, fragt Sky.

»Mom. Wir haben dir Mom gegeben und selber Sissy genommen.«

»Klingt fair«, lacht sie.

»Fairness ist immer noch sehr wichtig für dich, was?«, kichere ich.

»Und wer ist der süße Typ hier?«, fragt Brooke.

»T-Bone«, antwortet Levy.

»Gut getroffen!«, lacht Brooke.

»Deine Cookies sind der Hit«, flüstere ich Levy zu.

Im gleichen Moment klopft es an der Tür, und Mom, Sissy und Allie erscheinen mit Wein und Pizza. »Wir waren in der Gegend und hatten Hunger, also dachten wir, wir kommen einfach uneingeladen zu eurer Party«, verkündet Allie.

»Aber wir haben unser eigenes Essen mitgebracht«, grinst Mom. Levy rennt zu ihr, und sie schließt ihn und Rachel in die Arme, hebt beide hoch und küsst sie laut schmatzend auf die Wangen.

»Nana!«, kreischen sie.

Dann rennt Levy zu Sissy.

»Guckt euch meine Schneeleute an!«, ruft er. »Meine 'findung.« Stolz zeigt er unser Werk, und Mom ist begeistert. »Die sind ja sooooo süß!«, ruft sie ein übers andere Mal.

Ich habe Allie seit unserer Reise nicht mehr gesehen und umarme sie fest. Heute hat sie die Haare zu einem Knoten zurückgebunden, nur ein paar Strähnen umrahmen ihr Gesicht, sie trägt einen violett-blauen Wickelpulli und die bunten Ohrgehänge, die sie auch an dem Abend anhatte, als sie uns von ihrer Nazi-Tante erzählt hat. »Ich hab dich vermisst.« Wieder einmal wird mir klar, welches Glück ich habe, dass ich nicht nur Mom, sondern obendrein noch Sissy und Allie als Ersatzmütter habe.

»Ich bin hier, wir können uns gern zum Lunch verabreden. Zusammen ins Kunstmuseum gehen«, schlägt sie vor, und als Levy am Saum ihres Pullis zupft, hebt sie ihn hoch, schwingt ihn durch die Luft, küsst ihn auf seine feisten Wangen und kitzelt ihn am Bauch.

»Ich weiß, das ist deine Party, und wir wollten auch nicht aufdringlich sein, aber wir waren so furchtbar neugierig«, sagt Mom. »Bei meiner Party waren immer nur Freundinnen. Und hier gibt es auch Männer und Familien.«

»Das ist eben unsere Generation«, erwidert Sky mit einem Achselzucken. »Postfeministisch, nicht so viele Grenzen. Wir hatten ja sogar gemischte Wohnheime.«

Kurz darauf kommen Aaron und die Crew zurück. »Wir wollten auch zur Party!«, ruft T-Bone, aber er sieht dabei so ausschließlich Brooke an, dass ich vermute, er möchte hauptsächlich eine Party mit ihr.

Mit einer beiläufigen Geste reicht sie ihm ihr Weinglas, und auf einmal dämmert mir, dass sie sich bestimmt in der Zwischenzeit getroffen haben. In diesem Moment kommt Molly aus Rachels Zimmer, wo die Kinder fernsehen, und sagt ebenso beiläufig: »Hi, T.«

»Na so was, sie nennt also nicht mehr alle Männer ›Mister‹«, stelle ich fest, und da erst fällt mir auf, dass er der Einzige ist, den sie mit Namen begrüßt hat. Wer hätte das gedacht? Brooke ist ein ganzes Stück älter, hat nichts für Hip Hop übrig, und neben T-Bone, diesem Inbegriff der Coolness, wirkt sie beinahe spießig.

»Tja, wir müssen leider schon los!« Andy, Marissa und die Zwillinge haben schon die Jacken an. »Aber wir sollten so ein Fest nächstes Jahr unbedingt wieder machen«, fügt Marissa hinzu. »Das hat unglaublich Spaß gemacht. Lass es uns zu einem jährlichen Event erklären.« Sie hält eine Einkaufstüte mit Plätzchen in die Höhe und fügt lachend hinzu: »Und die ganze Weihnachtsbäckerei ist auch schon erledigt.«

Robin und Jenny verkünden, dass sie sich in einer neuen Bar in der Stadt noch mit ein paar Typen treffen wollen. Paul hat morgen sehr früh einen wichtigen Termin.

Und dann sind nur noch wir da. Meine Familie.

Mom holt eine Flasche Sekt heraus und füllt acht Gläser. »Ich dachte, wir feiern deinen neuen Cookie-Club, Sky«, lacht sie.

Sky und ich schauen uns an und grinsen. Sie nimmt meine

Hand, und ich drücke ihre. Auf einmal habe ich Tränen in den Augen. Mom lächelt uns zu, Levy und Rachel stehen in der Mitte unseres Kreises. Molly, Tyler, Brooke und T-Bone stehen dicht beisammen. Molly hält T-Bones Hand. Vielleicht wird er der Vater, den sie bisher nie hatte.

Ich küsse Aaron und flüstere: »Nächstes Jahr sind wir verheiratet. Und kaufen ein Haus.«

»Und schreiben weiter unsere Songs«, fügt er hinzu. »Und kriegen noch ein Baby, eine Tochter.«

Wir heben die Gläser. »Auf das Leben«, ruft Allie.

»Auf diese Remix-Familie«, lacht Smoke.

»Auf uns.« Ich hebe mein Glas. Aaron, Levy und ich, zusammen mit Sissy, Mom, Sky und Rachel. Wir haben eine neue Familie gebildet. Und ich gehöre dazu.

Rezepte

Hier sind ein paar Rezepte fürs Familienessen. Spontaneität ist ein Teil des Familienlebens, der viel Spaß macht, und die Früchte des Zufalls sind in diesen Gerichten enthalten. So wird aus jedem Rezept ein Teil der Familientradition.

Unsere Vorschläge beruhen auf dem, was Skys und Taras Familie auf dem langen Weg nach Hause gegessen haben. Bitte passt sie euren eigenen Familien an. Und habt Freude am Kochen – füreinander und miteinander.

Special Intents Omelett

Als Aaron vierzehn war, wurde bei Sissy, seiner Mom, Diabetes Typ 2 festgestellt. Als Krankenschwester wusste Sissy genau, was sie zu tun hatte: Sie musste ihre Ess- und Kochgewohnheiten ändern. Sie nahm sich vor, weniger Zucker und Fett und dafür mehr Gemüse und Obst zu sich zu nehmen. Außerdem lief sie die Krankenhaustreppen hinauf und hinunter und schloss sich dort einer Weight-Watchers-Gruppe an. So nahm Sissy dreißig Pfund ab und konnte ihren Diabetes ohne zusätzliche Medikamente in Schach halten.

Sie benutzte Ei-Ersatz, wo immer sie konnte. Aaron übernahm diese Gewohnheit, zum Beispiel wenn er für seine Familie Frühstück bereitete:

Zuerst sprühte er eine beschichtete Pfanne mit Kochspray ein und gab einen Teelöffel Olivenöl dazu. Manchmal bräunte er darin bei schwacher Hitze ein paar Zwiebelscheiben, manchmal etwas Spinat, manchmal dünstete er mit der Zwiebel eine Paprika oder ein paar Pilze, gelegentlich auch Reste von Brokkoli oder Spargel. Aber wenn er in Eile war, drehte er die Hitze auf, sprühte noch ein bisschen Öl-Spray in die Pfanne und gab gleich die für zwei bis drei Personen angegebene Menge Ei-Ersatz (mit der entsprechenden Menge Wasser verrührt) hinzu und würzte die Mischung mit Salz, Pfeffer, Knoblauchpulver und Estragon.

Nach ein paar Minuten hob er die schon fertigen Ecken mit einem Spachtel an und kippte die Pfanne ein wenig, um die noch flüssige Ei-Masse unter die bereits trockene fließen zu lassen. Diesen Vorgang wiederholte er an mehreren Stellen überall am Pfannenrand.

Dann schnitt er Käse – er nahm gern Havarti –, in kleine Würfel und legte diese auf die eine Hälfte des Omeletts, bevor er die andere Hälfte über den Käse klappte. Dann drosselte er die Hitze und streute noch ein bisschen Parmesan darauf.

Anschließend ließ er die Pfanne mit geschlossenem Deckel auf der abgeschalteten Herdplatte stehen, damit der Käse schmelzen konnte, während Aaron Tara und Levy einen Gutenmorgenkuss gab.

Ein neuer Tag hatte begonnen!

Skys Crunchy Granola

Granola war Skys Lieblingsfrühstück. Sie streute es auf Joghurt und frisches Obst, damit sie was zu knuspern hatte. Auch garnierte sie Obstkuchen damit oder bereitete sich damit einen schnellen Snack. So stellte sie es her:

Zuerst fettete sie ein Backblech oder eine Fettpfanne ein und heizte den Ofen auf 150 Grad vor. Dann mischte sie die Zutaten in einer Schüssel:

5 Tassen Haferflocken
½ Tasse Weizenkeime
½ Tasse Sonnenblumenkerne
½ Tasse Leinsamen
Darunter rührte sie:
¼ Tasse fettreduzierte Margarine
1 Teelöffel Zimt
½ Tasse Honig

In einem kleinen Krug vermischte sie dann ½ Tasse Wasser mit ein paar Tropfen Backaroma, meistens Vanille oder Bittermandel, gab die Flüssigkeit nach und nach über die Körnermixtur und mischte alles, bis sich Krümel bildeten.

Nachdem sie das Ganze noch einmal gut durchgerührt hatte, gab sie die Mischung auf das Backblech und stellte es in den Ofen. Sie stellte den Timer auf zehn Minuten, was sehr wichtig war, denn sie ließ sich von Rachel oft ablenken, und dann verbrannte das Granola. Wenn der Timer klingelte, rührte sie die Mischung noch einmal um. Diesen Vorgang wiederholte sie dreimal, da das Granola insgesamt 40 Minuten geröstet werden musste. Die Teile, die bereits braun waren, schob sie zur Mitte des Blechs. Beim letzten Rühren vergewisserte sie sich, dass alles schön goldbraun geworden war, dann stellte sie den Ofen aus, ließ die Ofentür offen und wartete, bis das Granola abgekühlt war. Dann füllte sie es in eine Dose.

Dies war ein Grundrezept. Zum Frühstück fügte Sky noch Obst und Nüsse hinzu, wobei sie besonders gern klein geschnittenen kandierten Ingwer und Mandeln mochte, während Rachel Walnüsse und Kirschen liebte. Troy bevorzugte Aprikosen und Datteln, aber seine Vorlieben wechselten von Zeit zu Zeit. In der entsprechenden Jahreszeit aßen sie das Granola oft zu frischen Beeren, denn Sky stellte nicht nur für jedes Familienmitglied die jeweilige Lieblingsmischung her, sondern achtete auch immer darauf, welches Obst gerade Saison hatte.

Taras super einfache Honig-Erdnussbutter

Tara liebte Honig-Erdnussbutter, und als eines Tages der Laden, in dem sie sie immer gekauft hatte, dichtmachte, beschloss sie, selbst Erdnussbutter herzustellen. Und es war viel leichter, als sie gedacht hatte. Sie kaufte in Honig geröstete Erdnüsse, schüttete den Großteil der Packung in den Behälter ihrer Küchenmaschine und behielt ein paar Nüsse zurück, weil sie die Erdnussbutter am liebsten stückig mochte. Dann drückte sie auf den Knopf und sah zu, wie die Erdnüsse in dem Behälter herumwirbelten.

Zuerst sah es gar nicht danach aus, als würde Erdnussbutter daraus, eher eine Paste. Nach einer Weile schaltete Tara die Maschine aus, drückte die Paste mit einem Spachtel von der Wand des Behälters nach unten, warf die Nüsse hinein, die sie vorher übriggelassen hatte, stellte die Maschine wieder an und wartete ein paar Minuten.

Und dann war es plötzlich Erdnussbutter! Sie probierte das

Zeug, ließ Levy ein bisschen von ihrem Finger ablecken, und beide bekamen große Augen vor Begeisterung.

Ehe sie Skys Küchenmaschine umzugsfertig einpackte, holte sie im Tante-Emma-Laden in Honig geröstete Erdnüsse und machte diese Erdnussbutter.

Marnies beste Himbeermarmelade aller Zeiten

An milden Herbsttagen, wenn die Blätter vom hochsommerlichen Dunkelgrün zu herbstlichem Scharlachrot und Gelb wechselten, nahm Marnie ihre Töchter oft mit zum Himbeerpflücken. Ganz leicht fielen die Beeren in die grünen Pappschalen, doch fast ebenso so viele landeten im Mund der Pflückerinnen. In den letzten Jahren hatte Marnie die Beeren meist auf dem Bauernmarkt gekauft und den Rest des Samstagnachmittags damit verbracht, Marmelade zu kochen. In einem Jahr machte sie drei verschiedene Sorten: eine normale, eine mit extra wenig Zucker und eine mit Mandelgeschmack. Die Mandelvariante fand großen Anklang und wurde allgemein zur besten Marmelade aller Zeiten erklärt. Hier Marnies Rezept:

Sie zerdrückte 2½ Pfund Beeren, gab sie in einen großen Topf und brachte sie mit 6½ Tassen Zucker, ½ Teelöffel Butter oder Margarine unter gelegentlichem Rühren zum Kochen. Als Geliermittel gab sie Pektin (Mengenangabe auf der Packung) hinzu und ließ die Marmelade unter ständigem Umrühren eine weitere Minute kochen.

Nun nahm sie die Marmelade vom Herd und schöpfte den Schaum ab. Dann fügte sie Mandelsirup dazu, zunächst einen Esslöffel, rührte gründlich um und probierte vorsichtig (das Zeug war sehr heiß!). Da sie einen stärkeren Mandelgeschmack wollte, fügte sie so lange Sirup hinzu, bis der Geschmack ihr perfekt erschien. Dann löffelte sie die Marmelade in vorbereitete Marmeladengläser (sterilisiert und noch heiß), wischte Ränder und Gewinde ab, legte die Deckel darauf und befestigte die Ringe. Dann stellte sie die Gläser in den Einkochautomaten, der bereits halb mit kochendem Wasser gefüllt war. Als alle Gläser verstaut waren, fügte sie so lange kochendes Wasser hinzu, bis die Gläser gut zwei Zentimeter hoch bedeckt waren. Anschließend deckte sie den Topf zu, brachte das Wasser wieder zum Siedepunkt und ließ es zehn Minuten weiterköcheln.

Nun holte sie die Marmeladengläser heraus und stellte sie auf die Arbeitsplatte. Ein Lichtstrahl fiel durchs Fenster und verwandelte die Gläser in glänzende rote Diamanten. Ein paar Minuten verriet ihr das leise, beruhigende Knacken, dass die Gläser nun vakuumversiegelt waren.

Marnie verschenkte die Marmelade an ihre Töchter und an Freunde und Freundinnen. Und sie aß natürlich auch gerne selbst davon.

Bei Skys Umzug bestrich Tara Sandwiches mit ihrer eigenen Erdnussbutter und dieser Marmelade.

Studentenfutter für unterwegs

Essen kann schwierig sein, wenn man lange auf Reisen ist. Einerseits will man sich nicht an den Tisch setzen und sich die Zeit für eine richtige Mahlzeit nehmen, andererseits will man sich auch nicht tagein, tagaus mit Junkfood vollstopfen. So kam Tara auf die Idee, ihr eigenes Studentenfutter zuzubereiten, das der Crew und ihrer Familie gut schmeckte. Dafür kaufte sie einfach Trockenfrüchte und Nüsse, mischte sie in einer Schüssel und füllte die Mischung portionsweise in Plastikbeutel. Dafür verwendete sie:

Rosinen
getrocknete Kirschen
Pistazien
klein geschnittene Trockenaprikosen
getrocknete Ananas- und Bananenstückchen
Walnüsse
Cashews (Aarons Lieblingsnüsse)

Manchmal, vor allem wenn sie wusste, dass Sky etwas von dem Studentenfutter essen würde, schnitt sie auch etwas kandierten Ingwer klein und gab ihn zu der Mischung.

Wenn sie unterwegs an einer Tankstelle einkauften, nahm Tara meistens ein paar Äpfel und ein paar Päckchen Beef Jerky oder noch lieber Turkey Jerky (eine Art Trockenfleisch aus Rind bzw. Truthahn) mit. Aaron griff meist zu Käse und Crackern.

Sky legte vor allem Wert auf ihren Kaffee, den alle anderen grässlich fanden. »Die meinen es ernst mit ihrem Kaffee«, sagte sie, wenn an einer Kaffeetheke eine große Auswahl an Kaffee-Aromen angeboten wurde. »Die nehmen nicht den Kaffee, sondern die Zusätze ernst«, widersprach Tara dann. Sky nahm sich beispielsweise einen Kaffee mit Haselnussgeschmack und fügte noch Haselnuss- oder Vanillesahne hinzu, bis das Getränk hellbeige geworden war, und krönte das Ganze noch mit mehreren Päckchen Süßstoff.

Das, was Sky Kaffee nannte, schmeckte wie ein Pudding. Nicht nur ihre Mitreisenden wiesen sie darauf hin, wie ungesund das Zeug war, auch Marnie und Troy hatten das schon oft getan. Aber Sky liebte ihren Kaffee.

Der Girl-Scout-Eintopf von Marnie, Sky und Tara

In der zweiten Klasse schloss Tara sich den Pfadfindern an, und am Ende ihres ersten Jahres gab es ein großes Essen, zu dem jeder etwas mitbringen sollte. Ohne ihre Mutter vorher zu fragen, versprach sie, dass Marnie einen Hauptgang liefern würde. Ganz aufgeregt kam sie nach Hause.

Zuerst war Marnie etwas entsetzt, doch dann freundete sie sich mit der Idee an.

»Wir könnten doch alle zusammen heute Abend einen Eintopf kochen, den wir morgen für das Festessen aufwärmen. Eintopf schmeckt am zweiten Tag immer besonders lecker.«

Also kaufte Marnie drei Pfund Suppenfleisch und würzte es mit Salz, Pfeffer und Knoblauchpulver. Sky schnitt drei große Zwiebeln in Würfel, während Marnie in der Pfanne drei Knoblauchzehen mit einem Esslöffel Olivenöl anbriet, das Fleisch dazugab und die Fleischstücke von allen Seiten schön braun werden ließ. Dann gab sie sie in die größte Auflaufform, die sie besaß.

Sie stellte den Ofen auf 150 Grad.

Während die Zwiebeln goldbraun angebraten wurden, wusch Tara in einem Durchschlag ein Pfund Pilze und dünstete sie. Zwiebeln und Pilze wanderten zu dem Fleisch in die Auflaufform.

Nun gab Marnie ein Päckchen »Beef Onion Soup Mix« (oder zwei Bouillonwürfel und ein Päckchen fertige Zwiebelsuppe), etwas kleingehackte Petersilie und ein Lorbeerblatt über die anderen Zutaten in die Auflaufform und löschte das Ganze mit etwas Wasser ab (wenn der Eintopf nicht für Kinder gewesen wäre, hätte sie auch ein wenig Wein hinzugefügt). Dann kratzte sie die braunen Stückchen Fleisch, Zwiebeln und Pilze vom Boden der Pfanne und mischte sie ebenfalls in den Eintopf.

»Okay, was würde noch reinpassen?«

»Ketchup!«, rief Tara begeistert, holte die Ketchup-Flasche und verfeinerte das Gemisch damit.

»Ja!«, rief Sky. »Jetzt noch ein bisschen Senf.«

»Gut.«

Sky würzte das Ganze mit einem gehäuften Esslöffel Senf.

Das wird ja ein schöner Mischmasch, dachte Marnie. So etwas hatte sie noch nie gemacht. »Wie wäre es mit etwas Melasse?«

Auch davon rührten sie etwas unter. Dann fügten sie noch ein bisschen Wasser hinzu und probierten.

»Mehr Ketchup«, befanden die Mädchen.

Marnie stimmte zu, und so wurde es gemacht.

»Karotten«, schlug Sky vor. »Und Kartoffeln.«

Sie nahmen drei große Karotten, schabten sie, schnitten sie in Stücke und warfen sie in die Auflaufform.

»Die Kartoffeln kommen später.«

»Wie wäre es mit ein wenig Honig und Sojasauce?«, fragte Tara, und auch das fand die Zustimmung ihrer Mitköchinnen.

Schließlich stellten sie die Auflaufform in den Backofen, ließen den Eintopf eine Stunde brutzeln, fügten dann kleine rotschalige Kartoffeln hinzu und ließen das Ganze noch einmal eine Stunde im Backofen garen. Als die beiden Mädchen bereits schliefen, probierte Marnie den Eintopf und fand, dass es der beste Eintopf war, den sie jemals probiert hatte. Zum Teil sicher deshalb, weil es so viel Spaß gemacht hatte, einfach alles, was ihnen lecker vorgekommen war, in einen Topf zu werfen. Die Hauptsache aber war, dass sich ihre verschiedenen Ideen zu einer so wundervollen Mischung zusammengefügt hatten. Es gibt kein genaues Rezept, wie man einen Eintopf machen muss, man braucht nur Fantasie.

Die Pfadfinderinnen und ihre Familien waren übrigens begeistert.

Aarons lieblingstes Grillhähnchen

Auf dem Rückweg von dem Hubschrauber-Rundflug über den Grand Canyon kamen Aaron, Tara und die Crew an einem Supermarkt vorbei. Dort kaufte Aaron Süßkartoffeln, Alufolie, Hähnchenteile, Holzkohle, eine Zitrone, Olivenöl, Gewürzsalz, italienische Kräuter, Barbecue-Sauce und scharfe Sauce.

Er presste die Zitrone aus, gab Olivenöl dazu, bestreute das Hähnchen mit den Kräutern und Gewürzen und gab die Hähnchenteile zum Marinieren in zwei Plastikbeutel. In den einen goss er noch etwas von dem Cognac, den sich Red Dog, T-Bone und Smoke beim Kartenspielen zu Gemüte führten. »Das ist die Erwachsenen-Version«, sagte er. Nun mussten die Hähnchenteile mehrere Stunden in den Plastiktüten ziehen. Inzwischen spielte Aaron im Pool, ließ den Grill warm werden und fing mit den Süßkartoffeln an.

Als die Holzkohle heiß genug war, legte er die Hähnchenteile auf den Grill, behielt sie aber stets im Auge, um sie bei Bedarf gleich wenden zu können und zu kontrollieren, wo das Fleisch noch rosa war. Wenn das Feuer zu heiß wurde, kühlte er es mit etwas Wasser ab. Es erfordert viel Konzentration, ein Hähnchen ganz auf dem Grill zu braten und genau abzupassen, wann das Fleisch gar, aber noch nicht trocken ist. Im Ofen geht es etwas leichter, und man kann das Hähnchen, wenn es fertig ist, danach noch fünf Minuten auf den Grill legen.

Schließlich war Aaron zufrieden und tunkte jedes Stück in die Schüssel mit der Barbecue-Sauce. Dann kam das Hähnchen noch einmal kurz auf den Grill, und nachdem die Sauce zehn Minuten in das Fleisch eingezogen war, rief Aaron zum Abendessen. Alle waren ganz hin und weg von dem zarten, köstlichen Fleisch.

Sissys »Gib's mir«-Kuchen

Nicht nur Tara und Aaron liebten Sissys Kuchen – alle, die ihn je probierten, fanden ihn lecker. Wo sie das Rezept gefunden hatte, wusste Sissy nicht mehr, aber sie backte ihn schon seit den 70er Jahren, lange vor Aarons Geburt. Zu den großen Vorteilen dieses Kuchens gehört es, dass man den Geschmack verändern kann, indem man ihn entweder mit einer Milch-, einer Zitronen- oder einer Rumglasur versieht.

Für den Kuchen braucht man:

2½ Tassen Mehl
2 Teelöffel Backpulver
1¼ Tassen Milch
1 Päckchen Vanillepudding
10 Esslöffel Butter
1¾ Tassen Zucker
3 Eier
1 Becher Sauerrahm

Den Backofen auf 190 Grad vorheizen. Eine Gugelhupf-Form einfetten. Butter und Zucker mit dem Handrührgerät schaumig schlagen, Mehl und Backpulver unterrühren. In einer kleinen Schüssel Milch und Puddingpulver mischen. Eier einzeln zu der schaumig gerührten Butter geben, nach jedem Ei fünf Minuten schlagen und zum Schluss noch einmal drei Minuten zusätzlich. Nun den Mixer auf niedrigste Stufe stellen und die trockenen Zutaten abwechselnd mit der Milch dazugeben. Mit den trockenen Zutaten beginnen, davon aber zwei Esslöffel übriglassen. Zum Schluss saure Sahne gründlich unterrühren.

se kleingehackte Pecannüsse
slöffel brauner Zucker
eelöffel gemahlener Zimt
Esslöffel von den trockenen Zutaten (siehe oben)

Alles gut mischen.

½ Tasse Pecannüsse in die gebutterte Form geben. Zwei Drittel des Kuchenteigs in die Form gießen, Füllung darüber verteilen, dann den restlichen Teig einfüllen. 45 bis 55 Minuten backen.

Glasur:

2 Esslöffel Milch, Zitrone oder Rum
1 Tasse Puderzucker

Alles gut vermengen. Kuchen mehrmals einstechen und mit Glasur bestreichen. Eventuell den Guss vom Teller wieder auflöffeln und noch einmal über den Kuchen träufeln.

Und dann zusehen, wie Familie und Freunde reinhauen!

Levys und Taras Schneemann-Cookies

Tara und Levy haben die Plätzchen gemeinsam erfunden, genau wie Marnie, Sky und Tara sich den Girl-Scout-Eintopf zusammen ausgedacht haben. Angefangen haben sie mit dem Grundrezept für Ausstecher.

4 Tassen gesiebtes Mehl
½ Teelöffel Salz
1 Teelöffel Backpulver

1 Tasse ungesalzene Butter
2 Tassen Zucker
2 große Eier
2 Teelöffel frischen Zitronensaft und Abrieb von 2 Zitronen

Mehl, Salz und Backpulver zusammen sieben und beiseitestellen. Mit dem Handrührgerät Butter und Zucker schaumig rühren. Eier dazuschlagen. Mehlmischung zu der Mischung geben und auf niedriger Stufe verrühren, bis ein glatter Teig entsteht. Vanille oder Zitronensaft und -abrieb zugeben. Den Teig in Plastikfolie wickeln und eine Stunde im Kühlschrank erkalten lassen. Den Ofen auf 170 Grad vorheizen.

Guss:
4 Esslöffel Milch
½ Teelöffel Mandelextrakt
4 Tassen Puderzucker
Milch und Mandelextrakt mit dem Puderzucker verrühren. Falls notwendig, noch Milch hinzufügen.

Den gekühlten Teig ausrollen und Kreise in drei verschiedenen Größen ausstechen, den größten etwa 3½ Zentimeter Durchmesser. Auf ein ungefettetes, mit Backpapier belegtes Blech legen, dabei die Kreise überlappen lassen: mittlere Größe über größte, kleinste über mittlere. An den überlappenden Stellen zusammendrücken. 10 bis 12 Minuten bei 170 Grad backen. Abkühlen lassen.

Mit dem weißen Guss bestreichen und nach Wunsch verzieren. Unterschiedlich gefärbte Kokosraspeln können als Haare aufgeklebt werden: Kokosstückchen in eine Plastiktüte füllen, Lebensmittelfarbe dazugeben, gut durchkneten.

Der Rest ist der Fantasie und der Zeit überlassen, die man zur Verfügung hat. Man kann auch die Reste der weißen Glasur mit Lebensmittelfarbe mischen und den Schneemenschen Gesichter oder Kleider (Schals, Hemden, Hosen, Hüte) aufmalen. Für Augen oder Knöpfe können Zuckerstreusel oder sonstige Ornamente verwendet werden.

Dank

Es war mir ein großes Vergnügen, diesen Roman zu schreiben. Oft berichten Autoren davon, wie quälend mühsam das Schreiben sein kann – und ich kenne das Gefühl. Doch dann wieder fließen die Worte, als würden sie einem vom Universum diktiert, und so erging es mir bei *Apfelblüten im August*. Ich habe mir schon immer eine Schwester gewünscht und habe durch Tara und Sky Freud und Leid des Schwesterndaseins durchlebt. Da ich zwischen ihren Stimmen abgewechselt habe, konnte ich die Erfahrung beider Schwestern aus ihrer jeweiligen Perspektive wiedergeben. Ich habe mit großer Spannung beobachtet, was für eine enge Beziehung meine beiden Töchter zueinander haben, obwohl – oder gerade weil – sie so verschieden sind. Ihre Liebe und unser gemeinsames Leben hat mich zu diesem Buch inspiriert.

Apfelblüten im August wäre sicherlich nicht das Gleiche, wenn ich nicht in Venice Beach gewohnt hätte und dann mit einer meiner Töchter quer durch Amerika gefahren wäre, eine Reise, auf der ich all die Verschiedenheiten dieses großen Landes in mich aufgenommen habe. Als wir aus den Bergen kamen, entdeckten wir am Straßenrand immer wieder die mit Blumen geschmückten Gedenkstätten für diejenigen, die hier bei Unfällen ums Leben gekommen waren. Nach den schnurgeraden Highways, die uns durch flache Wüsten und Ebenen führten, konnten wir über das glitzernde Oklahoma City nur staunen. Dann wieder umgaben uns fruchtbare Farmen und Wälder, bis uns schließlich Memphis mit seiner überreichen Musiktradition willkommen hieß. Amerika ist ein Land mit nahezu unglaublichen Widersprüchen, zu denen auch unsere komplexe ethnische Vielfalt gehört. Als Mitglied einer gemischtrassigen Familie erlebten wir unterwegs auch rassistische Vorfälle, wie die Konfrontation mit dem jungen Cop auf dem Highway, die ich in diesem Buch fiktionalisiert habe. Leider hatte unser eigenes Erlebnis nicht nur rassistische, sondern obendrein sexistische Untertöne. Ganz sicher habe ich durch das Leben meiner Kinder und die Erfahrungen der Menschen, die ich liebe, die anhaltende Rassenungleichheit immer wieder miterlebt, konnte aber auch gelegentlich erfreut zur Kenntnis nehmen, wie sich Möglichkeiten für die eröffnen, die talentiert und klug sind – und Glück haben.

Jedes Buch beginnt mit einem Traum, in dem alles möglich scheint, und beim Schreiben engt sich der Horizont langsam ein; die Figuren belehren und überraschen den Schreibenden, während aus seiner Vision eine eigene Realität wird. Aber auch andere Menschen beeinflussen den Prozess. Viele haben mir geholfen, allen voran Tim Kornegay und Ruth Behar – sie haben Kapitel gelesen, die kaum über den ersten Entwurf hinaus gediehen waren, und standen stets für klärende Diskussionen zur Verfügung. Elizabeth Hinton, Amina Henry – Meisterleserin – und Sue Miller haben ebenfalls sehr frühe Entwürfe durchgesehen, und viele von ihren Tipps und Vorschlägen sind in die Geschichte eingeflossen. Nicholle Jean Leary, Karin Blazier und Jodie Gershon haben mir ihre unterschiedlichen Perspektiven auf die Musikindustrie nahegebracht, und Dr. Joel Heidelbaugh hat mir zu einem Zeitpunkt, als er selbst extrem beschäftigt war, die Einzelheiten der multiresistenten Erreger im Krankenhaus erklärt, wofür ich ihm unendlich dankbar bin.

Emily Bestler und Kate Cetrulo – das Team bei Simon and Schuster – haben die Geschichte nicht nur geformt, sondern Unstimmigkeiten und Auslassungen aufgespürt und so das Manuskript endgültig für die Veröffentlichung vorbereitet. Zum Schluss danke ich Peter Miller, meinem literarischen Manager, und Adrienne Rosado, die dafür gesorgt haben, dass meine Geschichte aus dem Computer ans Licht der Öffentlichkeit gekommen und ein Buch geworden ist.

Julia Freidank
Die Fälscherin

Historischer Roman | 432 Seiten | Klappenbroschur
ISBN 978-3-547-71167-7

Auf dem zweiten Kreuzzug erkrankt die junge Blanka an Aussatz. Die anderen Pilger wollen sie in Jerusalem zum Sterben zurücklassen, doch Bischof Otto von Freising gibt sie nicht auf. Geheilt kehrt Blanka nach Bayern zurück, und sie schwört dem mächtigen Kirchenmann ewige Dankbarkeit. Und Otto fordert sie ein: Blanka fälscht in seinem Auftrag wichtige Urkunden. Das bringt sie in Lebensgefahr, denn von nun an kann sie niemandem mehr trauen. Nicht einmal dem Mann, den sie liebt.

Eine verheerende Fehde, eine große Liebe und ein rasantes Abenteuer um die bis heute rätselhaften Fälschungen.

Bettina Haskamp
Jetzt ist gut, Knut

Roman | 288 Seiten | Klappenbroschur
ISBN 978-3-547-71181-3

»Ich will so bleiben, wie ich bin!«, schreibt Lilli trotzig an ihre beste Freundin. Selten hat sie so gelogen. Dabei lügt Lilli oft und gern. Wildfremden erzählt sie Geschichten, in denen sie als erfolgreiche Ärztin oder als Tochter von Missionaren die Hauptrolle spielt. In Wahrheit ist ihr Leben mit dem Langweiler Knut, der lieblosen Tochter Julia und dem Ärger im Job so interessant wie trocken Brot. Aber dann bringen ein Hund, ein Lottogewinn und die überdrehte Marie-Anne mehr Aufregung, als sie sich je gewünscht hat. Und ausgerechnet Knut bewahrt Lilli vor dem Fehler ihres Lebens.

Louise Candlish

Wunder geschehen morgen

Roman | Aus dem Englischen von Julia Walther
476 Seiten | Gebunden mit Schutzumschlag
ISBN 978-3-547-71174-5

Ein bewegender Roman über die Kraft der Freundschaft

Ginnys Ehe ist am Ende. Der Tod ihres Babys hat ihr Leben zerstört. Mit einer Reise in das Piemont versucht ihr Mann, die Beziehung zu retten. In einem kleinen italienischen Ferienort begegnet Ginny der fröhlichen Bea und deren großer Familie. Die beiden Frauen fassen schnell Vertrauen zueinander und werden Freundinnen. Doch der Schein von Beas harmonischem Familienleben trügt. Ginny begreift: Jeder Mensch muss darum kämpfen, glücklich zu sein.